何家弘◎著

性之罪

CRIME OF SEX

精华版

知识产权出版社
全国百佳图书出版单位

图书在版编目（CIP）数据

性之罪：精华版/何家弘著. —北京：知识产权出版社，2016.11
ISBN 978-7-5130-4525-4

Ⅰ.①性… Ⅱ.①何… Ⅲ.①推理小说-中国-当代 Ⅳ.①I247.5

中国版本图书馆CIP数据核字（2016）第251080号

责任编辑：田姝

性之罪：精华版
XINGZHIZUI JINGHUABAN

何家弘 著

出版发行：知识产权出版社 有限责任公司	网　址：http://www.ipph.cn
电　话：010-82004826	http://www.laichushu.com
社　址：北京市海淀区西外太平庄55号	邮　编：100081
责编电话：010-82000860转8594	责编邮箱：tianshu@cnipr.com
发行电话：010-82000860转8101/8029	发行传真：010-82000893/82003279
印　刷：三河市国英印务有限公司	经　销：各大网上书店、新华书店及相关专业书店
开　本：880mm×1230mm　1/32	印　张：11.75
版　次：2016年11月第1版	印　次：2016年11月第1次印刷
字　数：300千字	定　价：38.00元

ISBN 978-7-5130-4525-4

出版权专有　　侵权必究
如有印装质量问题，本社负责调换。

第一章

宋佳把一杯咖啡放到洪钧面前,轻盈地在原地转了一圈,然后举起右手,一本正经地说:"报告,我想去参加律考。"

洪钧刚把杯子端起来,又放回桌子上,问道:"为什么?"

"人往高处走嘛。"

"想跳槽?"

"我就不能在你这儿做律师呀?"

"你可是个不可多得的秘书人才。"

"没准儿我还是个不可多得的律师人才呢!当然,我不能跟你比,咱们不是一个级别的。你可坐稳喽!我认为,你是中国最有实力的律师,而且还是偶像派的哦!一般来说,偶像派的人都缺少实力,而实力派的人又长得太丑。我记得,上中学的时候,我爸就对我说,你可不能因为自己长得漂亮就不好好学习,还老拿我们班那个学习尖子跟我比。我就说,那她也不能因为自己学习好就长得那么难看呀!"宋佳的声音清脆悦耳,而且语速较快。

"精辟!"洪钧的声音深沉圆润,说话比较简练。不过,他在讲述专业问题时喜欢长篇大论,在轻松愉快时也会有些饶舌。

"真的啊!其实我就是看你太忙,才想去考律师的。要不然,你就再雇个律师吧?"

"现在愿意专干刑辩的律师,可不多!"

"所以嘛,还得我去考。"

"律考可不容易。要不,我先考考你?"

"考什么?"

"简单。这是昨天的《北京晚报》,上面有一段关于交通事故的报道。"

宋佳走到洪钧身旁,小声念道:"1995年4月8日下午3时许,在本市北太平庄西边的三环路辅路上发生了一起汽车撞伤骑车人的交通事故,汽车司机驾车逃逸。据目击者称,那是一辆深蓝色的桑塔纳轿车,车前的绿色号牌上有一大块漆脱落,车牌号码的后3位数为283或285。有知情者请与……"

"打住!根据这段报道,你认为那车牌号码的尾数是3还是5?给你5分钟的时间。"洪钧端起杯子,慢慢地品尝着咖啡。

"是3还是5?"宋佳手拿报纸,在桌前来回走了两圈,然后把报纸放到桌子上,瞪大眼睛说,"深蓝色桑塔纳轿车,我说洪律,该不是你的车吧?噢,不对,你的车号差得太多。"

"浪费时间!"

宋佳双手合十放在嘴边,细眉微皱宛若沉思,脚步带有乐感地来回走着。"283……285……285……283……3加上5等于8,5减去3等于2,3乘以5等于15,5乘以3还是等于15。可是……"

"别拖延!"洪钧看了看手表。

"老师,给点儿提示吧!在学校考试,老师还给划范围呢。"宋佳调皮地歪着头。

"时间到,继续当秘书吧。"洪钧的脸上露出得意的微笑。

"哎,洪律,刚才说话的时间不能算,得延长两分钟吧。你是不是说这两个数的出现概率……"

"路线错误!"

"那你是说人的视觉误差规律……"

"没那么深奥。现在是几月?"

"4月啊!"

"这就是答案,简单吧!"

"你饶了我吧!这叫什么答案呀?"

"你最近从哪儿学的这句口头语,让别人听了,就好像我老欺负你似的。"洪钧说着站起身来,向门口走去,"客户该来了!"

"哎,洪律,你别打岔!"

门铃响了。宋佳不太情愿地走去开门,她走过洪钧身边时又说了一句,"等客户走了,我可要再向您请教哦!"

来者是一位四十多岁的男子,身材高大,四肢强壮;四方大脸上两道浓黑的眉毛几乎连在了一起;长长的鬓角留到耳朵下边,而且挺神气地向前翘着;嘴唇周围的胡须刮得挺干净,但那胡茬子的颜色仍很明显;大概是脸上的毛长得太多,所以头顶上的毛有些营养不良——稀疏的几缕长发横搭在光光的头顶上。他说的北京话中略带东北口音。此人名叫夏大虎,是一家室内装饰公司的经理。

自我介绍之后,夏大虎说:"洪律师,我可是看了报纸才来的!"

洪钧知道对方指的是那篇关于他去年赴黑龙江替郑建国洗清十年沉冤的报道。他对自己留学回国后承办的第一起案件也很满意,但嘴上却说:"小事,不足挂齿。"

"对我们当事人来说可不是小事儿啊!"

洪钧微微一笑。他觉得这位来客表面神态轻松,但内心压力很大,便书归正传,"那就谈谈您的大事儿吧。"

"这是我儿子的事儿。他做股票,一直还不错,可这次赔大了,结果被抓了进去。开始我不知是为啥，前天才听说案子到了法院，检察院说他犯了诈骗罪。这我可得向您请教请教。我寻思，这倒股票和做买卖是一个理儿，都是有赚有赔。你赚了人家的钱，说你诈骗，这有可能。这赔了钱，怎么能说是诈骗呢？您给解释解释。"

"这得看具体情况。根据刑法的规定，构成诈骗罪的主观要件是以非法占有公私财物为目的，客观要件是用欺骗的方法取得公私财物。因此，您的儿子有没有诈骗，就要看他在股票交易中有没有以非法占有为目的而实施欺骗的行为。"

"他就在证券公司买卖股票，能诈骗谁呀！您要是说他投机倒把，这我能接受。可是说他诈骗，我实在是整不明白！"

"您收到起诉书副本了吗？"

"前天收到的。"夏大虎在皮包里翻了一遍，不好意思地说，"让我落办公室了。这阵子麻烦事儿太多，弄得我晕头转向的。等回头我再给您送来。"

"法院通知开庭时间了吗？"

"说了，好像是下礼拜几，我得回去看看。"

"法院一般是提前七天送达起诉书副本，您又给耽误了两天，这时间可够紧张的。您记得起诉书上讲的理由吗？"

"不瞒您说，我对股票是一窍不通，所以那上边的话也看不大懂。不过，我这儿子也太让人累心了！"

"他多大了？"

"21岁，正是给爹妈惹事儿又不听话的时候。不瞒您说，有时候我真觉得还不如没这儿子呢！"

"也许他出生时就不受欢迎。"洪钧随口说了一句。

"您这是什么意思？"夏大虎的脸色一下子变得很难看，语气也有些不自然。

"对不起，失言！"洪钧连忙换了个话题，"他这么年轻就去做股票，一定很聪明吧？"

"要说这小子，确实挺聪明。本来他学习也不错，就是上了高中以后，不知咋的就迷上了股票，结果没考上大学。我有一个老朋友在宏远证券公司当经理，他老往那儿跑，后来就跟我说要去炒股票。我本来不想让他去，但是架不住他和他妈老念叨，就同意了。当时我给了他10万块钱。我说，不指望你赚钱，能养活自己就行。这有两年多了，一直还不错，赚的多，赔的少。可没想到，这次可赔大了。"

"赔了多少？"

"这我也说不清楚。说老实话，虽然他是我儿子，可他有多少钱，我从来也不问。我只知道他平时花钱挺冲的，买件衣服都好几百块！这次可好，都赔进去了，还欠了证券公司的钱。这小子，净干这没屁眼儿的事儿！洪律师，我说话粗，您可别在意。"

"夏经理，我决定受理这个案子。请您尽快把起诉书副本送来。"

"要不，我请您到我们公司去坐坐？把起诉书给您，我顺便还想……"夏大虎欲言又止。

"您还有别的事情吗？"

"也没什么，我就是想请您一起吃顿饭。"

"我可以去，但吃饭就免了。"洪钧看了看手表，站起身来。

"我以前也请过律师。他们都喜欢一起坐坐，联络感情嘛，说话也方便。"

"为客户服务，不需要吃饭。太麻烦！起诉书副本，最好您今天下午就给送来。"

"那好，我回去就派人给送过来。"

送走夏大虎之后，宋佳立即回到洪钧的办公室，煞有介事地说："洪老师，学生愚昧，还请您耐心解释。"

"解释什么？你是问我刚才为什么说夏大虎的儿子生下来就不受欢迎？你还年轻，有些事情你还不懂！"

"你饶了我吧！叫你声'老师'，你就喘起来了！你才比我大几岁呀？"

"五岁，就可能有代沟！服气了吧？"

"我是得服气。什么代沟呀？又想让我上你的当，对吧？你别转移目标，先说那283和285究竟是怎么回事儿？"

"什么283、285？"

"车牌号码呀！"

"噢，还没想明白呢！"

"我早就想明白了——你让我瞎费半天脑筋，然后一句话'逗你玩儿'！我这个人本来挺聪明的哦，可不知为什么老上你的当！"

"那只能说明我比你更聪明！不过，我今天可没有'逗你玩儿'，这是正经的智力测验。你知道，北京正在更换新的汽车牌子，就是那种蓝色的。换牌子和汽车年检同时进行，而汽车年检是按车牌号码尾数进行的。尾数是3，就在3月份年检换牌子；尾数是5，就在5月份年检换牌子。现在已经是4月，而那辆车的牌子是绿色的旧牌子，所以尾数只能是5，不能是3。宋小姐，我这是'逗你玩儿'吗？"

宋佳一时无语，白皙的脸颊飞上两朵淡淡的红云。她在内心对洪钧佩服得五体投地，而且那感觉中还夹杂着难以言表的爱恋，因为在她和洪钧中间站着另外一个女人——洪钧在大学时的初恋情人肖雪。她渴望得到洪钧的爱，但是她又不想伤害那个和自己外貌相像的女人，她也不想成为那个女人在洪钧心中的替身。

洪钧没有注意宋佳表情的变化，因为他的思维已经转移到夏大虎的身上。他喝了一口咖啡，似乎是在自言自语，"这个夏大虎，连起诉书副本都没带来。宋佳，你认为他来找我的目的真是为他儿子的事儿吗？"

"我也感觉他有点儿心不在焉。而且，请你去他们公司吃饭，好像也另有用意哦。"

"你觉得这个人怎么样？"

"城府很深！"

"同感。外表看，他像个大老粗，其实是粗中有细。看来，他没带起诉书，并不是疏忽。"

"以此为理由，请你到他们公司去。有这个必要吗？"

"不合常理的事情，往往是暗藏玄机。"

"难道是鸿门宴？"

"很有想象力。不过，我得先去股市转转。你炒过股票吗？"

"没有，我可不敢！本来就没有多少钱，再都扔到股市里打了水漂，那可就太冤啦！"

"得先补课，但时间可够紧的。"洪钧右手握拳在面前按顺时针方向绕了两圈——这是他在决心做一件事情时的习惯动作。

宋佳见洪钧低头查看日历，便转身走出办公室，进了旁边的卫生间，并随手把门上的牌子一翻——"绅士屋"就变成了"淑女屋"。

第二章

洪钧开车来到宏远证券公司营业部，把车停在路边。刚下车，一辆深蓝色的桑塔纳轿车从他身边疾驰而过，"吱吱"叫着急转弯，停到了营业部门口。车门一开，钻出一个身材瘦长的男子，风风火火地走进了营业部。洪钧心想，炒股票的人大概都这样！

洪钧不慌不忙地向营业部门口走去。忽然，前面那辆桑塔纳轿车的车牌号码引起了他的注意——37285！他在好奇心的驱使下快走几步，来到车前，若无其事地看了一眼前面的号牌。由于那车牌上有一大块泥污，所以看不出是否有漆脱落。就在他犹豫应否多管闲事的时候，那个男子又急匆匆地走出来，打开车门，把车开走了。洪钧不无遗憾地走进了营业部。

大厅里并不像他原来想象的那么热闹。人们仨一群俩一伙地在聊天，有两个女的还坐在旁边的椅子上不紧不慢地织着毛衣。柜台里坐着几位报单员，悠闲自在地看着报纸或修着指甲。洪钧见行情显示屏前围着一群人，似乎在听什么人的高谈阔论，便走了过去。

在人群的中央，一位三十多岁的小平头正在侃侃而谈："……他愣说股市里多数人赚钱少数人赔钱，还说有个'721'理论。就是说，10个股民中有7个人赚钱，2个人不赔不赚，1个人赔钱。我就不爱听这话！弄了半天就我是那个'1'啊？咱别打肿脸充胖子！要我说这股市里就是少数人赚多数人的钱。你想啊，说了归齐就那么一堆儿钱，政府不给你往里扔钱，企业也不给你往里扔钱，你上哪儿赚去？还不是赚股民的钱？再说啦，券商还得从这里挣钱哪！要我说，就券商赚钱是真的，别人有一多半儿都是吹牛！"

这时，旁边一位戴眼镜的中年男子插言道："我听说美国也有个'721'理论——在10个玩儿股票的人中，有7个人赔钱，2个人没赔没赚，只有1个人赚钱。"

小平头忙说："这话我信！你说股市里有没有发的？有，真有大发的！我听说，有人靠'内幕交易'，一天就赚好几万，甚至几十万。但是那样的人有几个？能获得内幕消息的人有几个？再说了，做大有大的风险。说远的，前年底，浙江一个姓林的大户，透支炒股赔了53万，结果是股票'跳水'，他也从证券公司的楼顶上'跳水'了。有这事儿吧？再说近的，就咱这儿发生的那档子事儿，也是透支炒股。那夏大户多火，一张嘴就是10万股！可结果怎么样？还不是折进去啦！不光赔了钱，还让人家告了个诈骗！我还是那句话，咱是个平常人，就得有颗平常心。能混碗饭吃就行，别老想着当百万富翁！"

"眼镜"笑道："我就不信你不想当百万富翁！"

"可咱有自知之明！咱知道自己没长那百万富翁的脑袋，也不做那个梦！"

"俗话说，不想当将军的士兵不是好兵。要我说，不想当百万富翁的股民也不是好股民！"

"就是！"旁边有人附和"眼镜"的话，"不想当百万富翁，你干吗来啦？"

"咱就为混口饭吃！"小平头说，"当然，如果有人非让咱当百万富翁，咱也不会死乞白赖地反对！您说，是吧？"

"噢——"人们的哄笑声给这死气沉沉的股市增添了几分活力，

就连那些面无表情的报单小姐都向这边投来好奇的目光。这群人散开之后又重新组合成几个小组,谈论着相似的话题。

洪钧找到小平头,凑上去说:"您刚才讲得真不错,特长知识!"

"咱这都是金玉良言!"小平头又来了情绪,他上下打量一番洪钧,问道,"你是新来的吧?"

"想学学!"

"那你可得预备好学费!我告诉你,这股市既是金矿也是陷阱。要真是杀了人,连一滴血都看不见!不过你要真想做,我就告诉你一句股市格言——'羊毛出在猪身上'。只要你把这句话悟透了,我保你赚大钱!"

"我就觉得这股市太危险!就像您刚才说的那个夏大户,怎么还成了诈骗?"

"他那是玩儿大了!"小平头压低了声音,"我告诉你,他肯定是得罪人了。有人给做了个局,得,他进去了!"

"您给具体讲讲,也让咱长点儿见识,免得日后吃亏!"

"要说具体事儿,我上哪儿知道去!这都是听人家说的。有人说了,那是'内幕交易'出了问题,起了内讧。还有人说了,都是为了一个女的,争风吃醋。这是人家上边儿的秘密,我们这些下边儿的,都是瞎传!"小平头说着,指了指天花板。

"上边儿?"洪钧不解地问道。

"大户室都在二层。那里边的花花事儿可多啦!咱可说不清楚。"小平头说完这话,转身走了。

洪钧在证券公司转了半天,感觉挺有收获。

第二天,洪钧看过起诉书副本,到法院去阅了卷,然后去看守所会见被告人夏哲。

夏哲的外表很像带有洋味儿的"奶油小生",因为他的大眼睛和尖鼻子,再加上白皙的皮肤和微黄的头发,让人感觉他似乎带有欧洲人的血统。他的性格有些放荡不羁,而言谈举止又显得少年老成。他躺在看守所的床上,闭着眼睛,那难忘的一幕又浮现在他的眼前——

那是一场在北京难得一见的春雨。带着寒意的雨水从漆黑的夜幕洒落下来,洗涤了干燥浑浊的空气,也赶走了街头巷尾的行人。故宫北面的街道显得有些空荡。偶尔有汽车驶过,在路灯下溅起一片彩色的水雾。

他穿着雨衣,站在筒子河边的一棵大树下。刚刚长出嫩芽的树枝遮蔽了上方的视野,使他只能透过雨帘平视前面的街道。他不想去看头顶的夜空,因为眼前的景色虽不光明,却没有令人恐惧的黑暗。他本来很喜欢眺望夜空,但是近来发生的事情却使他不敢面对黑暗。

马路上的积水泛着一片微弱且不住跳荡的白光。他的目光跃过这片积水,停留在远处的故宫角楼上。此时此刻,那角楼犹如一只蹲在高墙上的大怪物,仿佛随时都会扑向下面的猎物。角楼下有一点时隐时现的灯光,他辨识许久也没能确定那是路灯还是窗灯。

他凝望着,雨水在他眼前罩上一层白雾。忽然,那一点灯光变红了,好像成了股市行情显示屏上的"万绿丛中一点红"!他仿佛置身于疯狂的股市,耳边是股民们嘶哑的喊叫声和绝望的咒骂声!

他已经多日没去证券公司了。自从出了那次莫名其妙的"事故"之后,他便开始四处奔波,寻找可能向他伸出援助之手的人。过去他也曾高朋满座,但此时却举目无亲。他那颗年轻的心开始懂得"世态炎凉"四个字的含义。

昨天,他身心疲惫地回到家中,听母亲说公安局正在找他。他不知道公安局的人为什么要找他，但是他有一种不祥的预感，主要还是因为那封奇怪的匿名信。也许，他真的要大难临头了！他想，无论如何也要再见方琼一面，就给她打了电话，约她晚上8点在此见面——他们曾经在此一起度过难忘的时光。他的眼前浮现出她那娇小苗条的身体和销魂荡魄的笑容。

第一次在宏远证券公司看见方琼的时候，他的目光就被这新来的报单小姐牢牢地吸引了。他不能说那是一见钟情，但是她的相貌、身材和气质确实蕴含了能够让他动情的魅力，特别是她言谈举止中流露出来的女性的温柔。他上高中时也曾交过女友，但那似乎只是一种游戏。那时的女友仿佛青涩的果子，新鲜未必好吃。但是，方琼却像熟透的果子，让他无法抑制品尝的欲望。他千方百计去献殷勤，但方琼总是保持矜持的态度，既不接受，也不拒绝，令他不知进退。他送给她鲜花，她微微一笑，便放在身后的桌子上；他请她去吃饭，她婉言谢绝；他想送她回家，她总会巧妙地脱身。后来，他终于找到了接近她的路径。

他得知方琼酷爱跳舞，便花三个月的时间去参加了一个交谊舞速成班。结业之后，他立即邀请方琼去跳舞。方琼听说他会跳舞，非常惊讶，但是很高兴。他们来到地坛南门外的一个舞厅。方琼喜欢这个舞厅，因为这里的地面、灯光和音乐都很好，人也比较文雅。方琼跳舞很专业，而他只会几种基本舞步。方琼就给他讲解跳舞的要领：站立时要收腹，提臀，身架舒展，后背挺直；行走时要前掌着地，上身不摇；两人合舞要"上分下合"，他的前进腿要插到她的两腿中间，两人的下身在旋转时也不要分离。他很有悟性，进步很快，只是因两人下身紧贴，常使他产生生理反应，影响舞步动作。有时，她感觉到了，就瞪他一眼，让他专心跳舞，别胡思乱想，弄得他满脸通红，幸亏有舞厅的灯光遮掩。

他们每周去跳一次舞。跳舞时,他感觉时光飞逝。等待时,他感觉时间难挨。他想方设法让关系更加亲密,但是难有进展。每次跳舞后,他都请她去吃饭,但是她都以回家洗澡为由拒绝,而且从来不让他送。在舞场里,他可以搂抱她的身体,但是一走出舞场,她就不允许身体接触,拉手也不行。她说,她和他只能是舞伴。她的态度使他神魂颠倒,但也无可奈何。

春节后的一天晚上,他们又一起跳舞。她的心情很好,但似乎有些疲惫。在悠扬和缓的布鲁斯音乐中,她不时把身体贴靠在他的胸前,那柔软的乳峰撩拨着他的心。以往她总是一曲不停地从头跳到尾,但那天才到半程就说累了。走出舞厅时,他用手搂着她的腰,她并没有像以往那样把他的手拿开。他试探着邀请她去吃饭,她竟然没有拒绝。他喜出望外,便叫了一辆出租车,来到故宫北面的"大三元"酒家——第一次与她共进晚餐,当然要上档次。

吃饭的时候,他讲了许多,特别是他的理想和未来。他计划用三年的时间成为百万富翁,然后南下深圳,到证券交易所去积累经验,成为一名投资咨询专家。他听说,香港一些投资咨询专家的年收入高达千万!他希望在不久的将来,成立一家自己的投资咨询公司。方琼对他的话很感兴趣,脸上挂着迷人的微笑,但是很少讲话。

饭后,他们来到故宫北门外的筒子河边,面对面地站在一棵树下。他鼓足勇气,终于说出了"我爱你"三个字。她很感动,但是说两人不合适,因为她比他大好几岁,他应该去找一个更年轻的姑娘。他说没关系,他喜欢姐弟恋的感觉。她摇摇头说,现在没关系,30年之后就有关系了,因为那时他还精力旺盛,而她已经变成了老太婆。他诚恳地说,他不管30年以后,只要能跟她生活在一起,他就心满意足了。他把她拥抱在胸前,在她的嘴唇上留下长长的"初吻"!她接受了他的吻,也接受了他的爱抚,但是坚决不允许他把手伸进她的衣服里。她还提出一个条件：在公司里不能让别人知道他们的关系。他答应了，但表示会尽快让她离开证券公司，享受更好的生活。她充满柔情地说，期盼他早日成为百万富翁。

从那以后，他每天都会很早来到宏远证券公司的大户室，眼睛看着计算机显示屏，心里想着方琼。他恪守她的条件，但是也会抓住一些无人的时机，来一次短暂的亲密接触。他决定大干快上，加速实施他的"百万富翁计划"，甚至不惜冒险透支做大笔买卖，结果发生了那次不幸的"上海延生"事件。如今，他一人站在这"初吻之地"，内心既感到痛苦，也感到怅惘。

雨越下越大，天空滚过一串春雷。他抬起手腕，看了看手表——已经8点20分。他叹了口气，在心里对自己说，下这么大的雨，她不会来了！但是他又不死心。此时，他对方琼的感情很复杂。一方面，这个神秘的女人就像一道谜语，吸引他去破解。另一方面，这个神秘的女人又像一个陷阱，诱惑他去堕落。他想走进她，但是找不到入口。他想离开她，又找不到出口。他彷徨着，徘徊着，无法摆脱这难堪的处境。

忽然，一阵高跟鞋敲打路面的声音透过风雨飞进他的耳鼓。他连忙回头望去——只见东边的雨雾中影影绰绰地出现了一个身影。他的心立刻激动起来，双腿不由自主地迎了过去。

然而，随着那脚步声的渐近，他又失望了，因为他听出那是四只脚的声音，也看清了那是两个紧靠在一起的身影。他停住脚步，若无其事地往回走去。身后的脚步声越来越近，他向旁边让了让，却听见一个女子的声音——"夏哲！"

他连忙回过身来，但看见的是一个陌生女子。他一怔，问道："你是谁？"

旁边的男青年说："我们是公安局的，跟我们走！"

夏哲本能地转身就跑，后面那两人紧紧追赶。夏哲甩掉了身上的雨衣，在街上狂奔，踩得地上水花飞溅。跑了一阵，他觉得追他的人远了，正在庆幸，只见一辆警车亮着大灯迎面驶来。他停住脚步，回头看了一下，见无路可逃，便迎着警车跑去。

"吱——"警车还没停稳，就有两名警察跳了下来。

夏哲迎上前去，气喘吁吁地说："警察同志……那边有两个……劫道的！"

但是，警察把他"请"进了警车……

夏哲思考着那个折磨身心的问题——是谁出卖了他？是那个神秘的方琼吗？正在这时，一名警察打开房门，叫他的名字，把他带到了会见室。

洪钧自我介绍之后，用友善的目光看着夏哲，没有直奔主题："你这么年轻就成了股市专家，不简单。"

"咳，我上高中的时候就对股票产生了兴趣。我这人，喜欢冒险，反正高风险就意味着高收益。而且，我认为股市是体现男人智慧和勇气的最好地方。后来，没考上大学，我就一头扎进了股市。当然，我能玩儿股票还有两个条件：一个是老爸给出钱；另一个是在证券公司有熟人。"

洪钧发现做股票生意的人都很健谈。"你说的是宏远证券公司的陆伯平经理？"

"对。他是我老爸的'发小儿'。"

"对你挺关照？"

"反正，也就是开大户时优惠点儿，平常办事儿方便点儿。可最主要的还是我在陆叔这里做股票，我老爸才放心，才肯掏钱。"

"可这次出事儿，陆经理怎么没帮你？"

"咳，反正该着我倒霉！股市暴跌，操作上出了毛病，陆叔又不在北京。这就叫'屋漏偏遭连夜雨，船迟又遇打头风'！"

"你还挺乐观！"

夏哲自我解嘲地笑了笑，"我这人，挺自信的。反正我没骗人，我就不信法院能把我给判喽！另外，这也是在股市上锻炼的。玩儿股票就得潇洒点儿。一赚就笑，一赔就哭，那在股市上站不住，早晚得跳楼！"

"你没割过肉？"洪钧想起了股市上高进低出的术语。

"当然割过。玩儿股票有几个不割肉的！"

"这次为什么没割？"

"出错儿啦！"

"谈谈经过吧。"洪钧认为该回归主题了。

夏哲沉思片刻，说道："我这人对股票还有点儿悟性。虽说这股市杀人不见血，可我这次赔得实在冤枉。去年那阵子股市低迷，只有上海延生一花独秀，在大屏上真是'万绿丛中一点红'！我认定延生还能上冲，就在30.1的价位上追高吃进了10万股。"

"那就是三百多万呀！你可真是个大款！"

"我哪有那么多钱？券商的。"

"透支？陆经理给你的优惠？"

"不，别人也可以。为了吸引大户，很多券商都让透支。反正赔赚是你的，他们按成交额取费，交易越多，他们赚得越多！再说啦，专业股民有几个全用自己钱做的？"

"羊毛出在猪身上，对吧？"

"您这话已经过时喽！羊毛出在狗身上，让猪掏钱！当然，也有羊毛被风吹上天的时候。我那次吃进后不久，延生就开始回落。有人认为这是暂时的,很快还会反弹。可我觉得势头不对,一定是上边有了什么风吹草动。我是透支,绝不能被套住。那天下午快收盘时,延生仍在下跌,我一咬牙,决定割肉!向报单小姐交代之后,我心里很郁闷,老想着那白扔出去的几万块钱,所以没仔细看委托单就签字了。第二天上午,我见延生还在跳水,暗自庆幸。但是我刷卡时,却发现那10万股延生变成了20万!我当时可真有点儿晕菜了,连忙找人去查,但他们说我昨天委托的就是买进!看着大屏上一片绿色,我傻了!接下来是强令平仓,我一下子就赔了60多万!可我上哪儿去找这么多钱呀?"

"你父亲不是很有钱吗?"

"那是他的钱。再说了,我老爸的钱也被套住了!"

"他也炒股票?"洪钧睁大了眼睛。

"他不炒股票,炒木头,那风险更大!"

"炒木头?怎么炒?"

"他……"夏哲欲言又止,"他的事儿,我也说不清楚。"

洪钧见夏哲不愿意说,便不再追问,又回到主题:"你为什么不自己填写委托单?"

"这是大户室的特殊服务。你知道,这帮大户就是有钱,没多少文化,所以像操作电脑、下委托单这类事情,都是由报单小姐代办,然后签个字就行了。"

"下单不是要有报价吗?那卖出价和买进价应该有区别吧?"

"这也怪我。我当时就想尽快抛出,所以就说按市价委托。"

"什么叫市价委托?"

"就是股民委托券商成交的时候不给出具体价格,就要求按当前的市场价格成交。"

"那你会不会出现口误啊?"

"我觉得不会。"夏哲看了一眼坐在门边的警察,小声说,"这些日子,我一直在想这事儿。我感觉,肯定是有人在害我。"

"你知道是谁吗?"

"不知道,只是怀疑。"

"那个报单小姐?"

"你说的是方琼?"

"我看过案卷,当时替你操作的就是她吧?"

"是。这事儿是挺怪的。我出错儿的那天早上,先去找的她,可她不在。别人说,她妈病重,她一早就赶回云南了。她家是云南的。大约过了一个月,我才听说她回来了,就约她出来见个面儿,结果她没来,警察来了,把我给抓走了。要说这些事儿可真够巧的!不过,我总觉得她不至于害我。当然,她这个人也确实挺……神秘的。"

"为什么?"

"她这个人吧,看上去就挺有层次,好像也挺有背景,不像个当报单小姐的人。反正她站在那堆报单小姐里很显眼,有点儿鹤立鸡群的感觉。我说的可不是身高,是她的形象和气质。听说她原来是个电影演员,虽然没演过什么主角,但是形象和演技都不错,按说挺有前途的。一开始,还有人说她是来体验生活的,为了拍电影,可后来也没走,就一直干下来了。她到宏远得有两年多了,但是基本上不跟公司的人来往。听她平时说话那口气,好像见过不少大世面,也见过不少有头有脸的人物。不知她为什么到华远来干了这份伺候人的差事,要钱没钱,要名没名,还挺辛苦。反正挺奇怪的!还有,她的年龄也不小了,可一直单身。其实,就说在宏远,追求她的人也不少,可她好像谁也看不上,特傲气!"

"包括你?"

"其实,也不能说我追她,她就是我大姐,对我挺好的。反正,我觉得她不能害我!"

"那你怀疑谁?"

"主要是两个人:一个是梁大嘴,他叫梁高,是宏远公司的副经理。他那人嘴大,一个顶俩,所以人们叫惯了,就成了'俩大嘴'。他说的话,百分之八十都不能信,剩下的百分之二十,你还得拎回去甩甩水分!比方说,你要是遇上个事儿,他敢说带你进中南海。你能信吗?另一个是糊涂虫,他叫胡图承,也是个大户。他那个人,要形象没形象,要本事没本事,就靠着老爷子的钱,在这股市上混。不过,那小子净长坏心眼儿,一天到晚就想着害人。"

"他们为什么要陷害你?"

"红眼儿病呗!人就是这样儿,你比他好,他就想方设法给你使个绊儿。就说那个梁大嘴,他老把我当情敌,总盼着我出事儿。其实,就算没有我,方琼也不会喜欢他。他自己有老婆,也没离婚,方琼能跟他么?再说那个糊涂虫,他也想追方琼,那哪儿追得上啊!还有,就在我第二次买进那天,他小子抛出了10万股延生。这事儿让我很郁闷。我怎么倒成了给他解套的下家儿?耻辱!"

"如果你不买进,他那10万股就卖不出去了?"

"那倒也不一定,关键看他的报价有没有人接。"

"我不懂股票交易,如果是他们陷害你,怎么操作?"

"这也是我一直在琢磨的问题。我后来查了,那笔是第二天早上成交的。我想,一种可能是那天夜里有人在计算机上做了手脚;另一种可能是有人利用了方琼。不过,我还是觉得第一种可能性更大。反正,要查清这个事儿,方琼是个关键的人,她能证明我那天委托的就是卖出。"

"为什么?"

"我记得很清楚,那天下午我们还争论过。我说上海延生还得跌,但她说已经见底了。我还跟她说可以打赌,但是她不打。最后我说,这事儿不能听她的,我不能被套住,全部抛出。这是我们俩的对话,她应该记得。"

"可她的证言对你不利。"

"我听说了,所以一直想找她当面问问,就是没有机会。"夏哲停顿一下,又说,"对了,还有一件怪事儿,我也说不准,跟这个案子究竟有没有关系。"

"什么事儿?"

"就在出事儿前不久,我收到一封奇怪的信。信封上写的是我收,落款是'内详'。打开一看,里面只有一张纸,打印的字儿,没头没尾,就一段话——善有善报,恶有恶报。父债子还,天经地义。要么是他,要么是你。大难临头,悔之晚矣。"

"信还在吗?"

"当时我就给撕了。我本来以为就是一个无聊的玩笑。反正现在经常有人收到这种怪信,有的还打着什么佛祖的旗号。要我看,都是饭后称体重——吃饱了撑的!可这事儿发生之后,我感觉那封信不简单,话里有话,好像是专冲我来的。也许是要挑拨我们的父子关系?"

"你父亲好像不太关心你的事情。"

"其实,他对我也挺关心的。"夏哲似乎有些犹豫,"反正他就是那种脾气,嘴上不爱多说。可是我感觉得出来,他心里对我还是挺好的。"

"他有仇人吗?"

"应该说没有吧。虽然他这些年做生意,难免得罪过什么人,但是他那人讲外场,也讲义气。周围的人都说他是大好人,特别是他那些一起下乡的老同学。"

"陆经理就是他的老同学吧?"

"我们两家是老邻居，原来就住一个院儿。我小时候，两家走得挺近，后来拆迁，都搬走了，见面就少了。不过，我感觉我爸和陆叔的关系……挺复杂，反正缺少共同语言。表面上看，他俩挺好，老同学，还一起下过乡，可在饭桌上，他俩经常暗中较劲儿，说话也老拧着。我爸叫陆叔'路不平'，陆叔叫我爸'瞎迷糊'。据说，这都是他们年轻时的外号。我看得出来，我爸总想证明他比陆叔更有本事。"

"同龄人，可以理解。"

"反正听他俩说话，挺逗的。"

"你这个案子还真不简单！"洪钧回头看了一眼坐在门口打盹儿的警察，"夏哲，我相信你的话，但是有些证据对你不利，特别是那份委托单上的签字。你承认那是你的签名，对吧？"

"一开始，我也怀疑是有人伪造了我的签名，但是我仔细看了，应该是我的。如果真是有人伪造的，那水平也太高了！难道是有人另外做了一份委托单，然后再伪造我的签名？"

"一切皆有可能。"

"那可真够黑的，快赶上黑社会啦！难道我得罪了黑社会？不会吧！"

"我希望跟黑社会无关。不过，那个签名是重要证据，我想请笔迹专家看看。你得给我提供一些笔迹样本，最好是近期的，而且有你的签名。"

"我家里有。你可以让我妈去找。"

"正好，我明天要去见你父亲。你有什么话让我转告吗？"洪钧站起身来。

"没有了，该说的，反正早就说过了。洪律师，说句心里话，我真想回家，主要想看看我妈。"夏哲也站起身来，眼圈有些泛红。

洪钧拍拍夏哲的肩膀，走了出去。

第三章

洪钧了解基本案情之后，认为需要调查的问题很多，就到北京市中级人民法院去找法官，请求推迟开庭时间。负责本案的审判员叫钱图良，三十多岁，北京大学法律系的毕业生，曾经在一次关于刑事诉讼制度改革的学术研讨会上见过洪钧。洪钧在那次会上发言介绍了美国的刑事诉讼制度，特别介绍了美国抗辩式诉讼制度的优点和无罪推定原则的重要性，给钱图良留下深刻的印象。洪钧说，他不愿意像某些律师那样，看看案卷，见见被告，查查法条，就出庭辩护，也不愿意像某些律师那样去找人托关系，因此他一定要自己先把事情查清楚，用证据辩护。钱法官对此表示欣赏，经请示领导后答应了推迟开庭的请求。钱法官还告诉他，正是由于这个案件的情况很复杂，不仅数额巨大，而且涉及金融机构，所以才决定由中级人民法院管辖，领导的意思也是要格外慎重。离开法院时，洪钧觉得心头的压力减轻许多，因为他有时间去调查本案的来龙去脉。

洪钧来到证监会，了解有关"透支炒股"的规定。他得知，虽然这种做法没有法律依据，但是很多证券公司都允许大户透支，因为大户们的交易量越大，证券公司的收益就越高。对于大户来说，透支数额的高低也能表明他们的资金实力以及与券商的关系。当然，由于没有涨跌停板的限制，透支炒股的风险很大，券商强制平仓并引发纠纷的事情也时有发生，甚至还发生了股民透支炒股赔钱后跳楼自杀的事件。证监会正在对这一问题进行研究，预计明年就会出台相关的政策，限制透支炒股的做法。

洪钧还了解了有关"内幕交易"的情况。他发现，如果能掌握准确的"内幕情报"，如某上市公司将与外商合资，政府的金融政策将有大的举措等，那么在股市上发财真是易如反掌。他觉得这方面的漏洞太多，"证监会"应该加强监管。洪钧之所以对"内幕交易"问题感兴趣，是因为他在分析夏哲的案件材料时，隐约的感觉本案可能与"内幕交易"有关。

洪钧离开证监会，开车来到位于北二环路边的"美虎装饰公司"。这是一个建材公司的院子。进了大铁门，就是一栋二层办公楼，夏大虎的公司租用了办公楼的二层。洪钧来到经理办公室。办公室的陈设并不豪华，就是一张普通的写字台，一把木椅，一组沙发，一个书柜和两个保险柜。墙上挂着一张很大的北京市地图和几张带镜框的照片。这一切都表现出主人那勤俭创业和低调务实的精神。

洪钧与夏大虎寒暄之后，简要介绍了这两天调查的情况，并说法院已同意推迟开庭的请求。夏大虎对此表示满意，然后有些犹豫地提出一个与本案无关的问题——

"洪律师，那天初次见面，您怎么就知道我的家事呢？难道您以前认识我？"

"没有哇！"

"那您怎么说我儿子出生时就不受欢迎呢？"

"噢，那是个简单的推理。夏经理显然是个'老知青'。根据您说话中带有的东北口音，我估计您一定去过'北大荒'。夏哲今年21岁，那他应该出生在1974年。据我所知，知识青年在当时不许那么早结婚，因此你们一定是在不得已的情况下才结婚的！我猜得对吗？"

"洪律师，我觉得您这人特别善解人意。其实也不是善解人意。

我是说，您这人挺……反正跟一般人不一样！"

"那我就问个跟一般人一样的问题：您觉得婚姻幸福吗？"

"洪律师成家了吗？"

"未婚。"

"那您可真潇洒！要说这婚姻幸福，坦率地讲，我们结婚的时候啥也不懂，也没想那么多。不过，结婚这么多年了，我们的夫妻关系还挺好。要我说，爱情就是一时的感觉，持续不了多久。婚姻可是一辈子的事儿，主要靠的是惯性。感觉没有了，人还得在一块儿。只要能凑合过，就算幸福喽！"

洪钧感觉夏大虎的语调有些奇怪，就换了个话题："您是下乡知青，能创建这么大的公司，确实很不容易！"

"我这人就是能吃苦。我知道自己不比别人聪明，要想成功就得加倍努力。从黑龙江回到北京，我干了几年木匠活儿，后来又做过买卖，1992年才成立这家公司。"

"夏经理这么有钱，夏哲的案子就不难办。只要您先帮他把钱还上，他的诈骗罪指控就不能成立了。"

"我不是不想帮他，可我现在拿不出钱来。我这儿还有更大的麻烦呢！"

"什么麻烦？"

"这事儿跟夏哲无关。如果洪律师能帮我解决这个难题，我一定重重酬谢。"夏大虎看了看洪钧的反应，继续说，"去年我认识了一个外商，美籍华人，叫萨利文。这个女人非常有钱，是一家大公司的董事长。我们是在一个商品交易会上认识的。她想在中国投资建厂，我也希望能搞个合资企业，生产室内装饰材料。我们谈了几次，双方都有诚意。她还亲自来对我们公司的经营状况和财务状况进行了审查，很满意。在筹建合资企业的同时，她还给我们带来一笔生意——她要购买一大批木材。我估计她也想通过这事儿来考查我们的能力。虽然我没做过木材生意,但是我搞室内装修,在这方面有熟人,而且在黑龙江林业局也能找到关系。当然,无利不起早,这笔生意做下来,我至少能赚一百万!"

"好买卖!"

"我们签了合同。这几个月,我几乎是全力以赴在跑这件事儿,而且调动了所有的流动资金。我得先付订金啊。上个月,我们把货运到了天津港,都是按萨利文夫人要求的规格加工的。但是她派来验货的人说含水量不合格,拒收!净出这种没屁眼儿的事儿,真他妈的……"夏大虎看了一眼洪钧,把后面的话咽了回去,"嗨,我做事儿一直很仔细,对木材的种类和尺寸都要求很严,没想到却在含水量上出了问题。对方要是不通融的话,那么多木材可怎么处理啊!"

"对方是什么态度?"

"验货人说无权决定,得请示董事长。这不,萨利文夫人后天到北京,我正琢磨怎么说服她呢。洪律师,您是专家,不仅懂中国法律,还懂美国法律,而且会说英语。所以,我想请您帮忙,看看我们的合同,怎么跟他们谈判。您知道,萨利文夫人不懂普通话。她要不就说英语,要不就说广东话。可那些'鸟语',我哪懂啊!所以,谈判都得靠她的翻译,忒不方便。您是洋博士,参加谈判还能帮我翻译。这事儿您要是帮我办成了,我再给您10万!"

"我只受理刑事案件。这种合同纠纷,您还是请别人吧。"

"这我知道。我原来也请过一个律师,可他是个'二把刀',净糊弄人。"

"我还是专心办理夏哲的案子吧!"洪钧说着就起身告辞了。

夏大虎陪着洪钧向门口走去,但嘴里仍在说:"其实对我来说,这单生意比夏哲的案子还重要。通过报纸上那篇报道,我知道您不仅有本事，而且对客户特别负责。不像我原来请的律师，就知道要钱。我知道您只收刑事案子，所以才先拿夏哲的案子请您办。其实我压根儿就希望在木材这事儿上也请您帮忙！"

洪钧停住了脚步，"这么说，夏经理开始是虚晃一枪了？"

"也不能那么说。夏哲的案子也要办，但是这笔木材生意关系到我们公司的生死存亡啊！做好了，我们不仅可以赚一笔，还可以建成合资企业。如果做不成，那不仅是合资企业泡了汤，恐怕我们公司也得破产了！您看——"夏大虎指着墙上挂着的一张大照片说，"这就是我们和外商第一次谈判后的合影。"

"中间这位女士就是萨利文夫人？"

"对！"

洪钧走过去仔细看了看照片上那个戴着变色眼镜的中年女子，他觉得似曾相识，但一时想不起来。

正在这时，门一响，一个女人走了进来。此人身材挺高，体态丰满，五官长得都挺好，就是合在一起显得有些俗气。她的脸上化了妆，还文了眉，虽然是半老徐娘，但丰韵犹存。

夏大虎见了来人，皱起眉头问道："你怎么来了？"

"我要见洪大律师！"那女子说。

夏大虎转过身来，一脸的无可奈何，"洪律师，这就是我媳妇儿——白玫。"

洪钧迎上前去，轻轻和白玫握了握手。

白玫急不可待地说："洪大律师，您一定要救救小哲，他可是个好孩子！我求求您了！"白玫说着，"扑通"一声跪到了洪钧面前。

洪钧一愣，忙去搀扶。

夏大虎在一旁拉起白玫,"你这是干吗?洪律师会尽力帮忙的!"

"不!"白玫眼里闪着泪花,"我不听你的!你就知道钱,根本不关心小哲!"

"谁说我不关心小哲?"夏大虎的声音不高,但口气很严厉。

"你关心他啥啦?儿子不回家,你问过吗?儿子被抓起来了,你去看过吗?要不是我整天催你,你会去给他请律师吗?"

"我这段时间太忙,而且都是没屁眼儿的事儿。你又不是不知道!"

"这我知道。可儿子的事儿,就是最大的事儿!"

"小哲这么任性,都是你给惯的!想当初,我坚决反对他去炒股,风险太大,可你非让他去,还说有'路不平'关照,可以放心。现在出了事儿,他'路不平'干啥去了?回头,我非得去找他算账!"

"你现在说那些话都没用!现在的问题是怎么把小哲救出来。"

"我这不是正跟洪律师商量嘛!"

"我知道,你的心思根本就不在儿子身上。所以,我必须亲自跟洪律师讲!"

洪钧一直在冷眼旁观,此时便说:"这个案子的情况,我已经了解了,比较复杂,还需要调查。我需要夏哲的笔迹样本,就是他写的字,最好是近期的,而且有他的名字。他说家里有,请您去找一找?"

"这能行。我回去就找,然后给您送来。"白玫的情绪平静了一些,叹口气,"我也知道这事儿不容易。可小哲是个苦命的孩子,已经关了一个多月了。他咋受得了啊!洪律师,我听人说小哲要是定了诈骗,算数额巨大,有可能判无期徒刑。那是真的吗?"

"有这种可能。诈骗罪的案件一般都在基层法院审理,但这个案件是在中级人民法院审,按照法律规定,一般是可能判处无期徒刑以上的案件才由中级人民法院管辖。"

"无期徒刑，那小哲这辈子就完了！我害怕这是报应……不！这不是小哲的错！洪律师，您一定得救救他！"

"我会尽力而为。"

"可我还是很害怕！"白玫喃喃自语，"我怕小哲他受不了！"

"您放心！"洪钧说，"我见过夏哲，他的情绪很稳定，也挺乐观的。这次经历，没准儿对他以后的人生还有好处呢！"

"就是，孩子吃点儿苦怕什么？咱们年轻时吃的苦还少吗？"夏大虎在一旁说。

"那不一样！"白玫虽然是对夏大虎说话，但眼睛却看着洪钧。她好像忽然想起了什么，急切地问道，"洪律师，我听说关起来的人可以保出来。那您先帮我把小哲保出来吧！让他在家里待着，我看着他，绝跑不了！"

"您说的那叫取保候审，"洪钧说，"按照《刑事诉讼法》的规定，取保候审的对象一般是可能判处较轻刑罚的人，或者是可能判处较重刑罚但主要犯罪事实已经查清，而且不会逃避侦查和审判，没有社会危险性的。夏哲的情况不符合取保候审的条件，除非他得了比较重的病……"

"得病就能出来？那……小哲他有病啊！"白玫一下子站起来，向门口跑去。快到门口时，她才停下来，回头对洪钧说了声"谢谢"。

夏大虎望着白玫的背影，摇了摇头，对洪钧说："自从夏哲被抓起来，她就不正常了。我现在担心的不是孩子受不了，而是孩子他妈受不了。家中遇上这种事儿，真是不幸！"

洪钧也看着白玫的背影，右手的五指缓慢地从前向后梳拢着头发——这是他集中精力思考问题时的习惯动作。

夏大虎把洪钧送到门口，说："洪律师，我刚才跟您说的事儿，请您再考虑考虑。"

洪钧开车回到位于友谊宾馆内的律师事务所，把自己关在办公室里，思考着案情。他知道，证明夏哲无罪的最佳途径是证明有人陷害他。他已经隐约地感觉到有人给夏哲设置了圈套，但他又不能完全把握住自己的感觉。他觉得自己的思维很难集中到这一点上，因为那张照片上的女人总在他眼前晃动。特别是那种带着轻蔑的微笑，他觉得曾经在哪里见过。他坐在椅子上，闭着眼睛，十指交替梳拢着头发。

突然，他睁开眼睛，拿起电话，拨通了夏大虎的办公室，"夏经理吗？我同意参加你和萨利文夫人的谈判，但是只做律师，不做翻译。"

第四章

洪钧认为自己有必要去宏远证券公司了解有关情况。但是，该公司是这起诈骗案的受害方，他去调查肯定不会顺畅。他根据已知的案情材料，认真分析了几位调查对象的情况和可能遇到的阻力，以便选择最佳的调查路径。梁大嘴和糊涂虫是嫌疑对象，不便接触；报单员方琼是关键证人，但是对她的询问最好事先得到公司领导的许可；陆伯平是公司经理，又与夏哲有私人关系，因此，他决定先去拜访陆伯平。他打电话预约，陆伯平很痛快就答应了。

这天下午，洪钧按约定时间提前来到宏远证券公司。在门口，他又看到了那辆车牌号码为"37285"的蓝色桑塔纳。他来到车前，见车牌上还有一大块泥污，便用脚蹭了蹭，果然看见了油漆脱落的痕迹。他抬起头来，见无人注意自己，便走进路边的公用电话亭，拨通了律所办公室的电话。

"喂，这里是洪钧律师事务所……"

"宋佳，我是洪钧。"洪钧打断了宋佳的声音。

"噢，是洪律啊！你这是在哪儿打的电话？"

"公用电话。"

"我说洪律，你应该买一个手持电话了，就是那种'大哥大'呀。"

"我也有这个想法。"

"这事儿就交给我办吧。你有何吩咐？"

"你还记得那个车牌号码的事儿吗？"

"当然记得。老师的教诲，学生怎么敢忘呀！"

"我在宏远证券公司门口看见一辆桑塔纳，很像报纸上说的那辆车。你马上给交通队打个电话，让他们来查一查。"

"这事儿与咱们的案子有关么？"

"这是公民的义务！"

"您可真有觉悟啊！"

"别瞎贫！快打电话！"

"是，照办喽！"

洪钧走出电话亭。他没进营业部的大厅，而是从旁边的门进去，来到传达室。他向传达室的人讲明来意，对方打了个电话，然后满脸堆笑地对他说："洪律师，陆经理临时有点事儿，让您先到会客室等一会儿。"

"会客室在几楼？"洪钧说着就要往里走。

"您等会儿，有人来接您。这不，来了。"

洪钧回头望去，只见从楼梯上跑下一个年轻人。此人身穿黑色西服，戴着一副墨镜。见面后，他只说了一个"请"字，便转身带路。上到三楼，进了一道铁门，一个身穿黑色套裙的秘书模样的青年女子迎接洪钧，也只说了一个"请"字，继续带着洪钧向里走。那个戴墨镜的男青年则走进了铁门旁的房间。

走廊两侧的房门都关着，很安静。女秘书穿的是软底坡跟皮鞋，走起路来几乎没有声音。洪钧被带到一间会客室。女秘书让他稍候，并问他是否喝茶。洪钧摆了摆手，表示感谢。女秘书站在门口，向外看了看，回头说："梁副经理来了。"

一个身穿蓝色西服的男子大步走进来，用力地与洪钧握了握手说:"我叫梁高。你请坐!"

洪钧递上名片,仔细打量夏哲怀疑的这位梁大嘴。此人三十多岁,瘦高个,长方脸,浓眉大眼,高鼻梁,嘴确实很大,而且经常张着,露出整齐的白牙。从外表看,这是一个精明强干的人。洪钧还发现,他就是那个开"37285"的人。

梁大嘴冲女秘书挥挥手,后者便转身走了出去,并随手把门关上了。

梁大嘴看了看手中的名片,皱着眉头问道:"洪律师,你找陆经理有什么事儿?"

"我是夏哲的辩护律师,找陆经理了解情况。"

"噢,夏哲那个事儿啊!其实,陆经理对那个事儿也不清楚,他当时不在北京。"

"这么说,梁经理了解当时的情况?"

"我也不了解,都是具体工作人员操作的。我跟你讲,你应该去找公安局,他们作过调查,最了解情况。"

"您认识夏哲吧?"

"认识,但不熟。不过,我听别人说,他那个人太狂,办事儿没谱!我跟你讲,你最好别管他的事儿。"

"为什么?"

"你别看他岁数不大,可心眼儿挺多。我跟你讲,你给他当律师,肯定是瞎耽误工夫。弄不好,还得给自己惹一身麻烦!"

"有那么严重?"

"我可是一片好心,听不听在你。对了,洪律师,我还有别的事儿,失陪。"梁大嘴说着话便站起身来,急匆匆地走了出去,并且把门关上了。

洪钧被一个人关在屋里,心里有些不痛快,但是也无可奈何。他已经预料到宏远证券公司不会支持他的调查工作，因此对这种冷遇早有心理准备。他走到窗户边，看着下面停车场上那辆蓝色的桑塔纳轿车，心想：如果这真是那辆肇事汽车，那么这位梁副经理就应该是那个逃逸的司机。但是怎么证明呢？姓梁的肯定不会承认。这种人，当时能逃跑，事后就能抵赖。如果被撞伤的骑车人身上沾有这个车牌脱落的漆皮就好了，最好还能根据漆皮的分离界面进行同一认定。交警会想到这一点吗？就怕那办案的交警不负责任，或者……

洪钧正在胡思乱想，门响了。洪钧回过头来，只见梁大嘴站在门口。

"洪律师还在这儿呐？我跟你讲，陆经理现在可忙得很。你要是有别的急事儿，就先去办，回头再来。"

"我可以等。"

"你可真有耐心！我跟你讲，你们这些当律师的，就是没事儿找事儿。我就认识一个律师，整天撺掇别人离婚，你说他缺德不缺德？"

"要说这缺德事儿，现在还真不少。前些日子在北太平庄的辅路上，一个人开车撞了个骑自行车的，也不说下来看看，开着车就跑了。那才叫缺德呢！不过，他以为跑了就没事儿啦？老话儿说得好，群众的眼睛是雪亮的！"洪钧在心情不爽的时候说话也很尖刻，而且是那种隐含的尖刻。

"你这是什么意思？"梁大嘴愣愣地望着洪钧。

"您说呢？"洪钧含笑看着梁高。他认为自己比常人聪明，有时便忍不住想显示出来。

"那……我再去看看，陆经理那边儿的事情完了没有。"梁大嘴出去了，又把门关上了。

大约十分钟之后，门又开了。那位女秘书站在门口，笑容可掬地说："洪律师，陆经理请您到他的办公室去。"

陆伯平的办公室相当宽大。房门正对着老板台，台上放着一个精美的电子台历和三部电话；老板椅后面是玻璃窗，但是被深橙色的落地丝绒窗帘挡住了；左边是一组真皮沙发，宽大的玻璃茶几上放着一盆兰花；右边墙上是一整幅瓷砖壁画，画的内容是女娲补天的神话；壁画与老板台之间的墙角摆着一个一米多高的根雕，那惟妙惟肖的展翅雄鹰令人叹为观止。

陆伯平看见洪钧，热情地起身相迎。寒暄后，二人斜对面坐在沙发上。

陆伯平中等身材，略有些发胖，油黑的头发梳得整整齐齐，白皙的瓜子脸上架着一副玳瑁眼镜，颇有些学者风度。他走路时左腿稍有些跛，当然只有细心人才能看得出来。在他那老板台旁边立着一根金属手杖。

女秘书把饮料放在茶几上之后走了出去。陆伯平面带微笑地望着洪钧，犹如在等待一位不受欢迎的记者提问。

洪钧打量着陆伯平。他发现陆伯平的神态虽十分坦然，但是手指在不自然地微微颤抖。为了使谈话的气氛松弛下来，他决定先不谈正题，就把目光移到那根金属手杖上，问道："陆经理的手杖很特别，自己做的吗？"

"不，是一位老战友送的。"陆伯平显然很愿意向人介绍这根手杖的历史。他把手杖拿过来，递给洪钧，然后侃侃而谈，"那是在'对越自卫反击战'的战场上。当时我是侦察连的指导员。我们连长是从工厂来的，不善言辞，但心灵手巧。这手杖就是他自己做的。要说这人也挺奇怪。我们当时是脑袋别在裤腰带上，他却偏有这种闲情逸致！后来，我们连在执行一次任务中与敌人遭遇。那一仗打得太艰苦啦！我们连的大部分人都牺牲了，包括连长。他在临死前把这根手杖送给了我。我这条腿也是在那场战争中受的伤！但是和那些战友们相比，我还是幸运多了。后来，我一直把这根手杖留在身边，因为它可以时刻提醒我不要忘记那枪林弹雨中的生活，不要忘记那些死去的战友！"

洪钧颇有兴致地欣赏这根金属手杖。它由三部分组成：中间是一根约四十厘米长的钢管，两头都有螺丝扣；上面是一小截钢管，插着一个形状如同龙头的树根作为把手；下面也是一小截钢管，插着一个球形的橡胶塞，以减小手杖接触地面的声音。由于钢管都镀了铬，所以看上去还挺漂亮。

陆伯平的话使洪钧很受感动。虽然他不喜欢战争，但是那些为祖国为人民流血牺牲的军人总能使他热血沸腾并产生由衷的敬意。然而，他很难在这张白净的脸上看出战火硝烟熏染的痕迹，便说道："我听说，夏大虎和您是同学，可您看上去比他年轻多了！"

"大虎确实比我大两岁。不过，他这个人，掉进钱眼儿里，一天到晚就想着赚钱，活得太累。你说他能不老嘛！还有，他这个人思想守旧，不敢创新，自然就显得老气横秋了。我认为，一个人要想保持外貌的青春，首先得有内心的青春，得有一颗年轻的心。"

"如何理解？"洪钧饶有兴趣。

"就是要敢于追求，敢于更新。如果一个人安于现状，心如死水，那他的心就老了，他的身体也很快就会衰老。你不信？这就是生命的规律！我记得以前有一首歌，叫什么'革命人永远是年轻'。怎么年轻？就得有颗革命的心！可什么是'革命的心'？就是不安于现状，就是要追求新的东西，就是要敢想敢干！洪律师，您是洋博士，论学问，我跟您没法儿比。我们这代人是'被教育遗忘的角落'！可要论对生活的体验，对人生的理解，那可就不是书本上能够学到的东西喽！我这人说话实事求是，不喜欢假谦虚，您别见怪！"

"哪里？这真是'听君一席话，胜读十年书'！陆经理都追求什么新东西？"

"那就多啦！比方说这股市吧，就是个新东西。我从1987年开始接触股票，当时是在深圳。我大概也算得上最早吃股票这种螃蟹的中国人了！咱们北京人都爱说'玩儿股票'，就跟玩儿邮票、玩儿麻将一样。其实这股票是门大学问！我这么跟您说吧，您要是不懂政治，趁早别吃股票这碗饭！有人以为学了点儿经济、金融什么的，就能成为股市专家了。那纯粹是异想天开！"

"您为什么把夏哲拉进股市？"

"夏哲？其实我本来不赞成他做股票。可是那小子迷上这玩意儿了，大虎两口子又都让我帮忙。可能您也知道，我和大虎是'发小儿'，我能不答应吗？要说我这两年也没少指点他。我告诉他，中国的股市还不成熟，风险太大，因此千万不要贪大。没想到我这次外出，他竟然做了这么大一笔。真是乱弹琴！这些日子，我一直在后悔，当初我要是坚持不让他进股市就好了！"

"我听夏哲说，是操作上出了差错。"

"我回京后立马就查了。我也希望这是个技术上的错误，可是报单员的话有根有据，而且有电脑记录，委托单上还有他的签字。我也是无能为力啊！"

"您认识夏哲多年，您认为他会诈骗吗？"

"夏哲是我看着长大的，不错。但这是公司的事儿，就等于是国家的事儿，我必须公事公办。至于是不是诈骗，那是法律上的问题。您是律师，我可不敢班门弄斧。不过，据我所知，咱们国家这方面的法律制度还不健全。我也问过别人，都说不太清楚。当然，如果夏哲能把这笔钱还上，问题也就没这么严重了。要说夏大虎有这个能力啊……"

电话铃响了，陆伯平说声"对不起"，走到写字台前拿起话筒。洪钧听不清电话里的人说了什么，但他从陆伯平投过来的目光中看出其有些不自然。陆伯平对着话筒说："我这里有客人，你先安排一下，让她一会儿再过来。"

放下电话后，陆伯平对洪钧说："当领导的就是累，大事儿小事儿都找你！"

"陆经理公务繁忙，我就不打搅了！不过，这个案子的事情，我可能还得麻烦贵公司的人。"洪钧起身告辞。

"不用客气！我回头跟他们打个招呼，尽力协助你的调查。说句心里话，我也希望你能够帮助夏哲洗清罪名。"陆伯平把洪钧送到走廊的楼梯口便回去了。

洪钧往楼下走了几步，又慢慢地退了回来。他看见一个身材挺高，戴着墨镜的女子急匆匆地从走廊的另一头走进了陆伯平的办公室。他觉得那身影好像白玫，心中不禁有些困惑。

正在这时，梁大嘴从楼梯下面走上来，问道："洪律师，你找什么呢？"

"噢，车钥匙找不着了。不知是不是落在了……"

"你手里拿的是什么？"

"咳！"洪钧拍了一下自己的脑门，自我解嘲地笑了笑，"我这人，净干这'骑着驴找驴'的事儿！见笑！"

"你只要不去骑别人的驴就行！我跟你讲，可别小看那驴子，也会尥蹶子，真踢上一脚，可不是好玩儿的！"梁大嘴话里有话。

"这您放心，我这人除了丢三落四以外，没别的毛病，而且眼神儿还挺好！"

洪钧的话音刚落，就听见楼下有人喊"梁经理"，接着是一阵急促的脚步声。只见传达室的那个人跑上楼来，气喘吁吁地对梁高说："梁经理，来俩穿官衣儿的，问门口那辆桑塔纳是谁的。听那话音儿，好像出了什么事儿。"

梁大嘴听了这话，脸色变得挺难看。他说："你去告诉他们，就说我不在。"话出口后，他看了洪钧一眼，似乎觉得不妥，又说："算啦！还是我去看看吧！"然后，他一边往楼下走，一边对洪钧说："我最不爱跟警察打交道。他们找你，准没好事儿！"

来到楼门口时，只见传达室里站着两位警察。梁大嘴走进去，满脸堆笑地说道："我就是梁高。二位警官找我有事儿？"

"外面那辆桑塔纳是你的？"一位警察板着脸问。

"是我们公司的车，但主要是我开，工作需要嘛！这是我的名片。二位警官，请到我的办公室去谈吧！"

洪钧觉得自己不便在旁看热闹，就推门走了出去。不过他并没有走向自己的汽车，而是一拐弯走进了旁边的营业大厅。

今天这一楼大厅里的气氛与洪钧上次来时截然不同。人们拥挤在柜台前面，争先恐后地把手中的委托单递进去，后面的人还不停地喊叫着或咒骂着。而那些从柜台旁挤出来的人，个个都是满头大汗。

洪钧沿着旁边的楼梯走上二楼，来到大户室。这里表面上风平浪静，但人们注视着计算机显示屏的目光中也流露出焦虑与不安。洪钧经人指点，找到了那位神秘人物——报单小姐方琼。方琼正在计算机前操作，她身后站着一个大腹便便的青年男子，手中拿着一听啤酒。洪钧站在一旁，打量这位"调查对象"。

方琼身材不高，但身体的各个部位长得非常匀称，该长则长，该短则短；该突出的部位长得格外丰满，该收敛的地方长得异常苗条。

她的五官若单个分析都不太出众,但组合在她那娇小的瓜子脸上却显得非常俏丽。她的皮肤也不甚白皙,但是光滑细腻,给人一种"浓妆淡抹总相宜"的感觉。她的头发很短,露出半个小巧的耳朵。她在每次抬头时都习惯地把头发轻轻向后一甩,于是一股诱人遐想的香水味便飘散在周围的空气中。

方琼那纤细的手指停止了在键盘上的跳动,那浅紫色的指甲在荧光屏下反射出柔和的光。她等了片刻,轻声问道:"怎么样?你拿定主意了吗?"

"抛!"站在她身后那位"啤酒肚"一下子捏扁了手中的啤酒罐,结果那罐中的啤酒喷了出来,弄湿了他胸前的领带和衬衣。他骂了一句。

"胡先生,你这话好像不太适合这里的环境啊。"方琼回过头,看了他一眼,态度不卑不亢。

"是是!我记性不好!晚上我在'明珠海鲜'摆一桌,给方小姐赔礼道歉。行吧?"

"那就不必了!"方琼的手指又开始在键盘上轻快地跳动起来。

"要不然,今儿晚上,我请你去'卡拉OK'吧。我告你,就'小芳'那歌儿,我又练了。这回绝对够味儿!"

"对不起,就您那歌喉,我可享受不了!再说,我今天晚上还有约会呢。"

"又跟梁大嘴?我告你,他可是有妇之夫!"

"你管得太多了吧!"

"得得,我不管。我就是担心你被他给卖了,结果还帮他数钱!"

"你说话怎么这么难听啊!"方琼回过头来瞪了啤酒肚一眼。

啤酒肚连忙给方琼鞠了一大躬。

直到股市收盘,洪钧才终于找到与方琼谈话的机会。他把自己的名片递过去，彬彬有礼地说："方小姐，我能占用您一点儿时间吗？"

方琼上下打量一番面前这位英俊的男子，又看了看手中的名片，她那张一直毫无表情的脸上浮起了媚人的微笑。"律师，还是洋博士哪！您要我的时间干什么呢？"

"方小姐，我是夏哲的辩护律师，有几个问题想问问您。"

方琼脸上的笑容立刻消失了，"关于夏哲的事儿，我已经向公安局的人讲过了。你可以去找他们。"

"方小姐……"

"对不起，我没有时间！"方琼打断了洪钧的话，转身迈着舞蹈演员的步子走了。

洪钧望着方琼的背影，感觉这个女人确实有些神秘。他试图厘清那种感觉，但是没有成功，便转身向楼梯口走去。他刚要下楼，听见身后有人叫他，回头一看，是啤酒肚。

"嗨，你是律师？我告你，你要打听的那个事儿，有一个人最清楚。"

洪钧转过身来，"是吗？请您指教。"

啤酒肚走过来，压低声音说："你就找梁高，梁副经理。这大户室的事儿，都归他管。我告你，这个人特好找。在这个楼里，你只要看见那个儿最高的，嘴最大的，就是他。不过，你可别说是我让你找的。"

"他了解这件事儿？"

"他绝对门儿清！我告你，这可是内幕消息，很值钱的喽！"

"谢谢。"洪钧走下楼梯。

当洪钧走出营业大厅的门口时，看见梁大嘴正在送那两位警察。他发现那两个警察的态度发生了很大的变化，不仅不打官腔，而且是嘻嘻哈哈，有说有笑，全然一副老朋友的样子。洪钧的心里有些不是滋味。

梁大嘴送走警察，一转身看见洪钧，先是一愣，然后皮笑肉不笑地说："哟，洪律师还没走哪？你也想玩儿玩儿股票？"

洪钧摇了摇头说："不敢。股市里的学问太大！"

"其实也没什么。我跟你讲，这股市就跟变戏法儿一样。外行看热闹，内行看门道儿。没什么秘密，就一层纸，一捅破就全明白了。不信你就进来试一把。就凭你那高智商，半个月准成行家！"

"那股民还不都成了行家！"

"洪律师，我可不跟你开玩笑。如果你有兴趣，就来一个电话。立马给你开个大户，保证优惠。我跟你讲，这玩儿股票可比你干律师来钱快，一夜就能成个万元户！"

"那你还不早就成了百万富翁？"

"我这是在位的，不许炒股。要不然，我早就发了！"

"那你可以下海嘛！"

"不行！本人游泳技术太潮，就会那么两下子狗刨儿，怕呛着！"

两人说着来到停车场。正在这时，方琼从公司的门里走了出来。梁大嘴看见，忙跟洪钧说声"拜拜"，转身迎了过去。

方琼瞟了洪钧一眼，冲着梁大嘴嫣然一笑，然后快步走到洪钧那辆桑塔纳车旁，伸手就要拉门。

梁大嘴忙说："小方，我的车在这边儿呢，你可别上错车!"

洪钧拿钥匙打开车门，看着方琼。

方琼不好意思地说，"哎哟，你们俩的车是一样的，我该上哪辆呢？洪律师，对不起了！"她走到梁大嘴的车旁，打开车门钻了进去。

洪钧坐进自己的汽车，启动发动机，把车开进下班的车流之中。

第五章

　　为了开一份假的医院诊断证明，白玫找了好几个朋友，但他们都不认识医院的人。她心里非常急躁，平时朋友挺多，一到关键时刻都派不上用场！突然，她想到了陆伯平的前妻张晓兰——她是个医生。

　　白玫不知道张晓兰在哪家医院工作。于是，她跑到陆伯平的办公室，得知张晓兰在和平医院内科，而且得知陆伯平的女儿陆婷也在那家医院当护士。她很高兴，因为她喜欢陆婷，而且陆婷从小就对她特别亲热。她决定先去找陆婷。

　　白玫来到和平医院，在住院部找到陆婷。几年没见，陆婷已经变成一个漂亮的大姑娘。她那粉白的脸上长着一对细眉毛，一双细长的大眼睛，一个端庄的鼻子和一张小巧的嘴。她的言谈中带着几分憨态，她的微笑中又带着几分羞涩。其实，她的性格既活泼又开朗，是个可爱的"阳光女孩"。陆婷对白玫非常亲热，一口一个"白姨"。听说夏哲被人陷害关进监狱时，陆婷难过得流下了眼泪。她表示一定要帮这个忙，于是带着白玫去找她妈张晓兰。

　　张晓兰是个身材瘦弱的江南女子。她的面颊消瘦，几乎没有什么血色；一对大眼睛黯然无神，眼角还挂上不少鱼尾纹；头上的短发虽然烫得相当蓬松，但仍有些稀疏；那件并不宽大的白大褂套在她那单薄的身体上显得空空荡荡。

　　张晓兰出生于"老八路"的家庭。她是在部队与陆伯平相识的。

当时，她父亲是陆伯平所在部队的师政委，她在团卫生队当卫生员。当时，追求她的青年军官不少，但她最终投入了陆伯平的怀抱。后来她们结了婚，生了一个女儿，又一起转业回到北京。她是个要强的女人，在家里要做贤妻良母，在单位又要让人称赞。为了支持丈夫的事业，她自觉地承担了全部家务，包括接送孩子上幼儿园和上小学。回北京以后，她一直做基层保健工作。等女儿上了中学，她才开始利用业余时间"补学历"，一直拿到了本科文凭，并调到这所区级医院当大夫。她对自己的生活一直比较满意。但是有一天，她突然发现丈夫有了外遇，她惊慌失措，痛苦万分。然而，她不能接受丈夫的忏悔，也不能原谅丈夫的过错，她甚至觉得对丈夫的指责都是多余的，因为她是一个要强的女人。于是，她和丈夫心平气和地离了婚。

此时诊室里没有病人。张晓兰见了白玫非常高兴，她们已经好几年没见面了，自然而然地谈了一些女人的话题。

白玫说："晓兰，你可真见老了！你现在用的是啥化妆品？"

"嗨，我在这方面儿没什么讲究。"

"那可不成！我告诉你，用化妆品一定得用成套的，最好用进口的。国产的咋也不成！还有，你一个礼拜得做一次面膜，一个月得去一次美容厅。到了咱们这个年龄，你要不注意保养，很快就变成老太婆啦！"

"本来就是老太婆嘛！"

"这叫啥话！你才四十出头。人都说，'女人四十，一枝花'！你只要好好化化妆，至少能年轻十岁！你信不？"

"我是大夫，天天就看病人，搞得那么年轻干吗？还不让人笑话！"

"我妈就是老怕人家笑话！"陆婷在一旁说。

"笑话啥？你看人家老外，都七老八十了，还抹红嘴唇儿呢！晓兰，不是我说你，你活得太累！对了，你没想再找一个？"

"找什么？"张晓兰佯装不知。

"找个男人呗！现在那些老头老太太都讲究啥'黄昏恋''夕阳情'，还说啥'霜叶红于二月花，六十胜过二十八！'要我说，你现在还是'花季'呢！"

张晓兰也忍不住笑了，"你搞的这一套一套的，都是在哪儿学的？"

"看电视剧呗，没事儿待着干啥？不过，我跟你说的可都是正经话。你要是有意思，赶明儿我就给你搭搁搭搁。用你们那儿的话说，就是搞搞。行不？"

"妈妈，白姨说得有理呀。您也该考虑考虑。现在这观念都变了，再婚也没有什么不光彩嘛！"

"你听听！这丫头多好！要不是在你们医院，我真想喊一句'理解万岁'！这二婚没啥不好。别把它想成是'吃二遍苦，受二茬罪'！有了头婚的经验，二婚更有滋味儿。不怕你笑话，我和大虎去年又拍了一次结婚照。人家一看，都说是'二婚'，可我觉着挺美！"

"您看人家白姨多新潮啊！"陆婷说。

"你妈可新潮不了啦！能看见你搞个满意的工作，再搞个幸福的家庭，你妈这辈子也就心满意足了！"

"是啊，当妈的都是这样！"白玫深有同感，"为孩子操一辈子心。等孩子不需要咱们的那天，咱们也就该退出历史舞台喽！"

"哎？刚才小婷说你找我，是关于小哲的事儿。他怎么啦？"

"嗨，净顾着闲扯，差点儿把正事儿给忘了。"白玫简单地把夏哲的事情讲了一遍。

张晓兰说："小哲那孩子又聪明又懂事儿，从来不干出格儿的事儿，这回是怎么搞的？"

陆婷说:"一定是有人陷害他呀!"

白玫赞同道:"我也这么想。"

张晓兰问:"那你没去找……小婷她爸?"

"找啦!他说上边儿有政策,下边儿有证人,他也无能为力!"

"那怎么办呢?"

"现在请了个律师,挺有本事。可是小哲也不能老在看守所里等着啊!我听说只要有病,就能办取保候审,所以就来找你帮忙啦!"

"他有什么病?"晓兰问。

"他以前有胃疼的毛病。我打听了,你只要给他开一个胃溃疡的证明,我就能托人把他保出来。"白玫说。

"这……他也没来就诊,怕不行吧?"张晓兰有些犹豫。

"妈妈,为了让小哲出来,您就给开一个证明吧!我看那日期可以往前写,就写他被抓起来以前的。就算有人来查,也查不清啊!"陆婷说。

"可是这诊断证明还得到前边儿去盖章哪!写以前的日期,能行吗?"张晓兰仍觉不妥。

"没问题,我去找他们盖章!"陆婷说。

张晓兰看着女儿那乞求的目光,终于拿起笔开了一份诊断证明,交给陆婷。白玫说了一些感激的话,然后和陆婷走出诊室。陆婷到挂号处找了个熟人,很快就把章盖回来了。

白玫拿到这份诊断证明非常高兴。她到公安局去托了人,又交了医院诊断书,夏哲很快就被批准了取保候审,到和平医院去住院治疗。

陆婷从小就很佩服夏哲,因此在情窦初开的时候,夏哲自然成了她心目中的白马王子。这几年见面的机会少了,但是那一缕纯情仍然埋在心底。当她得知夏哲要住到她们医院来的消息之后,高兴得难以入睡。第二天早上,她精心地梳妆打扮一番,才去上班。

上午10点,白玫陪着夏哲来到住院处。陆婷热情地跑前跑后,给夏哲安排好床位,然后送走了白玫。这一天,她有空就往夏哲的病房跑,总想和他聊聊。但是病房里人多口杂,她觉得说话很不方便。下班后,她脱去白大褂,来到病房。夏哲刚吃完饭,正躺在床上养神,她便叫夏哲出去走走。

在夏哲的印象中,陆婷还是个傻乎乎的小姑娘,但是这次见面,他感觉陆婷长大了。此时,他觉得待在病房里也很无聊,就跟陆婷走了出去。

陆婷和夏哲来到医院旁边的小花园。此时正是晚饭时间,花园里很安静。他们沿着一条小路慢慢地来回走着。

"小哲哥,你这次怎么搞得,这么惨?"

"人有失手,马有失蹄。这算不了什么,摔倒了再爬起来嘛!"

"可我听白姨说,你有可能被判无期哪!"

"我不信他们能判我,反正我没诈骗!爱谁谁!再说啦,做股票总是有赔有赚。这回赔了,下回再赚回来,不就结了。"

"你说得轻巧!好几十万呐!对了,你老爸那么趁钱,干吗不替你还上呢?"

"这是我自己的事儿,不用别人管!原来我被关在局子里,有劲儿使不上,现在出来就好了!对了,我还得谢谢你。听我妈说,多亏你帮忙。"

"嗬!还会客气了!在局子里学的吧?"

夏哲看了一眼陆婷,说:"局子里可不教这个!"

"那教什么呢?"

夏哲对着陆婷的耳朵小声说："都是'女孩儿不宜'的事儿！"

陆婷使劲打了夏哲一下，"去你的！你这嘴比以前更坏了！"

"心可绝对是好的。"

"别净臭贫！说说你现在打算怎么办吧，也许我还能帮你呢。"

夏哲收起笑容，望着天边的残阳。"我得先去拆兑点儿款子，想办法把窟窿堵上，然后再去查是谁害的我。这事儿不能靠律师，就得靠我自己。"

"听说，那个洪律师挺有本事的啊？"

"看上去还行，就是有点儿书生气。"

"那你自己怎么查呀？"

"我想先去找那个报单小姐。这事儿是她经手做的，一定知道里边的猫儿腻。其实，那女的挺仁义，对我也不错。我估计不是她要害我，肯定背后有人。我怀疑那个梁大嘴。别看那小子人五人六的，心里倍儿阴暗！以前他就给我摆过绊儿。这次准保是他趁你爸不在，就给我玩儿了这么个猫儿腻！出事儿以后，我也去找过你爸，可你爸太忙，根本顾不上我的事儿。反正，这事儿靠谁也不行，只能靠我自己喽！"

"那小子叫什么？"

"叫梁高。"

"他呀！"陆婷站住了。

"你认识他？"

"当然！他原来就是个司机，跟我爸去了深圳，后来就留在那边儿了，好像是去年我爸才把他调回北京的。那几年，他没事儿老往我家跑，跟条狗似的！我最讨厌他了！"

"我也觉得这小子特不是东西！他明着争不过我，净暗地里使绊儿。"

"他跟你争什么？你又不是他们公司的人！难道他也做股票？"

夏哲看了陆婷一眼，有些不自然地说："其实也没什么！"

陆婷没有注意夏哲的神态。她皱着眉头，沉思片刻，似乎拿定了主意，故作神秘地说："小哲哥，你放心，这事儿就交给我办吧！"

"你怎么办？"

"我现在还不能告诉你哦！"

夏哲看着憨态可掬的陆婷，一时不知该说什么好。不过，他心中有一个坚定的信念，这事不能靠别人，只能靠自己。而且，他相信自己的能力。

第六章

上午9点，洪钧准时走进夏大虎的办公室。他穿了一身名牌西装，脸上的胡子刮得干干净净，还特意戴上一副变色眼镜。见面后，夏大虎笑道，"洪律师，你今天可真像个电影明星啊！"

"是吗？当我干不了正经事儿的时候，就去当电影明星！"

"那我就去干导演！我听人说，只要有钱，就能演电影，最起码能当个导演。我这人连照相都憷镜头，看来就只能干导演了！哈哈哈！"

"夏经理，我来参加谈判是有条件的：第一，你只能向对方介绍我是律师，其他都免提；第二，无论我说什么，你都不要干涉。"

"第二条没问题。但是第一条嘛，我觉得还是应该让对方知道你是美国的法学博士。"

"我靠实力，不靠虚名。如果你不接受我的条件，我立刻告辞。"

"好好，我接受！"夏大虎感觉这个律师很奇怪，但是也无可奈何。

洪钧坐在沙发上，很快地阅读了一遍那份木材购销合同。看完之后，他感觉这份合同签署得很规范，找不出什么毛病。他老实地对夏大虎说："我对合同法没有研究，对木材交易也不熟悉，看不出什么问题。不过，作为律师，我有一个建议。你这份合同是原件，一旦发生纠纷，这可是重要的证据。你们企业家，应该提高证据意识。就像这些合同，你应该复印一份，平时使用复印件，把原件妥善保管。万一这合同丢失了或者损毁了，那可就麻烦了。"

"我们做生意，主要靠关系和信用，合同嘛，其实就那么回事儿。再说啦，我们这一年得签好几十份合同呐，没有那么复杂。"夏大虎认为洪钧在合同里看不出问题，就拿别的说事，很有些不以为然。

"提建议是我的职业习惯，听不听是你的权利。"

"没问题，我的合同都保管得很好。你还是帮我考虑一下怎么谈判吧。"

"这涉及专业问题，我确实不懂。比如说，这合同里写的木材的含水率，和你说的含水量，是同一个概念吗？"

"我们一般就说含水量，专业术语应该是含水率。"

"这份合同里规定的5%~6%的含水率，你们真的做不到吗？"

"非常难。在北京地区，我们做室内装饰的，对木材含水量的要求一般在11%左右。这在北京地区也是最合适的。如果到了南方，那含水量一般就在15%左右了。当然了，如果有特殊要求，我们也可以对少量木材进行烘干处理，让它达到8%，甚至5%。但是，这么一大批木料，怎么烘干啊？就算都烘干了，再运到港口，空气潮湿，那含水量肯定又变啦！"

"你们签订合同的时候，为什么没有提出这个问题？"

"当时没注意嘛！在国内做木材，主要是看木材的种类和材质，谁注意含水量啊。大家都按惯例做，从来也没出过问题。我也是这次出了事儿，才注意这个问题。我问过一些朋友，做木材的，他们说，以前跟外商做木材，也吃过这个亏。这帮老外，太较真儿！"

10点整，秘书跑来说："外商到了。"

洪钧和夏大虎走出办公室，只见走廊里来了两位女子——前面一位年纪稍大，长着一张很漂亮也很生动的脸，当她离主人还有几步远时，她的微笑就已经送来了热情的问候；后面一位女子也很漂亮，但是其面部肌肉有些僵化，就连微笑都显得十分呆板。如果说前者的脸上洋溢着动态的美和温暖的美，那么后者的脸上则沉淀着静态的美和冰冷的美。两人身材都挺高，而且都戴着很大的红边变色眼镜。

夏大虎迎上前去，"欢迎萨利文夫人和陈静怡小姐！我们又见面了。啊，请允许我向你们介绍我的朋友——洪律师。"

萨利文夫人等陈小姐翻译成英文之后，才面含微笑地与洪钧握了握手，说："你好！很高兴见到你！"

洪钧耐心地等陈小姐翻译成中文之后，才彬彬有礼地用中文做了回答。他说话的声音很轻，似乎有些拘谨。

夏大虎在旁边小声问洪钧："你不是也会说英语吗？"

洪钧也小声说："老不练就张不开嘴了。"

"你……"夏大虎还要说什么，但是被洪钧打断了，"夏经理，咱们是请客人到你的办公室还是……"

"噢，直接到会议室吧！"夏大虎心想，没想到这位洪大律师的英语也是'二把刀'，难怪他不当翻译呢。说不定他那个洋博士也是假的。什么世道！

会议室不大，但经过精心布置，显得很高雅。四人分宾主坐下之后，萨利文夫人从小皮挎包中掏出一张名片，递给洪钧。洪钧接过名片之后，抱歉地说自己的名片用光了。

夏大虎坐在旁边有些不满意，但又不好说什么，便向客人问了一些旅途的情况，然后转入正题："萨利文夫人，按照您在传真中的提议，我们今天有两个议题，一个是木材问题；一个是合资企业的可行性报告。我看咱们就先谈木材吧!"

"我同意夏先生的意见。不过,我认为木材的问题很简单。我们有合同,双方都按合同规定办就可以了。你说对吗,洪先生?"

洪钧一直注视着萨利文夫人脸上的表情,此时忙说:"有道理!"

夏大虎说:"可那木材已经运到了港口,贵方不签字就不能装运啊!"

"我已经收到了报告。"萨利文夫人不紧不慢地说,"我知道,对那么一大批木材进行再处理是要花很多钱的,我也同情贵公司的处境。但是,我的客户对木材的含水量要求极严。我对此也无能为力!"

洪钧问道:"如果这批木材的含水量达不到标准,贵方是否绝对不收货?"

"我想这一点在合同上写得非常清楚。"萨利文夫人的态度十分坚决。

"可是你也得考虑我们的实际困难呀!"夏大虎的语气中已经带有乞求的成分了。

"正因为考虑到你们的困难,我才同意推迟交货时间的,但是木材的规格标准绝对不能改变。做生意,最重要的是讲求信用,做不到的事情,在签订合同之前就应该说清楚,而合同一旦签订,就必须严格遵守。我可不希望未来的合作伙伴是个不讲信用的人!"

陈静怡小姐一字一句地翻译完萨利文夫人的话之后,室内陷入了难堪的沉寂。过了一会儿,还是夏大虎作了让步。他说:"那好吧,我们再去想想办法。"

"我希望夏经理能尽快找到解决问题的办法,因为交货日期的推延也是有限的。如果贵公司在10天之内还不能解决问题,那我将不得不遗憾地认为贵公司已丧失履行本合同的能力。而且,由此造成的一切后果都应由贵公司承担责任。"

听了萨利文夫人的这一番话,夏大虎的脸色变得很难看。

洪钧见状,便转换话题说:"我很想听听萨利文夫人关于建立合资企业的看法。"

"鉴于上述情况,我认为现在讨论合资企业的问题为时过早。既然我们之间还缺乏相互的信任和了解,那么讨论合资企业的可行性报告岂不是浪费双方的时间!顺便说一句,我中午还有另外一个约会呢!"

"我完全同意萨利文夫人的看法。"洪钧说,"现在讨论合资企业的问题确实是浪费时间。我想,萨利文夫人今天本来就无意讨论合资企业的问题。我的理解对吗?"

"我不明白洪先生的话是什么意思!"萨利文夫人把目光从洪钧的脸上移到夏大虎的脸上。

夏大虎忙说:"其实洪律师也没有别的意思……"

洪钧打断了夏大虎的话,问道:"萨利文夫人认为我的话有没有别的意思呢?"

"对不起,"萨利文夫人站起身来,脸上带着明显的不悦,"夏经理,我可没有时间和你的律师吵架!如果你没有别的事情要谈,我们就告辞了。"

夏大虎连忙站起身来,"别走啊,萨利文夫人!我已经准备好便饭,再坐一会儿,然后咱们一起去餐厅,边吃边谈。"

"谢谢夏经理的邀请。但是我已经说过了,我还有一个约会。我想,夏经理要做的事情一定很多,就别浪费时间啦!"

"可是我已经订好了饭呀!"

"退掉需要付钱么?那好,我来给你付这笔钱吧!需要多少?"

"哪里!萨利文夫人误会了我的意思!这本来是我要请客,哪有让您付钱的道理!"

"那我就不客气啦！"

"还有，"夏大虎又说，"萨利文夫人这次在北京期间准备到什么地方去玩儿玩儿？如果需要车和导游，我都可以提供。"

"谢谢！但我的日程安排得很紧，大概没有什么观光的时间。"萨利文夫人转过身来对洪钧说，"洪先生，见到你很高兴。也许，我刚才的话有些过分，请你原谅，我是个爱激动的人！"

"萨利文夫人，也请你原谅，我是个初出茅庐的律师，没有经验。"

"你会变得老练起来的！也许，我们以后还有合作的机会呢。拜拜！"

送走客人以后，洪钧和夏大虎又回到办公室。夏大虎不无埋怨地说："洪律师，我本想请你来帮我说服萨利文夫人，让她高抬贵手，收下那批木材，可没想到你……咳！"

"她的话很有道理嘛！"

"那你也应该在合同中找出一些对我方有利的条款，来说服她！"

"可惜这份合同中没有这样的条款，我无能为力！"

"那你也没必要跟她说那些不着边儿的话呀。合作嘛，就得有个合作的气氛！"

洪钧微微一笑，说道："如果你认为不该让我来参加谈判，那费用就免了吧。"

"费用是小问题。其实，我还想请洪律师帮个忙。"

"做什么？"

"我知道，洪律师是案件调查的专家，又在美国留过学。我想请你帮我查一查宏亚公司的客户。我曾经问过他们，但他们说那是商业秘密。根据我的经验，如果这件事儿不好跟买家沟通，那就最好直接去找他的下家。"

"如果宏亚公司根本就没有下家呢？"

"那不能，他们一直说是替客户订购的嘛。"

"那只是他们说的！"

"你的意思是说……"夏大虎颓然坐到沙发上，嘴半张着，说不出话来。

洪钧看着夏大虎的样子，摇了摇头，走了出去。下楼后他习惯地去找自己的汽车，但想起今天让宋佳把车开走了。他并不急于去吃午饭，便信步向护城河边走去。

此时河边挺清静，只有几只小鸟在垂柳上欢快地叫着。洪钧站在一棵柳树下，望着脚下的水面——污浊的河水缓缓地流着，树木映在水中的倒影被水纹扯成了奇怪的样子。向远望去，水面泛起一片白光，仿佛有千百条小鱼在嬉戏。微风轻拂水面，掬起潋滟的波纹，那黑色的树影似乎也被载向了远方。

洪钧又掏出那张带着一丝清香的名片——美国宏亚有限公司董事长、西北大学法学硕士希拉·萨利文。

第七章

陆伯平用双手拄着那根几乎与他形影不离的金属手杖,欣赏着亲手为女儿装饰的房间。离婚两年了,女儿从不到他这里来。他给女儿打电话,女儿的态度也十分冷淡。他知道女儿恨自己,因为在离婚这件事上女儿坚决地站在母亲一边。他有时也觉得自己对不起曾经"帮助他进步"的妻子,但他有自己的人生哲学,或者说他可以找到使自己摆脱良心谴责的理由。他认为,在弱肉强食的社会中,人们不会同情弱者。而且生活中的强者只需要勇气和毅力,不需要良心!这些年来,他在事业上相当成功。虽然他当的官并不大,但是他手中有雄厚的资金,而这些钱就等于巨大的权力!他精心营造了一个虽不属于他却听命于他的独立王国,并在此基础上编织了一个巨大的可以使他在社会中昂首阔步的关系网。

然而,随着年龄的增长,他的心里产生了一种越来越强烈的危机感——一旦退休或被解职,那么他苦心经营的一切就都会转入他人的名下!那些听他指挥的下属,那些任他支配的金钱,那种花天酒地的生活,甚至连那辆"四环"轿车,就都会毫不留恋地离他而去,剩下来的大概只有这套三室一厅的住房。

他这半生交往过不少女人。他认为两性之间的情爱是不能长久的,他更不相信人世间有什么"永恒的爱情"。他曾经在KTV包间中发表过酒后高论——爱得死去活来,这我信。年轻人一时冲动嘛!但要说爱到地老天荒，那纯粹是痴人说梦！别信那些文学作品中的爱情故事，那都是俗到不能再俗的作家们为了赚钱瞎编的！你看人家鲁迅先生说得多坦率，爱情是需要时常更新的！这才是真话！正因为如此，他在自己的人生道路上就时常"更新爱情"。

他这个人喜欢理论，因为理论可以表现他的智慧和高明，可以使周围的人折服于他的脚下。他知道有人背地里叫他"路不平"，他并不生气，有时还借题发挥：我是个瘸子，但我这不是天生的残疾，是在战场上出生入死留下的残疾！我这个"路不平"跟一般的瘸子说的可不一样，他们是埋怨路不平不好走，我是路见不平一声吼，敢为朋友两肋插刀！

关于人生，他也有自己的理论。他常说，人吧，生容易，活也容易，但是生活就不容易了。他还有一句在朋友圈中广为流传的名言——人生就是死亡的倒计时！他认为，一个人从降生开始，就进入了死亡的倒计时。而且，这倒计时有快有慢，时快时慢，说不定什么时候就一下子"归零"了。因此，人生要只争朝夕，无论你追求什么。

有时，他也渴望温馨安宁的家庭和亲密无间的父女关系。他认为，在人际关系中只有基于血缘的情感是不可改变的。因此，他在这套房间里给女儿留了一间，而且当他在电话里听女儿说要搬来住时才有了那种难得的激动。他知道女儿一定是有求于他才会做出这种姿态，但是他心甘情愿。

陆伯平满意地退出女儿的房间，来到旁边的健身房。他相信"身体是革命的本钱"，所以很注意锻炼身体。虽然他的相貌有些书生气，但身体很强健。他的左腿在"对越自卫反击战"中受了轻伤，并给他带来一枚二级军功章，但是他的腿脚仍很灵活。他的舞姿就很有些专业水平，而且他特别喜欢跳"吉特巴"，他说只有腿部受过伤的人才能跳出这种标准的水兵舞。不过,他有时又故意让人看出他有些跛足,而且他那根手杖也在时刻提醒着别人:老子曾经为了你们而出入枪林弹雨,别不知情!

陆伯平练出一身汗,洗了个热水澡,然后坐在大客厅的真皮沙发上看着电视。

门铃终于响了,他急忙起身去开门。

陆婷站在防盗门外,甜甜地叫了声:"爸爸!"

"快进来,婷婷。爸爸都等你老半天了!"

"爸爸,您这儿可真是戒备森严啊!"

"其实这防盗门也管不了多大用。大家都装,我也就跟着装了。对了,我给你预备了一套门钥匙,就在你的床头柜上。来,婷婷,先看看你的房间,满意不?"

陆婷跟着父亲看了一圈,说:"爸爸,您这儿装修得真有档次!我看得够五星级了吧?"

"婷婷,这也是你的家呀!爸爸装修好这套房子之后就一直等着你回家来住!对了,我已经在餐厅订了饭,他们一会儿就给送来。今天是婷婷回家,咱们得好好庆祝庆祝!"

"爸爸,您先别着急。让我在这儿住得有个条件哦!"

"什么条件?只要爸爸能办到,就一定满足你!"

"其实很简单。您得答应我可以把男朋友带来。作为交换,我也保证不干涉您的私生活。不管您把什么女人带回家,我都保证跟她和平共处。这就算咱们签订的'平等条约',行吗?"

听了女儿的话,陆伯平既感到意外又感到尴尬。他开始想说点什么,但是看着女儿那坚决的目光,他把话咽了回去,因为他知道女儿的脾气。"婷婷,有男朋友啦?"

"就算是吧!"陆婷的脸颊有些微红。

"他叫什么名字？是干什么的？"

"您得先答应我的条件嘛。"

"爸爸这不是答应了嘛！"

"那不行！您得明确地说，不管我的男朋友是谁，您都允许他来，绝不干涉！"

"那他要是只大老虎呢？"

"那是我的事嘛！"

"你妈不同意你跟他交往？"

"您说还是不说呀？"陆婷向门口走去。

陆伯平忽然觉得女儿的性格很像自己，他在多次与对手的谈判中也是靠着这种坚强的意志让对方就范的。他无可奈何地说："好吧！不管婷婷的男朋友是不是大老虎，他都可以来，我绝不干涉。行了吧？"

"谢谢老爸喽！"

门铃响了，一位餐厅服务员提着两个大圆食盒走进来，然后将菜一样一样整齐地摆在门厅的餐桌上。服务员刚走，陆婷就有些急不可待地跑到餐桌边，说："哇！这么丰盛的晚餐！我可真是饥肠辘辘了！"

"婷婷，先洗手！"陆伯平心情很好，他从厨房拿来碗筷，又取来两个酒杯，对刚从卫生间出来的女儿说，"婷婷，你喝一点儿葡萄酒吗？"

"爸爸，您有没有洋酒，让咱也来点儿！"

"你爱喝洋酒？"陆伯平皱起了眉头。

"没喝过。但老听别人说，想见识见识呀。"

"你倒挺敢想！"

"有其父必有其女嘛！"

陆伯平在心里赞同女儿的话。他走到酒柜旁，打开柜门。

陆婷见里面摆满了各种各样贴着外文标签的酒，叫道："哇！这么多！都是您买的吗？"

"都是朋友送的！你想尝哪瓶？自己挑吧！"

陆婷挑了一瓶商标上画着一个上半身为人下半身为马且手持标枪的勇士的酒。

陆伯平笑道："人头马——我女儿还挺有眼力！"

陆伯平打开酒瓶，在两个酒杯里各倒了一些，然后与陆婷对面坐下，端起酒杯说："来！庆祝我们婷婷回家，干杯！"

"庆祝我和老爸在坦诚与理解的气氛中达成了平等互利条约，干杯！"陆婷喝了一大口酒，皱着眉头咽下去之后，撇着嘴说，"这酒真难喝呀！还不如葡萄酒呢！"

"哈哈！你这是自找苦吃！"

"爸爸，有人说，生活就像一杯苦酒，虽然不好喝，但是能醉人。是吗？"

"可以这么说。不过，生活是多方面的，你得慢慢体验。就像这酒，你得慢慢咂摸，才能品出其中的滋味。对了，你还没给我介绍你那只大老虎呢！他是干什么的？"

"他呀，其实您也认识。猜猜！"

"我也认识？是……你们医院那个姓冯的大夫？"

"您净胡说！人家早结婚了！"

"那就是原来你们班的那个……胖乎乎的男孩儿。对么？"

"张骥呀，瞧他那傻样！"

"那我就猜不着了。"

"我告诉您吧，是夏哲！"

"夏哲？你怎么能跟他交朋友？"

"他怎么啦？您以前不是老夸他，又聪明，又能干，准保有出息嘛！"

"可他现在犯了法，很可能要判刑的！不行，不行！你不能跟他交朋友！他要是在监狱里蹲个十年八年的，你怎么办？"

"我等他嘛！再说了，我不信他会干犯法的事儿，一定是有人陷害他！爸爸，他是我的男朋友，您可一定得帮帮他呀！"

陆伯平端着酒杯的手在半空中停了半天，又放回桌子上。"话也不能说得这么绝对！这两年，夏哲的变化很大。他可不是你原来的那个小哲哥哥啦！我听说，他这两年和我们公司的一个女报单员关系很好。他没跟你说过？"

"我不管他以前跟谁好，只要他从今往后跟我好就行！"

"可就怕知人知面不知心啊！就像这洋酒，价钱不错，看着也不错，可并不好喝。你还年轻，交朋友一定要慎重！"

"爸爸，我真觉得是有人在陷害他呀！"

"谁会陷害他呢？"

"很可能就是那个梁高！夏哲说梁高一直对他很嫉妒，老跟他过不去！"

"哈哈哈！"

"爸爸，您笑什么？"

"我笑你的话！梁高和夏哲是券商与股民的关系，有什么可嫉妒的？没影儿的事儿！"

"可夏哲发了，梁高不会嫉妒吗？"

"你别瞎猜了！不过，我可以去查查！放心吧，我的宝贝女儿！"

第八章

舞场中央并不明亮的顶灯随着音乐慢慢转动,四周桌台上的大蜡烛在谈笑声中缓缓燃烧。

方琼喜爱跳舞已到痴迷的程度,几天不跳便会感觉浑身难受!这天晚上,她独自一人来到那个经常光顾的舞场。她喜欢这里的音乐,更喜欢这里的氛围,无论它是幽静还是喧闹。她找了一个远离乐队的沙发坐下,点上一支香烟,隔很久才吸上一口。此时舞场里的人已经不少了,她用审视的眼光看着那些人的舞姿,不仅是要评判那些人跳舞的水平,而且是要分析那些舞伴之间的关系。在这舞场上,绝大多数舞伴的动作都很文雅,一看就知道他们的注意力都在舞步和音乐上。不过,有些舞伴的动作过于亲昵,似乎他们的注意力主要放在了对方的身体上。她听人说,舞伴可以成为夫妻,但夫妻很难成为舞伴。看着那些结伴而来的男女,她有些失望,也有些伤感,因为她情不自禁地想到了他。

她真希望他此时就坐在自己的身边。她喜欢把身体偎依在他胸前的感觉,更喜欢与他相拥共舞的感觉。他不仅有良好的乐感和轻盈的舞步,而且总会不失时机地用他那双似乎带有魔力的手抚摸她身体的敏感部位,使她体验那燃烧的欲望。有时,她也会感到难为情,好在舞场的灯光比较昏暗。他说,他喜欢看到她动情时的面部表情和身体扭动,她也喜欢那种下体潮湿引发的"化学反应"。每次跳舞之后,她都会迫不及待地去与他做爱。而且每次做爱，他都会让她享受那如醉如狂的快感。他真是一个很棒的男人！她自认为是个情场老手，但是甘愿拜服在他的脚下。无论从哪个方面看，他都是值得她用全部身心去爱的男人。她渴望与他结婚，期盼那种安宁和美的家庭生活，但是她也喜欢这种不能公开的恋爱关系，因为这种神秘让她感觉很浪漫。虽然她并不喜欢目前的工作，但是为了爱情，她愿意付出，也愿意忍受内心的煎熬。

她知道他不会来，但是内心又期盼着他的到来，便不时把目光投向舞厅的入口。突然，一个熟悉的身影进入她的视线。她的心一阵悸动，但是很快又恢复了平静。来人是夏哲。

夏哲在舞场绕了一圈，找到方琼，激动地说："方姐，我一猜你就在这儿！"

"呀！夏哲？你怎么到这儿来了？"方琼故作惊慌地看了看周围，小声问，"逃出来的？"

"别害怕，方姐，我是从正门出来的——取保候审。"夏哲坐在了方琼的身边。

"噢——你真吓坏我了！"方琼用手按着自己的心口，娇嗔了一句，然后又关心地问，"在里边受罪了吧？他们打你了吗？"

"没有。反正咱老老实实的，不惹人家生气！"

"你进去以后，可把我急坏啦！我还托了个朋友去打听你的情况，也没打听着。"方琼掏出手绢来擦了擦自己的眼角，"我真怕你在里面受罪！"

"没受什么罪，倒是长了不少见识。"

"那你学坏了吧？"

"咱这人立场坚定，不怕资产阶级的糖衣炮弹。"夏哲笑了笑，换了个口气，一本正经地说，"方姐，我有个事儿想问你。"

"你还是先请我跳舞吧！别忘了这里是舞场哦！"方琼的声音里带着柔情。

夏哲站起身来，两人步入并不拥挤的舞池。他们随着布鲁斯乐曲慢慢地走着。方琼的身体和夏哲挨得很近，她身上的香水味和她那柔软的乳峰搅得夏哲有些心猿意马。他尽量把持自己的心境。一曲结束，二人走回座位，夏哲刚想言归正传，乐队又奏起了"罐儿舞"。方琼高兴地说，"我最喜欢伦巴！来，再跳一曲。"就这样，他们一连跳了五六支曲子，才坐下来休息。

此时，舞厅里的人已经很多。方琼有些口渴，夏哲便去吧台买了两瓶冰镇矿泉水。

方琼说："好久没跟你跳舞了，真开心！"

"方姐……"夏哲叫了一声，想说点什么，但发现旁边有位戴眼镜的女子在昏暗的烛光下注视着他们，便闭上了嘴。

乐队又奏起了舞曲。一位先生走过来，邀请坐在旁边沙发上那位戴眼镜的小姐去跳舞，但是那位小姐推说不舒服，谢绝了。

夏哲心中有些不快，但又无可奈何。他挪到方琼身边，尽量压低声音说："方姐，我知道你不想谈那件事儿，可是我不能不谈。我记得那天我明明是要抛出的，怎么后来变成了买进呢？"

"那是你记错了。"

"我记得，在那之前，我们还讨论过，我说上海延生还会跌，可你说该反弹了。我还说敢跟你打赌。对吧？"

"我怎么没有印象啊。我记得，你当时就是很犹豫，不断地念叨，是该吃还是该抛。我看都快下班了，就问你究竟拿定主意没有。你才下了决心，告诉我'吃进'。这绝对没错啊！"

"难道我是在做梦？"

"那谁知道呢！"

"方姐，我相信你不会害我。但我想问你，在你输入指令之后还有没有其他人可以切入那个程序并修改你的指令？"

"公司的人都可以用那个程序，但他们怎么修改我的指令呢？我早就跟你说过，你那天对我说的就是'吃进'，我记得清清楚楚呀！再说那盘上当时就有显示，有错你早就找我了。我觉得，这事儿或者是你判断失误，或者是你的口误。你不要胡思乱想啦，赶紧想办法，让你老爸替你把账抹平，法院也就不会追究了。"

"这事儿，反正我是说不清了。但我还有一个问题——那天晚上我约你到故宫北门见面，你怎么没去呀？"

"还说哪！我还一直想问你呢！那天下大雨，我在大街上等了你半天，也没见到你。回去我就感冒了，发烧39度！在床上躺了三天哪。后来上班才听说你被抓了。你是怎么被抓走的呀？"

"你是几点去的？"

"我去晚了。本来想在公司吃完晚饭就过去，但是梁高临时找我有事儿。我还跟他说了是你有事儿着急要见我。他问我在哪儿，我说在故宫北门，挺老远哪！他说没关系，办完事儿他开车送我去。谁想到他的车在路上又出了毛病，等我赶到故宫北门时已经快9点了。你等到几点？"

"我8点半就被警察抓走了！"

"就在那儿？"

"对！"

"难道是梁高？他还不至于干这种缺德事儿吧！要不就是公安局的人监听了我的电话。那会儿他们还怀疑我是你的同伙呢！你说我冤不冤哪？"

"我倒希望你不冤！"

"你这是什么意思？"方琼板起了面孔。

"你要是不冤，我也就不觉得冤枉了！"

"你别胡思乱想啦！"方琼把目光投向舞池中的人们，她的双脚随着乐曲的节奏敲打着地面。

夏哲借着烛光，看着方琼身体的侧影，似乎是在斟酌要用的词语。"方姐，反正那件事儿已经过去了，我再说什么都没用了。我只能怨自己运气不好！不过，我今天栽了，以后一定能再站起来！你相信我吗，方姐？"

"我相信你又有什么用呢？"方琼没有回头。

夏哲愣了一下，叹了口气说："方姐，我觉得人活着真累！"

"跳舞嘛！"方琼回过头来，"你跳出一身汗，就不觉得累了。"

"可我现在哪有心思跳舞啊！"

"不跳舞，你上这儿干吗来？"

"找你呀！"

方琼又把头扭向了舞池。

"方姐，你觉得梁大嘴这人怎么样？"

"挺好的！三十来岁就当上了公司副经理，挺有能力嘛！"

"你觉得……我和他谁好？"

方琼回过头来，看了夏哲一会儿才说："吃醋啦？你可真有本事呀！"

"我知道梁大嘴一直在追你……"

"追我的人多了！你不也在追嘛！"

"可梁大嘴那小子不是东西！"

"他还说你不是东西呢！你们这些男人，都一样！"

"你觉得我和他一样？"

"他的舞可跳得比你好。"

"这么说，我在你的心目中还不如那个姓梁的？我可真没想到！"

"伤心啦?"

"可是你以前对我说的那些话,难道……"夏哲的舌头都不太灵活了。

"那都是舞场上的话,能认真么?"方琼又把头转向舞池,"你看这些男男女女,贴得多近,抱得多紧,但有几对儿是真想在一起过日子的?舞场嘛,本来就是逢场作戏的地方。不该认真的地方,你偏要认真,那不是自讨苦吃嘛!"

"这么说来,我不过就是你的一个舞伴儿,还是临时的!对么?"

"这还像个聪明人说的话!"方琼又回过头来,烛光使她脸上的微笑更加妩媚。她软声软语道,"先生,还想跳一曲么?"

"方姐,我真佩服你的表演才能!你要是不离开电影界,恐怕那大红大紫的影星就不是刘晓庆了!"

"其实,我也挺喜欢演电影,就是没遇上好导演!没有伯乐,千里马也只能去拉磨!"

"这真是中国电影界的一大损失!"夏哲站起身来,很绅士地说,"过去我一直很郁闷,好像无论我怎么努力,你都觉得我不够好。现在我明白了,其实无论我怎样,你都觉得我不好。方姐,咱们的戏终于演完了。祝你走运!"

"你现在的形象还不错嘛!拜拜!"

夏哲来到大街上,凉爽的夜风吹拂着他那有些发热的面颊。他沿着马路慢慢地向前走去,心中感到很轻松,但也有一丝难以排解的郁闷。

忽然,一辆轿车缓缓地停在他的右边。开车的是一位戴眼镜的青年女子,她从摇下的车窗中探出头来对他说:"请上车吧!"

夏哲有些惊慌地看着这位陌生女子,问道:"你要干什么?"

"别害怕!我既不是公安局的,也不是劫道的。不过,我知道你叫夏哲，也知道你正在取保候审，而且刚刚见过你的关键证人。我可以帮你。上车吧，起码我可以送你回医院。"

夏哲犹豫片刻，绕到汽车右侧，打开车门钻了进去。汽车调转头，飞快地向另一个方向驶去。

第九章

洪钧听宋佳汇报了这两天的工作情况之后，连声夸奖道："干得漂亮！有两下子！"

"你才知道啊？警院那三年学，我也不能白上呀！"宋佳不无得意。

"那我就再给你派个难度大的活儿——帮我倒一杯咖啡吧？"

"就这活儿啊？真是大材小用！"宋佳把咖啡放在洪钧面前，换了个话题，"你昨天去宏远公司怎么样？"

"还算顺利。不过，这个宏远证券公司很神秘。"

"那是因为你从来没去过证券公司吧？"

"反对。那可不像一般的公司，像个秘密组织，要不然就像个黑社会，相当恐怖！"

"那你有收获吗？"

"基本没有。他们净跟我打官腔。现在律师调查太难，障碍太多！人家不支持，我们就毫无办法。等我有时间，一定再写篇文章呼吁呼吁。现在正讨论修改《刑事诉讼法》呢，我看得加上对律师调查权的保障条款。说你有调查权，但是没有保障，还不是形同虚设！"

"我觉得你应该回人民大学去教书。"

"同意。不过在大学教书，可就没有机会认识社会上这些形形色色的人了。有些人吧，明明是一肚子坏水儿，却偏要装成正人君子。

可笑!"

"我认为不一定可笑,但是挺可怕的。"

"这种人本身并不可怕,可怕的是这种人在社会中还挺吃香!我常想,如果……"

电话铃突然响了。洪钧拿起话筒,只听一个男人用低沉的声音说道:"你是洪钧吧?"

"我是洪钧。你是谁?"

"你真想知道?我告诉你,我是东北的二秃子,刚从大狱里出来。你得罪人了,知道不?有人出两万块钱,要你一条腿。你知道不?"

洪钧看了一眼宋佳,后者显然也听到了,瞪大了眼睛。洪钧不慌不忙地问:"你这话是什么意思?"

"啥意思?你傻帽啊!有人出两万块钱,让我整折你一条腿。你知道不?"

洪钧抬高了声音,"你才傻帽!我也告诉你,就我这条腿,至少得值十万!你去告诉那个人,让他出十万,低于十万,免谈!"

"嚯,你小子挺牛啊!我告诉你,我可不是跟你闹嘻哈!就我手下这帮弟兄,啥事儿都能干,啥事儿都知道。你小子不就开一辆蓝色的桑塔纳,车牌号是86147,对不?我告诉你,你想留个全乎腿,趁早给我送两万块钱来。要不然,一个礼拜之内,我一准让你躺在医院里!你信不?"

"让我花钱免灾啊?那你得让我明白是为了什么。"洪钧的语气平缓下来。

"我给你小子整明白儿的。你多管闲事儿了!你知道不?"

"我多管哪家的闲事儿了?"

"你少废话!我问你,你小子是给钱还是给腿?"

"他给你两万,那是让你干活。我给你钱,你是白赚,起码得打个五折———一万。"

"中!我懒得跟你小子讨价还价。"

"让我给你送钱,你得把姓名地址告诉我。"

"你小子可别跟我耍心眼儿!我告诉你,你要是跟我耍心眼儿,我得整折你两条腿!你信不?"

"那我怎么把钱送给你?"

"你先把钱准备好,随身带着,我随时都可能派人去取!"

对方把电话挂断了。洪钧看了看手中的话筒,冷笑一声,才挂上。然后,他抬起头来,看着宋佳,说:"怎么样?我这条腿要价十万,不多吧?"

宋佳没有回答,反问道:"你真的不怕?"

"我这个人,文武双全,宁肯让人打死,也不能让人吓死!"

"别吹牛,这个电话恐怕是有来头儿的啊!"

"我也在想。如果单纯是敲诈,那就简单了。如果不是,那就跟咱们手中的案子有关。这种可能性比较大!"

"那咱们该怎么办呢?"

"我想,咱们还是先报警,即使不能立案,也先挂个号。然后,再看这家伙下一步要干什么。不过,咱们也得小心,特别是你,以后上下班别走这个楼门,从那边穿过去。另外,咱们还得查一下这个电话号码。"

"这好办,我到电话局去,让他们给打一份通话记录单。"

"那好。我听说,现在有那种多功能电话机,可以显示来电号码,还可以录音,你去买一台。还有,你顺便买两部手持电话。"

"干吗要买两部呢?"

"咱俩一人一部,有事儿的时候,联系方便。"

"我一个小秘书,也配备'大哥大',太奢侈了吧!"

"工作需要。"

正在这时,电话铃又响了,洪钧犹豫一下,才拿起话筒,这次是夏大虎——"洪律师,请你马上到我办公室来一趟,我这儿出了点儿怪事儿!"

"什么怪事儿?"

"我的办公室昨天夜里被人撬了,两个保险柜都被人撬开了。"

"丢了什么?"

"怪就怪在这儿——什么都没丢!"

"你报告公安局了吗?"

"还没有,因为我拿不定主意是否应该报案。我想先听听你的意见。"

"好,我马上过去。在我到达之前,你最好别动办公室里的任何东西!"

放下电话之后,洪钧对宋佳说:"你开车送我去夏大虎那儿,然后再去办你的事儿。车归你用!"

"你不想让我去给你当助手?我也学过现场勘查。"

"不用了。"洪钧说着便走出办公室。他的步子很大,宋佳小跑才能跟上。

来到停车场,宋佳打开车门,坐在司机的位置上,等洪钧进来之后,便启动发动机,把车开出宾馆大院,驶入车水马龙的大街。

宋佳瞟了一眼仰靠在座椅上的洪钧,问道:"你觉得这盗窃和咱们的案子有关么?"

洪钧没有回答。

宋佳又说:"我认为它们之间一定有某种联系。不过,我又觉得夏大虎这个人城府挺深,他说的话后面总有一些让人捉摸不透的东西。真的，我有一种感觉……"

"在看到现场之前，我不需要感觉！"洪钧打断了宋佳的话。

宋佳不再说话。

汽车沿着北三环路向东行驶，在北太平庄拐向南，上了二环路之后继续向东行驶。没过多久，汽车便来到了美虎装饰公司的门口。

洪钧快步走上二楼时，夏大虎正在办公室里焦急地来回走着。

这间办公室位于办公楼二层的中间。办公室的窗户朝南开，门在北边通走廊，窗前是写字台，靠西墙摆着一组沙发，靠东墙放着一个书柜和一个大保险柜，靠北墙的门后边还放着一个小保险柜。窗户几乎正对着院子的大铁门，大铁门东边有个传达室，传达室后边是一排自行车棚，大铁门西边是一排汽车库，办公楼后边还有一排平房，是库房和食堂。

洪钧先察看了办公室的门，只见暗锁旁边的门框上有明显的撬压痕迹。

夏大虎在一旁说："这个门本来就不太严实，门缝挺大的。"

洪钧双手插在裤兜里，没有说话。他迈步走进办公室，来到那个大保险柜前面。柜门打开着，柜里的东西被翻得很乱。柜门外面没有撬或钻的痕迹，门锁也完好无损。洪钧戴上一副白汗布手套，把柜门关上，但发现锁舌不管用了，不用钥匙，只要用手一扳把手就能把门打开。

夏大虎又在一旁说："这真是没屁眼儿的事儿！我刚才在电话里没好说。你看这门和锁都好好的，怎么突然就不管用了呢？"

洪钧看了夏大虎一眼，没有回答。他蹲在打开的柜门旁边仔细地看了几分钟，然后站起身来，走到屋门后面的小保险柜旁边。

小保险柜被人放倒在地上，柜门在侧边，也被打开了，柜里的东西摆放在旁边的地上，很整齐，显然已经有人收拾过了。其中有一条很旧的暗红色皮腰带，盘得整整齐齐，装在一个塑料袋内，显然是主人精心保管之物。洪钧看了夏大虎一眼，夏的脸上滑过一丝不易察觉的苦笑，并随手把那个腰带收了起来。洪钧觉得夏大虎的神态有些奇怪。这个保险柜的门和锁也都完好无损。洪钧试了试，柜门和大保险柜的一样——锁舌不管用了。保险柜的底下垫着几个沙发坐垫，大概是为了减小保险柜倒地时的声响。

洪钧站起身来，向后退了几步，怔怔地看着这一大一小两个保险柜。他让夏大虎找来一个盒尺，把两个保险柜各部位的尺寸仔细量了一遍。然后，他来到写字台前，看了看，没有被撬的痕迹，便问："这些抽屉都没锁？"

"没有。"

"里面的东西被人翻过吗？"

"肯定翻过。"

"什么都没丢？"

"对！真是奇怪！"

洪钧走到窗前，望着大门口的传达室，又问道："传达室夜里有人值班吗？"

"有一个老头。"

"他昨天夜里听没听到特别的声音？"

"我问了，他说什么也没听见。"

"他夜里不睡觉？"

"他说没睡。可值夜班儿的人有几个夜里不睡觉的？他的话不能信！"

"到院子里去看看吧？"

夏大虎安排人看好办公室，然后跟在洪钧后面下了楼。他们出了大门，沿着围墙外的小路向东走去。院子的东边是另一个单位的院墙，但两个院子中间有一条小夹道通向北面。他们拐进小夹道。洪钧一边察看院墙，一边往前走。快走到后面那排平房外面时，他停住了脚步，只见墙上有蹬擦的痕迹。他指给夏大虎看，夏点了点头。由于这条小路通向北面的住宅区，来往的行人较多，他们便转了回去。

进院后，洪钧又和夏大虎绕到办公楼后面，在食堂前面的墙上也发现了蹬擦的痕迹。院内是砖地，看不出什么足迹。他们走回办公楼。进楼门时，洪钧问这个门夜里锁不锁；夏大虎说不锁，因为办公楼是两家合用。

夏大虎的心里不太喜欢洪钧。他觉得这位律师有点装腔作势，故弄玄虚，但他又觉得洪钧分析问题的方法挺神奇。回到办公室后，他请洪钧坐到沙发上，然后用请教的口吻问道："洪律师，你对这事儿怎么看？难道是有人专门来跟我开个玩笑？还是有别的什么目的？"

"这是不是恶作剧，恐怕只有你自己才能解答，我只能根据现场的情况谈谈我的看法。首先，作案人——我们暂且称他为作案人吧，但我实在不知道他这样做的目的是什么。作案人进出现场的途径比较明确。他从东边小夹道的院墙爬进来，然后进入楼内，撬门进入这间办公室。他这一路没遇到太大的障碍。那围墙也就两米多高，算不了什么，楼门根本没锁，这办公室的门锁也不难撬。其次，作案时间显然是夜里，因为这里白天人很多，他没有作案条件。"

"这我同意。"夏大虎心想，这都是秃子头上的虱子——明摆着的事儿，还用你说？但他没有说出来，而是客客气气地继续问道，"可那保险柜是怎么回事儿？你就说他是怎么打开的吧？"

"这个问题比较复杂。"洪钧站起身来，走到那个大保险柜旁边，说道："犯罪分子常用的打开保险柜的方法有用撬棍撬，用电钻钻，用气焊烧，用炸药炸等。这个作案分子使用的方法很少见，但我以前实习时听公安局的一位防盗专家讲过。夏经理，你仔细看这柜门内侧的边沿，是不是有些向里凹？"

夏大虎顺着洪钧手指的方向看了看，果然如此。他点了点头，继续听洪钧讲。

"这是怎么形成的呢？这是在柜门锁好的情况下，有人用力扳柜门上的把手，致使柜门里面固定锁体的带钢向内弯曲，从而使锁舌失去了卡销的功能，整个门锁也就不起作用了。"

"这个人的劲儿可够大的！"

"使带钢弯曲所需的力量比较大，所以作案人需要借助某种工具。实际上，这还不仅是使带钢弯曲的力量。如果我们拆下门里边这个金属板，就会看见不仅带钢弯了，紧挨带钢的护板也被挤裂了。我估计那护板不是水泥做的，而是石膏做的，强度不太大。"

"那咱们现在就把它拆下来看看，不就这几个螺丝嘛！"

"我建议你别动！"

"为什么？"

"因为你最好请警察来拆。"

"你的意思是让我去报案？"

"正确！虽然你什么都没丢，但是撬保险柜本身就可以构成盗窃罪，而且这个作案人很可能是个撬保险柜的老手！"

"你是说我必须报案？"

"不是必须，是应该。这是一个律师的忠告，除非你有特殊理由不愿意让公安局的人调查此案。如果是那样的话，就说明你知道作案人的目的！"

"我真的不知道！"

"也许你只是猜测或担心。既然你让我帮你出主意，那你就应该把情况都告诉我。作为律师，我有义务为你保密！"洪钧看着夏大虎的眼睛，但夏把目光投到了写字台上。洪钧等了片刻又问，"你的保险柜里真的没有贵重财物？现金或者有价证券？"

"没有！"

"有没有你不愿意让别人看到的东西或者文件？"

"这里放的都是公司的文件，不是私人的东西。而且我已经对你说过了，什么都没丢！我检查过了！"

"刚才你收起来的那条旧腰带是不是很贵重？"

"贵重？不不！那就是一条普通的腰带，是我在'文化大革命'的时候用过的。那个时候，年轻人都喜欢这种腰带，叫'武装带'，军用的。这么多年，我一直舍不得把它扔掉，就是因为它上面有我的过去。可以说，它记载了我们这代人年轻时的追求，也有失望。"

"没准儿能成为文物。我在美国的时候，听说有人把一条腰带拍卖了10万美元！不可思议！"

"我这条腰带恐怕连10块钱都卖不出去！"夏大虎叹了口气，"不过，它与本案毫无关系，你用不着跟它浪费脑筋。"

洪钧又走到小保险柜旁边，沉思片刻后说道："确实很奇怪！从现场情况来看，作案人显然是要寻找什么东西。他费了这么大的力气，却什么也没拿走。也许是他没找到？"洪钧既像是在对夏大虎说，又像是在自言自语，"另外还有个问题——作案人为什么要把小保险柜放倒呢？要说这可是挺费力气的事儿啊！"

洪钧走后，夏大虎坐在沙发上，愣愣地看着倒在地上的小保险柜。

第十章

离开美虎装饰公司,洪钧坐上出租车直奔宏远证券公司。一路上,他努力把自己的思路从那个盗窃现场转移到夏哲的案子上,但是那两个保险柜总在他眼前晃动。下车后,他径直来到营业大厅二楼的大户室。

洪钧刚走上楼梯,一个面无表情的保安人员伸手拦住他,让他出示证件。他问为什么。保安说,最近这里丢了东西,领导让加强保安。洪钧说自己是律师,来找人了解情况,而且是陆伯平经理同意的。保安说,这些小事,陆经理根本就不会过问,都是由梁副经理主管。洪钧说,他要见梁副经理。保安用对讲机说了几句话,然后让洪钧到旁边的保安室等候。

洪钧独自站在房门紧闭的保安室里,又一次体会了被监禁的感觉。10分钟过去了,没有人来。他推开门,只见那个保安站在门口,便问梁副经理什么时候来。对方说,再等一会儿,并请他到屋里去,又把门关上了。又过了10分钟,还是没有人来,洪钧忍不住了,再次推门走出来。保安说,梁副经理很快就过来,又请他到屋里去。他说不等了,要走,但是保安不让他走,说已经报告了梁副经理。他很气愤地说,你们没有权利限制我的自由,如果你们不让我走,我就告你们非法拘禁,那可是犯罪。保安说,这是你自己闯进来的,想走,没那么容易。

两人正在争执，梁大嘴快步走了过来，看见洪钧，皮笑肉不笑地说："这不是洪律师嘛！怎么，又跑这儿骑别人的驴来啦？"

洪钧咽了一口吐沫，皱着眉头说："梁副经理，我来找人了解情况。这可是你们陆经理同意的。"

"你来调查，这没问题，我们全力支持。我跟你讲，你最好提前打个招呼，找谁谈都行。可你不打招呼，那就容易发生误会。出了事儿，就麻烦啦！"

洪钧感觉梁大嘴的话语里带有威胁的味道，不以为然地笑了笑，说："那好，我现在想找方琼谈谈，可以吗？"

"当然可以。我带你去。"梁大嘴说着，转身向大户室里面走去。

洪钧看了一眼保安，又做了一次深呼吸，跟了过去。

大户室里边有一个门，可以通向证券公司的办公区。梁大嘴带着洪钧走到里面的工作人员休息室，然后把方琼叫过来，说："小方，洪律师找你了解情况，你们随便谈。"

梁大嘴走后，洪钧说："方小姐，打搅您了！"

方琼面带微笑地说："洪律师，上次您来，正赶上我遇到点儿烦心事儿，所以说话有不周到的地方，还请您原谅！"

洪钧没想到方琼的态度会有这么大变化，连忙说："方小姐客气了！那天是我给您添了麻烦，我还想请您原谅呢！"

"您可真会说话呀！"

"当律师的嘛，全凭这张嘴挣钱！"

"您倒挺诚实！"

"这就是律师和算命先生之间的重要区别，都靠耍嘴皮子吃饭，但律师说真话，算命先生说假话。"

"那您今天要对我说什么真话呢？"

"我想问您几个问题。"

"那就请坐吧。"

坐下之后，洪钧说："方小姐，夏哲那两笔上海延生的股票交易，都是您帮他操作的吧？"

"是的。"

"他说，那第二笔本来是卖出，怎么给做成了买入？"

"那是他记错了。他当时说的就是买进。"

"在他决定卖出或者买进之前，他和您讨论过上海延生的走势吗？"

"我记不清了，好像他说过延生该触底反弹了吧。"

"您没有帮他分析股票的走势？"

"不会的！我就管操作和收单，绝不会给客户提建议的。再说了，分析股票走势需要专业知识，我又不懂，哪能瞎说呢！"

"您当时知道他是在透支吗？"

"这我当然知道。可这是公司允许的，他有担保呀。"方琼说话时见洪钧在仔细地上下打量她，心中有些诧异，便含笑问道，"洪律师，您在看什么呢？"

"噢，我看您有点儿面熟！"洪钧一脸的认真，"方小姐，您是不是演过电影？"

"是吗？您在哪部电影里见过我？"方琼扬起了眉梢。

"让我想想……好像是一部关于新中国成立前学生运动的电影。没错！叫什么《大江东去》。您演一个女学生，留着短发，后来在游行队伍的前面被敌人开枪打死了。对吧？您的戏不多，但是您的表演给人的印象很深刻！"

"没想到洪律师的记忆力这么强！"方琼脸上一片灿烂。

"特异功能。需要的，过目不忘。不需要的，转身就忘。方小姐，您为什么离开演艺界？"

"我本来学的是财会专业,演电影就是客串。当然,我也没遇上好导演!"方琼的话语中流露出一丝遗憾。

"可惜!现在拍的电影电视剧这么多,您不想再去试试?"

"像我这个年龄,再到演艺界去闯荡,有点儿晚了!"

"未必。现在的中国演员里缺少真有演技实力的成熟女性。"

"您这话说得有水平!现在中国的女演员中真有才华的人确实不多!"

"您为什么不去参与竞争?"

"我不愿意进入演艺圈儿,还有点儿个人原因。"

"为了爱情?"

"您怎么知道的呢?"

"我是根据您的语气和表情做出的猜测。您说这话的时候,语气突然变得柔和了,而且两个嘴角往上翘,两个上眼皮向下垂。这一般都是甜美的回忆。"

"看来,您这人还真有点儿特异功能啊。"

"也有猜不准的时候。"

"咯咯咯!"方琼笑着说,"跟您谈话真是件愉快的事情!"

"谈到爱情,我又想起一个问题,不知道方小姐是否介意?"

"您问吧。"

"您还是单身吧?"

"是呀!"

"夏哲是您的男朋友?"

"他只能算我的一个追求者。"

"这么说,追求者不止一个?"

"如果连过去的都算上,怎么也得有个加强排吧!"

"这里还有谁?我那天看见梁副经理对您说话就很有意思。"

"他也算一个。还有您那天在这里看见的那个'啤酒肚儿',他叫胡图承,别人都叫他'糊涂虫'!洪律师,您打听这个干吗?莫非您想先摸摸'敌情'?咯咯咯!您结婚了吗?"

"未婚。"

"那您喜欢跳舞么?"

"略有爱好!"

"太好了!哪天让我见识见识吧。看您的身材和气质,舞姿一定不俗!"

"我也很想欣赏方小姐的舞姿。"

"今天晚上你有时间吗?"方琼突然换成了英语,尽管她的发音不太标准。

洪钧愣了一下,也用英语回答,"很抱歉,我今天晚上还有个约会。你会说英语?"

"我正在学英语。我说得很不好。我以后可以跟你学吗?"方琼笑了笑,又改回了汉语,"我知道您是忙人儿。这样吧,我给您一张名片,上面有我的呼机号。您有雅兴的时候,提前呼我一下,我们可以一边跳舞,一边练英语嘛!"

洪钧接过名片,站起身来说:"方小姐,占用您这么多时间,谢谢!"

"不用客气!反正我这班儿上得也没什么意思。"

洪钧和方琼走出休息室,如同朋友一样告别。

洪钧刚走进自己的办公室,电话铃就响了。他抓起话筒一听,又是夏大虎。

夏大虎既有些着急又有些不好意思地说:"洪律师,我的保险柜里确实丢了东西。"

"丢了什么？"

"合同，那份合同。"

"那份木材购销合同？"

"对，就是它。"

"你是怎么发现的？"

"上午你走后不久，公安局的人就来了。他们勘查完现场之后，我把保险柜里的东西又仔细清点一遍，发现那份合同不见了！"

"你早上怎么没有发现？"

"当时太着急，就没仔细查看。那份合同和有关材料都放在一个大档案袋里。我看了一眼，那个档案袋和里边的东西都在，就没仔细查。我马虎了。"

"对了，那个保险柜门拆开了吗？公安局的人怎么说？"

"拆开了，确实像你说的那样。我先把你的分析给他们讲了，他们才打开的。他们都说你有特异功能！临走的时候，他们说准备立案，让我有情况立刻报告他们。可我觉得，他们没把这案子当回事儿，有点儿糊弄！"

"你又见过萨利文夫人吗？"

"没有。我打过几次电话，都是那个陈小姐接的。她说萨利文夫人很忙，如果我们能把那批木材的含水量问题解决，就再约时间见面。这几天我一直在跑这事儿，也找过我的供货商，看有没有解决问题的办法。我想，实在不行就把货退回去算了，或者处理掉。但是很难啊！这批木材都是按照宏亚公司的要求加工的，而且他们要的规格和尺寸都很奇怪，别人几乎没法儿用！这真是他妈没屁眼儿的事儿！现在这合同又被人偷走了，我跟两边儿都说不清楚了！我觉得好像陷进了一个很大的圈套！洪律师，你那天让我保管好合同，看来是有道理的,我后悔当时没听你的话,现在我连个复印件都没有了。我可怎么办哪?喂!洪律师,你一定得帮帮我!"

"夏经理,我会尽力而为。"

放下电话之后,洪钧把椅子转向玻璃窗,望着窗外那刚刚长出新芽的树木,他的手指又开始了"梳头运动"。

洪钧有些怀疑夏大虎。他想,会不会是夏大虎利用这次盗窃案来编造一个合同被盗的故事呢?但他觉得这种可能性很小,因为他看不出这对夏有什么好处。虽然那合同条款规定得对夏不利,但他向别人定购木材毕竟有合同做依据。如果夏手中没有这份合同,那他与供货方签订的协议岂不就有了诈骗的嫌疑?由此可见,夏的合同是真的被人偷走了。可他一开始为什么没有发现?按说这笔木材交易是他目前最重要的业务,所以他在发现保险柜被撬之后首先关心的就应该是这份合同,但他没有。为什么呢?合理的答案就是那保险柜中还有他更关心的东西,或者说他更怕被人偷走的东西!那是什么呢?是那条旧腰带吗?

洪钧的这个推理只能到此结束。于是他开始了另一个推理——谁会偷走那份合同呢?他首先想到的自然是萨利文夫人,因为她在合同中订立了一个对方根本无法做到的条件。虽然从法律上讲那份合同无懈可击,但是内行人会发现她在合同中设立的木材含水量标准在中国几乎不可能达到,因而会怀疑她签订这份合同时本来就怀有"恶意"!如果是这样的话,她肯定就不希望这份合同留在夏大虎手中了。然而,她不会自己去撬保险柜,那位陈小姐看来也不具备这个能力。行窃者是谁呢?

洪钧本不想染指夏大虎与萨利文夫人之间的事情,但是发现自己仿佛被人一步一步地牵了进去。他此时已经欲罢而不能,只好决定去拜访那位神秘的女人。不过,他的内心深处也有见面的愿望,因为他很想破解"萨利文夫人"之谜。

洪钧通过香格里拉饭店服务台,查到了萨利文夫人的电话号码。电话拨通后,接话人是陈小姐。洪钧用地道的美国英语说道:"哈啰!我可以和希拉·萨利文夫人讲话吗?请告诉她,我是她在西北大学法学院的同学,我叫乔恩。"

电话里很快就传来了希拉那略有些激动的声音:"哈啰!乔恩!你好吗?我真高兴又听到了你的声音!"

"我很好,希拉。你怎么样?"洪钧改说汉语。

"也很好。你怎么知道我在这儿呢?"

"我有特异功能!"

"真的?就像用耳朵看字什么的?那可得让我见识见识!"

"你是大董事长,还有时间见我这个小人物吗?"

"你说什么呀!今天有时间吗?我请你吃饭吧!"

"是还你欠的账吗?我说过,别人欠我的东西,我老能记着!"

"可我也没忘啊!乔恩,你5点到我这儿来,行吗?"

"我准时到,希拉。"

"好,我在大厅等你哦。"

洪钧把话筒放回机座上,目光却久久未能离去。

第十一章

洪钧从东边的门走进香格里拉饭店的大厅，环视一周，没有看见希拉，便走到旁边的一个沙发边坐下，听着钢琴师演奏的贝多芬名曲《献给爱丽丝》，看着大厅北面高大的玻璃窗外带有中国特色的庭院式花园。

5点整，希拉走出电梯间，身穿一件玫瑰色旗袍。

洪钧戴上变色眼镜，起身走了过去。

希拉在大厅里寻找她印象中的乔恩，见洪钧微笑着走过来，愣了一下，然后迎上去热情地说："是你呀！我说那天总觉得有些面熟呢！咱们分手有六年了吧？时间过得可真快啊！你还是这样好，显得更年轻，更有风度了！我当年就说过，很想看看你刮去大胡子之后的样子，可你就是不满足我的愿望。"

"那不能怪我，主要是因为你后来不想看了。"洪钧笑了笑，"上次谈判，我一见面就认出你了，当时觉得挺尴尬。好在你把我给忘了，没认出来，我也将错就错，把谈判进行到底。"

"谁把你给忘了？只不过我根本没想到会是你呀！我听说你在芝加哥做律师嘛。而且，你的变化太大了，胡子没有了，戴上了墨镜，还不懂英语。你装得可真像！"

"你也一样啊，假装不懂普通话。我们真是一丘之貉！这可是你爱说的话。对了，你干吗假装不懂普通话？"洪钧摘下了眼镜。

"这你不懂，在生意场上需要伪装，不能让对手知道你的底细。"希拉突然收起笑容，一本正经地问，"你今天是作为老朋友来见我，还是作为夏大虎的律师来见我？"

"当然是前者，因为我已经下班了。"

"那咱们只叙友情，可不许谈生意哦！"

"你愿意谈什么，我就陪你谈什么。客随主便嘛！"

"好，咱们到餐厅去谈吧。没有征求你的意见，我就定了西餐，主要是想找回当年的感觉。对了，我应该叫你'乔恩'呢，还是叫你'洪律师'？"

"你随便。"

"那我还叫你'乔恩'吧，感觉更亲切。"

两人并肩走进一层的西餐厅，来到一个靠窗的桌位。坐下之后，希拉看着窗外被夕阳罩上一层亮光的红色长廊和绿色草坪，不无感慨地说："在这片高楼中，能有这么一个花园，真是不容易。就好像在紧张的生活中，能有这样的时间，和好朋友坐在一起，轻松地喝点儿酒，聊聊天，也是很不容易啊！"

"你说话总是那么富有哲理。对了，我记得你说过，你小时候的理想是当个诗人。对吧？"

"我有对你说过吗？那就算是吧。可是，我后来不想当诗人了，因为我不想自杀，更不想去卧轨。"

"你是说海子？他也是学法律的，才25岁就卧轨自杀了，真是太可惜了！"

"对啊。就算要自杀，他也不应该去卧轨，而应该像屈原一样去投河。他好像有一首诗的名字就叫'水抱屈原'吧。其实，我也曾经有过自杀的想法，而且真的就像屈原那样做了。"希拉眯着眼睛，似乎陷入回忆之中。

"那后来呢？你好像不会游泳，对吧？"洪钧一直想破解希拉的身世之谜。

"啊，对。我后来被人救了。一个好人，无名英雄。我这辈子都没有办法去报答他了。"

"难道他死了？"

"没有。嗨，不谈这些了，会影响食欲的。我告诉你，我跟海子可不一样。他说过，愿你在尘世获得幸福，而我只愿面朝大海，春暖花开。可是，我现在的想法恰恰相反。我只愿面朝尘世，幸福快乐。"

"你的愿望已经实现了。"洪钧的目光停留在希拉的脸上。

"乔恩，你别老这么看着我，怪不好意思的！"

"我在想，你的脸上好像少了点儿什么。"

"五官俱全，能少什么呢？"

"我记得你脸上有一颗挺大的黑痣。对吧？"

"对，看来你还真把我留在心里了。你喜欢么？可惜，让我给做掉了。"

"为什么？"

"据说那东西能致癌。你是不是觉得我变丑了？"

"不！你还像毕业典礼时那么漂亮！"

"真的？我没有变成一个老太婆？"

"你开什么国际玩笑！不过，我一直猜不出你的年龄。反正你让我管你叫'姐'，我就叫。有人说过，吃点小亏，能占大便宜。"

"那你占到了吗？"

"你说呢？"

"那你就继续跟着感觉走呗！"

酒菜上来了。两人端起酒杯，互祝健康幸福。品尝菜肴之后，希拉问道："乔恩，这些年，你是怎么过来的？"

"法学院毕业后,在芝加哥的一家律所干了两年,然后就回国了。"

"为什么不留在美国呢?我想,我绝不是第一个也不会是最后一个向你提这个问题的人吧。"

"想回来给自己干点儿事儿!"

"在美国当律师不好吗?"

"美国律师过剩,中国律师短缺,连美国人都想向中国出口律师。我不能等着美国律师占领中国市场,就先来了个'出口转内销'!"

"我看你是害怕被当成新药的试验品吧?"

"什么?"

"很多美国人都建议在新药试验中用律师代替白鼠——因为美国的白鼠太少而律师太多啊!"

洪钧也笑了,"你这些年呢?看来是万事如意。"

"什么万事如意呀!就是嫁了个阔老头,后来他死了,钱就归我了。"

"我看你是宏亚公司的董事长。你们公司主要做什么业务?"

"主要是做美中贸易。你知道,咱们学法律的,要想在美国发展,主要就两条路:一条是走私人口,就是办移民业务;另一条就是做美中贸易。我毕业以后在华盛顿找的那份工作,主要就是做移民。后来我有了钱,就改做贸易了。"

"你们做哪方面的贸易?我听说,服装加工好像很有市场。"

"我们公司主要做的也是服装,还有玩具。"

"这次为什么做了木材?"

"有钱赚嘛,当然就要做啦!哎,你是不是想替夏大虎打探军情啊?"

"我就是随便问问。对了,你还信基督吗?"

"你真健忘。我早就跟你说过,我不信基督。我当时对你非常坦诚,结果让你拐弯儿抹角地骂了一顿!"

"能有那种事儿?"

"哟!憨态可掬,你又长本事了!"

"我真不记得曾经骂过你!"

"得了!你先骂我是狗,后骂我是驴。我这辈子没少挨人骂,但从来没有人能骂得像你那么巧妙,所以我终生难忘!"

"真的?那可是应了一句俗话———不留神还弄出个传世佳作!"

"一见面就斗嘴,这大概也是咱俩的缘分吧。说真的,虽然我们只有一夜情,应该是两夜情吧,可我总觉得咱俩特有缘分。乔恩,我这辈子交往过不少男人,但你是我唯一的真爱,只是有些短暂。不过,据专家说,真正的爱情所能持续的时间都很短,超不过一百天!来,为了咱们的缘分,也为了咱们的爱情,干一杯吧!"希拉说罢,端起满满一杯红葡萄酒,与洪钧手中的酒杯碰了一下,一饮而尽。

洪钧也随着喝了一杯,"看来你的酒量是大长了。我记得那次在华盛顿一起吃饭,你没喝多少就满脸通红!"

"那是酒不醉人人自醉哦!再说,那也是老不喝的缘故。吃饭还得算计呢,哪有钱买酒呢?"

"你现在当然是有钱了。对了,你怎么撞上个百万富翁?"

"这得感谢上帝!萨利文先生是个虔诚的基督徒。大概因为他年轻时为赚钱干过一些不太积德的事儿,所以老了以后就拼命行善,可能是为了赎罪吧。我们是在教堂里通过他姐认识的。他姐就是我们那年给送车的萨利文小姐。他见我一个人挺困难,就让我搬到他家去住。食宿全包,一分不要。不过,你别以为他傻。他不要钱,要别的。我说这话,你可别嫉妒哟。来,干杯!"希拉又喝了一杯酒,眼睛已有些红润。

"看来，你选择'吃基督'这条路，还真是蒙对了！"

"也不全是瞎蒙哦。老祖宗说，人贵有自知之明。我当时全面地分析了自己的条件——我这个人不傻，但缺乏吃苦精神，因此不能选择艰苦奋斗的成才之路；可是我长得挺漂亮，而且还不老，所以得充分利用父母留给我的这点'资本'。萨利文先生没有子女，妻子也去世了，家里只有他和两个仆人。所以我们很快就结了婚。后来他得了肝癌，临死前把财产都给了我。我这个人本来命苦，是基督让我获得了新生。所以，我感激上帝，尽管我并不相信他的存在。啊，请主宽恕，阿门！"希拉说着，习惯性地用手在胸前画了个十字。

"你已经开始相信上帝了！"

"有时候，我倒真希望自己能相信上帝。甭管怎么说，信上帝也比信金钱好。上帝终归是要劝人行善的，而金钱只能让人去作恶！"

"你不是很喜欢金钱吗？"

"所以我信不了上帝呀！"希拉又喝了一大口酒，补充道，"其实我并不喜欢钱，但是我需要钱，因为金钱可以帮助我实现生活中的目标。"

"上帝就不能吗？你们基督徒不总爱说'我万能的主'吗？你为什么不求'主'帮助你实现生活目标呢？"

"主太忙，管不到我这点儿小事儿。如果主什么事儿都管，那还不把他累死呀！请主宽恕，阿门！"希拉又画了个十字。

"我能帮你么？"洪钧试探着问。

"你？不行！你这个人很聪明，就是心太善，老想做好人，所以帮不了我。"

"你希望我做个坏蛋？"

"别介呀，这世界上的坏蛋已经够多了，不缺你一个。再说了，有你这样的好人做参照物，人类还不至于太过悲观嘛。好了，咱们不谈这种沉重的话题了，行吗？谈点儿轻松的吧。"

"好哇，我说了，客随主便嘛！"

"乔恩，看样子你还在'单干'吧？"

"我也在物色合伙人。"

"我问的可不是律所的合伙人，而是生活中的'合伙人'噢！"

"这样不是更时髦吗？"洪钧看着希拉那已经绯红的面颊，反问了一句。

希拉又喝了一口酒，没有回答洪钧的问话，自顾自地说："在生活中，很多东西都是有时间性的哦。属于你的，就尽快享受吧。你看那窗外的树枝，长满了嫩绿的新叶，多招人喜欢呀！可是当它们枯黄的时候，谁还愿意多看上一眼呢？我送你一句话——珍爱你的青春吧！时间是无情的。一朝春尽红颜老，花落人亡两不知啊！"

"希拉，你真该去当个诗人。反正你现在也有钱了，无忧无虑，就写写诗，多好！"

"无忧无虑，还能写出好诗吗？算啦，还是喝酒吧。诗人都是很能喝酒的哦，李白斗酒诗百篇嘛！"希拉又举起了酒杯。

"喝得不少了，适可而止吧！"

"老祖宗说，酒逢知己千杯少。我已经很多年没有这么痛快地喝酒了。乔恩，我一直在心里把你当作我的'蓝颜知己'，是这世界上唯一可以推心置腹的人。我喜欢喝酒，可我对酒并不上瘾。高兴了我可以天天喝，不高兴了也可以半年不喝。我喝酒可不是为了保健，就是为了晕乎。当你喝得恰到好处的时候，就会有一种飘然欲仙的感觉，可以忘记一切忧愁和烦恼。晕晕乎乎，那可真是绝妙的人生境界啊！"

洪钧望着希拉，他忽然觉得面前这个女人已经不再年轻了。高级的化妆品和精心的养护可以掩去脸上的岁月，但却无法抹去心头的岁月。

当洪钧扶着希拉走出餐厅时，希拉的脚步已经有些飘飘然了。洪钧把她送回房间。进屋后，希拉躺到卧室的床上，醉眼乜斜地望着洪钧。

洪钧说："希拉，陈小姐在哪儿？用不用我去把她叫来？"

"她住在旁边，不用叫她。"

"那你好好休息吧。我该走了，明天我再给你打电话。"

"好弟弟，你别走。我一直在后悔，分手的那天晚上，我不该拒绝你。你是个君子，讲究风度，一般不会张嘴求人的。可是，你那次求我，却让我给拒绝了。我本该答应你的哦。可是，我当时怕我一旦答应了你，我就没有决心跟你分手了。你知道吗，我当时可是流着眼泪开车走的啊！不说了，乔恩。现在，我可以给你补上一次，就算我欠你的吧，可就这一次哦！"

"希拉，你在说醉话。"

"我这是酒后吐真言！也许，"希拉闭上了眼睛，"你认为和委托人的对手做爱会违背你的职业道德？我告诉你，你别管闲事儿！他夏大虎是自作自受！他作了孽，欠下了债，就得还，就得接受惩罚。我告诉你，我恨他，我要让他倾家荡产，妻离子散！我要让他痛苦，让他后悔，让他……这就叫……恶有恶报！算了，乔恩，你走吧。我累了，真的好累哦。我也……该睡了，睡了。愿主保佑……"

希拉的声音越来越慢，越来越小，她睡着了。

洪钧站在床边，默默地望着这个酣睡的女人。他认为，希拉此时的安详神态似乎更能反映她的本性。他感觉，希拉是话中有话，但又猜不出那隐含的究竟是什么。

突然，洪钧的身后传来一个女子的声音："洪先生！"

虽然这声音很轻，但洪钧还是被吓了一跳。他忙转过身来，只见陈静怡面带微笑，站在他的身后。他觉得很奇怪，没人开门，这位陈小姐是怎么进来的呢？

"洪先生，想喝点儿饮料吗？"陈静怡的目光有些怪异。

"啊？好吧。"洪钧有些慌乱。

"可乐？"

"可以。"

"那就请洪先生到客厅坐吧！"陈静怡走路几乎没有一点声响。她从冰箱取出一听可乐，放到客厅的茶几上。

洪钧走出来，坐到沙发上，谢过陈小姐，打开可乐，喝了一大口。清凉的甜水使他恢复了常态。陈静怡坐在对面的沙发上，一言不发但笑容可掬地看着他。他觉得这气氛有些尴尬，便问道："陈小姐是哪里人？"

"洪先生这么有眼力，难道还看不出我是哪里人么？"陈静怡故意把"眼力"两字说得很重。

"陈小姐不像北京人，可普通话又说得这么好。真看不出来。"

陈静怡莞尔一笑，"我出生在台湾，但父母原来都是北京人。"

洪钧还想再问点儿什么，但又觉得不合时宜，而且这位陈小姐的微笑后面似乎有些难以捉摸的东西，便起身告辞了。

回家的路上，洪钧的思绪不断地转到地球的另一边——他想起了与希拉的两次旅行，其中既有充满诗情画意令人流连忘返的时光，也有出生入死使人心惊胆战的经历……

第十二章

1988年的夏天,洪钧告别故乡,来到位于美国伊利诺伊州芝加哥市的西北大学法学院留学。留学不同于旅游和探亲,主要任务是完成学业,因此必须克服专业学习上的障碍,包括熟悉美国法学院图书馆的文献检索方法。

洪钧第一次到图书馆查资料就遇到了麻烦。坐在计算机前,他凭着自己的小聪明缓慢地进入了图书检索系统并调出一本书的简介,但此后却无论如何也回不到原来的书目了。他试着按了几个键,但计算机不听使唤,他又不敢把所有的键都按上一遍。听着别人那如同打机关枪的敲键声,他心里着急万分,但表面仍作沉思状。

正在这时,身后传来一个轻柔的声音——"你需要帮忙吗?"

洪钧回头一看,身后站着一个中国姑娘。这个姑娘身材苗条,相貌秀丽,下巴上有一颗明显的黑痣。

洪钧来到美国后,周围都是美国人,所以见到同胞感到格外亲切。他坦率地承认自己在计算机方面的无知。姑娘先帮他返回书目,然后又耐心地给他讲解了计算机检索系统的程序和操作要点。洪钧的心里热乎乎的,但是还没等他表示感激,姑娘转身就走了。过了一会儿,姑娘给他送来一份带有计算机系统简介的"图书馆指南",然后匆匆地离去了。

午休时,法学院大楼里非常热闹。餐厅和休息大厅中到处都是一边吃着简单的午餐一边高谈阔论的学生,他们有的席地而坐,有的躺在地毯上,还有的把脚跷到沙发背或茶几上。

洪钧在地下餐厅买了一听可乐和一个三明治,然后就在人群中搜索那个中国姑娘的身影,但是转了一圈也没有找到。他有些茫然若失地来到二楼的图书馆。此时的图书馆里静悄悄的,他沿着高大书架间的通道向里面走去。

法学院大楼坐落在芝加哥市区的密执安湖畔,图书馆尽头的巨大玻璃窗下摆放着一组组沙发,坐在这里可以欣赏那一望无际的大湖。

洪钧走到一组沙发旁,刚要坐下,却发现在南面角落的那组沙发上坐着一个人。虽然他只能看见那个人的后脑,但他感觉那正是他要找的姑娘。他走了过去,发现自己的感觉是正确的,便热情地打着招呼:"你好!非常感谢你上午对我的帮助。我叫洪钧,英文名字叫乔恩。"

"没什么,那是我的工作。我在中国叫韩昕昀,在这儿叫希拉。"姑娘的手里端着一个很大的盖杯,里面是泡的方便面。

"听口音,你是北京人?"

"对,你也是?"

"那咱们是老乡。我是人大法律系的。你是哪个大学的?"

"我是北外英语系的,法律是后来自学的。"

"那你可真不容易。来这儿多久了?"

"一年多了,我读的是LLM(法学硕士)。"

"美国的LLM比国内的法学硕士学制短,好像一年就可以读完,对吧?"

"那是读得快。我这是第二年了,真希望这是最后一年啊!乔恩,你读的是JD(法律博士)吧?那至少得三年哪,更不容易了。"

"确实很吃力。本来我认为自己挺聪明的,可是跟这帮美国学生在一起，我老觉得自己特迟钝。"

"在这儿上课，你一定得事先预习，特别是那些判例，千万不能等老师讲完之后再去看书。其实呀，那帮美国学生肯定没有你聪明。你得相信自己的实力！"

"谢谢你的鼓励。到美国以来，我净遭受打击了。有时候，我真怀疑自己是不是弱智！"

"那倒是，好多东西在国内都没见过，都得从头学嘛。"希拉打了个哈欠，连忙说了声对不起。

"你累了吧？要不你休息会儿？"

"没关系，天天跟老美讲英语，能跟你说说中国话，也算是休息了。"

"你是在图书馆打工吗？一边上学一边打工，太辛苦了！"

"没办法呀！你拿的是全奖吧？那可好多啦！我拿的是半奖，就是不用交学费，生活费全靠自己挣。说实话，能在图书馆找到这份工作就很不错了，比到餐馆儿去刷碗端盘子强多啦！"

洪钧看着希拉，一种怜香惜玉的感觉从他的心底油然升起。

从那以后，洪钧就经常在午休时到这里来。见到希拉，两人就轻松地聊聊天；见不到希拉，他就一人眺望窗外的大湖。他发现，希拉从来不谈自己的家庭，也不谈自己的过去。他还发现，希拉每次都只吃一包方便面。他也曾给她买过三明治，但是被她婉言谢绝了。她说，不到万不得已的时候，她不会接受别人的帮助。但后来，他却意外地接到了希拉的求助电话。

洪钧住在芝加哥北面约20英里的埃文斯顿市。这是个人口大约5万的小城市，坐落在密执安湖畔，环境很美。由于这里是西北大学主校园的所在地,所以有很多大学生,像个"大学城"。经朋友介绍,洪钧住在一位美国教授家三层的小阁楼里。

那是圣诞节前的平安夜。洪钧的房东是犹太人,不过圣诞节,但是很多邻居的门前都装饰了节日的彩灯,厅内都摆设了挂满礼物的圣诞树。洪钧坐在那间不到10平方米的小屋中,用读书排解心中的孤寂。

突然,电话铃响了。他拿起电话一听,原来是希拉。

希拉的声音很急迫,"乔恩,我今晚能到你那里去过夜么?"

"这……"洪钧看了一眼自己的斗室。

"我被房东赶出来了。这么晚,我又没有其他朋友,否则我绝不会去打扰你的!"

"行,没问题!"洪钧心底升起一股男子汉的豪情。

放下电话后,洪钧把屋子收拾一番,然后穿上羽绒服,到地铁车站去接希拉。

芝加哥的冬夜非常寒冷。洪钧在车站出口来回走动。希拉终于来了,洪钧接过她手中的提包,两人并肩往回走。由于天气太冷,他们一路上都没有说话。

走进洪钧的小屋之后,温暖的空气使他们恢复了活力。洪钧极尽地主之谊,希拉也并不客气。她说:"我今天是走投无路,只好来求你了!"

"房东为什么把你赶出来?"

"那个房东太可恶了!一个单身老头,中国人,自称是虔诚的基督徒,可他待人特别刻薄!我们这几个房客都是大陆来的,经常给他干活。他老召集我们开会,骂我们'没有教养''不懂礼仪''天生劣种''不可教诲',还老威胁要把我们统统赶走。他收的房租比较便宜嘛,所以大家就都忍了。中国人最能忍了,寄人篱下就更能忍了!上个星期五,他说限我们这些人在两周内搬走,但今天晚上却突然让我们立刻搬。这可是平安夜啊!我们跟他讲理,他叫来了警察。警察当然向着他说话啦。最后他说,东西可以明天搬,人必须今天走。我知道,他就想让我们求他,最好都给他跪下。我们哪能那么没有骨气啊!所以,大家只好各自投亲靠友。你知道,法学院只有咱们两个中国人,我又没有别的朋友,只好给你打电话了!乔恩,我真的很感激你!要不然,天气这么冷,我准得冻死在外面啦!"希拉的眼圈红了。

洪钧连忙说:"都是中国人,你别客气!就是我这间房子太小,不好意思!"

"那也比我住的房间大!"希拉惨然一笑,"国内的人都以为咱们在美国享福,在舒舒服服地淘金,可有谁知道咱们的酸甜苦辣啊!也许你们男人好一些。有一次,我正走在大街上,迎面过来一个老美,嬉皮笑脸地问我愿不愿意到他家去玩儿,并说他给钱。我当时气坏了,用中国话臭骂他一顿。虽然他听不懂,但是也明白了我的意思。你猜他说什么?他说,你们中国女学生不是都干这种事情嘛!真是放他妈的狗屁!"

如此粗俗的语言从一个文静女子的口中说出,让洪钧很有些惊讶。他看着希拉那略显激动的脸,不知该说些什么,而希拉嘴边那一丝轻蔑的微笑则给他留下了深刻的印象。

希拉意识到了,不好意思地说:"对不起,我当过工人,说话有点儿粗。"

其实,洪钧对希拉的话语并无反感,他甚至挺喜欢希拉说话的语气和神态。他站起身来,找出一个床单和一条毛毯,铺到小书桌旁边的地毯上,对希拉说:"你睡床上,早点儿休息吧!"

"那可就委屈你啦!"希拉对洪钧嫣然一笑,起身去了卫生间。

两人分别躺下之后,洪钧熄灭了电灯,但很久都没能入睡。

第二天早上洪钧醒来的时候，希拉已经洗漱完毕了。洪钧起身穿好衣服。希拉坐在床边用温柔的声音说道："你到了美国，对生活还这么认真呀！"

洪钧一边折叠毛毯，一边说："只有你认真对待生活，生活才会认真对待你！"

"谢谢你，乔恩，真的！"

"为什么？"

"因为你让我见到了真正的好男人！"

洪钧把床单和毛毯卷在一起，扔到床上，"我习惯了！"

希拉拿出一个小化妆盒，一边涂着口红，一边说："我看你岁数不大，干吗留一脸大胡子？像个假洋鬼子！"

"一是入乡随俗，二是可以省钱。"

"你多大了？"

"二十五。你呢？"

"女人的年龄是秘密，不能问。不过，你肯定得叫我'大姐'。"

"这我乐意。能在美国认个姐姐，也是我的福气。"

"能有你这样的弟弟，我也乐意。"

洪钧洗漱之后，问希拉准备搬到什么地方去住。希拉说她可以先住到学校的临时宿舍。正式的学生宿舍太贵，每月租金得四五百美元。临时宿舍为三人一间，月租150美元，一般只让新生住，而且只能住半个月，但是希拉遇到了临时困难，学校应该同意她去暂住。

那天是圣诞节，希拉打了几个电话才找到学校的宿舍管理人员。联系好了，洪钧便去帮助希拉搬家。他们下楼时遇见了房东太太，但美国人对男女学生同居这种事情并不见怪，所以打个招呼便走了。

希拉住的地方在芝加哥市与埃文斯顿市的交界处。那是一栋窄长的黄色三层楼，建在一栋长方形的白色四层楼边上，犹如一片黄油贴在了一个大面包上。楼房的外观显得很破旧，但里面铺着地毯，还很干净。一进门，就见一块小黑板上用中文写着："擦去脚上的泥再进屋。"二层门里面正对着一个楼梯，右边有一条细长的走廊通向后面。希拉的房间在三层。楼梯很旧，一踩上去就吱吱响，似乎随时都有倒塌的危险。希拉的房间确实很小，一张单人床、一个桌子、一个小柜子和一把木椅，就把屋子挤满了。朝东有一个窗户，但因对面的建筑物很近，所以上午的室内也如黄昏一般。

希拉的东西已经收拾好了。洪钧提着行李箱下楼时，很想见见那个"老基督徒"，便故意把楼梯踩得很响，但是那个老头没有露面。走到门口时，洪钧有些失望地回过头来向楼梯右边那细长的走廊望去——他感觉在一间昏暗的房间里有一双眼睛在注视着他。

洪钧和希拉坐车来到湖边的西北大学宿舍楼。办完手续后，他们来到八层的一个房间。这个房间很大，还带有干净的卫生间。屋里放着三张床、三个衣柜和三个写字台，但此时只有希拉一人居住。

希拉巡视一圈后高兴地说："哇，这间房太棒了！他们要是能让我一直住下去就好了！"

"那是！这么大的房子，这么好的条件，一个月才150！不过，反正现在也空着，也许他们不会赶你走的！"

"但愿如此！这里唯一的缺点就是没有做饭的地方。也许，我应该把那台微波炉买下来。"

"什么微波炉？"

"你没看见一楼电梯旁有人贴了个条——出售用过的微波炉，80美元！"

"还是在国内上学好，管吃管住。"

"那你干吗上美国来？就为了能留这一脸大胡子吗？算了，乔恩，咱们还是考虑点儿现实问题吧！你帮我这么大忙，我该怎么谢你呢？"

"先欠着吧！"

"我这人记性可不好哦，特别是我欠别人的东西！"希拉一脸的认真。

"我记性好，特别是别人欠我的东西！"洪钧也很认真。

"咱俩是一丘之貉，还是姐弟。"希拉"咯咯"地笑了起来，过了好一会才平息下来，"我好久没有这么开心了！说真的，今天我的心情真好！你去过希尔斯塔楼吗？咱们一起去吧！"

下午，洪钧和希拉登上了世界第一高楼——希尔斯塔楼。站在406米高的室内平台上，俯视周围的建筑，颇有"一览众楼小"的感觉。

希拉眺望夕阳下的天际，情不自禁地轻声吟道："人言落日是天涯，望极天涯不见家。"

洪钧看着希拉那有些陶醉的神态，问道："你喜欢诗歌？"

"我小时候的理想就是要当个诗人，我父亲也希望我长大能当个作家。可惜，我辜负了他的希望！我对不起他！"

"你父亲是做什么的？"

希拉瞟了洪钧一眼，说："美国人不兴打听别人的隐私。"

洪钧凝望着东边那浩瀚的大湖，若有所思。

"乔恩，你想什么哪？"希拉推了洪钧一下。

"我想，咱们该回家了吧！"

"回家？同是天涯沦落人，哪里还有家啊！"

"男儿有志,四海为家嘛!"

"可惜我不是男儿身!好啦,还是说回宿舍吧。你回男生宿舍,我回女生宿舍。这样说,感觉就好多啦!对吧?"

两人下了希尔斯塔楼之后,走到地铁车站,上了不同方向的火车。

新年前一天,洪钧又接到了希拉的电话。她说水塔商场有打折甩卖,约他一起去转转。人逢年节倍思亲,洪钧无心读书,便欣然答应了。两个人在商场门口见面,并肩走了进去。

商场里很热闹,人流如潮,人声鼎沸。洪钧第一次进入这种大卖场,有些晕头转向。希拉很内行,不住地向洪钧介绍商品,帮洪钧挑选。最后,洪钧买下了一条牛仔裤和一件皮夹克。希拉似乎看中了一套深绿色的裙子,翻看了几遍,还放在自己身前比量一番。洪钧说,你穿上试试吧。希拉便走进了试衣间。看到换上套裙的希拉时,洪钧怦然心动了。过去他看到的是身穿牛仔裤和套头衫的希拉,漂亮也有活力,但此时,他发现希拉的身上充满了女性的魅力!希拉站在试衣镜前,从不同角度观看,似乎也很满意。

洪钧说:"你穿上真的很漂亮。买下来吧。"

希拉叹了口气说:"是啊,我下学期要找工作,参加面试,确实需要一套这样的裙子。可就是太贵了,打折以后还要59美元,等于我半个月的生活费了!"

洪钧在心中盘算一番才说:"那我给你出钱,就算我送给姐姐的新年礼物吧!"

希拉认真地看了洪钧一眼,然后说:"谢谢你的好意,但是我不能接受。我这个人,最不愿意欠别人的钱!"

"送给你的，不用还！"

"那就成了我心上的债，更不行了。还是我自己买吧！"希拉似乎拿定了主意，便到衣服架上又挑了一套红色的裙子，走进了试衣间。

洪钧在外面等了半天，终于见到希拉，但是她并没有换上那套红裙子，而是穿上了自己的衣服。洪钧便问："你试过啦？"

希拉的表情有些凝重，语言也很简单，"试过了，不行。"

"我看也不行，比那套绿的差远啦！"

"走吧。"希拉把红裙子放回衣架上，拿着绿裙子向出口走去。

洪钧跟在后面，感觉希拉的样子有些古怪。他们各自在付款台交钱之后，快步走出了商场。来到大街上，希拉突然笑了起来。

洪钧困惑地问道："你怎么了？这么高兴！"

希拉不无得意地说："你知道我买这套裙子花了多少钱吗？"

"那不是59块吗？"

"我告诉你，我只花了29个美子！"

"真的？我没听收款员说又给你打折呀！"

"是我自己打的！"

"你自己怎么打折？"

"这可是商业秘密噢！我告诉你，刚才我看那摆着的几件套裙样式差不多，但是价钱可差不少。这套绿的59，那套红的才29。我发现那衣服上的价签是可以拿下来的，就到试衣间里把这两套衣服的价签给换了，结果才花了29！怎么样？我很聪明吧？"

"你可真胆儿大！要让人家发现，那不就麻烦啦！"

"我告诉你，老美的头脑简单，他们根本就想不到这一招！"

"可是……"

"可是什么？你是不是觉得我这样做不太好哇？我告诉你，这就是咱们中国人的智慧！得啦，你要是不愿意分享我的快乐，就假装不知道吧！对了，明天是新年，我请你吃饺子吧！我那间宿舍还是我一个人住，而且那层还有一个公用厨房，可以煮饺子。这样吧，你明天上午十点来。包饺子的东西我准备，你就买一瓶红酒。咱姐俩好好庆祝一下！"

第二天，洪钧和希拉一起度过了愉快的新年。

开学之后，洪钧与希拉的生活恢复了往日的平淡与奔忙。虽然他们有时会在法学院大楼里相遇，但因为各自有紧张的时间表，所以只能打个招呼或简单地交谈几句。

第十三章

　　1989年春假前一天的晚上，洪钧又接到了希拉的电话。希拉说她加入了基督教会，希望洪钧能作为"家人代表"参加她的"洗礼"。而且那是一次免费的"宗教旅游"，地点在俄亥俄州。洪钧对宗教不感兴趣，但是他到美国后还没有出过远门，而这是一个很好的机会——不花钱又正值春假，于是他欣然同意。

　　那天下午，洪钧和希拉与二三十位讲着他听不懂的中国话的同胞共乘一辆大轿车离开了芝加哥。一路上，他尽情欣赏窗外的景色——广袤的田野和零星的农舍与高楼林立的城市形成鲜明的对照，使他对美国那得天独厚的自然条件有了更为深切的感受。

　　晚上7点左右，他们到达了目的地——托莱多市郊的一家汽车旅馆。据说这家旅馆的老板也是教会成员。

　　第二天上午是"全体大会"，会场就是旅馆的大餐厅。来自北美各地的二三百名华人教徒坐在一排排椅子上，前面还有个主席台。洪钧觉得那形式不像什么宗教活动，倒像一次学术研讨会或演讲会。开会之前，每人发了几张歌片，都是"圣经歌曲"。然后便有一个主持人来向大家报告本次活动的食宿经费，并让大家在休息时把捐款放到门口的捐款箱内。由于主讲人还没到，主持人便教唱"圣经歌曲"，然后便互相"拉歌"——女教徒唱一遍，男教徒唱一遍，纽约的教徒唱一遍，多伦多的教徒唱一遍。那气氛非常活跃，简直就像个联欢会。

两位主讲人终于来了。他们都在50岁左右，讲话很随便，全没有讲经布道那种装腔作势的口吻，也没有肩负神圣使命的庄严神态。

第一个人讲的主题是为什么要信基督。此人颇有口才，讲起话来口若悬河，而且逻辑性很强。他引用了很多"圣经语言"，不过其中心思想就是——人若不信基督，生活就总是"空虚又空虚"。例如，你刚获得硕士学位时很高兴，但很快就感到"空虚又空虚"了；你又读博士，拿到学位后也高兴了一阵子，但很快又感到"空虚又空虚"了。挣钱也是一样。你挣了10万块很高兴，但很快就觉得"空虚又空虚"；你又去挣，挣到100万甚至1000万，但你仍会觉得"空虚又空虚"。因此，你只有相信基督，时刻遵循基督的教诲并等待基督的降临，你才会体验到人生的幸福。

第二位的讲演风格与第一位截然不同，他很讲"理论联系实际"。他讲的主题是如何理解《圣经》中的几段话。按他的解释，信基督就是要"享受基督"，就是要从"主"那里得到物质的满足和精神的欢乐，用最通俗的话讲就是要"吃基督"！这种解释显然深受教徒们的欢迎，因为有不少人在高呼"阿门"！这位主讲人很有说单口相声的天才，他在讲演中穿插了不少笑话和小故事，不时博得满场笑声。而且他自己在讲到精彩处时，便邀问大家，"阿门不阿门啊？"于是众人高呼"阿门"，会场气氛轰轰烈烈！

主讲人讲完之后是大家即席发言，交流学习《圣经》的经验和体会。众人发言十分踊跃，但无非是讲述自己如何认真学习《圣经》，如何自我反省，等等。有一位教徒绘声绘色地讲述了他亲耳听到基督声音的体验，于是群情振奋，高呼"阿门"！

接下来的发言更是千篇一律。人们都用最简单的语言向基督表示感谢和爱心，或者更准确地说，就是纷纷站起来带领大家"高呼口号"!有的人由于激动或不习惯于当众讲话,站起来后便有些语无伦次,但众人也不管他说的是什么,只要有人讲话,便尽情高呼"阿门"。那会场情绪真是如火如荼!

下午,洪钧和希拉没有去听"经验交流"。他们参观了一个农场,然后沿着乡村公路往回走。红色的夕阳给广阔的田野罩上一层静谧祥和的色彩,远处那高速公路上移动的车辆似乎也放慢了速度。他们不约而同地放慢了脚步,并最终停下来,并排站在路边。望着西边的天地,他们都没有说话,似乎是怕语言破坏这美好的氛围。

过了很长时间,希拉才轻声问洪钧:"乔恩,你相信上帝么?"

"不信。你呢?"

"我也不信。"

"那你为什么入基督教呢?"

"因为我想'吃基督'啊!"

"看来你赞成第二位主讲人的观点。"

"其实我觉得第一个人讲得更有道理。"

"你这不等于接受了基督教的观点吗?"

"这不一样。老实告诉你吧,我加入教会的动机也是很'唯物'的啊。"

"你的话总是挺深奥的。"

"其实一点儿也不深奥。我告诉你,对咱们这些中国留学生来说,要想在美国这个社会中找到立足之地,有三条可以选择的道路:第一条是刻苦学习和努力工作,第二条是政治投机或贸易投机,第三条是巧联姻缘或加入教会。对我来说,第一条路太辛苦,第二条路太卑鄙,只有第三条路最可取。但是,巧联姻缘需要机遇,而加入教会既可解燃眉之急，又可以开拓机遇，所以我就决定当个基督徒了！"

"你就不怕上帝来惩罚你？"

"信则有，不信则无嘛！我根本就不相信上帝，他又怎么能惩罚我呢？乔恩，你干吗这样盯着我？就好像我是个怪物似的！其实，我并不比一般的人更坏，只不过我不像很多人那样把他们肮脏的内心世界掩藏起来，却装出一副高尚的样子。也许，你觉得这世界上确实有高尚的东西。或者，你认为爱情就是一种非常高尚的东西。那你就错了！爱情不过是生活中一段小插曲，不过是把人们联结起来的一种方式。恋爱的双方，谁不是想从对方那得到什么来满足自己的私欲呢？你看，我多么坦率！即使我俩的样子有点儿像姐弟恋，我也没把自己装扮成一个淑女。你想说什么？"

"我想说……我真庆幸自己还没有爱上你！"

"咯咯咯！我真高兴你也学会了坦诚！这样我们又是一丘之貉了！不过，也许你以后会因为没有爱上我而后悔的！"

"香肠做的链子锁不住狗！"

"你说什么？"

"人无法向驴子证明它是驴子！"

"咯咯咯！乔恩，我喜欢你的幽默！咯咯咯！"希拉笑得弯下了腰。

夕阳被天边的一片灰云遮住了，但却把灰云的边缘映照得五彩缤纷。

第二天上午，新教徒的"洗礼"在旅馆的室内游泳池举行。希拉穿着浅蓝色的很像睡衣睡裤的套服。见到洪钧后，她快步走过来，紧紧拉着洪钧的手。她似乎很激动，也很紧张，但她什么也没有说。

仪式开始了。希拉在庄重的乐曲声中缓缓地走进游泳池，直到水没到她胸部时才停住脚步。两位站在水中的男教徒按照池边主持人的指令，将希拉的头向后仰按在水中，再迅速扶起——这就意味着基督已赋予她新的生命。于是，池边的教徒们高呼口号，高喊"阿门"。

洪钧悄悄地走了出去。

美国大学的暑假很长，足有三个月。洪钧决定利用这第一个长假去打工赚钱，所以从五月中旬就开始寻找打工的机会。一天晚上，洪钧正翻看报纸上的广告，又接到了希拉的电话——

"哈啰！乔恩，你的机会又来啦！"

"什么机会？"洪钧有些不解。

"我先问你，考下驾照了吗？"

"早考下来啦！到美国不学开车，岂不是白来一趟！"

"你上过高速吗？"

"上过。上个周末我还和朋友去了一趟米尔瓦基，来回都是我开的车。"

"太棒啦！"

"这有什么可棒的？小菜一碟儿！"

"我可没有夸你哦！乔恩，现在有一个很好的机会，可以到东海岸去玩儿一趟！"

"什么机会？"

"我的一个朋友要搬到纽约去住。她有一辆汽车，可她不想自己开车去，岁数大了，不愿意开车跑那么远的路！她想找个人帮她把车开过去，她给1000美元，包括油钱、路钱和回来的路费，在纽约的食宿她管。"

"你为什么不去？"

"我也去。你知道，我虽然有驾照，但是很少开车。再说，跑那么远的路,最好是两个人换着开呀。"

"什么时间?"洪钧又问。

"这个周末送到纽约就行了。你假期打工吗?"

"正在找。一个朋友说,有一家餐馆要人,但是得到下个月。再没有合适的,我就去给人家刷盘子吧。"

"老祖宗讲,吃得苦中苦,方为人上人嘛。不过,你现在正好有时间,就跟我去纽约送车吧,这也算打工挣钱啦!我呢,在华盛顿申请了一份儿工作,得去面试。我是这样计划的,咱们先把车送到纽约,然后在纽约租一辆车去华盛顿,最后回芝加哥交车。"

"可以吗?"

"可以,我都打听好了。"

"这机会确实不错,我一直想到纽约去看看。不过,咱们要能顺路去看看尼亚加拉大瀑布就更棒了!"

"我看你有点儿得寸进尺噢!不过,我可以跟车主说说,估计她会同意的!怎么样,乔恩,你去么?"

"当然去!"

"那好,咱们一路的花费就先用这1000美元,不够的由我掏。行吗?"

"那你可要吃亏了!"

"没关系,谁让我是你姐呢!再说了,路上开车以你为主。就这样决定吧!"

"一言为定!"洪钧很高兴。

"好弟弟,那你就等我的电话吧!"希拉也很高兴。

放下电话之后,洪钧愣愣地坐了半天,然后从钱包里取出肖雪的照片,小心翼翼地用一块洁白的手绢包好,装在一个信封里,放进行李箱中。拉上拉锁之后,他长舒了一口气。

星期四，洪钧和希拉开始了他们的旅行。他俩都是第一次去东海岸，又是自己开车，都很兴奋。他们天刚亮就出发了。这是一辆才跑了两万多英里的德国奔驰牌轿车，自动变速。洪钧已经试开过一次，因此坐在驾驶椅上显得从容不迫。

公路上的车很少。他们由北向南穿过芝加哥市区，然后在密执安湖南端沿94号公路向着一轮初升的红日高速行驶。高大的楼房留在了身后，广阔的田野呈现在路旁。希拉就像个外出郊游的女孩，兴奋地谈着各种各样的话题，还不时对路边的风景发出一连串由衷的赞美。下午四点多钟，他们来到距大瀑布三十多英里的布法罗市。希拉的一个教友豪斯教授在纽约州立大学布法罗分校教书，她让希拉和洪钧在她家住宿。

星期五，洪钧和希拉与豪斯教授共进早餐之后，驱车直奔尼亚加拉大瀑布。一路上穿桥过岛，两旁风景如画。三十多分钟后，他们来到大瀑布州立公园中戈特岛上的停车场。

此时游人不多，周围的草坪上有几百只鸽子和水鸟在嬉戏。放眼望去，蓝天如洗，绿草如翠，奔腾而来的河水在朝阳下飞起一片片耀目的浪花。置身于如此美妙的大自然之中，他们顿觉神清气爽，心旷神怡。

离开停车场，他们沿着岛边小路向西走去。过了一个绿树掩映的石拱桥，他们来到怪石嶙峋，小巧别致的姊妹岛。站在岛边，他们远远地看见西边的树林后面有一团团白色的烟雾缓缓升起。

希拉用手指着那白烟，问道："那是什么呀？"

洪钧说："可能是个工厂吧。"

希拉感叹道："这么美丽的地方也有空气污染，真是大煞风景！"

然而，当他们离开姊妹岛继续向西走了一段路之后，便发现自己判断失误了——那白色的烟雾并非来自工厂的烟囱，而是来自大瀑布。

大瀑布激起的团团水雾慢慢地升上天空，变成蓝天下一缕缕薄薄的白云，随风向东北飘去。仰天观望，偶尔还会感觉到细微的雨滴落在脸上。此时，他们虽然还没有看到大瀑布，但是已从这平地升云的奇观中感受到它的威力。

再往西走，他们渐渐听到了深沉且没有间歇的轰鸣声，脚下的柏油路和两旁的花草树木都变得湿漉漉的。他们不约而同地加快了脚步。

来到戈特岛的西南端，他们终于看到了雄伟壮观的尼亚加拉大瀑布。瀑布由两部分组成：左边是加拿大的霍斯舒瀑布，右边是美国的亚美利加瀑布。由于在岸上只能看到两大瀑布的"侧影"，他们便决定乘船到尼亚加拉河上去正面观赏大瀑布的"尊容"。

他们下到河边的码头，每人领了一件蓝色的雨衣，然后和几十名游客一起登上了"朦胧少女号"游船。

这艘两层的游船离开码头后，调转船头逆流而上，一直行至环形的霍斯舒瀑布中央。大约50米高的水帘从三面山顶垂挂下来，把这落潭中的水面拍击得汹涌澎湃，雾气腾腾。面对如此壮观的瀑布，人们都情不自禁地感叹大自然的神奇与恢宏，并体验到人类的渺小与惶恐。似乎是为了考验游客的勇气，轮船继续向瀑布挺进，直到人们已能看清水帘后面的悬崖峭壁，已经听不清轮船发动机的轰鸣。

希拉把身体紧紧地靠在洪钧的胸前，她一手扶着船舷的栏杆，一手抓着洪钧的衣袖，紧张地盯着劈波斩浪的船头，声音颤抖地说："咱们怎么还往前走啊？"

洪钧低头看了一眼她那惊恐的神态，忍不住笑道："其实船没走,是水流造成的错觉。你看看周围的山就知道了。"

希拉向两旁看了看,心情平静了一些。她又回过头去,只见在船的桅杆上悬着一架彩虹。她情不自禁地叫道:"哇!彩虹!"

洪钧回头望去,只见那彩虹就在他们面前,是那么清晰,那么绚丽,与远处飞跨尼亚加拉河上的白色"彩虹桥"相映生辉。他不禁赞道:"尼亚加拉真是太美了!"

下了游船,他们去吃了午饭,然后乘电梯来到建在河畔的高观览台。从高台上远眺大瀑布,那一片片宛若静止的水帘失去了惊天动地的气势,他们似乎也找回了曾遗失在大瀑布脚下的对人类的自信!垂首望去,河边游人如蚁,河上游船如叶,让人另有一番感叹。

希拉说:"我还是喜欢站在远处看大瀑布!"

"为什么?"

"我觉得离它远点儿才有安全感!你别笑话,乔恩,我从小就怕水!"

"你会游泳吗?"

"不会!"

"我说你那天参加'洗礼'前那么紧张呢!我记得,你跟我握手时好像全身都在颤抖。我当时还以为你是害怕基督不给你新生呢,看来你是让水吓的!"

"我真的很怕水!乔恩,你是不是觉得我刚才在船上的样子很可笑?"

"不!我觉得你当时的样子很可爱!"

"是吗?为什么你们男人都喜欢柔弱的女人,不喜欢坚强的女人呢?"

"我可没这么说。其实，我也挺喜欢性格坚强的女子，不过……"

"不过什么？不过女人总应该像个女人。对不对？这句话我听过好多遍了！难道女人就应该软声软语、依依可人？我知道，你们男人都希望女人软弱，以便你们随意欺侮玩弄！"

洪钧吃惊地望着希拉，说："希拉，你怎么啦？这么激动？我也没说什么呀！"

希拉没有回答，她那因激动而绯红的脸颊渐渐恢复了平常的颜色。她看了洪钧两眼，过了一会儿才有些不好意思地说："乔恩，对不起，我这个人爱激动。我也不清楚是什么刺激了我，说来就来，自己都控制不了。也许我心上的伤疤太深了！"

"你受过别人的欺负？"

"我不愿意回忆过去。乔恩，你别生气！我知道，你和别的男人不一样。你是个少见的正人君子！跟你在一起，我觉得很安全，可有时也觉得很累。说真的，有时我宁愿你是个像别人一样的男人呢！"

洪钧仔细品味着希拉的话语。他又想起了肖雪，一阵酸楚从心底升起。他只好把目光投向西边的天际。

"乔恩，你还在生我的气吗？"

洪钧摇了摇头，说："既然你没有说我，我有什么理由生气！"

"那……咱们该去哪儿啦？乔恩，您不是导游吗？"希拉的话中又恢复了平时那调侃的语气。

"按说应该到大瀑布下面的'暴雨平台'去看看。"洪钧用手指了指亚美利加瀑布脚下那些黄色的小人，"不过，你要是怕水，咱们就别去了！"

"不不！咱们不远万里来到这里，怎么能不去呢？我刚才说了，您是'君子'，我就得舍命陪'君子'啊。再说，我也想让你再感觉我可爱一次！"

洪钧和希拉从观览台上下来，又回到戈特岛，在更衣处换上黄色的雨衣和麻布鞋，乘电梯下"风洞"，与十几位游人一起随着导游来到亚美利加瀑布脚下，然后沿着弯弯曲曲的栈桥向飞瀑下走去。抬头上望，只见滔滔白水铺天盖地而来。更有天公作美，使他们身边总伴有大小彩虹无数。

希拉跟在洪钧的身后，紧紧拉着他的手，似乎生怕自己滑落到深不可测的黑水之中。他们终于来到了"暴雨平台"。

大水从天而降，砸在一块巨石上，又飞溅到这数米见方的木台上。洪钧与希拉并肩站在平台上，真如置身暴雨之中！

希拉情不自禁地把身体紧靠在洪钧的身上。洪钧伸开左臂，拥抱着希拉。两个人都默默地站着。实际上，他们即使说话，对方也听不见。游客们相继离开之后，他们也走下"暴雨平台"，沿着栈桥往回走。当"暴雨"被远远地留在身后时，他们才停住脚步，回头观望。

希拉颇有兴致地问洪钧："你猜我刚才站在那个平台上的时候，想到了什么？"

"下大雨呗！"洪钧有些心不在焉，似乎还在回味刚才拥抱希拉的感觉。

"你太缺乏想象力了！告诉你，我想到了'刑场上的婚礼'！你看过那个电影吧？当时，我的心里特别坦然，真有点儿视死如归的感觉！你有参加婚礼的感觉吗？"

"我觉得，说它是'暴雨的洗礼'更合适吧！这比你在游泳池里那次更有意思，对不对？"洪钧不敢延续婚礼的话题，因为他的内心还很矛盾。

"要说是水的洗礼，我这已经是第四次了！"希拉叹了口气，似乎有些失望。

"那前两次在什么地方?"洪钧越来越对希拉的过去产生了兴趣。

希拉没有回答,转身向电梯走去。导游在招呼游客。洪钧也走了过去。

乘坐电梯升到地面之后,洪钧和希拉到更衣处交还雨衣麻鞋,又换上自己的外衣和鞋,然后沿岛上的小路向停车场走去。

到停车场后,他们并肩坐在河边的草地上,欣赏着周围的美景。清澈的河水冲刷着圆滑的石块,温暖的春风吹拂着柔软的树枝。希拉把身体倚靠在洪钧的肩上。洪钧看了希拉一眼,欲言又止。希拉也看了洪钧一眼,莞尔一笑。

夕阳西下,他们才恋恋不舍地开车返回布法罗市区。

星期六早上,洪钧和希拉告别了豪斯教授,开车南下纽约市。这里是阿巴拉契亚高原。公路在群山中穿行,时而在岭上,时而在沟底。春光明媚,风景秀丽,平坦的公路上前后不见车影,洪钧和希拉都觉得非常惬意。

天快黑时,洪钧和希拉终于来到长岛上的昆斯区,找到了车主的新家。车主是个老修女,名叫玛格丽特·萨利文。她检查了汽车之后,非常高兴,请洪钧和希拉吃了一顿非常丰盛的晚餐。

星期天早上,洪钧和希拉从昆斯乘长岛火车到曼哈顿的火车枢纽站,然后乘地铁到曼哈顿岛南端的巴特里。他们已经在旅游地图上规划了观光路线。他们要去的第一个景点是自由女神像。

走出车站,天上细雨霏霏。时间尚早,街头冷冷清清。他们宛如一对情侣,手挽手地走着,穿过街心公园,来到码头。这里已经有不少等待登船的游人,也有许多小贩在兜售各种各样的纪念品和食品。

他们买好船票，等了一会儿，随着游人登上了驶往自由女神岛的观光船。

缥缈的细雨时下时停。他们站在上层甲板上，任凭纽约湾的湿风吹拂着面颊，看着前方那朦朦胧胧的自由女神像和身后那顶端已被雨雾吞没的世界贸易大厦，他们的心中既有兴奋感又有失落感，因为这里毕竟是异国他乡。

他们在自由女神岛下船后，踏着细雨来到自由女神像下，先参观了建在巨像底部的美国移民博物馆，然后沿着盘梯爬向神像的头部。

盘梯只有一人多宽，是单行道，上行的人和下行的人可以对面相视却不能相互往来，只能交换一些鼓励的话语。希拉在前面走，洪钧在后面走。希拉走走停停，洪钧便不时地在下面用手去推希拉的身体。他们一共爬了三百多个台阶，终于来到女神像的大脑里，都有些气喘吁吁。

此时没有别人，希拉说太累了，就把后背偎依在洪钧的胸前，闭目休息。洪钧用双手搂抱着希拉的腰，闻着希拉的头发中散发出来的香味。希拉的头发磨蹭他的面颊，让他觉得痒痒的，心里也觉得痒痒的。

下面上来了游客。洪钧便把希拉推起来，说该走了。他们轮流趴在女神像头冠的"宝石状"窗口向外眺望，但是只能看见灰雾茫茫。他们看了看周围那毫无艺术性的铜板和角铁，评论一番游人在角铁上刻画的"某某到此一游"之类的字迹，然后沿盘梯的另一侧向下走去。这一回是洪钧走在前面。他牵着希拉的手，还不时地回过头来关照。希拉的脸上挂着幸福的笑容。

乘游船回到曼哈顿之后，他们在唐人街吃了一顿简便的午餐。然后，他们游览了华尔街和百老汇大道，参观了联合国大厦和帝国大厦,还在中央公园里你追我赶地玩耍一番。直到晚上7点多钟,他们才乘车回到昆斯区。当他们走向萨利文女士的家门时,洪钧的手臂已经非常自然地搂在希拉的腰间。

第十四章

星期一上午，希拉和洪钧告别了萨利文女士之后，来到预约的赫兹租车公司取车。他们原定租一辆普通轿车，但是取车时没有那种车，赫兹公司只好按普通轿车的价格租给他们一辆福特牌豪华跑车，让他们得到意外的惊喜。

由于是周一，路上的车辆很多。快到中午时，他们才来到阿布西肯岛上的大西洋城。接近市区时，公路两旁那一块块巨大的具有赌城特色的广告牌向人们预示着赌城的繁华。但是进入市区之后，只见街上冷冷清清，建筑物普普通通，有的地方还有残垣断壁，一派贫民区的景象。他们颇有些困惑。洪钧把车停在路边，两人在地图上查看一番，确认没错，便继续开车前行。

十几分钟后，他们来到海滨。这里宛如另一个世界！天蓝色的宽体观光车，四五辆连在一起，叮叮当当地在宽阔的大道中驶过；平缓的沙滩上那一架架大型游乐设施，嵌在湛蓝的海天之间，犹如一艘艘即将远航的军舰；五颜六色奇形怪状的高大建筑群在阳光下熠熠生辉，仿佛童话里的宫殿。然而，这里最具特色的还是人——衣着各异，肤色不同，但是都很悠闲。

在他人指点下，洪钧和希拉来到大西洋城中最豪华的大赌场——特朗普·塔吉·马哈尔。这是一座集赌博、住宿、吃饭、购物、娱乐于一体的赌场，其豪华程度足以让世界上一流的宾馆饭店相形见绌。

一楼的中央大厅犹如一个大型自选商场,只不过那一个个五颜六色的"柜台"上供顾客挑选的都是各种各样的赌博机器,即俗称的"老虎机"或"角子机"。中央大厅周围是一圈走廊,走廊外是一些小赌厅,分别进行轮盘赌、纸牌赌、赛马赌等。

洪钧和希拉转了一圈之后,决定到中央大厅的"老虎机"上去试试运气。他们分别兑换了20美元的代用币,各自找一台机器玩了起来。半个小时以后,洪钧的代用币都喂了"老虎",希拉的代用币也所剩无几。洪钧站在希拉身后,等着她输尽"赌资"。然而,希拉最后一次搬动手柄之后,只听"稀里哗啦"一阵响,"老虎"吐出了一大堆硬币!希拉惊喜地跳了起来,让洪钧帮她收拾"战利品"——一共228美元!兑换成美元之后,两人兴高采烈地走出赌场。

来到停车场后,希拉仍然很兴奋,执意要坐到驾驶椅上。洪钧见此时车辆不多,便同意了。离开赌城后,他们沿42号公路向西驶去。这条路上的车更少了,很久才能遇上一辆。希拉很轻松很高兴,车速从40英里逐渐升至60英里,她的口中还哼起了小曲。

跑了一段路之后,希拉发现一辆绿色的小货车跟在她后面,而且越跟越近。她把车并入右边的车道,想让那辆车超过去,但是那辆车也跟着并了过来。她加快车速,想把那辆车甩掉,但那车仍紧跟着她。后面的司机好像在故意跟希拉开玩笑,她快后面也快,她慢后面也慢,她变线后面也跟着变线。而且后面那车有几次几乎就要撞上了希拉的车,吓得希拉失声惊叫。

洪钧回头看了看后面那辆车,对希拉说:"开你的,别理他!"

洪钧的话音刚落,就听"砰"的一声,他们的车身猛地一颤——后面的车撞了他们的车尾。洪钧气愤地说:"这也太过分了!靠边停车!"

希拉把车停在路边。洪钧说:"你别下来!我去看看!"说着,他推开车门，钻了出去。

这时，后面那辆车也停在了路边，走出来一高一矮两个黑人青年。洪钧来到车后，看了看后保险杠，见只有一点不太明显的碰撞痕迹，又走到侧边，弯腰瞄了瞄，见那碰撞点的凹陷也不明显，便直起身对走过来的两个黑人说："你们是怎么开的车？这也太危险了！"

两个黑人走到洪钧的车后，看了看那碰撞痕迹，矮个子笑道："轻轻的一个吻！不碍事！不过，我们的车可撞坏啦！"

"那完全是你们的责任！"洪钧看了一眼停在几米开外的丰田车，理直气壮地说。

这时，那个高个子忽然掏出一支手枪，指着洪钧，冷笑道："如果你们想活着离开这里，就把所有的钱都留下来！"

洪钧愣了一下，马上意识到他们遇上劫匪了！他嘴里说着，你是什么意思？你说什么？但脑子里却在想着对策。

就在这时，他身边的汽车动了一下，猛地向后一窜。两个黑人措手不及，都被撞倒在地上，高个子手中的枪也飞了出去。

洪钧听见希拉叫他"快走"，连忙钻进车里，希拉一踩油门，汽车飞快地向前驶去。洪钧回头看去，只见那两个黑人连滚带爬地站了起来，高个子捡起手枪，冲着他们的车打了两枪，然后和矮个子一起向绿色小货车跑去。

洪钧侧过身来，看了看希拉。希拉此时表现得格外镇静，双手紧握方向盘，嘴唇紧闭，两眼瞪着前方的路面，汽车骑着车道隔离线向前奔驰，车速已经达到了每小时100英里！那辆绿车被远远地落在后面，终于不见了踪影。

希拉轻轻地舒了口气，踩着油门的脚抬起了一点。又跑了一会儿，前面出现了车辆，希拉急忙减速，但仍然带着风声从那车左侧超过，吓得那位司机慌忙向右躲避。

洪钧回头看了看，忙说："慢点儿！"

希拉把车速降到65英里，但是每当前面出现车辆时，她便加速超过。这样跑了半个多小时，忽然，希拉从反光镜里看见远处追来一辆绿色的小货车，她那刚刚松弛下来的神经又紧张起来。她问洪钧："是他们么？"

洪钧回头看了看，说："是。"

希拉的脚又把油门压了下去，那辆绿车又被甩掉了，但希拉仍加速往前跑。大概因为临近了什么城镇，路上的车辆多了一些，洪钧帮希拉打开了"双转向灯"，以便提醒前方车辆躲避。他们不断地超车，但是当他们从一座立交桥下飞驰而过之后，车后面却传来了警车的笛声！

希拉从反光镜里看见后面追来一辆闪着警灯的警车，叫道："糟了！咱们超速了。怎么办？"

洪钧说："减速，靠边停车！咱们正需要警察！"

希拉把车停在路边。警车停在他们前面，下来两个身穿警服的白人。洪钧和希拉想从车里出来，但警察让他们坐在车内别动并要希拉的驾驶证。希拉一边掏出驾驶证递给警察，一边激动地讲述他们的遭遇，警察半信半疑地听了她的陈述，一名警察还到车后去看了一下碰撞的痕迹。

洪钧坐在旁边没有说话，而是不时地向后张望着，当他发现那立交桥下驶出一辆绿色小货车时，忙对警察说："你们看，就是那辆车！"

一位警察站在路边，示意那绿车停车，但是那绿车却加速跑了过去，弄得两位警察忙乱了一阵。

洪钧问警察："你们为什么不通知总部去拦截那辆车？"

一位警察耸耸肩说："前面就是宾夕法尼亚州了，不是我们的辖区,总部也无能为力!"

洪钧又问:"那就这么让他们跑了?我们的车也就白让他们撞了?"

那位警察很不以为然地说:"我看你应该对自己的运气感到满意!上个月发生了一起类似的案件,也是先撞车后抢劫,受害人也是一对来旅行的年轻夫妇,好像是德国人。结果不仅被抢了钱,还把那丈夫打死了!年轻人,你应该感谢上帝赐予你一位不仅漂亮而且机敏的太太!要不是她,恐怕你也不能坐在这里跟我说话了!"

洪钧无语。

希拉对另一位警察说:"我们现在该怎么办啊?那两个家伙会不会在前面等着我们呀?"

"这很难说。"那个警察说。

"那怎么办啊?他们手里还有枪呐!"希拉的眼睛里流出了泪水。

"你们去什么地方?"警察问。

"华盛顿市!"希拉哽咽道。

"请别着急,夫人!我们可以送你们一程。前面不远就是费城。我们在前面,你们跟在后面。费城那里车多,你们就安全了。但要记住一点,你们一定要先进费城,然后再改道去华盛顿,以免那两个家伙知道你们的去向。你知道,这帮家伙吃了亏,一般是不会善罢甘休的!"

洪钧与希拉交换了座位之后,跟着警车上了路。

洪钧说,这俩警察真不错!

希拉说,这世界上也还真有好人啊!

洪钧按着警察的话,开车进入费城市区之后才绕回95号高速公路,向南驶去。由于他们不能确定那危险是否已被甩掉,所以无心观赏沿途的景色,也无心谈话。他们跨过特拉华河大桥,向西南经过特拉华州的一角进入马里兰州；然后穿过巴尔的摩市区，于天黑前抵达位于马里兰州和弗吉尼亚州之间的华盛顿市。

一路上，他们对绿色汽车格外警惕，但一直也没再看见那辆绿色小货车。

第十五章

开车进入华盛顿市区之后，洪钧和希拉费了一番周折，终于在天黑前找到了位于城市北郊的奎尔里蒂旅馆。

希拉事先只订了一个双人房间，理由是为了节省开支，反正他们是姐弟，也不是第一次同居。他们在旅馆前台办好住宿手续，把车开到很大的地下停车场，然后来到八层的房间。

这间客房大约20平方米。房间的左边并排放着两张单人床；两床中间是床头柜式的灯光电器控制台；右边是一排矮柜和一台电视，正对屋门是一个很大的落地式玻璃窗，旁边靠墙放着一个写字台和一对沙发椅；门口两侧分别是卫生间和大衣柜。

洪钧和希拉进屋后，放下行李，也放下了一路的紧张、恐惧和疲劳。他们面对面坐在各自的床边，默默地看着对方。在经历了几天的旅行之后，特别是在这出生入死的经历之后，他们的心里都有很多话语，但一时又不知从何说起。

洪钧看着希拉那鼓励的目光，站起身来，走到希拉面前，拉住希拉的双手。

希拉也站了起来，微微抬起头望着洪钧的眼睛。

洪钧充满感情地说："希拉，谢谢你！"

希拉的身体颤抖了一下，伏到洪钧胸前。

洪钧拥抱着她，但很快就发现她的身体在剧烈颤动，并听到了哭声。他有些惶然,轻声问道:"你怎么了?"

"我……挺好的!"希拉哽咽着,抬起头来。她的脸上挂着泪花,但她的嘴角露出幸福的微笑,她的眼睛里闪烁着企盼的目光。

洪钧的心跳加快了,他情不自禁地低下头去,轻轻地亲吻着希拉的面颊和嘴唇。

希拉闭上了眼睛。

洪钧如梦初醒般抬起头来,推开希拉的身体,惶然地说:"对不起!我不该……"

希拉深情地望着洪钧,温柔地嗔道:"你说什么哪?无论你对我做什么,我都不会怪你的!其实,姐弟恋的感觉挺好的,真的!"希拉眯上眼睛,似乎是在回味着刚才的感觉,又似乎是在等待着什么。

洪钧向后退了一步,不自然地笑了笑,"咱们该去吃饭了吧。你饿不饿?我可真是饿坏了!"

希拉叹了口气,说:"好吧,那咱们就先去吃饭吧。今天姐请客,你想吃什么,尽管说!我今天赢了二百多块呢!"

二人来到楼下餐厅。餐厅不大,但装饰得高贵且典雅。中央那金碧辉煌的大吊灯下放着几张大餐桌,周围则是一个个小包厢,每个小包厢里有一张荷叶状餐桌;三面是沙发椅,形状与餐桌吻合;桌上放着一对金色蜡烛台,两根粗壮的红蜡烛顶着无烟的火光;两侧墙上挂着金属壁灯,其样式很有欧洲宫廷饰品的风格。餐厅里人不多,而且人们吃饭和谈话的声音都很轻,似乎生怕超过钢琴那轻盈悠扬的曲声。

一位身着红白两色制服的侍者把洪钧和希拉引至一个包厢。坐下之后,希拉颇为老练地点了两份饭菜,又要了两杯红葡萄酒。侍者离去之后,希拉从桌上的小筐里拿起一块面包,用餐刀切下黄油,抹在面包上津津有味地吃了起来。

洪钧也吃了一块面包,然后用餐巾擦了擦嘴,"你在国内的时候一定经常下馆子吧?"

希拉含笑点了点头,没有说话。

侍者很快把酒和饭菜都送来了。

希拉举起酒杯对洪钧说:"常言道,大难不死,必有后福。来,为咱们今后的幸福干杯!"

洪钧也举起酒杯说:"谢谢你的救命之恩!干杯!"

希拉喝了一大口酒,两朵红云很快飞上脸颊。她说:"咱们是同生死共患难,你干吗老那么客气呢!"

"不是客气!今天确实多亏了你!说真的,你当时真冷静,而且反应真快!要是一般的女人,恐怕早就吓软了!"

希拉又喝了一大口酒,"那两个黑鬼一走过来,我就看出他们不怀好意,就做好了准备。对付这种人,我比你有经验!不瞒你说,这种阵势我见得多了!以前在北京,什么样的流氓坏蛋我没见过呀?我屁股上现在还有一个三棱刮刀留下的伤疤呢!你要不信,等会儿我让你看看!"

"那我可不敢看!"洪钧忙说。

"你怕什么?"希拉的脸很红。

"我怕……眼晕!"

"那你刚才怎么没眼晕?"

"刚才?什么时候?"

"亲我的时候呀!我说乔恩,你怎么老跟我装傻充愣啊?难道你对我一点儿真情都没有吗?难道我根本就不值得你以诚相待吗?"

"希拉,你别误会。我只是觉得……"

"觉得什么？"

"我们还不完全了解对方。"

"爱情就需要这种朦胧的感觉。完全了解了，这种感觉也就没有了呀。你信么？"

洪钧避开了希拉的目光，似乎是在自言自语："要说，咱们已经同居过了。"

"那你还怕什么呢？"

"可我现在还不知道明天究竟会是什么样子。"

"明天的事情？你后天不就知道了嘛！想那么多干吗？现在就跟着感觉走吧！"希拉喝完了杯中酒，双眼潮润地望着洪钧。

洪钧也把酒一饮而尽。

饭后，洪钧和希拉回到房间。洪钧走进卫生间，刚要小便，希拉推门走了进来，一本正经地说："请男生出去。"

"为什么？"

"因为这是女厕所呀。"

"谁说的？"

"我说的嘛。"

"凭什么？"

"因为我憋不住了嘛。"

"什么憋不住了？"

"你讨厌，姐要撒尿。"

"那也得有个先来后到吧。"

"人家女生撒尿你也要看？真赖！"希拉轻轻推着洪钧的胸膛。

洪钧顺势抱住希拉，"是你先耍赖的，得让我再亲一下。"

"别，姐都快尿裤子了。好弟弟，你先出去，一会儿姐让你亲个够。好吧？"

洪钧退出了卫生间，走到窗前，眼睛望着对面那栋立体停车大楼上流动的灯光，心里却在想着卫生间中的女人。

希拉来到洪钧的身边，两人热吻一番。

洪钧已然心猿意马，希拉却若有所思。

一阵沉默之后，希拉轻声问道："乔恩，你觉得我明天的面试会成功吗？"

洪钧看着希拉的眼睛，说："我相信你的能力。"

"我很希望得到这份工作，因为这份工作能给我提供安全的生活保障。我现在觉得很累。我真希望能过上安宁、无忧无虑的生活。可是，谋事在人，成事在天啊。但愿上帝别对我太刻薄！好啦，咱们也该睡觉了。这可是咱俩第二次同居了！不过，咱俩也是枉担了虚名啊。乔恩，你先去洗澡吧！"说着，希拉慢慢地拉上了窗帘。

洪钧没有说话，找出换洗的内衣，走进卫生间。

洪钧洗完之后，希拉也走进了卫生间，身后留下一丝女性的汗香。

洪钧身不由己地走到虚掩的卫生间门边，听着哗哗的水声，很想看到那沐浴的躯体。他的手几次放到门上，但是内心的罪恶感都使他把手缩了回来。他在内心挣扎着，直到水声终止。

门开了，希拉穿着很薄的睡衣走出来，诧异地问："你在干什么？"

"没……没干什么。"他的脸红了。

她看到了，嫣然一笑，走了过去。

透过睡衣，他看到了充满诱惑的曲线。

她走到床边，回过身来，"我答应过，让你看看我屁股上的伤疤。你想看么？"

他犹豫片刻，走了过去。

她转过身，解开睡衣，脱下内裤，扔到床上，然后撩开睡衣，用手指着臀部右侧说："就在这里，你看吧，"她瞟了他一眼，又补充道，"别摸，有电！"

他仔细看着那片丰腴白皙的皮肤上的暗红色伤疤，努力把持自己。不过，他没有坚持多久，还是用手轻轻抚摸了那个伤疤。细腻的肌肤上似乎真有电流，通过手臂传到心脏，使他心跳加快。他情不自禁地拥抱她的身体。

她没有推拒，俏皮地问："你看到什么啦？"

他没有等她说完，就把亲吻送到她的嘴唇上，并且把她紧紧地抱在胸前。一阵热吻之后，两人都喘了一口长气。

……

不知过了多久，他醒了。闭目回味一番，他才睁开惺忪的睡眼，看到躺在身边的她，便去亲吻她的脸。

她也醒了，但仍然闭着眼睛，"你的大胡子真讨厌，把人家弄得可痒了。"

"那我刚才是不是把你弄疼了？"

她睁开眼睛，看着一脸认真的他，嘲笑道："那叫快感高潮。这都不懂。看来，你是第一次？"

他点了点头，把嘴凑到她的耳边说："不过，这就是第二次了。"

"哎呀，你这么快就补充弹药啦！"

"我的弹药多得很！"

"别吹牛！你有多少？"

"你要多少，我就有多少！"

"你有多少，我就要多少！"

"那好，我让你要！"

"噢，你太厉害了！哎哟，你饶了我吧。我不敢要了。好弟弟，求求你，饶了我吧！"

尽情做爱之后，两人都很疲倦，并排躺在床上，闭着眼睛，仿佛都在想着心事。

她突然问："你没有女朋友吗？"

他老实地说："在学校交过一个。"

"现在呢？"

"毕业前就分手了。"

"为什么？"

"说不清，也许是误会吧。"

"她很漂亮吗？"

"是的。"

"后来又见过吗？"

"没有。"

"可是，你一直也忘不了她？"

"怎么说呢……是的。不过，我现在觉得你是最值得我爱的女人。你相信我，我是真心真意的爱你！我会一心一意地爱你一辈子！我一定能让你幸福。真的！怎么了，你不相信我？你怎么哭了？"他坐起身来，看着趴在枕头上轻声哭泣的她，焦急地问着。

突然，她也坐起身来，用手抹去眼角的泪水，看着他，发出一阵奇怪的笑声……

第十六章

　　星期二上午，洪钧和希拉坐地铁进入华盛顿市区之后，希拉去面试，洪钧则去参观白宫。下午，他们先来到"国会山"，然后又走马观花地参观了一些博物馆。傍晚，两人迈着疲惫的步伐走回旅馆。他们没有去大厅服务台拿钥匙，而是绕到旁边的地下停车场入口，向下走去。为了省钱，他们决定到汽车里取一些自备食品，拿到房间去吃顿便餐。

　　停车场里的光线很暗，他们向放车的地方走去。忽然，洪钧发现前面有手电筒的光亮，他机警地拉了希拉一把，两人放轻了脚步。又走过几排车之后，他们看见了那辆白色跑车，但是有两个人在车旁走动。从那一高一矮的身材，他们认出正是试图抢劫他们的那两个黑人。他们不约而同地悄悄退了回去。

　　出了停车场大门，他们藏到路旁的树丛后面。希拉说："这俩小子居然找到这儿来了！怎么办呢？要不要去叫警察？"

　　洪钧想了想说："我看还没有必要，因为他们是在明处，咱们是在暗处，形势对咱们有利。再说了，就算把警察找来，咱们也无法向警察证明他们曾企图抢劫，弄不好只能给咱们找麻烦。先等一等，看能不能找机会把他们甩掉。"

　　这时，那两个黑人走了出来。高个子的腿走起路来一拐一拐的，大概是让希拉用车撞的。他们没有出停车场大门，而是穿过大门里边的那扇玻璃门走进了旅馆的大厅。洪钧和希拉走过去,站在玻璃门外的灯影里向大厅望去,只见那两个黑人向大厅服务台走去。

希拉说:"我进去听听他们要干什么。"

洪钧忙说:"那不行,太危险!"

"没关系!我当时坐在车里,他们看不清我的长相。"希拉说着,一推门走了进去。

此时大厅里人挺多,有刚来的旅客,也有刚吃完饭的旅客。洪钧站在门外紧张地注视着希拉和那两个黑人的一举一动,心中做好了随时冲进大厅的准备。

希拉若无其事地走到离服务台不远的一组沙发边坐下,随手拿起一本杂志挡在脸前。她的耳朵聚精会神地听着那两个黑人与服务员的对话:

"……我们是在路上认识的。他曾说过他叫什么,好像是姓张,但是我忘了。你知道,中国人的名字不好记!他们好像是从台湾来旅游的。"那个矮个子黑人说。

"你们怎么知道他们住这儿了?"那位服务员是个年轻的白人女子。

"他们的汽车就停在下面。你知道,昨天中午我们一起吃的饭,他们有一件重要的东西落在我们那里了,我们特意给他们送来。"高个子黑人说。

"是这样!那我给你们查查。昨天晚上来的?"服务小姐敲打着计算机的键盘,过了一会儿说:"我想肯定是这一对年轻人了。那个男的姓洪,叫乔恩。他们住814房间。"

"谢谢!"两个黑人转身向电梯间走去,但是被服务小姐叫住了,"你们去哪儿?他们不在房间,外出还没回来。你们看,814房间的钥匙还在这里!"

两个黑人停住脚步,犹豫起来。服务小姐见状说道:"你们可以把东西放在这里,留下你们的电话号码。等他们回来,我可以转交,保证没有问题!"

"不用麻烦啦!还是我们亲自交给他们吧!"矮个子黑人说。

"小姐,你能为我们查一下他们什么时候离店吗?我是说,我们好决定是今天晚上给他们送来还是明天送来。"高个子黑人说。

服务小姐看了看计算机显示屏,说:"他们明天离店。"

"非常感谢!我们一会儿再来。不过,请你不要告诉他们,因为我们想给他们一个惊喜!也许他们会送给我们一些礼物的。他们开着那么好的车,肯定是阔佬!"两个黑人笑着离开服务台,到餐厅门口看了看,然后从正门走了出去。

希拉不慌不忙地走到通向停车场的旁门,找到洪钧,两人站在大门旁边的黑影里,看着两个黑人上了那辆绿色小货车并且开车走了,他们才松了口气。

希拉把听到的对话简要地向洪钧讲了一遍,然后说:"咱们得马上走!等他们再回来就麻烦了。"

"好吧!"洪钧点了点头。

他们来到大厅服务台。洪钧从服务小姐手里接过钥匙,然后问道:"我们现在可以办离店手续吗?"

"你们不是预定明天离店吗?"小姐问。

"但我们有急事儿,必须今天晚上赶回纽约!"洪钧说。

"手续当然可以办,但是今晚的房钱就不能退了,因为已经过了下午6点!"小姐说。

"没关系!我们上去收拾一下东西,就下来办手续。"

"先生,刚才有两个黑人来找你们,说是你们的朋友。"

"呵,我知道了。他们再来,你就说我们回纽约了。"

洪钧和希拉回到房间，以最快的速度收拾好行李，然后下楼办了离店手续。他们开车离开旅店时都有一种虎口逃生的感觉。

街上的车不多。洪钧开车向北，驶入环华盛顿市的495号高速公路向西，然后拐上270号高速公路离开了华盛顿。他们向西北跑了一个多小时，才在一个加油站停车吃了晚饭。

饭后，他们继续往前走，在弗雷德里克市转入70号高速公路。又跑了近两个小时之后，转入68号高速公路，沿着马里兰州那一条把宾夕法尼亚州和西弗吉尼亚州分隔开的狭窄山谷向西行驶。

这里是蓝岭山脉的北端，山高岭峻，林密谷深。68号高速公路时而爬上山巅，时而穿过深谷。周围是漆黑的世界，只有他们的车灯辟出一小片光明。

希拉已经发出了轻微的鼾声。

洪钧拼命睁大疲惫的双眼，盯着前方路面那不太清晰的分道线，双手机械地把握着方向盘。他觉得自己的大脑有些不听使唤了——当汽车爬向山顶时，他会下意识地把天空中的点点星光当成前方汽车的尾灯；当汽车冲下山谷时，他又会不知不觉地把路边的丛林看作栋栋房屋。他太困了。有一次，他一恍惚，汽车差点儿冲进路边的树林！他在惊骇之余意识到自己不能再开了，便把车开到路边的一个休息区。

车停稳之后，希拉被惊醒了。她睁开睡眼，神态紧张地问洪钧："车坏了吗？"

"没有！我太困了，歇会儿！"洪钧把头靠在椅背上，闭着眼睛说。

希拉看着洪钧，说："亲爱的，你太累了！"她的声音里带着歉意也带着温情,"要不你到这边来睡,我开吧?"

"你也够累的。再说了,晚上视野不好,开车很危险。我看这儿挺安全,他们不会追来的。咱们索性睡一觉,等天亮再走吧。"洪钧熄灭了发动机,把车窗玻璃升起来,锁好车门,放倒座椅靠背,躺了下去。没过多久,他就进入了梦乡。

希拉坐在旁边,但是失去了睡意。她看了看周围那黑黢黢的山林,又看了看在星光下隐约可见的公路。此时万籁俱寂,耳边只有洪钧那均匀的呼吸声。她闭上眼睛,但很快又睁开了,似乎总担心有什么危险会突然降临。她四处张望着,然而周围的一切都静止不动,仿佛这世界上已经没有了生命,只有天空中的星星还在不停地眨着眼睛。

忽然,她发现身后的丛林中似乎有亮光在闪动,但她定睛观看时那亮光又无影无踪了。她以为是自己的错觉,但没过多久就又看到了如同从地平线下面发出的一晃即逝的亮光。一种恐惧感从她的心底油然升起。她想叫醒洪钧,但伸出的手犹豫一下又收了回来。

亮光又出现了,似乎是在远处山冈的后面。又过了一会儿,那山冈上出现了一对车灯。她松了口气。但是看着树林后面那时隐时现的灯光渐渐逼近,她的心底又生起另一种恐惧。那对车灯移动的速度越来越快,终于风驰电掣般从旁边驶过,然后又慢慢消逝在前方的山林之中。

希拉扭动了一下身体,仰靠在椅背上。她觉得自己的眼皮越来越沉,便闭上了眼睛。不知过了多久,她被一种声音惊醒,睁眼一看,只见一个黑黑的身影正趴在她旁边的车窗上。她惊恐地叫了起来!

洪钧被惊醒了,腾地坐了起来。他刚要问,但已借着晨曦看见车窗外趴着一个一人多高的动物。"熊!"他叫了一声,立即伸手转动钥匙起动了发动机,然后又打开了车灯。

这突然出现的声音和光亮把狗熊吓了一跳，慌慌张张地逃进了树林。

希拉用手按着自己的胸口，惊魂未定地说："刚才可真把我给吓死了！"

"看来你这英雄还是不敌狗熊啊！"洪钧笑道。

"人家都要吓死了，你还取笑！"希拉噘起了嘴。

"对不起！你别生气，我不是故意的。"洪钧探过头去，轻轻亲吻了希拉的嘴唇。

"你的大胡子真讨厌。说真的，我很想看看你刮去胡子是个什么样子。"

东方的天边露出一抹鱼肚白，清爽的空气中弥漫着树木与花草的芳香。山林里静悄悄的，偶尔传出几声清脆婉转的鸟鸣。

洪钧站在汽车旁边，活动了几下有些僵硬的四肢，又做了几次深呼吸，感觉非常惬意。回到汽车里，他调整好座椅靠背，看了看似乎正在想着心事的希拉，把汽车开上了公路。他的心情很好，便轻声唱了起来：

"来吧，孩子！
你不想回到那个老地方——
甜蜜的家乡芝加哥吗……"

这里是阿巴拉契亚高原，山势虽高但较为平缓，所以公路多修在山岭之上。这里的天气变化颇为奇幻。有一次，他们看见前方乌云密布，似有大雨倾盆，但行至近前，却只见稀稀疏疏的几个大雨点。车行于山顶之上，两边的山谷里弥漫着白色的雾气，令人别有一番惊险的体验。忽然间,天上的乌云被风吹开一道缝,一缕阳光泻下来,给这雾海洒上一片金光。

下午5点多钟,他们在俄亥俄州首府哥伦布市东边十几英里处找到一家名叫"雷诺克斯"的汽车旅馆。晚饭之后,洪钧与希拉分别洗了澡。他们都觉得浑身上下轻松了许多,似乎这两天的劳累与紧张都被那温暖的水流带走了。

这一夜,他们相拥进入梦乡。

星期四早晨,洪钧与希拉继续开车西行,穿过哥伦布市,沿70号高速公路进入印第安纳州。这里属于美国中部平原,公路两旁是一望无际的农田和草场。进入该州首府印第安纳波利斯市区后,他们转入65号高速公路,向北驶到密执安湖畔,再转入94号高速公路,向西北驶入芝加哥市区。此时已经下午4点多钟了。他们都很高兴,也都感到腹中空空,便驱车来到芝加哥西边的一家"古老乡村自助餐店",大嚼一顿。

饭后,希拉对洪钧说:"乔恩,路上我听你唱的那首'甜蜜的家乡芝加哥'还挺有味儿!那是布鲁斯。你知道吗?虽然密西西比河三角洲是布鲁斯音乐的发祥地,但是芝加哥的布鲁斯非常有名,甚至超过了'三角洲布鲁斯'。你去过布鲁斯酒吧吗?没有呀。太遗憾了!到芝加哥留学怎么能不去听布鲁斯呢?走,我带你去一家很有名气的布鲁斯酒吧,就离我原来住的地方不远。我请客,算是谢谢你这次对我的帮助吧!"不知为什么,希拉的语调有些伤感。

"希拉,你怎么变得客气了?要说感谢,那也得我感谢你。是你在关键时刻救了我,也是你给了我这次免费旅行的机会。这整整一个礼拜,是我到美国以来最最美好的时光。"

"那我们就给这段美好的时光画上一个完美的句号吧！"

"你这是什么意思？"洪钧吃惊地望着希拉的眼睛。

"我没有什么意思。我是说……我可能要到华盛顿去工作了。我们不得不分手了！"希拉的目光投向了窗外。

"那怕什么？我们可以电话联系。我可以去华盛顿看你，你也可以回芝加哥来看我。美国的交通这么方便。难道你不相信我？我是真心爱你，绝对没有别的什么想法。"

"是的，这爱情太纯洁了！纯洁得让人不敢保存，生怕一不小心就会玷污了它呀！"希拉的声音很小，似乎是说给自己听的。此时，她的内心非常矛盾，因为她对洪钧的感情非常复杂。本来，她与洪钧的交往就是逢场作戏，至多是给单调压抑的留学生活增添一些浪漫的色彩。但是这几天的共同生活，使她越来越深地陷入对洪钧的爱，那是一种超越肉体欲望的爱。她发现，洪钧的身上有一种特殊的魅力，是在她以前交往的所有男人身上都没有的魅力。这魅力强烈地吸引着她，使她想不顾一切地去爱，甚至不惜抛弃自己的人生信念和追求。然而，理智告诉她，不能陷进去，因为她和他的差别太大了，不会有幸福的结局。她不断在内心告诫自己：你必须当机立断，否则就悔之晚矣！这大概是你一生中唯一可以真正称为爱情的男女关系，你珍惜这段关系，就必须立即了断。你不愿意伤害洪钧，就必须立即与他分手，因为你与他纠缠越久，对他的伤害就越重。你必须与他一刀两断，越快越好，越彻底越好！

"希拉，你究竟想说什么呀？难道你担心我会欺骗你的感情吗？"洪钧的眼睛里流露出茫然的目光。

希拉看到了，便提高声音说："乔恩，别胡思乱想了，走吧！这里的路，我熟悉。我来开车，让你好好休息休息吧。"

在福勒顿大街的一家酒吧欣赏了布鲁斯演唱之后,希拉开车把洪钧送回埃文斯顿。一路上,洪钧颇有些兴奋地谈着他在酒吧中的感受,但是希拉很少插话。她似乎是在专心一意地开车,又似乎是在想着什么心事。车开到洪钧的住处之后,希拉帮助洪钧把他的东西拿进门廊,然后默默地站在洪钧面前。

洪钧把希拉紧紧地抱在胸前,热烈地亲吻希拉的嘴唇。他的心里腾起一阵冲动,诚恳地说:"到我屋里去吧!"

希拉明白他的意思,但是轻轻地推开他,"不去了,还是就这样分手吧。"

"分手?为什么?"

"我们不合适啊。"

"年龄不合适?你不是说过,姐弟恋很好嘛!"

"年龄并不重要。"

"那什么重要?"

"重要的是,我们不一样。我仔细想过了,你是个好人,可我是个坏人。我也曾经想做一个好人,但是后来改变了主意,决定这辈子就做一个坏人。你别把眼睛瞪得那么大,怪可怕的。我说的都是真话!当然,我不会无缘无故去伤害别人,更不会去伤害你。但是,我们不能生活在一起。你想想看,你要做一个好人,我要做一个坏人,我俩怎么能在一起呢?"

"可是,我们已经在一起啦!"

"你是说做爱?你太认真了。我说过,我喜欢逢场作戏。现在我还要告诉你,男人就是女人寻求快感的工具。你当然不愿意听到这样的话,但这就是事实。其实,很多男人也把女人作为寻求快感的工具,或者说,发泄性欲的工具。女人也应该享有同样的权利嘛。当然,和你做爱,让我感觉到爱的激情,我也喜欢这种感觉,但这不是我的追求。对我来说,做爱不等于真爱。做完了,爱也就完了。我本不想把话说得这样露骨,这样难听,但是我必须让你知道,我不是你想要找的女人,我不是能够给你一生幸福的女人。咱们必须分手,而且要彻底。拜拜!"

希拉的眼睛里含满了泪水,她猛地一转身,走出门廊,向汽车跑去。

洪钧追了几步,站在路边,一直望着那汽车的尾灯消失在大街的拐角。

从那以后,洪钧就再也没有见过希拉,也没有听到过她的消息。他曾经给希拉的住处打过电话,但是电话里传来的是"该号码已经撤销"的录音。他也曾经在心底期待着希拉的电话,但是他的期望被无情的时间磨灭了。他又一次感受到失恋的痛苦与怅惘,他更加思念家乡和亲人。他经常重复一位留学生在领事馆组织的春节联欢会上讲过的一句话:我们都是梦想家,当梦离去之后,剩下的就是想家了。他又从行李箱中取出肖雪的照片,放进钱包的夹层里。

光阴荏苒,生活忙碌,那段美好的经历渐渐沉淀为心底的记忆……

第十七章

陆婷爱上了夏哲。她像很多初恋少女那样渴望用自己的力量乃至生命来帮助所爱的人。有时，她幻想自己是一个侠女，骑着红马冒着枪林弹雨将夏哲从刑场上劫走并身负重伤，最后在一片鲜花盛开的山坡上死在夏哲的怀中。每想到这一情景，她就会心跳加快，脸颊发热，感到无比幸福。但是当她和夏哲在一起时，她又有些失望，因为夏哲对她的暗示总是反应迟钝，而且态度极不认真，似乎她还是一个没有长大的小姑娘。

陆婷喜欢看侦探小说。在阿瑟·柯南道尔和阿加莎·克里斯蒂的作品中，她更喜欢后者。她认为，福尔摩斯太古板，波罗那幽默平和的形象才更加可爱。因此，她对《尼罗河惨案》和《东方快车谋杀案》中的人物和情节都很熟悉。此时，她很想成为一名私家侦探，帮助心爱的人洗去冤情，然后再找出那个藏在幕后的坏蛋。

陆婷带着这样的心思回到父亲身边。她想让父亲帮助夏哲，也想通过父亲了解宏远证券公司的情况，特别是梁大嘴和那个女报单员的情况。然而，陆伯平早出晚归，陆婷经常在医院值夜班，父女见面的时间并不多。这天晚上，他们终于又有了一起在家吃饭的机会，但是陆伯平不愿意谈论公司的事情。饭后，陆伯平说很累，就回房间休息了。陆婷收拾完碗筷，一个人坐在客厅里看电视。

门铃响了，陆婷打开屋门，看见防盗门外站着一个身材苗条、穿着时髦的女子。那个女子看见陆婷也愣了一下，但很快就笑着说："是婷婷吧？都长这么大了！真是个漂亮的大姑娘！"

陆婷觉得这个女子有些面熟，但一时又想不起来在何处见过，便不好意思地问："您是……"

"我叫方琼，是你爸单位的。陆经理在家么？"

陆婷打开防盗门，请方琼到客厅稍候，然后推开陆伯平的屋门，叫道："爸爸，有人找您！"

陆伯平揉着睡眼从屋里走出来，看见方琼，诧异地问："你怎么来了？有事儿吗？"

陆婷看出爸爸脸上的神态有些不自然，便回到自己屋里，关上门，把耳朵贴在门缝处仔细倾听。但是客厅里开着电视机，她听不清爸爸和方琼的对话。过了十几分钟，她听到防盗门的关门声，才从屋里走出来，坐在沙发上，若无其事地继续看电视。

陆伯平站在女儿身边，评论了几句电视节目，然后说："婷婷，下次来人，你不用躲到自己房间去。"

"咱们有约在先嘛！"

"这是我们公司的报单员，想调工作。我跟她说了，工作的事儿到单位去谈，别到家里来找我。我上了一天的班儿，已经够累了，连晚上都不让清静会儿，真让人头疼！"陆伯平说着，又回屋睡觉去了。

陆婷觉得爸爸的话有些"此地无银三百两"的味道。凭侦探的直觉，她认定方琼是爸爸的"小蜜"。她在什么地方见过方琼呢？她的目光从电视的荧光屏移到了天花板。她终于想起来了——那是三四年前的一天晚上，爸爸带她去参加舞会。爸爸是在深圳学会跳舞的，回北京后，爸爸曾经带妈妈去过舞场，但是妈妈比较守旧，不愿意学跳舞，后来爸爸就在外面找了个舞伴，据说他们还在一个什么比赛上获过奖。那天晚上，她见到了爸爸的舞伴。她觉得那个女的挺漂亮，舞姿也挺美，但她不喜欢那个女人的神态，特别不喜欢那个女人对她爸爸的微笑。她也说不清为什么，就是不喜欢！后来，她从妈妈的嘴里得知拆散她家庭的人就是那个舞伴。于是，她带着仇恨的心情把那个女人的表情存在记忆之中。

方琼就是那个女人吗？陆婷觉得挺像，但又不敢肯定。她记得爸爸说那个女人是电影演员，怎么成了证券公司的报单员呢？她记得大侦探波罗说过，侦探要善于把一些看似没有关系的事情联系起来思考。那么，这个女人会不会就是那个让夏哲倒霉的报单员呢？思考一番，陆婷决定先到母亲那里去调查。

第二天上午，陆婷来到医院，办完交接班手续，查了房，便来到内科诊室。张晓兰正在给病人看病。陆婷等病人出去之后，让下一个病人在门外稍候，然后关上屋门，走到张晓兰身边，说："妈妈，我问您个事儿。"

"什么事儿？搞得这么神秘！"

"您还记得我爸那个舞伴儿的名字吗？就是破坏咱家的那个'第三者'！"

张晓兰不高兴地说："你怎么又提你爸？你到他那儿去住之前，不是保证说不跟我提他的事儿吗？"

"这不是我爸的事儿，是我的事儿。我想知道那个女人的名字。"

"我记不得了。"

"我不信！我知道您不愿意提过去的事儿。可这件事儿很重要。妈妈，求求您了！"

"她好像叫……方琼！"张晓兰极不情愿地吐出这两个字来。

"果然是她！"陆婷瞪圆了眼睛。

"她怎么了?"张晓兰问。

"她昨天晚上又找我爸来了,还偷偷摸摸的,好像怕我知道。"

"我一直不明白你爸为什么没有和她结婚。"

"也许,我爸后来又讨厌她了。我顶看不上她那狐狸精的样子!其实,我爸并不像您想的那么坏,他也挺重感情的。妈,您不想跟我爸来个'破镜重圆'什么的?"

"去你的!死丫头,别胡说八道!"

"拜拜,老妈!"陆婷迈着轻盈的步伐跑了出去。

回到病房后,她先写了一个字条,然后来到夏哲的病室,用别人难以察觉的方式把纸条塞到夏哲手里。她觉得自己确实像个私家侦探。

夏哲正躺在床上听病友侃大山,见陆婷神秘兮兮地把一个纸条塞进他的手里,心中很是纳闷。陆婷走后,他打开纸条一看,只见上面写道:"晚上请我吃饭!有重要情报转告!阅后毁掉!"夏哲差点儿笑出声来。他觉得陆婷真是个可爱的女孩儿。

下午5点,夏哲换下病号服,穿上自己的衣服,来到医院门外的小花园——这是他们约定的地方。陆婷从门里跑了出来。见面后,夏哲故作神秘地低声问:"接头暗号?"

"什么?"陆婷开始没听明白,等她明白过来之后,立刻笑得弯了腰。

夏哲绷着脸,又说了一句:"严肃点儿!别让敌人察觉!"

陆婷笑得更厉害了。等她终于止住笑声之后,夏哲才说:"我这可是按你的指示办的。"

"去你的!"陆婷推了夏哲一把,用手背擦着眼角笑出的泪花。

"陆小姐，点地方吧。"夏哲大模大样地说。

"点什么地方儿？"陆婷一脸困惑地问。

"您不是想宰我一顿嘛！还不点地方儿？"

"谁想宰你？我是真有重要情报告诉你哦。不过，宰你也是应该的呀！"

"那是，只要您一句话，我就伸脖子！反正也没别的要求，就希望您那小刀儿磨快点儿，给我来个'快项儿'！"

"好，那咱们就去吃烧烤吧。"

两个人沿着马路向护城河边走去。进了餐厅，他们找一个清静的桌位坐下，点了酒菜。服务员送上鲜肉、蔬菜、调料和啤酒，打开桌上的电烤盘，很快就飘起了烤肉的香味。

"小哲哥，你不想听我的重要情报吗？"

"又跟我逗闷子？"

"谁跟你逗闷子啦！我问你，你说的那个报单小姐叫什么？"

"哪个报单小姐？"夏哲不想谈方琼的事，假装糊涂。

"还有哪个？就是让你倒霉的那个呗！"

"你问她干什么？"

"你先说她是不是叫方琼？"

"是又怎么样？"

"我告诉你——"陆婷看了一眼周围，压低声音说，"她就是拆散我爸妈的那个狐狸精！"

"你别胡说八道！"

"骗你不是人！"

"你怎么知道的？"

"昨晚她到我家来了。开始我没认出来，后来才想起来的。几年前我见过她，那时候，她老跟我爸一块儿跳舞！"

"方琼是挺爱跳舞的。可是，我一点儿也没看出她和你爸有特殊关系啊！你记错了吧？"

"绝错不了！今天上午我又专门去问了我妈，她告诉我当年的'第三者'就叫方琼。"

"方琼是你爸的情人？那他们这可是超级保密了！公司里没人知道他们有这种关系，就连梁大嘴也不知道。要不然，他也不敢去追方琼了。可是，他们为什么要这样做？这件事儿可真够奇怪的！"

"我寻思，肯定是我爸把她给蹬了呗。可她还缠着我爸，所以电影演员也不当了，来当这么个报单员。我最讨厌这种狐狸精啦！"

"方琼确实是个狐狸精！想当初，她不当演员，来当报单员，我就觉得很奇怪。不过，你爸是经理，如果你爸不同意，她肯定也进不来呀！反正，我看这事儿挺复杂。"

"其实也没有那么复杂吧。昨天夜里我就分析了，你这事儿肯定是她搞的鬼。你想啊，我爸把她给蹬了，她心里能不记恨嘛！可她又不能把我爸怎么样，只好在你的身上使坏，因为你是我爸关照的人呀！你说，我的分析有没有道理？我都快成大侦探波罗了吧？"陆婷的脸上挂满得意的神态。

夏哲似乎没有听到陆婷的话，喃喃地自言自语："方琼是你爸的情人……"

"你念叨什么呐？魔障了吧？"陆婷推了夏哲一把。

夏哲没有回答，一口喝干了一满杯啤酒。

饭后，陆婷见夏哲心情不好，便提议出去散步。他们来到二环路的安定门立交桥上。春夜的和风吹拂着他们因刚刚喝过酒而略微有些发热的身体，使陆婷感到很惬意。夏哲的心中本来有一种无名的怨恨，此时似乎也烟消云散了。他们并排站在石栏边，向西眺望。

夜幕的边缘泛着淡淡的红光，大概是由于无数灯火的辉映。路旁那星星点点的窗灯把他们的目光带回身边，但两行红白分明的车流——一行是红色尾灯组成的车流，一行是白色前灯组成的车流——又把它们送向光色交织的远方。桥下的路面闪烁着和谐的光泽，各种车辆飞驰而过，那时高时低的轰鸣给这宁静的夜空染上一层炽热的色彩。

陆婷扬起头在深蓝色的夜空中搜索着。忽然，她在夜幕上发现一颗若隐若现的红星——那是电视塔上的红灯。她摇头晃脑如同朗诵诗歌般说道："生活中的目标就像这颗红星，有时，你觉得它远在天边；有时，你又觉得它近在眼前。"

夏哲的脸上终于露出了笑容，"我觉得，你不该当护士，应该去当诗人！"

陆婷瞟了夏哲一眼，一本正经地问道："小哲哥，如果让你在两个女孩儿中选择，一个是护士，一个是诗人，你选哪个？"

"选了干什么？"

"你别老装傻！"

"这我还真没想过。"

"那你现在就想嘛！"

"我大概会选护士。诗人多半都有点儿精神不正常，特别是女诗人。不过，我也希望我的女孩儿有点儿诗意。最好她白天是护士，晚上是诗人！"

"那我就去做个业余诗人！"说完之后，陆婷的双眼深情地望着夏哲。

夏哲忙说："小婷，我只是随便说说。"

"随便说出来的话，才是心里话呀。"陆婷把目光移向天空，换了一个话题,"小哲哥,你是什么星座的?"

"这我还真不知道。"

"那你的生日是几月几号?"

"2月16号。"

"那你是水瓶座的。太好了!"

"为什么?"

"因为我是双子座的。书上说,水瓶星座是由古希腊一个非常俊美的特洛伊王子变成的。书上还说,属于水瓶座的人,热情勇敢,喜欢创新,但是不够踏实,不够勤奋。挺像你的吧?"

"差不多。那双子座的人呢?"

"聪明伶俐,忠实坦诚,追求时尚,充满幻想,希望生活丰富多彩,就是有点儿神经质。美国著名的电影演员玛丽莲·梦露就是双子座的。小哲哥,你觉得我像双子座的吗?"

"挺像的。但是,这两个星座有什么特殊呢?"

"因为吧,水瓶座的人和双子座的人是天生的一对儿!这可是专家说的哦。"

"真的?那你的生日是几月几号?"

"一个特好的日子——6月6号!"

"六六大顺呀!那你再有一个月就该17岁了吧?"

"得了吧,我都18岁啦!"

"真的?你都成大人啦!那我可得送你一件像样的礼物。"

"你送我什么呢?"

"你想要什么?"

陆婷认真地想了想,郑重地说:"那你就送我一个吻吧,就现在!我听说,两个星座的人在这样晴朗的夜空下接吻,可以把内心的信息传递到他们各自的守护行星上。你知道吗?你的守护行星是天王星,我的守护行星是水星。这样,守护行星就可以守护我们一生的幸福啦。小哲哥,你愿意给我这样的幸福吗?"

"小婷,你还不了解我……"夏哲喜欢陆婷,但是从来没有认真考虑过这个问题。

"我怎么不了解你?"陆婷的声音有些颤抖,"我从小就觉得你特棒!"

"可是,我现在面临的是审判,而且很可能会被判刑的!"

"不会的,我一定能救你,我就是大侦探波罗!"

夏哲沉默了。他转过身来,借着立交桥上明亮的灯光,仔细打量着面前的陆婷。他突然发现,那个傻乎乎的小姑娘已经变成了亭亭玉立的大姑娘。他拉住陆婷的双手,两人的目光交织在一起,接着,四片嘴唇贴在了一起。

过往的行人向他们投来各种各样的目光。夏哲意识到了,便轻轻推开沉醉的陆婷,"咱们别给他们表演了,走吧!"

陆婷回过头去,见一位中年男子正在不远处驻足观望,便轻声骂了一句:"讨厌!"

然后,两人拉着手,向桥下的护城河边走去。

第二天早上,陆婷提前来到医院,把刚刚起床的夏哲叫到病房走廊的拐角。亲昵一番之后,陆婷说:"昨天晚上我又想出一个好主意。"

"什么主意?"

"为了查清方琼和我爸的关系,我想偷听老爸的电话。"

"这有什么用?"

"我觉得,方琼和我爸还有点儿藕断丝连。我寻思,方琼不会再到我家来了，看来她也不愿意在公司找我爸。那她要想与我爸联系，一定得打电话。如果我们能录下他们的谈话，那问题就容易查了。我的分析有没有道理啊？"

"我看你真成大侦探啦！可是，你怎么偷听呢？"

"这也正是我想问你的呀。我记得小时候你带我玩儿，经常让我当坏蛋，你当侦探，然后你抓我，你老能把我抓住。我当时就觉得你特聪明，老能想出一些神奇的主意。你就不能动动脑筋吗？这回，咱俩都当侦探。"

"这事儿太专业，我又没学过公安，一时还真想不出来。对了，我想起一个人，她一定能有办法。"

"谁呀？"

"这个人叫宋佳，是洪律师的助手，反正特有本事！听说她以前就干过公安。再说了，这事儿找她帮忙也比较靠谱。"

"你有把握吗？"

"没问题！这样吧，我先跟她联系。如果行的话，我再找你。不过，干这事儿得找你爸不在家的时候。你爸什么时候不在家呀？"

"他今天就不在家。昨天晚上，他说今天要出去开会，回来会很晚的。"

"那你今天能请假吗？"

"没问题。我找个姐们儿换成夜班儿就行了呗。"

早饭后，夏哲到外面给宋佳打了电话，然后见了面。夏哲讲了陆婷的想法，宋佳觉得值得一试，便根据自己在警察学院学过的知识，告诉夏哲应该怎么做。

上午，夏哲去买了所需的物品。中午，夏哲和陆婷一起回家。他们在地毯下面的电话线上引出一条线，拉到陆婷的房间里，再接到一个录音电话上。他们折腾了一下午，总算让"窃听电话"工作了。他们格外高兴，又讨论了下一步的行动计划。

夏哲从心里感激陆婷。他决定向父母公开他与陆婷的关系，便打电话告诉母亲，他要回家吃晚饭。

第十八章

　　白玫听说儿子要回家吃饭，特别高兴，连忙外出采购，又特意打电话叮嘱夏大虎早点回家。然后，她在厨房忙活了大半天。当那父子俩先后走进家门的时候，饭桌上已经准备好了丰盛的晚餐。

　　吃饭时，白玫兴致很高，不住地让小哲吃菜，劝大虎喝酒，但是大虎的情绪不高。

　　夏哲见状，便关心地问起木材生意的情况："爸，您那笔木材怎么样了？交货了吗？"

　　一说到那笔木材生意，夏大虎的气就不打一处来。"交个屁！我让人给坑了！你爸我辛辛苦苦干这么多年，创下这份家业，原想留给你，没承想败到假洋鬼子手里了！这帮没屁眼儿的，都是他妈的汉奸！喝中国水长大的，却翻过来坑害中国人！是他妈的什么玩意儿！"

　　"他们怎么坑您了？"

　　"洪律师昨天给我打电话，让我尽快把那批木材卖掉。我说你开什么玩笑？那都是按照宏亚公司要求的尺寸加工的，别人谁要？难道卖给收破烂的吗？他说，他认为宏亚公司在跟我签订合同的时候根本就没想要那批木材，所以才在合同中设定了一个我们根本没有办法达到的含水量标准。我仔细想了想，他说得有道理啊。这不是他妈的坑人嘛！"

　　"那您可以到法院去告他们呀！我这段时间在看守所里看了不少

法律的书。我觉得，就算他们不是诈骗，起码也是违反了公平诚信的原则，属于恶意什么的。"

"可问题是我手里没有证据啊！我那份合同也让人偷走了，我现在跟谁都说不清楚了！"

"合同让人偷走了？这是什么时候的事儿？"

"就是上礼拜的事儿。有人把我的保险柜给撬了，什么都没拿，就把那份合同给偷走了。"

"您报警了吗？"

"报啦！但是没有线索，警察只是立了案，估计也没查，没法儿查。"

"您觉得这事儿可能是谁干的？"

"肯定是萨利文干的。除了她，别人要那份合同干吗？吃饱了撑的呀？"

"谁是萨利文？"

"就是宏亚公司的董事长，是个女的，叫希拉·萨利文，假洋鬼子！"

"一个女的能撬保险柜？"

"她当然不会自己干，但她可以找人干嘛。她有的是钱，找个小偷还不容易！我把这个想法也跟警察说了，但是警察认为，光怀疑不行，得有证据。我看他们就是怕外商。如果是中国人，没头没脸的，他们早就抓来了，还要什么证据，一打就全招了。咳，这事儿也怪我！我要是早听洪律师的话，把那份合同复印几份，也就没这个麻烦了！现在说什么都晚了，没有用喽！"

"您估计那份合同还在那个女的手里吗？"

"应该在吧，除非她给销毁了。不过，她自己怎么也得留一份啊！"

"要不，咱们也找个人去给偷回来？"

"说的容易！小偷就那么好找啊？别再惹一身麻烦，还是我慢慢想办法吧。"夏大虎喝了一大口酒，摆了摆手，"咳，算啦！你回家一趟也不容易，别老说我的糟心事儿，还是说说你的事儿吧。"

其实，夏哲回家也是有话要说，就借这个机会把话头往陆婷身上引，"这次我办取保候审，陆婷给帮了不少忙儿。如果不是她在医院，有些事儿还真不太好办。"

白玫一直插不上话，此时便说："小婷那丫头确实不错。她心眼儿好，待人实诚。再说了，你俩从小一块儿长大，就跟亲兄妹一样。如今你有难处，她当然得帮你了。"

"爸，您觉得小婷这人怎么样？"夏哲转头问夏大虎。

"那个小丫头，好像有点儿傻乎乎的吧？"夏大虎端起了酒杯。

"什么小丫头？人家现在是大姑娘啦，长得可白净呢！"白玫赶紧说。

"白净管什么用？路不平也挺白净，像个面瓜！"夏大虎喝了一大口酒。

"得，咱不提陆伯平，行不？"白玫转身问儿子，"小哲，你才刚说有事儿，啥事儿啊？"

"我自己的事儿。"夏哲停了一会儿，似乎是在斟酌字眼，"我需要点儿钱！"

"这孩子！整得那么严肃，我当啥事儿呢！你用钱就从家里拿呗。虽说咱家手头儿有点儿紧，可你花的钱还有。要多少？"白玫说。

"两千！"

"干吗要那么多？"白玫看了大虎一眼。

"小婷要过生日了，我想送她件像样的礼物。"

"要说她帮你这么大忙，送她件生日礼物，也是应该的。"白玫转身问大虎,"你说是吧?"

"那是。"大虎点了点头,"不过,买件生日礼物也要不了那么多钱吧?"

夏哲说:"要光为过生日,花个二三百就行了。我这次想送她件像样的礼物,因为我俩交朋友了。"

听了夏哲的话,夏大虎和白玫都愣了。

夏哲见父母不说话,又补充道:"其实,这是我和小婷自己的事儿,完全可以不跟你们说。但我想两家的老人都很熟,不想瞒着你们。"

白玫看了看大虎,见他眯着眼睛没有表态的意思,忙说:"小哲,这不太合适吧!"

"妈,这有什么不合适的?"

"这……你正等着审判,万一被判了刑咋办?你也得替人家小婷想想啊!"

"这事儿是小婷主动提出来的。她心甘情愿!过去我火的时候,追我的女孩儿也不少,可等我一出事儿,全撒丫子跑了。小婷跟她们不一样,她是在我倒霉的时候要跟我好,这是真心实意!当然,我以后也一定对得起她,绝不会让她觉得自己瞎了眼!"

"那也不行!你俩不合适!"白玫把头转向夏大虎,求援似地说,"唉,你怎么也不说话呀?"

夏大虎身体往后一仰,不慌不忙地说:"你让我说什么?儿子找对象,又是个好姑娘,挺好的事儿嘛!你着的是哪门子急呀?小哲,要我看,小婷这姑娘能在这时候向你表态就不容易!这事儿,老爸支持你!没想到你傻小子还真有傻福气!"夏大虎说完之后,进屋拿出一沓人民币,放到夏哲面前的桌子上。

夏哲很感动,"爸,谢谢您!"

"不行!"白玫仍然反对,"你俩不般配!"

"妈!您今天是怎么啦?"

"你妈今天喝多了,净说胡话!对吧,夫人?"

"这事儿还是不合适!"白玫忙说。

"咋不合适?你不能光反对,总得说出点儿理由来?为啥不合适?"

"那……那你总得问问小婷她爸妈的意思吧?"

"怎么?难道我夏大虎的儿子还配不上他路不平的女儿吗?"

白玫张口结舌,说不出话来。

夏哲看着父亲那疲惫的面容,一阵感恩之情从心底油然升起。他沉思片刻之后,问道:"爸,您刚才说的那个美国女人叫什么来着?"

"希拉·萨利文。那个臭娘们儿!我真恨不能把她抓来,一刀一刀给剐喽!"

"她住在哪儿?"

"就住在香格里拉。唉,你问这个干吗?"

"这事儿就交给我吧,您就甭管了!爸,咱爷俩儿干一杯!"夏哲给父亲和自己的酒杯里都倒满了白酒,然后举杯一饮而尽。

夏大虎也把酒喝了,看着夏哲那有些发红的眼睛,说:"小哲,你想干什么?你可不能胡来!我刚才说的是气话。咱哪儿摔倒就在哪儿爬起来。我正在想办法把那批木材出手。等我缓过劲儿来,再找那娘们儿算账。你现在是取保候审,可不能再出去惹事儿!"

"爸,您放心吧。"夏哲站起身来,对白玫说,"妈,我走了!"

白玫一直坐在旁边的沙发上,愣愣地想着心事,似乎根本没有听见那父子俩的对话。

夏哲从家里出来，清凉的夜风使他的头脑很快就冷静下来。刚才在酒精的作用下，他一时冲动，决定去找那个女人，但是并没有细想该怎么做，也没有细想事情的后果。此时，他想到了看守所里的生活，也想到了刚刚开始的爱情，他有些犹豫了。不过，他是个敢说敢做的人，而且他一直觉得自己应该帮父亲做些事情。过去没有机会，这次父亲让人家给坑了，他绝不能袖手旁观。可是怎么干呢？他不是鲁莽之人，当然不能蛮干，要运用他的智慧。思考一番，他终于想出了一个好主意——把侦探进行到底！于是，他坐出租车直奔香格里拉饭店。

夏哲走进饭店大厅，转了一圈之后来到前厅服务台。他对女服务员说："小姐，我来拜访一位美国客人，叫希拉·萨利文，您能帮我查一下她的房间号吗？"

"请稍等，"女服务员用手指熟练地敲击着计算机的键盘，然后说，"希拉·萨利文夫人的房间号是1016。"

"谢谢！"

夏哲离开服务台后，找到电话间，又运了半天气，才拿起话筒，拨通了1016房间。电话铃响了好几遍，话筒里才传来一个女人的声音："哈啰！"

"喂！哈啰！您是萨利文夫人吗？"

"我是！你是谁？"

"我是'快乐的单身汉'！女孩儿们都这么叫我。"

"你找我有什么事情？"

夏哲尽量用充满男性魅力的嗓音彬彬有礼地说："您一个人到中国来旅行，一定会感到寂寞。我可以在您寂寞的时候来陪伴您，带给您愉快的时光，并给您的旅行留下一段美妙而且富有浪漫色彩的记忆！"

"你的话很好听，可我是两个人一起来旅行的。"

夏哲从电话里听到一个男人咳嗽的声音，他愣了一下，然后说："对不起！我不知道您是和丈夫一起来的，请您原谅。那……"

"咯咯咯，别那么着急逃跑，没人去抓你！告诉你，我的旅伴是个女的，而且不住在我的房间。不过，你为什么找我呢？你见过我吗？"

"啊，至今还没有这份荣幸。我是在服务台查到您的，因为您的房间号恰好与我的出生日期相同——10月16日。我相信运气！"

"你的运气不错！我想，你要收费吧？"

"对，是有偿服务！"

"你怎么收费？"

"一次100美元，当然，少点儿也行。"

"你倒不黑！不过，那得看你的服务质量！"

"我保质保量！"

"可我今天晚上并不寂寞。别失望，快乐的单身汉，明天下午4点在大厅等我。你认识我么？"

"很抱歉！"

"那么……你右手拿一支玫瑰花，当然是紫红色的。买花的钱，我会给你报销的。"

"那好，明天下午4点在大厅，不见不散。祝您今晚做个好梦！"

"最好你的外貌也像你的声音一样招人喜欢。拜拜！"

放下话筒之后，夏哲说不清自己是何种心情。不过，他对自己的编导和表演才能还是相当满意。他决定把这个角色继续扮演下去，至于如何达到目的，那只好走一步算一步，见机行事了。他想起了陆婷，觉得自己这样做有点对不起陆婷。但转念一想，他又觉得陆婷一定会原谅他的。这并不是他不忠于爱情，也不是他要去寻花问柳，他是为了老爸才打入"敌人"内部的!他觉得自己也是一名侦探,而且是"双面侦探"。多刺激!说不定陆婷还会更加佩服他呢。

为了熟悉宾馆的环境,夏哲决定先去"踩点儿"。他来到西餐厅门口的电梯间,乘电梯来到10层。这层的楼道呈"工"字形,电梯间就是那工字中间的一竖。两边的楼道里铺着土黄色带花纹图案的地毯,此时空无一人,在柔和的灯光下显得格外宁静。他看了两边墙上的房号标示,北面的楼道两旁是1至15号,南面是16至30号。他沿着南面的楼道走到东头,来到1016房间的门前。站在门边,他侧耳细听。屋里传出两个人谈话的声音,他听不清谈话的内容,但是能听出是一男一女。他想起刚才在电话里听到的男人咳嗽的声音。他很想知道,这么晚了,是什么男人待在萨利文夫人的房中。突然,室内谈话的声音变大了,似乎那两人向门口走来。他连忙转身快步向电梯间走去。

夏哲站在电梯间的拐角后面,探头张望着。门响了,一个手持拐杖的男人从1016房间走了出来。那人是陆伯平!夏哲慌忙退回电梯间,想了想,从兜里掏出墨镜,戴在眼睛上,然后拐进北面的楼道。他躲在墙角后面,听到了陆伯平走过来的脚步声,也听到了电梯运行的声音。他等待着,终于听到了电梯开门的声音,然后是关门的声音。他从墙角后面走出来,看着那个电梯门上方的显示屏,红色的数字从10跳到了1,停住了。他愣愣地看着,心想,陆伯平为什么会到这里来?他和萨利文之间能有什么关系?突然,一个奇怪的念头从他的心底升起。这个念头是由几个人组成的,父亲、萨利文、陆伯平、方琼、梁高,这几个人之间仿佛存在着某种神秘的关系。那关系是什么?他一时还想不清楚,但是隐约感觉到那关系对他的威胁。于是,他又想起了那封怪信上的话——善有善报,恶有恶报。父债子还,天经地义。要么是他,要么是你。大难临头,悔之晚矣。他感觉后背上一阵发凉。

一个青年女子来到电梯间,夏哲便一起坐电梯下到一层。他站在电梯间口,看了看大厅里的人,没有陆伯平,他才沿着艺术品商店旁边的走廊向西边的大门走去。

忽然,一个女子挡住了他的去路。他抬头一看,是宋佳,吃惊地问:"宋姐,你怎么也到这里来了?"

"我正想问你同样的问题呢!"宋佳笑道。

"啊……我是来找个人。真巧,就碰上你了。这世界可真小!"夏哲也笑了笑,心想,怎么都到香格里拉来啦!

"你找什么人?需要我帮忙么?我在这儿可有熟人。"宋佳收小了音量。

"不用了!这人和我的案子毫无关系,纯粹是私事儿。你也到这儿来找人?"

"我来看个朋友,当然也是私事儿!"宋佳莞尔一笑。

"噢,我明白啦!那我就不耽误你的宝贵时间啦!拜拜!"

夏哲转身要走,又被宋佳叫住了:"夏哲,你们那个事儿办得怎么样了?"

夏哲知道宋佳指的是"电话窃听"的事,忙说:"都弄好了,我们试了试,效果不错。谢谢你的指点。"

"别客气。有了成果,可别忘了通知我。"

宋佳向大厅走去,夏哲则出门坐车回了医院。他决定,无论如何,他也要把行动进行到底,他要把自己的命运掌控在自己的手中。

第二天下午,夏哲给在家休息的陆婷打电话,撒谎说自己今晚要回家看老妈,然后来到香格里拉饭店。他换上了一身笔挺的乳黄色西装，吹了头发，显得格外精神。他把路上买的那支小玫瑰花插在西装的小口袋里，坐在大厅的沙发上。他已经制定好了行动计划：骗取萨利文夫人的好感和信任，伺机拿到那份合同，最好还能同时查清那个女人与陆伯平的关系。他在心里复述着已经编好的台词，眼睛观察着大厅里坐着、站着和走着的女人。

4点钟了，夏哲站起身来，把玫瑰花拿在右手，缓缓地向大厅里面的咖啡厅走去。不过他没有进去，而是从边上绕了一圈又回到大厅门口。他若无其事地和门口的侍者打了个招呼，然后走进大厅，站在一个比较显眼的地方。一些客人把奇怪的目光向他投来，使他感到有些尴尬，他觉得自己就像一个众目睽睽之下的模特。突然，一种上当的感觉从心头升起。他看了看手表，已经4点15分了，便向电话间走去。

这时，从大厅的沙发上站起一个衣着华丽的女子，来到夏哲面前，面带微笑地问："先生，您这玫瑰花是刚买的吧？"

"对！"夏哲打量着这位妩媚的女子，试探着问，"您是萨利文夫人？"

"对，不过你可以叫我希拉。那么你就是那位'快乐的单身汉'喽？"

"正是！"夏哲忙把玫瑰花递了过去。

"你的相貌倒没有让我失望！"

"我可没想到您这么年轻，还这么漂亮！"

"我不是跟你说过吗？你的运气不错。你叫什么名字？"

"这……您随便叫吧！"

"你倒很老实。我知道，你告诉我的名字也是假的。不过，我也不能老叫你'快乐的单身汉'呀！我想，就叫你……乔恩吧！"希拉也不知自己为什么一下子就想起了洪钧的英文名字。

"乔恩？那我也成'老外'啦！这名字不俗。"

"走吧，乔恩。今天天气这么好，咱们先到外面走走吧。"希拉伸出左臂，夏哲忙把右手挽了过去。

他们从咖啡厅的旁边走出北面的玻璃门，来到后花园。这里阳光明媚，绿草如茵，小桥流水，廊榭相连。他们穿过一个白色的小拱桥，沿着树木掩映的长廊慢慢走去。

希拉问道："你为什么选择这个职业？"

夏哲胸有成竹地说："高中毕业后，一直没找着合适的工作。最近，一个朋友向我介绍了这么一条'谋生之路'。他说我的条件好。"

"你干这行有多久了？"

"您是我的第一位客户！"

"你是不是对每个客户都这么说呀？"

"我说的是实话。"

"我看你也不像个老手。第一次，那我就应该付你双倍的钱喽？别不好意思嘛！我觉得世界就应该如此——女人是社会的主宰，而男人只是供女人玩乐的一种工具！"

他们走近小河边用铁网围成的兔窝。希拉高兴地俯身铁网上，用草叶逗一只挺大的白兔。她回头说："乔恩，快来看呀！多可爱！我小时候就喜欢大白兔。"

夏哲站在希拉的身后，真想一下子把这个女人扔到兔窝里，但他知道自己不能干这种傻事儿，便在一旁说："我一看就知道您是非常善良的女人。"

"是吗？"希拉直起身来，很有兴趣地看着夏哲，"你怎么看出来的？"

"在见面之前，我曾猜想您一定是一位很高傲、很厉害的女人，但见面之后我发现您的相貌很和善，特别是您的眼睛。人都说'眼睛是心灵的窗口'，我觉得您这双眼睛绝对是善解人意的眼睛。您的目光让人感觉到一种说不出来的舒服，就像是冬天里的阳光！"

"你很会说话哟。"

"真的，我觉得您的目光就跟观音菩萨的一样！"

"可惜我不信佛教。"

"那就像圣母玛丽亚！"

"我对基督教也是半信半疑。不过，我很喜欢你的恭维。"

"我说的是实话。还有，您对白兔的态度证实了我的感觉。我觉得，一个喜爱动物的人肯定是个善良的人！"

"那可不一定。我认识一些美国人，他们之所以喜爱动物，就是因为他们对人类有着无法消除的痛恨和厌恶！"

"我相信自己的感觉。您肯定是一个不愿意伤害别人的女人。"

"那也不一定。善良的女人在受到别人伤害之后，也会以牙还牙，以血还血！"希拉说这话时，脸上挂着轻蔑的微笑，"怎么不说话了，乔恩？害怕了？哈哈哈！你要是不伤害我，我也绝不会伤害你哦！对了，你刚才说，你本以为我是个很高傲、很厉害的女人。我们互不相识，你怎么会有这种想法呢？"

"这……其实我也不知道。大概……我以为像您这样有身份又有钱的美籍华人都是又高傲又厉害的吧！"

"乔恩，别紧张。我知道，一个人在第一次干一件事情的时候都难免有些紧张。你刚才说的那些话很动听，但就是有点儿像背台词儿。你昨晚一定没睡好觉吧？我告诉你，你必须放松。你没有必要特意恭维我。既然你想给我一段愉快而且浪漫的时光，那你就得把我当成你的情人。对了，你有情人么？"

"曾经有过。"

"没关系。我不会介意你有没有情人，反正我们是逢场作戏。要想把戏演好,你就得投入,就得把我想象成你的情人。难道你会对一个真心相爱的女孩儿说那些虚伪的恭维话吗?你瞧,我既是演员,又是导演,因为我真的希望咱们能把这出戏演好。走吧,该吃饭了,我也不能让你饿着肚子工作呀!为了让你放松,我可以让他们把饭送到房间去。乔恩,你喜欢中餐还是西餐?"

"我想尝尝西餐!"夏哲挺了挺腰板儿。

"喝什么酒?"希拉满意地点了点头。

"白兰地!"

希拉到电梯间旁边的电话台给餐厅打了电话,然后和夏哲一起乘电梯来到十层。夏哲怀着视死如归的心情走进了1016房间。

第十九章

夜晚，陆婷一个人坐在病房楼道中间的护士值班室里。病人都睡觉了，楼道里格外安静。她觉得很无聊，拿起一本杂志翻了两页，但是什么也看不进去。她看了看手表，已经快11点了。她对自己说，夏哲不会回来了。她觉得有点委曲，心想，你明知我一个人值夜班，也不回来陪我。你昨天晚上就回了家，今天又回家。就算你妈不舒服，也不该在家里过夜啊。真是个大孝子！她叹了口气，躺到床上。

第二天早上交班时，夏哲还没回来，她一赌气就回家睡觉去了。

中午，她从床上爬起来，吃过饭，坐在客厅看电视。不过，她把电视音量调得很小，怕听不见电话铃声。昨天下午夏哲就给她打了电话，今天可能还会打电话的。

然而，她失望了。

陆婷像所有热恋中的姑娘一样，希望心上人时刻守在自己身旁，而且在失望的时候很容易赌气，但是在见面之后也很容易原谅。她想着自己见到夏哲之后应该怎么对待他，可是想来想去，一直也没有找到最为满意的方案。

下午，陆婷提前到医院接班。到病房后，她径直来到第四病室。夏哲没在。她问别的病人，"三床"上哪去了。病人说，"三床"一直都没回来。她有些沉不住气了，在楼道里转了两圈，来到值班室，给夏哲家打了个电话。

接电话的是白玫,她说夏哲昨天晚上根本就没有回家!

陆婷觉得白玫对她说话的口气不像以前那么亲热了。她满腹狐疑地放下话筒,心想,难道是夏哲的父母反对我们的关系?可昨天下午夏哲在电话中并没说呀!她最生气的是夏哲对她说了假话——昨晚没回家却对她说要回家!但转念一想,她又怕是白玫在说假话,明明夏哲在家却说不在家。她想到了电影中那些父母包办婚姻的故事。

经过反复思考之后,陆婷决定再查一次。她找来一个男病人,让他假装成夏哲的朋友给夏哲家打电话。

接电话的还是白玫,而且是同样的回答。

陆婷气坏了。她在心里对自己说,不理他!

晚饭后,天上下起了雨,而且还不时有阵阵雷声从房顶滚过。陆婷一个人坐在护士值班室的桌前,随着时间的流逝,她心中对夏哲的怨恨越来越少,而一种不安的感觉却越来越强烈起来。她想,夏哲会到什么地方去呢?如果去找朋友借钱,他一定会告诉我呀!如今的社会治安状况……一种不祥的感觉升上她的心头。

她走出值班室,来到楼梯口,盼望着从楼下传来熟悉的脚步声。

夜深了。雨下得更大了,而且刮起了风。

陆婷到各个病室巡视一圈。病人都睡觉了,病房区非常安静,风声和雨声也几乎被隔绝在外面。一间间病室都熄了灯,只有走廊那相隔很远的壁灯发出柔和但不明亮的光。陆婷脚下的软底鞋在走过厕所门口时沾上了一些水,所以在她身后留下"吱吱"的脚步声,使她总觉得像有人跟在身后。

忽然,走廊尽头一扇没有关好的窗户被风刮开,在她身后发出一声"咣"的巨响,而那被隔绝在外面的风雨声也一下子冲了进来,吓得她浑身上下的毛发都乍立起来。她鼓足勇气走过去,关好那扇窗户,然后快步走回护士值班室。

陆婷坐到桌子旁边,她的心仍在"怦怦"地跳动。她以前经常一个人值夜班,从来也没有害怕过,但不知为什么,今天这恐惧感却顽强地攫获了她的身心。她不时地回过头去,瞪大眼睛望着身后那洁白的墙壁,似乎有一种无法预见的危险正从那墙里慢慢地向她逼近。突然,她下意识地感觉有个黑影在窗外晃动,扭头一看,原来是闪电的白光把摇曳的树影投到了窗帘上。她在心底嘲笑自己的胆怯,她决定什么也不看,便趴在桌子上,闭上了眼睛。

她已经两天没睡好觉了,而这恐惧又进一步把她折磨得筋疲力尽。室内非常安静,桌子上的小闹钟"嘀嗒嘀嗒"地走着,楼道里偶尔传来几声病人的呓语。

……

忽然,楼道里传来沉重的脚步声。陆婷的心一下子提到了嗓子眼儿,她想站起来,但是两腿发软,使不上劲儿。她想叫隔壁房间睡觉的大夫,但喉咙里就像堵住了棉花一样发不出声音。脚步声渐渐地向她的房间逼近,终于停在了门外。

陆婷瞪大双眼,紧张地盯着那扇乳黄色的门。

那门动了两下,被无声地打开了,但是没有人,门又被无声地关上了。

陆婷困惑地用手揉了揉双眼。当她再睁开眼时,只见门边站着一个满脸是血的人!她仔细一看,是夏哲!

她惊叫一声,扑了过去……

陆婷揉着自己被桌子边碰疼的膝盖,脑子里想的仍然是刚才的噩梦。她急忙起身来到第四病室,只见三号床上依然空着。

这一夜,陆婷在忧虑与恐惧中度过!

交班后，陆婷没有立即走，等到8点多钟，见夏哲仍没回来，才拖着疲惫的身子回家。

进门后，家中无人，她先给白玫打了个电话，得知夏哲也没有回家。白玫问她出了什么事，她只说夏哲没回医院。由于夏哲以前经常在外面过夜，所以白玫并不觉得这有什么值得大惊小怪的。她还说夏哲正忙自己案子的事情，让陆婷别老去找他。

放下电话后，陆婷觉得十分沮丧。她想蒙头睡一大觉，但又睡不着，噩梦中的夏哲形象总在她眼前晃动。

她忽然想起那个"窃听电话"，心想夏哲也许会把电话打到这里来，便取出磁带，在录音机中播放。没有夏哲的电话，但是在那些长长短短的录音中，有两段对话引起了她的注意。那是她爸和两个女人的对话，对方没有报出姓名，但是声音都挺熟悉。她想了想，觉得有必要去找洪律师和宋佳，一来让他们听听录音，二来也让他们帮忙寻找夏哲。

陆婷取出那盘录音带，又换上一盘空带，然后出门，骑上自行车，来到友谊宾馆。夏哲曾经说过，洪律师在友谊宾馆办公。经过一番打听，她终于在宾馆东北角的商务楼里找到了洪钧律师事务所。

洪钧不在，陆婷见到宋佳，报上自己的姓名。宋佳听了，很热情，问她有什么事情。她拿出带来的录音带，特意让宋佳听了那两段对话。宋佳也感觉那两段对话可能与本案有关，便转录一份。然后，她们谈到夏哲。在宋佳的追问下，陆婷承认了自己与夏哲的恋爱关系，并且谈了自己目前最担心的夏哲"失踪"问题。

宋佳听了之后，沉思片刻，说道："大前天晚上，我曾经在香格里拉饭店看见夏哲，他说到那里去找人。你知道他可能去找谁么？"

陆婷说:"我就知道他打算找一些朋友去借钱,但他的朋友很多,我也不熟悉。"

"他现在是取保候审,如果他逃跑,那问题可就复杂啦。小婷,凭你的感觉,你认为他有可能逃跑么?"

"绝不可能!他对你和洪律师是非常信任的,而且他对这场官司也很有信心呀,所以,我觉得他不可能逃跑。我最担心的是他在借钱过程中出什么差错,如果他拿到一大笔钱……宋佳姐,我真是不敢再往下想了!"陆婷的眼睛里含着泪水。

"你不要胡思乱想!让我来给你分析一下。"宋佳背着双手,在地上踱了几步,学着洪钧的口气,"第一,夏哲在出走之前并没有对你讲他的计划,而就你们目前的关系来看,如果他要采取什么重要行动,一定不会瞒着你,所以他很可能是临时决定去干一件事情。第二,他在回家与父母共进晚餐之后便没有再见到你,但是给你打过一次电话,而且在电话中还说了假话,因此他这两天所干的事情很可能与他家有关而与你无关,而且他大概不愿意让你知道他所干的事情。那么一个热恋中的男生宁肯撒谎也不愿意告诉恋人的事情最可能是什么呢?那就是去找另外一个女人!第三,他父亲正在与一个美籍华人做一笔大生意,而那个美国女人就住在香格里拉饭店,因此他到香格里拉很可能就是去找那个女人。这就是我的推理所得出的结论。"

"宋佳姐,你的分析挺有道理的。可是,夏哲在什么地方呢?他总不能跟那个女人住在一起吧?"陆婷皱着眉头问。

"哦……是啊!是有这个问题。他当然不能住在那儿。可他在什么地方呢?唉,我这推理了半天,怎么跟毛驴推磨似的,转了一圈儿还在原地啊!"宋佳学着洪钧的样子,右手握拳顺时针绕了两圈,然后一拍自己脑门儿说,"对了,让我打个电话吧!"

宋佳拨通了香格里拉饭店的总机,又转到萨利文夫人的房间,接电话的是陈静怡。宋佳用不太流利的英语说:"哈啰!我能和萨利文夫人讲话么?"

"萨利文夫人不在。我可以替你转达么?我是她的秘书。"

"我是《中国日报》的记者,想采访她。不知她什么时候有时间?"

"我想她明天会有时间的。怎么跟你联系呢?"

"那我明天上午再打电话吧。谢谢你!拜拜!"宋佳放下电话之后,冲陆婷吐了一下舌头,好在陆婷并不知道宋佳刚才说的都是什么。

"宋佳姐,你说什么哪?"

"我估计夏哲是在跟踪那个女人。你知道,跟踪人的时候就没办法打电话,这恐怕正是他和你失去联系的原因。"宋佳又把手背到身后,皱着眉头说,"如果我的推理没有错误的话,夏哲应该在今天晚上回到医院。"

"宋佳姐,我觉得你可真够神的!这都是跟洪律师学的吧?"陆婷的话中充满了敬佩之意。

"我俩是互相学习。寸有所长,尺有所短嘛!彼此彼此!"宋佳颇有几分"山中无老虎,猴子称大王"的感觉。

"宋佳姐,我听夏哲说,你和洪律师是天生的一对儿,就跟'天仙配'一样。现在都时兴开什么'夫妻店儿',我看你们就把这儿改成'夫妻所'得了!"陆婷认真地说。

"嗨,可惜咱生不逢时啊!得啦,是什么人,就有什么命,胡思乱想没有用!"

"我看你的命挺好。这么高级的办公室,不就跟你们家一样?"

"什么呀!我是使唤丫头拿钥匙——当家做不了主!生就是丫鬟的命,甭想当夫人。"话出口后,宋佳自觉失言,吐了吐舌头,又补充道,"我是说我这辈子只能当秘书,当不了律师。"

不过,陆婷还是"咯咯咯"笑个不停。

"笑什么?"宋佳假装生气道,"还不快回医院去,看看你那位回来没有!"

推车走出友谊宾馆大门时,陆婷觉得轻松了许多。

洪钧来到中国人民大学的物证技术鉴定中心,找到当年的老师,拿出夏哲的笔迹样本和那份有夏哲签名的委托单的复印件,请老师对笔迹进行分析比对。如果老师认为那签名是伪造的,他再向法院提出鉴定申请,由法院委托鉴定。然后,他又来到西城区公安分局户籍科,费了一番周折,终于查到了他要找的东西。他松了口气,因为他对整个案情已经有了基本的认识,只不过有些细节尚需证实。

洪钧来到宏远证券公司,再次拜访陆伯平。不过,他这次拜访的动机与上次不同。

见面后,陆伯平依然很热情地与洪钧握手,让座,然后问道:"工作进展顺利吧?你还有什么需要我帮忙的吗?"

"很顺利,谢谢陆经理的支持。"

"顺利就好。夏哲的问题怎么样啦?"

"夏哲的问题得由法官来决定,但我对辩护很有信心。我还想看一下夏哲最初在这里开户时填的表和最后平仓时做的单据,不知可不可以?"

"可以,当然可以。我们有义务协助律师的调查嘛!这些文件都由梁副经理分管。你稍等一下。"陆伯平拿起电话,让秘书去叫梁高。

在等待秘书回话的时候,洪钧站起身来,走到写字台旁,很有兴趣地欣赏那个精美的电子台历。陆伯平见状笑道:"这是一个香港朋友送的。洪律师要是喜欢，就拿去玩儿！"

"那怎么行？夺人所爱，非君子所为。再说啦，其实我最感兴趣的还是陆经理的手杖，既不俗气，又很实用。我也想找人给做一个，一来可以防身，二来可以存放重要文件，比放在保险柜里还保险！对吧？"洪钧说着，拿起写字台边的手杖，赏玩起来。

"洪律师的想法跟我完全一样。保险柜那东西，其实一点儿都不保险，只能防业余小偷！我有一个战友在公安局，你要是听他讲一讲那些专业窃贼撬保险柜的手段，就绝不会再把贵重东西放在保险柜里了。我告诉你，这就和打仗一样，也是'明碉易取，暗堡难攻'！存放东西也得出其不意，声东击西！不瞒你说，我出差时那密码箱里就放些生活用品，重要文件和现金都放在手杖里。不过，它平常总是空的。"

"可以打开看看吗？"

"当然可以。"

洪钧把手杖的两头拧下来，把中间那根长管放在眼前看了看，赞叹一番，又给装上了。

这时，秘书走进来说："陆经理，梁副经理那儿有一位女客人，好像是港商。能不能让洪律师等一会儿？"

"这个梁高！我叫他不要跟那些乱七八糟的港商打交道，他就是不听。走，洪律师，过去看看。"陆伯平说着就往外走。

"不合适吧？"洪钧说。

"你没听说那是位女客人吗？咱们要是不过去，他能聊到下班！"

洪钧跟在陆伯平后面来到梁大嘴的办公室。陆伯平用手杖敲了敲门，没等里边说话便推门走了进去。

梁大嘴见来人是陆伯平和洪钧，有些不自然地站起身来说："陆经理，洪律师，来，我给你们介绍一下，这位是美国的陈静怡小姐，她对中国的股市很感兴趣。陈小姐,这位是我们公司的陆经理。"

陆伯平与陈静怡握了握手。

梁大嘴又说:"陈小姐,这位是洪律师,也是从美国留学回来的洋博士。"

陈静怡点了点头,"我们认识。"

洪钧也微笑着点了点头。

"是吗?"梁大嘴说,"看来这地球真是太小啦!"

陆伯平先对陈静怡说:"陈小姐,打扰你们谈话,请原谅!"然后又转向梁大嘴说,"关于夏哲的案子,洪律师要看一些材料。你去安排一下,让洪律师看。他要复印也行。咱们全力支持。"

"是!"梁大嘴痛快地答应一声,然后让陈小姐稍等,自己带着洪钧走了。随后,陆伯平也回办公室了。

梁大嘴带着洪钧来到一间办公室,对一位小姐交代几句,然后匆匆走了出去。

那位小姐根据洪钧的要求找出一些表格和凭据。洪钧看了一遍,觉得有几张得带回去研究,便请小姐帮助复印了一份。洪钧带着满意的微笑离开了宏远证券公司。

洪钧回到律师事务所时,天已经黑了,但宋佳仍在等他。

见面后,宋佳故作神秘地说:"我已经查到了那个电话号码,而且也知道了它的位置。"

"就是那个说要我腿的电话?"

"对呀!"

"你怎么查到的?"

"这就叫,踏破铁鞋无觅处,得来全不费工夫!"

"别卖关子！"

"我呀，在电话局的通话单上查到了那个电话号码，而且发现不久前还有人用这个电话给我们所打过一次。"

"这么说，他打过两次，第一次没人接。"

"第一次也有人接，是我接的。"

"我怎么没听你说过？"

"因为那次打电话的不是这个人？"

"那是谁？"

"你猜猜。"宋佳背着手，假装严肃地望着洪钧，"今天我也考考你。其实，这是一个非常简单的智力测验哦。"

洪钧饶有兴趣地看着宋佳的脸，想了想，说："是我。对不对？"

"你怎么猜出来的嘛！"宋佳有些失望。

"是你脸上的表情告诉我的。"洪钧的思维很快回到了那个电话上，"这么说，那个人也是在宏远证券公司旁边那个公用电话亭打的电话。好消息！"

"为什么呢？"

"这说明那个电话的真正意图既不是要我的腿，也不是要钱，而是恐吓！宏远公司的人打电话来恐吓我，符合逻辑。"

"说来说去，还是你聪明啊。为什么呀？"宋佳嘟囔了一句。

"因为我确实比你聪明！"

"你讨厌！"

"你噘嘴的样子也挺好看！"

"去你的！"

"不开玩笑了！电话买来了吗？"

"都买来了。"宋佳拿来两部手持电话，放到桌子上，然后又取出一盒录音带，说，"洪律，你再来听听这个，我们还有意外收获呢！"

她把磁带放进录音机，按下播放键，录音机里传出了打电话的声音。

……

"喂?"这是一个男子的声音。

"喂！伯平，是我！"这是一个女人的声音！

"噢，亲爱的小姐，什么事儿？"

"事情办得怎么样了？"

"快拿下来了。这种事儿急不得呀！"

"可我心里老不踏实。你知道，那个姓洪的不好对付！我担心不光这事儿要坏，就连咱们那些事儿也要……"

"你说话得注意点儿！"

"这我知道，可是我害怕！"

"怕什么？天塌下来有大个儿顶着！只要你沉住气，咱们就能渡过这个难关。好啦，黑暗即将过去，曙光就在前头。你就等着我的好消息吧！"

……

在录音带空转的时候，宋佳说："这段对话挺有意思吧？不过，下边这段更有意思！"

……

"喂？"还是那个男子的声音。

"喂！伯平，是陆伯平吗？"这是另外一个女人的声音，说话很急但声音很低。

"我是陆伯平，你是谁？"

"我的声音你都听不出来啦？"

"噢，听出来了。你好！你怎么想起来给我打电话？有什么急事儿？"

"当然有急事儿，十万火急！"

"那你就说吧。"

"电话里没法儿说。"

"那……这深更半夜的,也不大方便啊!"

"明天上午,约个地方。"

"明天上午不行,我有个重要会议,必须去。"

"那就中午。"

"下午1点半吧。你看在哪儿方便?"

"随你!"

"那就在北海后门儿,我在那边儿开会。"

"行!"

"别在公园门口,进门后往右拐,湖边的第三个长椅上。"

"行!"

……

洪钧看着宋佳,皱着眉头问:"你这是从哪儿搞来的?"

"当然是在陆伯平家的电话上啊!"宋佳不无得意地说。

"窃听别人电话可是违法的事儿。谁让你干的?"

"这又不是我搞的,我只不过是帮忙出了点儿主意嘛。"

"谁搞的?"

"陆婷。女儿要窃听父亲的电话,而且是在自己家里,谁管得着啊!我只不过向她提供了一点儿技术咨询服务,而且是免费的哦。"

"夏哲知道吗?"

"他是共犯。不过他还没有听到这录音,因为他失踪了。"接着,宋佳把陆婷下午的来访和她的分析讲了一遍,最后不无得意地说,"怎么样?我干得还可以吧,洪大律师?"

"又要奖金?"洪钧调侃道。

"就知道奖金!难道你就没有别的奖励办法吗?"宋佳嘟囔了

一句。

洪钧听见宋佳的话，笑道："发牢骚啦？那好，我请你去友谊宫吃海鲜，吃完饭再请你去打保龄球。行了吧？"

宋佳很喜欢保龄球，所以像孩子一样高兴地跳了起来。

吃完饭后，洪钧和宋佳来到保龄球场，租了一个球道，换上专门的皮鞋，打了起来。洪钧对保龄球不太精通，但手头比较稳也比较准，而宋佳在尚未进入状态之时便急于表演，结果洪钧先胜一局。从第二局开始，宋佳不断用漂亮的左旋球打出"全击倒"，结果以悬殊的比分连胜两局。两人都很高兴，他们一直玩到10点多钟才离开友谊宫。

洪钧开车送宋佳回家。宋佳下车后回过头来认真地说："谢谢你，洪律，我今天晚上过得很愉快。以后你不用给我发奖金了，每个月就陪我去打一次保龄球吧。晚安！"

第二十章

希拉住的套房分为里外两部分，里面是卧室带卫生间，外面是多用客厅。一进房门，左手边是一组大衣柜，右手边由多宝架隔出一个方厅，摆着一张玻璃茶桌和四把软椅；大衣柜里边是通向卧室的门，门与落地窗之间摆着一组沙发；沙发对面摆着一台电视机，电视机与窗户之间是写字台和座椅，电视机与多宝架之间还有一扇门，紧闭着。卧室里面有一张很大的床，飘窗边有两个单人沙发，床对面有一个电视柜和一个行李台，还有一个门通向卫生间。整套房间的地毯、窗帘、沙发、床罩等都是柔和的橙黄色，在金黄色的大吊灯下，显得富丽堂皇。

进屋后，希拉坐在客厅的沙发上，饶有兴趣地看着夏哲，犹如观赏她的宠物。

夏哲站在客厅中间转了一圈，脸上带着惊奇的神态，口中还不住地赞叹。他走到宽大的落地窗边，看着外面的景色，似乎很兴奋地说，这是三环路，那是玉渊潭。然后，他回过身来，走到写字台旁边，眼睛瞟着桌上堆放的文件，手指着那扇关闭的门，问希拉，那个门是干什么的。希拉笑道，那是逃生用的，如果你夜里想临阵脱逃，就可以从这扇门跑出去。夏哲一脸认真地说，我可不会临阵逃脱。他脱下外衣，拉开大衣柜的门，挂在衣架上。他发现大衣柜里还有一个冰箱和一个小保险柜，保险柜上放着一个黑色的密码箱。他说自己第一次见到这样的保险柜,很感兴趣,就仔细地看了看,然后问希拉为什么没有钥匙。希拉说那是密码锁,客人自己设定密码,锁上之后记住就行了。夏哲赞叹一番,来到卧室门口,问希拉是否可以进去看看。希拉说,当然可以,你也需要熟悉一下工作环境嘛。夏哲在卧室和卫生间转了一圈,看到行李台上放着的红色行李箱盖虚掩着,就假装去看电视柜,瞄了一眼,只见密码锁的号码停留在516的位置。

正在这时,门铃响了,服务员推着一个双层餐车走进来,按照希拉的指示把食品摆放在茶桌上,然后退了出去。

希拉站起身来,走到桌旁,给夏哲倒了一杯白兰地,又给自己倒了一杯红葡萄酒,然后端起酒杯对夏哲说:"来吧,乔恩,先干一杯,庆祝咱们的萍水相逢和一见钟情!"

夏哲连忙走过来,拿起酒杯,与希拉碰了一下,然后一饮而尽。但他马上就咧着嘴说:"真难喝!还不如二锅头呢!"

希拉笑了笑,"你要是喝不惯白兰地,就喝点儿红酒吧。这是法国酒,味道很不错呀。"

夏哲倒了一杯红葡萄酒,也给希拉的酒杯斟满,然后端起酒杯说:"咱们喝个'交杯酒'吧?"

"等不及啦?新郎入洞房大概都像你这么性急!"希拉乜斜着眼睛看着夏哲,"不过,喝完交杯酒,你可不能着急上床。开始'工作'之前,你还有很多事情要做呢!"

两个人喝了交杯酒之后,夏哲津津有味地吃着奶汁烤鱼和醉蜗牛,希拉只吃了些青菜。夏哲见状问道:"希拉,你是不是天天吃山珍海味都吃腻了?"

希拉微微一笑,说道:"是啊,什么东西多了都会腻的。"

"那你太幸福了!"

"幸福?天天吃山珍海味就能使人幸福?这幸福也太简单了!我

告诉你，乔恩，幸福只是个人的感觉，没有统一的标准。你觉得最最幸福的事情，别人未必觉得是幸福。而且，你今天觉得最最幸福的事情，明天就有可能觉得它并不怎么幸福。就拿我来说吧。我也曾经把下馆子大吃一顿视为人生最大的幸福，可是当我天天都可以上最好的饭店吃饭的时候，那些美味佳肴就很难再使我联想到幸福两个字喽。"

"这么说，你也曾经是个穷人？"

"对呀，而且是彻底的无产阶级。我曾经穷得身上只有5分钱！"

"那你是怎么发起来的？"

"想学？那我告诉你，靠个人奋斗，当然也得靠运气！"

"我什么时候才能有这样的好运气啊！"

"你现在的运气就不错嘛！"

"我现在是最倒霉的时候了！"

"为什么？"

"我……没工作，又没钱。"

"可你遇上我啦！你就该时来运转了。如果你能让我满意，我可以帮助你哦。"

"你能给我一份工作吗？"

"工作有的是，可你能干什么呢？"

"其实，我的兴趣也挺广泛的。比方说，股票……"

"你也做股票？"

"啊，不不！我哪有钱炒股票啊！不过我对股票很感兴趣。听说，炒股票赚钱很容易。如果你能借我一笔钱，我保证能赚！"夏哲的脑子里突然生出一个新的念头——如果原来的目的无法实现，他还可以骗取希拉的信任，让希拉为他投资。这可是一箭双雕啊！

"乔恩，我理解你的心情。人穷的时候总是恨不能一夜就变成百万富翁！可是，做股票的风险很大啊！另外，现在谈那些事情为时尚早,还是先干好你的'本职工作'吧。"

夏哲也意识到自己的话有些过火,忙说:"其实,我现在最感兴趣的并不是什么股票。"

"那是什么?"希拉扬起了眉毛。

"而是我现在应该干什么。"

"啊哈!这话才符合你的身份。好吧,你先去洗个热水澡,然后,"希拉走进卧室,找出一瓶香水递给夏哲,说,"把这个洒到你身上。这会使你更有魅力的哦!"

夏哲走进了卫生间。

希拉打电话让服务员来收走餐具,然后换上一件浅粉色的真丝睡衣。这件睡衣只有前后两片,而且在一些部位只有镂空的绣花图案;两侧腰间用几根丝带连系,完美地勾勒出女性身体的线条。希拉也给自己身上补了一些香水,然后打开夜光灯,半靠在床头,等待着。然而,她等了半天,不见夏哲出来,很有些奇怪,便走进了卫生间。

夏哲已经洗完澡了,穿着一件黄色的丝绒睡衣,坐在马桶上。希拉问他怎么了,他说肚子不舒服,可能是吃的东西太凉了。希拉仔细看了看他,调侃道,新郎官儿,你太紧张了吧?夏哲点了点头,承认是有些紧张,因为这确实是他的第一次。希拉说,没关系,你先慢慢放松,我在床上等你。

夏哲在内心斗争一番之后,终于下定决心。他站起身来,鼓足勇气,从卫生间走出来,向床边走去。

……

夏哲赤身躺在被子里,感觉很疲倦,却无法入睡。此时,他的心情非常复杂。他本来是抱着仇恨的心情去干那件事情,甚至在心里想着是在强奸这个女人,但是那肉体的接触却使他产生了爱的幻觉。为此,他感到羞愧和苦恼,尽管他不住地告诉自己,那只是完成这项特殊任务的一个手段而已。

希拉发出了均匀的鼾声。夏哲悄悄地爬起来，穿上睡衣，蹑手蹑脚地走到客厅。他关上了卧室门，走到写字台前，打开台灯，快速地翻阅着那些文件。那些文件大多是英文的，没有他要找的那份木材购销合同。他有些失望，想了想，来到大衣柜前。虽然他拉开柜门的动作很轻，但还是发出了吱吱的声音。他推开卧室门看了看，希拉还在酣睡。他拉了拉那个小保险柜的门，没有锁，他很高兴，但是打开一看，里面是空的。他又看了看那个密码箱，锁着呢，他试着转动密码锁，但是没有打开。正在这时，他听到那扇紧闭的门后面似乎有声音，便走了过去。他把耳朵贴在门上听了听，好像有人在门后窃窃私语。他犹豫再三，最后还是在好奇心的驱使下转动了门上的钥匙。门打开了，但是里面还有一道门，声音就是从那个门后传过来的。他轻轻拧了拧门上的把手，但是打不开。突然，有人拍了他的后背一下，给他吓出一身冷汗。他回头一看，原来是希拉。

希拉穿着睡衣，瞪着仍有些惺忪的睡眼，问道："你在干什么哪？"

夏哲的声音仍然有些颤抖，"我起来上厕所，听到这个门后面有声音，就过来看看。你可吓坏我啦！"

"是吗？我还以为你真要逃跑哪！"

"那边还有房间吗？"

"那是别人的房间。半夜三更的，你可别吓着人家。快回去睡觉吧！"

夏哲跟着希拉回到卧室，钻进了被窝。

早上起床，希拉的精神非常好，她觉得自己年轻了许多。早饭后，她对夏哲说："我想到十渡去看看。你陪我去吧！这才叫'三陪'哪，陪吃、陪睡、陪玩儿。"

"为什么要去十渡？"夏哲心里想着那份合同，随口问了一句。

"去看望一个老朋友。"希拉说话时的神态有些凝重。然后，她从大衣柜里取出密码箱，放在床上，打开来，取出一些文件，放进了行李箱。一晃间，夏哲看见一份文件的抬头上写有"合同书"的字样，他的心里一动。希拉从行李箱中取出一些衣物，放进密码箱。然后她把两个箱子分别锁好，提着密码箱，走出卧室。她打电话让前台服务员包一辆出租车，然后对夏哲说，"走吧。"

"等会儿，我去一下厕所。"夏哲走进了卫生间。

夏哲帮希拉提着密码箱，坐电梯下到一楼。出租车已经在门口等候。夏哲把密码箱放到出租车的后备厢里，刚要上车，突然叫道："哎呀，我的手表！一定是刚才洗手放在脸盆旁边了。真对不起，我去取一下吧。"

"你怎么丢三落四的！快去吧，给你钥匙。"希拉皱着眉头，但也无可奈何。

夏哲坐电梯来到10层，快步跑到1016门前，打开门，进屋后又把房门关上了。他到卫生间拿了故意留在那里的手表后，来到行李台前，很快地把行李箱那密码锁的号码转到"516"，然后一按，那卡销果然打开了。他很兴奋，刚要拉开行李箱的拉锁，就听见外面有钥匙开门的声音。他连忙探出头来一看，只见对面那扇神秘的门动了一下，打开了，从里面走出一个青年女子。

两人见面，都愣了一下。那个女子问道："你是谁？"

夏哲说："这个问题，好像应该是我问你的。"

"我是萨利文夫人的秘书，就住在隔壁。你是干什么的？"

"我是萨利文夫人的朋友，今天要陪她去十渡，回来取手表的。"

夏哲说着，从兜里掏出手表，在眼前晃了一下。他无心久留，说了一句，"那你锁门吧"，就快步走了出去。坐电梯下楼时，他的心中有些后怕，也有些遗憾。

夏哲和希拉坐上出租车，离开香格里拉饭店，一路西行，快到中午才来到十渡。在停车场下车后，希拉沿着山边的小路，向渡口走去。一路上，她沉默不语，走走停停，还不时地从路边的草丛中摘下一些白色的小花。夏哲跟在后面，问她采花做什么，她也没有回答。

来到渡桥上，希拉蹲在水边，把手中的小白花揪下来，一片一片地撒到清澈的河水中，她的嘴唇在微微颤抖，泪水慢慢地溢出了她的眼眶。过了许久，她才站起身来，用面巾纸擦去了脸上的泪痕，又从挎包中取出化妆盒，认真地补了妆。

夏哲一直在旁边默默地看着，他似乎看到了这个女人的另外一面。

希拉终于把目光停留在夏哲的脸上，"好啦，咱们走吧。"

夏哲小声问道："你的朋友死在这里啦？"

希拉点了点头，"都十几年了。"

"他怎么死的？"

"为了我。"

"淹死的？"

"不是，被人用刀扎死了。我今天来看他，也算是还了我的一个心愿吧。好啦，不提他啦！痛苦的事情已经过去了，现在咱们该好好玩儿玩儿啦。乔恩，在北京，我最喜欢这个地方了，山清水秀，太美啦。你以前来过吗？"

"没有，只是听说过。"

"那好，我给你当导游吧，免费的哦。"

希拉和夏哲沿小路爬上北面的山坡，看了大佛。然后，他们回到河边,坐了一回水陆两栖坦克。希拉非常开心,不时发出清脆的笑声。

山里的天气变化很快,上午还是晴空万里,下午却变成黑云密布。他们沿河边往回走,路上,希拉见夏哲有些无精打采,便揶揄道:"乔恩,又想钱啦?昨天一个晚上就挣了200美元,今天我再付你300美元,足够你花半年了。老祖宗说,你们男人一生中最快乐的时刻不外乎'洞房花烛夜'和'金榜题名时'。当然,现代人的观念有点儿变了,叫'升官儿发财带小蜜'。你现在也很不错啦!又入洞房又挣钱,还有什么不高兴的?"

"我没有不高兴,就是有点儿累。"

"你那是昨天晚上累的!有人说,性冲动可以使文质彬彬的绅士变成粗野的男人。我昨晚可领教过了。不过,我喜欢!"希拉笑嘻嘻地说,"哎哟,我的新郎官儿!本应是'洞房花烛朝慵起',结果却让你起五更,赶远路,真是辛苦你啦!那好吧,咱们今天就住在这儿,好好休息休息。"

他们在十渡宾馆住了一夜。

第二天早饭后,他们乘车沿河而下,来到六渡。下车后,他们沿着山边土路向以风景秀丽著称的孤山寨走去。

一轮红日从东方升起,蓝天下青山绮丽,绿水妖娆,令人心旷神怡。他们先坐了一圈汽艇,然后入寨登山。寨门外有很多当地的农民牵着马,争先恐后地向游人招揽生意。

希拉没有骑过马,但经不住马主人的劝说和夏哲的怂恿,终于坐到了马背上,但她坚持让夏哲在旁边保驾。进入寨门之后,他们沿着山沟往上走。开始时希拉很紧张,走了一段路之后,她觉得这马很乖，而且认路，便放松了，后来索性不让马主人在前面牵缰了。

山路沿着一条小溪蜿蜒而上。越往上走，山路越窄，有时不得不在水中趟过。这匹马训练有素，无论是在水中的石头上还是在很窄的石阶上，它都走得稳稳当当。当他们来到一处很陡的石坎下时，马不能继续前行，希拉便下了马，和夏哲徒步前行。

这里的风景异常优美，两侧是绿色的山林，脚下是清澈的泉水，头上是奇怪的山石。他们穿过了名副其实的"一线天"峡谷，观看了扣人心弦的"高空飞车"表演。若不是天上飘来蒙蒙细雨，希拉真想在这里玩到天黑。

他们回到石坎下面，找到了等候的马主人。希拉骑到马上，颇为老练地拉着缰绳，嘴里还学着马主人的样子胡乱吆喝着，弄得夏哲在她的旁边一会躲闪，一会紧追，把她乐得前仰后合。突然，后面那匹马的马头顶了希拉的马屁股一下，希拉的马猛地往前一窜，结果她坐立不稳，摔了下来。幸亏跟在旁边的夏哲反应很快，一步跳过去，接住希拉，但他自己却摔到了石头上。

希拉从地上爬起来，急忙去扶夏哲，但夏哲的右腿疼得厉害，站不起来。马主人吓坏了，一边骂自己的马，一边说给希拉退钱。

希拉挽起夏哲的裤腿儿，见右腿的膝盖下面有一大块红肿，还流着鲜血，又看见夏哲的手上也有血。她很有经验地让夏哲试着活动一下右腿，认定骨头没断，然后对马主人说："你放心！不用你赔钱，也不用你退钱，只要你把他送到山下就行。"

马主人连连点头，急忙过来要背夏哲，但是让夏哲推开了。此时，夏哲的疼痛轻了一些，他扶着希拉站起来。经过一番商量，夏哲同意骑马下山。于是，夏哲在马主人和两名游客的帮助下骑到马上。马主人在前面牵马，希拉在旁边保护，走下山来。

出了寨门，希拉让夏哲坐在一块大石头上休息，自己去叫来出租车。在回城区的路上，希拉一直把夏哲的右腿放在自己的腿上。她的神态很像一位对弟弟关怀备至的大姐姐。

车到香格里拉饭店后，希拉坚持让夏哲先到她房间，然后找医生给包扎伤口。医生走后，夏哲执意要回家，而且不让希拉送。

希拉把1000美元装在一个信封里，塞给夏哲，然后很认真地问："你什么时候再来？"

夏哲说："那得看你什么时候需要。不过，我更希望你能给我另外一种机会。"

"你不想干这个职业了？"

"我希望这是兼职。"

"那你还想干什么呢？"

"也许，我可以做你的助手，或者在中国的代理人，如果你信任我的话。"

希拉笑道："看来你还挺有野心！不过，我喜欢有野心的男人。好吧，明天上午10点，你来找我，谈谈你的想法。你可不要想入非非哟！"

夏哲一瘸一拐地走了。此时，他心中的目标已经明确了，他要利用这个机会让希拉给他拿出一大笔资金。对此，他很有信心。

第二十一章

陆婷与宋佳告别之后,离开友谊宾馆,回到和平医院。她直接来到第四病房。一进门,她看见夏哲躺在三号病床上,那曾被她一度忘却的气恼立刻回到心中。夏哲看见陆婷,忙坐起身来打招呼,但是陆婷一转身走了出去。

夏哲叹了口气,无可奈何地躺到床上,闭上眼睛。他有些心烦意乱。当他离开香格里拉饭店的时候,他觉得自己这两天干得不错,并考虑如何将行动进行到底。但是回到医院之后,另一种心情便逐渐占据上风。他想见到陆婷,但又害怕面对陆婷那双清澈明亮的眼睛。他的内心深处有一种羞愧感在折磨他,使他觉得愧对陆婷。

陆婷回到值班室,在心里对自己说:不理他!就不理他!

办完接班手续之后,她又去查房。在路过夏哲病床时,夏哲小声叫她,但她假装没听见就走了过去。

晚上,陆婷一人坐在值班室里,忽听有人在外面敲门,她一猜就是夏哲,便故意背对门坐着,喊道:"进来!"

来人果然是夏哲。进屋后,他走到陆婷身边,把手轻轻搭到她肩上,说:"小婷,你还在生我的气吗?"

陆婷把他的手从肩上拨下,赌着气说:"我哪敢生您的气呀!我只能生我自己的气!"

"小婷,我知道你这两天一定着急了。其实,我也想给你打电话，可一直没有机会。小婷，你别生我的气了，好吗？"

陆婷猛地转过身来，问道："那你先说这两天干吗去了？别净拿回家看老妈说事儿！"

"我还能干吗？到处磕头借钱呗！"

"瞎说！你到香格里拉去找谁借钱呀？"

"我……我以前的一个哥们儿发了，就住在香格里拉，所以我去找过他。"

"哥们儿？是姐们儿吧！"

"你……谁告诉你的？"夏哲愣了一会儿，慢慢说道，"反正我已经这样了，再怎么说你也不会相信了。也许，我不该做，可我绝没有骗你的意思。总有一天你会明白的！"夏哲的话里带着伤感。说完后，他转过身，一瘸一拐地向门口走去。

陆婷愣了一下，跳起来追了过去，"你的腿怎么了？"

"没什么，碰了一下！"夏哲的右手抓住门把手，回过头来说。

"你别走，让我看看！"陆婷抓住夏哲的胳膊，连拉带扶地把他弄到椅子边坐下，蹲下身去，挽起他的裤腿儿，只见右腿膝盖下包着纱布，纱布上渗出一片殷红的血迹。陆婷抬起头来，这才发现夏哲的手上也有一道道血痕。她瞪大眼睛，望着夏哲的脸，问道："你这是怎么弄的呀？"

夏哲淡淡一笑，说："下出租车的时候不小心摔到马路牙子上了。没关系，过两天准好！"

"这不是在马路牙子上摔的！你骗我！"

夏哲沉默了一会儿，慢慢站起身来说："你别问了。我现在心里很乱。我对不起你！我自己也不知道这两天都干了什么。你把我忘了吧！我不会给你幸福，只会给你痛苦！"

陆婷被夏哲的话惊呆了，但她很快就清醒过来，说："不！你不能离开我！我不问了！我再也不问了！不管你做了什么，不管你出了什么事，我都爱你！我永远爱你！"她扑到夏哲胸前，"呜呜"地痛哭起来，似乎这两天两夜的委屈、痛苦、忧虑、恐惧都随着她的泪水流出体外，剩下的只有爱——比生命还珍贵的爱。

夏哲抬起头来，两行泪水滚过他的面颊，滴落在陆婷的头发上。他被陆婷这纯洁的爱情感动了，他真想立刻就把一切都告诉她，向她忏悔，乞求她的原谅。虽然他有正当理由，但是她会原谅吗？夏哲的良心在隐隐作痛，因为他觉得自己的行为毕竟有些卑鄙。

夏哲和陆婷默默地面对面站着。他们都想摆脱眼前的尴尬，但又不知如何摆脱。他们第一次感到两人之间缺少了恰当的话题。

还是陆婷打破了沉默："小哲哥，你这儿有个录音机吧？"

"有一台小的。干什么？"

"我差点儿给忘了，咱们的行动有成效啦！"

"什么行动？"

"窃听啊！"

"噢，真的！磁带呢？让我听听。"

"磁带就在我这儿，你去把录音机拿来。"

夏哲回病房取来小录音机。陆婷把磁带放进去，把电话录音放了一遍。放完之后，她看着夏哲说："后面那个女的像你妈，可前面那个女的是谁，没听出来。是姓方的吗？"

"第二个是我妈，这没错。第一个有点儿像方琼，可又不太像，她平时说话不这样。再听一遍吧。"

陆婷把磁带又放了一遍，但是因噪音比较大，夏哲仍不能确定第一个打电话的女人是不是方琼。不过，他此时最感兴趣的是第二个电话。他说:"我妈深更半夜给你爸打电话,能有什么急事儿?还要到公园去见面?"

陆婷说:"我也觉得特怪,就好像他俩在约会似的!"

"你别瞎说!我觉得,他们说话那口气就好像出了什么急事儿。会不会和你妈有关?"

"那绝不会。也许是和你爸有关?"

"要是我爸的事儿,我妈不会去找你爸。这电话是哪天打的?"

"应该是大前天夜里吧。"

"大前天夜里……"夏哲沉思片刻,慢慢地说,"难道和咱俩的事儿有关?"

"为什么?"

"那天晚饭时我把咱俩的事儿跟他们说了,我妈当时的态度就特奇怪。"

"她说什么啦?"

"倒也没说什么。"

"她觉得我配不上你?"

"没有!她就说……"

"说什么?"

"她就说,怕你爸妈不同意。"

"是吗?可我这两天给她打电话,她的态度和以前不一样,可冷淡啦!"

"你给她打电话干吗?"

"找你呀。你不是说回家了嘛!"

夏哲哑口无言了。

陆婷没有注意夏哲的神态,皱着眉头说:"那她也不至于这么急着给我爸打电话呀,还弄得那么神秘!"

"我看，没什么大不了的事儿。我妈那人，你又不是不知道，一点小事儿，就大惊小怪的。"

"我也希望是这样。可我这两天有一种预感。"

"什么预感？"

"我觉得，咱俩的事儿多半儿会不顺。我说不清为什么，反正就是老有这种感觉。"

"好事多磨嘛！"

"就怕磨来磨去，好事儿也变成了坏事儿呀。"陆婷叹了口气。

夏哲看着陆婷那伤感的样子，就把她搂到胸前，真诚地说："小婷，让你受了这么多委屈，以后我一定会加倍报答你。真的！"

"谁要你报答？只要你真心爱我，再大的委屈，再多的折磨，我也不怕！我心甘情愿！因为我爱你！我的生命，我的一切，都是你的！"

"我也爱你！虽然我和其他女人交往过，但是只有在你的身上，我才懂了什么是真正的爱情！也许我做的某些事情暂时不能告诉你，但是请你相信，我是真心诚意地爱你，而且你是我唯一的爱人！小婷，你相信我吗？"

"小哲哥，我相信你！"陆婷的眼睛又模糊了，但她说不清自己感觉到的究竟是什么——是幸福？是欢乐？是委屈？是折磨？

夜深了。

第二十二章

第二天上午10点,夏哲又来到香格里拉饭店。

他先在楼下打了个电话,然后来到1016房间。进门后,他按照事先准备的那样,拉住希拉的手,深情地望着希拉说:"你知道吗?我昨天晚上没睡好觉,因为老想你!"

"是吗?"希拉冷淡地说了一句,然后轻轻但坚决地抽出自己的手,转身走进客厅,坐在单人沙发上,用办公室里的语调对夏哲说,"请坐,先生!"

夏哲愣了一下,慢慢坐下去,但眼睛一直看着希拉的脸。他有些迷惑不解地问:"你今天怎么啦?生我的气了?是我来晚了吗?"

希拉微微一笑道:"别想入非非!我只是要提醒你,别忘记自己的身份。你今天不是那个'快乐的单身汉'了。你找我来,是想得到另外一份工作。人必须时刻记住自己在生活中扮演的角色,而一个人在生活中扮演的角色可能有好几个。这就像演戏一样,当你要进入一个新的角色时,你就必须把原来扮演的那个角色忘掉,这样才不会出现混乱,也不会带来不必要的麻烦。今天早上,我也不是那个想跟你寻欢作乐的女人,而是宏亚公司的董事长。我必须站在公司的立场上跟你谈话。"

"我明白了!"夏哲直起了腰。

"先生,既然你想为我们公司工作,那我就应该知道你的真实姓名了。"

"噢,我叫佘国。"夏哲已有准备,是从他名字中的"哲"字上演化出来的。

"你叫什么?'折过'?真有意思!"

"不是'折过',是'佘国'——佘太君的佘,国家的国!"

"啊,中国话的语音确实复杂,这也是最让学汉语的外国人头疼的事情。佘先生,咱们书归正传,谈谈你的想法吧。"希拉把头仰靠在沙发背上。

夏哲从衣兜里掏出一盒香烟,问希拉:"可以抽烟么?"

"对不起,这是公务场所。"

夏哲把烟放回兜里,胸有成竹地讲道:"萨利文夫人,我这两年对股票市场作了不少研究。毫无疑问,中国的股市还很不成熟,或者说还处于发展的初级阶段。但是,正因为它还不成熟,规章还不健全,所以才大有可为。乱世出英雄嘛!一旦中国的股市完全纳入正轨,大家都按规则做游戏,那可以获得的利润也就小得多了。我认为,现在正是投资中国股市的大好时机。弄好了,在半年到一年的时间内就可以得到十倍甚至百倍的收益!当然,要想收益大,必须有雄厚的资金,这样我们才能控制市场甚至操纵市场。"

"佘先生,你所说的'雄厚的资金'有个具体的标准吗?"希拉饶有兴趣地问。

"至少100万!"

"人民币?"

"对!人民币就可以!"

"这个数目倒不大!可是,我怎么能相信你是干这件事情的合适人选呢?你毕竟只会纸上谈兵呀!"

"其实,我这两年没少到股市去,有时也帮朋友做做。可惜我没有资本，要不早就成'大款'了！不是吹牛，只要你给我100万，我保证在一年之内让它翻一番！"夏哲情不自禁地站了起来。

"请坐，佘先生，别一想到钱就激动。看来，钱比女人对你更有吸引力！"

夏哲坐回沙发上，不好意思地笑了笑，"那不一样！"

"当然不一样！女人是社会的主宰，钱只不过是女人统治社会的手段之一。佘先生，看来你真是让股市给迷住了。好吧，让我想想，怎么来帮你。我有一个朋友，在北京的一家证券公司当经理。我可以把你介绍给他，看他能不能给你提供一些机会。"

"有关系当然很好……"夏哲的语气有些犹豫，因为他想到了陆伯平。一方面，他很想探听希拉与陆伯平的关系；但是另一方面，他又害怕陆伯平戳穿他的把戏。

"啊，对了，我这里还有一个跟你有同样兴趣的人。你不想认识一下么？"希拉站起身来。

"什么人？"夏哲的心里有些发虚，但他尽量保持脸上的微笑。

"别紧张，你们见过面了！同行未必都是冤家哦。你们可以携手共事，也可以成为竞争对手！"希拉走到写字台前，拿起电话，拨通之后，说了几句英语。几分钟后，陈静怡从电视旁边的那个门走了进来。

夏哲一看，就是前天早上打乱他的行动计划的女子，忙起身与陈静怡握了握手。陈静怡坐在了旁边的沙发上。

希拉对陈静怡说："佘先生对中国股市很有研究，建议我在这方面做投资。你对中国的股市也很感兴趣，我想听听你的意见。"

陈静怡对希拉说："董事长，其实我对中国的股市只有一知半解。不过，我很愿意聆听佘先生的高见。"然后她转向夏哲说道，"佘先生这么年轻就成了股市专家，真是年轻有为啊！不知佘先生做股票有多久啦？"

"陈小姐，我哪里是什么股市专家，只是给朋友帮忙，学习学习。"

"北京的证券公司不少，不知佘先生常去哪家？"

"宏远……"夏哲随口说出之后又有些后悔。

"宏远证券公司？太巧了！我和那家公司的陆经理和梁经理都很熟。你认识他们吗？"

"啊，不认识。我只是经常跟着朋友去那里转转，跟券商不熟。"夏哲咽了一口唾沫，继续说，"我刚才已经对萨利文夫人讲了，虽然我实际操作不多，但我对中国的股市很了解，而且我有比较可靠的信息渠道。陈小姐可能也知道，北京的股市还没有形成气候，主要是跟着上海跑。别的不说，上海的股民有几百万，北京的股民才不过二三十万，所以在北京做股票一定得对上海股市的走势了如指掌。在这方面，我自认为还有一定优势。"

"佘先生在中国证监会有朋友？"

"对不起，这属于本人的商业秘密。"

陈静怡的脸上浮起一丝难以捉摸的微笑，又问："佘先生，您认为目前在中国做股票最重要的是什么？"

"是资金。只要你有雄厚的资金做后盾，就不愁市场不听你的指挥。"

"您的意思是操纵股票市场？恐怕不那么容易吧。就算您有足够的资金，政府会给您开绿灯吗？不久前发生的上海'2·23'事件就是个很好的例子，不是么？"

"陈小姐说的是上海证交所'327'国债期货交易的事儿吧？那是期货交易，和一般股票交易还不一样！"

"可那也表明了政府整顿证券交易市场，不允许少数人操纵市场的决心啊！"

"中国的事情，全在一个'人'字上。事在人为嘛！同样的事儿，你做和我做就不一样，我做和她做也不一样。这里面的奥妙，陈小姐可能还不大清楚啊！"

"那也未必。我看往往是局内者迷，局外者清。别看你生活在中国，可中国的很多事情你未必有我清楚。"

"我这里谈的只是股票市场！"

"股票市场也一样。我认为，目前中国大陆的股票市场很不规范，风险太大，不适宜大规模投资。"

"风险大，才有高利润。不入虎穴，焉得虎子！"

"可海外资金投入中国大陆的股票市场还有许多具体困难。"

"那是具体操作问题。只要萨利文夫人相信我，让我全权代理，这些具体问题都不在话下！"

希拉一直不动声色地听着夏哲与陈静怡的对话，此时见二人的话语越来越激烈，才直起身来说道："好啦！本来挺简单的问题，让你们越说越复杂。这样吧，佘先生，你回去写一份可行性报告，把你的设想和理由写得具体一点儿，尽快交给我。我过几天回美国，可以让董事会讨论你的建议。我告诉你，希望很大噢！"然后，她转身问道，"静怡，中午的宴请是几点？"

陈静怡说："11点30分。"

夏哲知道希拉在送客，便知趣地站起身来，"萨利文夫人，那我就先告辞了。那份可行性报告，我一定尽快给您送来。"

"好吧，佘先生。"希拉站起身来，又说，"对了，能留下你的电话号码么？有事好联系呀。"

"对不起，我住的地方还没有电话。我给您打电话行吗？"

"可以。晚上10点以后，我一般都在这里。"

陈静怡把夏哲送出门外,然后回到屋里对希拉说:"我看这小子准是财迷心窍了!董事长,你真打算看他的可行性报告?"

希拉没有正面回答陈静怡的问题,而是微笑着说:"这个小伙子挺可爱的,不是么?"

陈静怡看了希拉一眼,没有说话。

希拉走进卫生间,一边化妆,一边问:"静怡,你昨天说的那个《中国日报》的记者又来过电话么?"

"没有哇!我刚才还给《中国日报》打了个电话,但那位小姐没留姓名,他们也没办法去查。"

"嗨,记者的话,不能太认真!再说,我们还是离记者远一些才好!"

"可是她来电话说要采访你,好像还很着急。我觉得这件事情挺奇怪的!"

希拉没有再说话,愣愣地望着镜子中的自己。

第二十三章

那天晚上,夏哲走后,白玫无心收拾碗筷,坐在沙发上,心事重重,闷闷不乐。

夏大虎好像一身轻松,在客厅里走来走去,还唱起了革命样板戏《红灯记》中李玉和的唱段——今日痛饮庆功酒,壮志未酬誓不休;来日方长显身手,甘洒热血写春秋。

白玫实在忍不住了,皱着眉头说:"别唱了!你烦不烦?"

"我烦什么?儿子交朋友,这叫喜事临门!"

"啥喜事临门?我看是……"

"是什么?你倒是说呀!"

"我……"白玫的话到了嘴边,又给咽了回去。

"我知道,有人会很烦,但不是我。"

"那是谁?"

"这还用我说吗?你心里最清楚!"

"我说夏大虎,你别老对我这个态度,阴阳怪气儿的,找碴儿就敲打我。我怎么啦?这二十多年,我对得起这个家!想当年,你返城了,我一个人留在农场,带着个孩子,那日子是咋过来的?我遭老罪了,你知道吗?来北京以后,你在外边儿打家具,我在家里带孩子,还伺候你爸你妈。后来,我跟你一起干木匠活儿,一起跑买卖。你别老觉着这份家业是你挣下的,我干得一点儿都不比你少!"

"你这话都说过够八百六十回了，早就没味儿啦！我知道，你当年吃苦受累不容易，特别是伺候我爸。这事儿，我知情儿，所以这几年才让你在家享清福嘛！可我呢，为了这个家，操心受累，头发都没了。我容易嘛！"

"我没说你不顾家，我是说你对我的态度。高兴了，就整两句好听的。不高兴了，就带搭不理儿的。瞧你那张脸，耷拉着，就好像我欠你多少似的！"

"我可没说你欠我。就算你真欠我的，我也是心甘情愿。"

"当年你是救过我，可我也报答你啦！就算还账，这些年也该还完了吧？"

"我可没说让你还账！"

"那你凭啥老对我带搭不理儿的？"

"你还想让我咋样？"

"啥咋样？你心里明镜似的！就说那个事儿吧，我对你热乎乎的，可你那边儿老冷冰冰的。反差太大！"

"你别老扯那个事儿！"

白玫本来就不痛快，听了这话，更不高兴，一肚子怨气都从嘴里冒出来了："啥叫扯？正经八百的夫妻生活，咋叫扯呢？你想想，当年你多主动，一宿能干好几回。现在可好，一个礼拜也未准有一次，还勉勉强强的。我姥姥说过，婚姻幸福中最重要的就是'性福'，而要想'性福'，就得有'性趣'。她说的可是性生活的'性'！就你那点儿'性趣'，咱们能有'性福'吗？没有了'性福'，那婚姻不就成了空架子！"

夏大虎并不想吵架，"我跟你说过，男女不一样。女人在这个事儿上，那是二十如羊，三十如狼，四十如虎，五十如猪。仔细想想，这话真挺在理儿。女人二十多岁的时候，那是羞羞答答，半推半就，温柔得像个小绵羊。三十多岁呢，变成了大灰狼，张嘴就咬。四十多岁，更不得了，像个大老虎，不仅咬人，还要吃人。不过，听说到五十岁以后就变成大肥猪了，一身赘肉，懒懒洋洋，对那事儿也没啥兴趣了。你正是如狼似虎的时候，老想跟我过生活儿，还狼吞虎咽的，我受得了嘛！"

"你甭跟我整这套嗑儿！我也知道，你们男人都一样，对自己的媳妇儿没兴趣，对别人的媳妇儿都有兴趣。你们喝酒的时候不是常说，孩子是自己的好，媳妇儿是别人的好。"

"你这话可太冤枉我了。这么多年，你问问你的良心，我夏大虎是寻花问柳的人吗？你也知道，就我身边儿那些老板，哪个没有'小蜜'？可我夏大虎有'小蜜'吗？上次你还说，那些老板娘都讲，家里房子大了，兜里钱多了，可是天天在家守活寡。老实告诉你，我的机会也不少，可我从来没有睡过别的女人。这辈子，就你一个，我问心无愧！"

"这话我能信。可是你看电视的时候，一出来个女歌星、女影星啥的，瞧你那眼睛瞪的，恨不能立马儿就钻进去。"

"有想法怎么啦？我又没干！"

"你倒是想干，人家让你干吗！有些话我可是憋了好多年，真是不想说出来。"

"没关系，你说，今天让你把话说透喽！"

"这可是你让我说的。你跟我干那个事儿，却要拿一张大挂历放在我的脸上，说什么要找找朦胧感。你以为我不知道你脑子里想的啥呀？那挂历上是女明星的照片儿！我告诉你，要不是我能忍，早就一脚把你踹下去了！"

"我那也是没招儿。你老想干，我干不了，只能想点儿办法，刺激刺激。"

"别人的照片儿能刺激你，我这个大活人就不行？"

"那不一样。"

"是不一样？因为我是你媳妇儿！"

"事情不那么简单。有些话，我本来也不想说。"

"你说呀，今天也让你把话说个痛快！"

"你知道，我功能正常，可一跟你过生活儿就不行。为啥？因为我心里别扭。"

"你有啥可别扭的？"

"你干的那些事儿让我别扭！"

"我干啥事儿了？咱俩处对象之前的事儿，你都知道，那是你乐意的。"

"那些事儿我能接受，我压根儿就认为咱俩是'二婚'，没啥。我说的是后来。"

"我后来咋啦？"

"你真想让我说出来？"夏大虎的口气带着威胁。

"你说呀！"白玫的口气已不太强硬了。

"我看这也是'纸包不住火'喽。我问你，你为啥不愿意让小哲和小婷交朋友？你敢把理由说出来吗？你不敢！那好，我来替你说——因为他俩是兄妹！"

"你……"

"我怎么啦？你以为我真傻呀？儿子长得不像我，我就看不出来？这些年，你觉着委屈，我还觉着窝囊呢！我辛辛苦苦在养活别人的儿子！我图个啥？"

屋子里一下子安静了。

俗话说，一日夫妻百日恩。两个人毕竟一起同甘共苦生活了二十多年，吵架的气话说过之后，虽然挺痛快，但心里都有些后悔，特别是白玫。不过，这个压在心头多年的秘密被说穿了，她倒觉得有些轻松。犹豫再三，她才问道："你早就知道了？"

夏大虎点了点头。

"那……那你为啥一直不说出来？"

夏大虎长叹一声，"我不想毁掉咱们这个家！"

听了夏大虎的话，白玫的心里有一种说不出来的滋味！她真想痛痛快快地哭上一场，用泪水把一切冲刷干净。然而，她却哭不出来。

夏大虎的心情也很矛盾。当夏哲长到十来岁的时候，他越来越觉得儿子不像自己。那时他正被生活压得喘不过气来，所以这猜疑只是时隐时现地萦绕在心头。后来有钱了，要查明真相的欲望越来越强烈，于是他找人做了亲子鉴定。当得知夏哲不是自己的亲生儿子时，他曾感到极大的羞辱和愤怒，真想去把那母子痛打一顿，然后将他们赶出家门！但是回到家里，看到与自己同甘共苦十几年的妻子，看到辛辛苦苦拉扯大的儿子，他的心软了。他不忍心砸碎这个家庭！同时，他也想到了自己的名声和事业。在反复权衡利弊之后，他决定默默地接受这一事实，不去查问，不去追究，过去的事情就让它过去吧！于是，他把那份亲子鉴定书藏到了办公室的保险柜里。如果说他当时做出这个决定是困难的，那么后来恪守这一决定就更为困难了。他可以不说，但是不能不想。他很想知道那一切究竟是怎么发生的，他也进行过各种各样的猜测。他经常会为此感到苦恼，也经常会产生奇怪的念头。当夏哲在陆伯平的证券公司被控有罪的时候，当夏哲与陆婷要确立恋爱关系的时候，他的心里都有一种幸灾乐祸的感觉。虽然他也觉得自己有些卑鄙，但总会情不自禁地想去火上浇油。这些年，商场上的磨炼可以使他规避道德的自责。为了赚钱，他可以冷酷无情地对待竞争对手，但是，对待家人，他还无法做到冷酷无情。

白玫望着夏大虎，仿佛在等待法官的裁判。

夏大虎把目光投向窗外，尽量心平气和地问："你准备去告诉'路不平'吗？"

白玫低了一下头，但很快又抬了起来，"我本来不想告诉任何人。但是，我现在心乱如麻，不知道该不该告诉他。我主要怕伤害小哲。"

"小哲早晚会知道的。不过，我觉得，你应该告诉'路不平'。他必须知道。而且，这才是对孩子们负责。"

第二天中午，白玫来到北海公园。由于是工作日，公园里的游人不多。白玫沿着湖边向西走去。她找到第三把长椅，坐在上面。

和煦的春风轻轻地吹拂着岸边的嫩柳，明媚的阳光无声地洒落在宁静的湖面上。看着眼前的湖水，她的心里有一种说不出来的滋味。她觉得，人不能不信命，生活中有很多事情都是命中注定的。有什么样的开端，就有什么样的结局。谁也改变不了，不服也没用。她摘下墨镜，用手绢擦去眼角的泪花。虽然事情已过去多年，但她每次回想起来仍感到委屈和心痛。

"白玫！"一个很轻的声音在她耳边响起，她回过头去，只见陆伯平不知从何时起站在她的身后。他的头上戴着一顶礼帽，手中拿着那根金属手杖。

陆伯平绕过长椅，坐到白玫身边。虽然他对这昔日的恋人早已失去兴趣，但是他有着讨女人喜欢的习惯。"这地方真有点儿诗情画意，我好像又回到了二十多年前。我记得咱们第一次约会是在那水库旁边……"

"伯平，我今天约你出来可不是为了谈这个。"

"对了，你说有急事儿。什么急事儿？"

"你知道小哲和小婷处对象的事儿吧?"

"小婷跟我说过。怎么,你来提亲?"

"提啥亲?他俩根本不能成亲!"

"噢?我还真没想到你会反对这门婚事。难道你不愿意让他们来完成本应由我们完成的事情?"

"你别胡扯!我问你,你有没有觉得小哲长得像你?"

"你什么意思?"

"小哲是你的儿子!"

"你……"陆伯平吃惊地望着白玫,身体不由自主地往后挪了挪。他以前也觉得夏哲长得不太像夏大虎,但认为那是儿子随母,并未想到自己,因为他早已把自己干的事情忘在脑后。他咽了一口唾沫,皱着眉头说:"小哲今年应该21岁了,对吧?他的生日是什么时候?"

"1974年2月16日。你应该知道啊。"

"这我哪儿记得住?"陆伯平在心中盘算了一番,认为自己不宜否认。"可是,你现在告诉我这个,是什么意思?"

"我能有啥意思?我就是想告诉你,小哲和小婷不能处对象,他俩是兄妹。"

"啊,是有这个问题。看来,这事儿还真有点儿麻烦了。"

"这件事儿,我原本不想讲出来。"白玫叹了口气,"这都是我的错,我本想把它带到火葬场去。可是,这俩孩子现在要处对象,我就不能不说了。你说这事儿可咋办?"

陆伯平盯着白玫的眼睛,沉思片刻,问道:"大虎知道这事儿吗?"

"我觉着,他还不知道。"白玫撒了个谎。

"那好,你不要把这件事儿告诉任何人。小哲和小婷的事儿由我来处理。"陆伯平的身体向后一仰,眯着眼睛,自言自语地说道,"小哲是我的儿子!真没想到,这闹来闹去,原来是我自己的儿子!这可真是大水冲了龙王庙,一家人不认一家人了!这可怎么办?"

"你说啥呢?你打算咋办?你可不能直接去告诉小哲。需要的话,也得让我去告诉他。"白玫心神不安地望着陆伯平。

"你放心吧,我自有办法。"陆伯平坐起身来,目光凝视着对面的白塔。

第二十四章

1969年的秋天,一列火车在欢送的锣鼓声中驶出了北京火车站。车上的年轻人在与站台上的亲人挥手告别之后,很快就开始了轻松的谈笑,还有人带头唱起了"革命歌曲"。他们的身体内燃烧着青春的激情,因为他们是响应伟大领袖毛主席的号召——到广阔天地去大有作为!

夏大虎和陆伯平是在一个院子里长大的,一起上学,一起下乡。此时,他们面对面坐在车窗旁,看着外面不断变换的景色,谈论着未来的生活和理想。每当火车从城镇边穿过时,每当一群孩子在路基下跟着火车奔跑欢叫时,他们的心底就会产生一种自豪感和使命感。但是随着车轮声的延续,他们的感觉变得越来越迟钝,只有那些大城市火车站台上专门准备的歌舞才能唤起他们心中一阵短暂的激动。列车穿过哈尔滨之后,路边的村镇越来越少,车厢里的喧闹声也越来越小,似乎大家都想到了旅途的终点。

第二天的午夜,他们终于走下了火车。在灯光昏暗的火车站前,他们拿着行李,深一脚浅一脚地跑着,分别爬上不同的卡车。夏大虎和陆伯平被分到了同一辆车上。汽车在颠簸不平的土路上行驶了一个多小时之后,停在了几栋低矮的房子旁边。迎接他们的是五十多岁的老连长。老连长手提马灯,把他们带到一间低矮的土房里,让他们先在这里过夜,第二天再安排住处。

这是一个坐落在小兴安岭脚下的村庄，过去叫农场，如今叫连队。知青宿舍在场区的东南角，面对通向县城的大道。西北边是老职工的家属区，南边是场院、机务排和畜牧排。场区周围是一望无际的田野，远处可以看见连绵起伏的山林。

"北大荒"既有绿色的春天和黄色的秋天，也有红色的夏天和白色的冬天。生活是不能选择的。日复一日的繁重劳动和简单饮食，让知青们体会了生活的艰辛。不过，他们的精神生活还是比较充实的，因为他们相信自己是在为实现共产主义而贡献力量。

夏大虎和陆伯平曾经看着天上的星星，认真讨论过共产主义的理想。他们憧憬那各尽所能，各取所需，人人平等的共产主义社会，而且相信那理想社会离他们并不遥远，大概就需要几十年的时间。不过，他俩对实现理想的道路有不同的看法。夏大虎认为，必须先达到"物质的极大丰富"，比方说，大家想吃多少猪肉就能有多少猪肉。陆伯平却认为，必须先提高人们的思想觉悟，让大家都能做到大公无私。两人争论得面红耳赤，但是谁也说服不了对方。

有时，他们也会悄悄谈论一些"低级趣味"的话题，譬如遗精，或者按照当地人的说法是"跑马"。伯平说，他又跑马了，因为做了一个梦，干活儿的时候，他悄悄拉了一个女青年的手，结果就跑了。大虎说，他也跑马了，也是做了一个梦，是和一个女青年亲嘴儿时跑的。伯平说，那太危险了，因为男的和女的一亲嘴儿，女的就会怀孕生孩子。大虎说，你得了吧，亲嘴儿才不会怀孕哪，只有男的和女的干那个事儿，女的才会怀孕。伯平说，要是按照你的说法，那伟大领袖毛主席也会干那种事儿吗？大虎哑口无言了。伟大领袖当然不会干那种"低级趣味"的事儿！

为了参加全团的文艺会演，连队领导组织知识青年排演"革命样板戏"《红灯记》。夏大虎身材高大，嗓门洪亮，主演英雄人物李玉和；陆伯平面皮白净，能说会道，扮演叛徒王连举。不过，在这场戏中，最引人注目的角色当然是革命接班人李铁梅。

李铁梅的扮演者叫白玫，是哈尔滨知青，据说有俄罗斯人的血统。她身材高挑，皮肤白皙，大眼睛，高鼻梁，薄嘴唇，性格开朗，爱说爱笑，而且一笑就露出两颗挺俏的虎牙。她小时候学过跳舞，嗓音也很优美，所以一上台就能博得满场掌声。平时连队开大会，男女知青拉歌对唱，她是绝对主力，有时还会献上一曲独唱。总之，她是连队里出众的女知青。

在排演《红灯记》的过程中，夏大虎和白玫是"父女关系"，经常合练。由于夏大虎不善于和女生交谈，而且合练时总有些不好意思，所以白玫常嘲笑他，叫他"小封建"，但他对此并不反感。

陆伯平虽然在戏中扮演了让人讨厌的叛徒，而且有个不太好听的外号"路不平"，但是他性格活泼，喜欢说笑，在知青中很有人缘，不少女知青都对他颇有好感。

当然，业余文化生活只是知青生活中的点缀，他们生命中最富活力的时间都献给了黑土地上的艰辛劳作。春天，他们在风沙中播种；夏天，他们在酷暑中除草；秋天，他们在泥水中收割；冬天，他们在冰雪中刨粪……

年复一年，知青们似乎习惯了这种艰苦平淡的生活。

一天晚饭后，陆伯平把夏大虎叫到屋外，说给他看一样东西。他们来到场院南边没人的地方，伯平掏出一张信纸，递给大虎，只见上面写道："亲爱的伯平……"

大虎连忙合上信纸，还给伯平说："这我可不能看！"

伯平不以为然地说："怕什么？咱哥儿俩，谁跟谁呀！"

大虎还是把情书还给了伯平,问道:"谁写的?"

"白玫!"

"是她?"

伯平感觉大虎的声音有些怪,忙问道:"怎么?你觉得她这人不行?"

"还行。挺能干的,长得也可以。就是比你大两岁,有点儿不合适。"

"这倒没什么。找个大姐,能照顾人。对了,她跟你同岁,你俩挺合适。"

"别胡扯,人家找的是你。"其实,大虎心里对白玫也有好感。

"可我现在还不想考虑这事儿。"

"那你打算咋办?"

"她约我到水库边儿的小树林去见面。我觉得不去不合适,而且我想把这封信还给她。可我自己咋去?你跟我去吧。"

"你别逗了!人家约的是你,我去算干吗的!"大虎的心底升起一丝醋意。

"大虎,你说什么也得帮这个忙!你想啊,我要是自己去跟她见面,让别人看见就说不清啦!万一再让连长知道了,还不得把我剋惨啦!"

大虎觉得不好推辞,就说:"我去可以,但不说话。你的事儿,得你自己说。"

"那当然。"

"不过,你跟人家说话也得婉转点儿,别太伤人!"

"这我早想好了!"

他们并肩向水库走去。

水库位于连队的西南,是利用一条沟塘的地势筑坝拦水而成的,面积不大,但水挺深。水库的东南是大坝,西南是山林,东北边的地势比较平缓,有一片人工种植的马尾松林。伯平和大虎来到松林旁边,看到已在等候的白玫。伯平走上前去,大虎则停住脚步,转回身去,眼睛望着连队的方向,耳朵却在倾听。

伯平说:"你早来啦?"

"嗯哪!你咋不自己来?"白玫的声音很小。

"大虎是我的好朋友,我俩无话不说,所以就叫他来了。"

"这我知道。可有些话……咱们往那边儿走走?"

"就在这儿说吧。"

"在这儿咋说呀?"

"那就我说。你写的那个信,我看了。"

"你咋想?同意不?"

"我想,咱们都年轻,还是多考虑工作和学习,那事儿以后再说吧。"

"你不乐意?"

"也不是。可这种事儿要是让连里人知道了,多不好!"

"你就是怕别人知道?"

"也不光是为了这个。"

"那还为了啥?"

"我也说不清楚。"

"你就说我这人咋样吧?"

"你?挺好的。可是……"

"配不上你?"

"我没那个意思。我就是觉得咱们还年轻,现在就考虑这事儿,太早!"

"那咱们可以慢慢处嘛,处对象也不是一天两天的事儿。伯平,我觉着你人好,我乐意跟你处!我知道连里的人会说三道四,可我不怕!别人爱咋说咋说,我又不跟他们处对象!"

"可是……我想,还是过一段儿再说吧。真的!我没别的意思。这是你那封信,你自己保存吧。我得走了,大虎还等着我呢!"

"伯平……"

伯平回到大虎身边,推了他一把,两人快步向连队走去。

那一年的秋天多雨,拖拉机下不了地,大片的小麦都得靠人工收割。小伙子们白天抡了一天大刈刀,晚上一关灯就睡得跟死猪一样。

一天早上,知青们被连长的哨音叫醒之后,惊讶地发现陆伯平的被窝里多了一个脑袋,还是长头发的。陆伯平也醒了,一见白玫躺在身边,吓坏了。这时,小伙子们都愣了。白玫倒是满不在乎,大大方方地下地穿鞋走了出去。当然,她穿着衣服呢。

白玫出去之后,男知青一下子炸了窝。大家嘻嘻哈哈地又喊又叫。有的说,"白玫半夜走错门儿咋没进我的被窝",有的说,"李铁梅爱上王连举,可是站错了阶级队伍"。还有人让陆伯平坦白交代,夜里都干了啥事儿。

陆伯平支支吾吾,什么也说不出来。

这时,旁边的女宿舍里也传出叽叽喳喳的嬉笑声。

这件事为单调乏味的知青生活增添了浪漫的色彩,而且使大家可以名正言顺地谈论那些一直只敢想而不敢说的话题。不过,大家都觉得很奇怪,连队领导为什么对此事置若罔闻。

麦收结束后,连队决定休息一天。上午,老连长把知青召集到大宿舍开会。大家一个挨一个地坐在南北两铺大炕上。老连长站在地中间,大声讲道——

"同志们,今天俺要讲两个事儿。第一个,大家要爱护连队的东西,这是国家财产。在麦收的时候,我看见有人随便去捅鼓康拜因(联合收割机)。你不懂就不要去乱捅鼓!捅鼓坏了咋整?还有不爱护马的。那些拉车的马,不兴乱骑!你们懂不?现如今俺们是生产建设兵团,那就跟军队一样啦!那军队的东西,啊,军马,军车,还有那啥,军羊和军猪,能随便乱捅鼓吗?啊,这是第一个事儿。第二个事儿嘛,俺得多念叨两句儿。头几天,有个女青年儿半夜跑到男青年宿舍里去了。有这事儿吧?这像话嘛!说是半夜撒尿回来走错了门儿。俺不信!你钻被窝的时候里边儿有个大活人,你愣不知道?这可不是小事儿!这是资产阶级思潮!就是让小青年儿去追求资产阶级的低级趣味儿!你们懂不?低级趣味儿!这就是俺们连队阶级斗争的新动向!这就叫……'树要动,可风不刮'!"

大家哄堂大笑。一个知青说:"那叫'树欲静而风不止'。"

"笑啥?这是俺们大老粗的话,意思是一样的!毛主席教导俺说,'千万不要忘记阶级斗争'!你们懂不?啊?男大当婚,女大当嫁,这俺不反对。可你们不要老谈什么……乱爱嘛!现如今俺们是生产建设兵团了,咋的也能算半拉军人。你们懂不?啊!这个……没了!那啥,白玫和陆伯平到连部来一趟。毛主席教导俺说:'要斗私批修'。散会!"

快到午饭时,陆伯平和白玫一前一后从连部走了回来。进屋后,伯平躺到自己的铺位上,闭着眼睛,一言不发。开饭了,大虎叫伯平去买饭,伯平摇摇头说不想吃。大虎自己去买了两份饭回来,叫伯平一起吃。伯平开始还说不吃,但后来禁不住炒洋白菜中那几片肉和过油土豆片的诱惑,终于坐了起来。

饭后，小伙子们都钻到被窝里睡觉，弥补平日缺欠的睡眠。大虎也睡了。伯平则躺在行李上，愣愣地想着心事。

大虎一觉醒来，见伯平不在身边，连忙穿上衣服，走了出去。他转了一大圈，终于在场院南边的大树下找到了伯平。

大虎走过去问："你咋一个人跑这儿来了？"

伯平不自然地笑了笑说："嗨，心里闷得慌，出来走走。"

"连长剋你啦？"

"其实也没啥，我就是觉得对不起白玫。说真的，我没想到她对我这么'铁'！上午在办公室，她一口咬定这都是她一个人的事儿。她说，她悄悄地爱上了我，可我一点儿都不知道。她说，有什么处分都由她一个人承担。她还说，她就是一心想嫁给我。开始连长说要让我俩在大会上作检查，后来被白玫说的，只好同意让白玫写一份检讨，就算完事儿了。这让我心里怪过意不去的。"

"那你现在打算咋办？"

"我想约她出来谈谈。"

"你可别再让连长逮住。"

"这我知道。"

"说老实话，我觉得白玫这人真不错！"

"那你就得帮我个忙。"伯平掏出一张叠好的纸条，"一会儿开饭，你抽空把这个交给她。我现在去找她不合适，太显眼！"

"这没的说！"大虎接过了纸条。

晚上开饭的时候，大虎把纸条交给了白玫。当他说"这是伯平给你的"时，他看到白玫的眼睛里闪出了亮光。他苦笑一声，转身走了。

那天晚上，伯平很晚才回到宿舍。

从那以后，伯平经常在晚饭后外出，他与白玫的关系也渐渐成了连队里"公开的秘密"。在那个禁止恋爱的时代,这两个勇敢者的行为自然成了知青们经常谈论的话题。虽然知青们在谈论时多使用嘲笑的言语,但他们心中隐藏的却是羡慕和嫉妒。

白玫确实像大姐一样关照伯平,给他织毛衣,洗衣服,有时还给他送来一些好吃的。小伙子都称她是伯平的"老铁",意思是铁了心的女友。

大虎觉得伯平不再像以前那样跟他无话不说了,但他也是受益者,因为白玫每次给伯平洗衣服总会给他捎上两件,而且白玫给伯平送来好吃的,伯平也总和他分享。

1972年的春节,夏大虎和陆伯平回京探亲。离家两年多了,他们觉得北京的变化很大。特别是北京火车站前修了地铁,他们费了一番周折才找到回家的电车站。当他们背着大包小包走进熟悉的小院时,两家人都乐坏了。

假期很快就过去了。在准备买回东北的火车票时,伯平突然对大虎说他不回去了,因为他爸给他找了个门路去参军。他爸在机关工作,特有门路。那个年代,年轻人都想当兵,但是走后门儿参军绝不是件容易事儿。大虎心里有些嫉妒,但也为伯平高兴。

大虎回东北那天,伯平到火车站送行。他们心里都不太好受,但还是尽量说些高兴的话。临分手时,伯平让大虎给白玫带了一封信。

回到连队之后,大虎把伯平参军的喜讯告诉了白玫,并把那封信交给她。大虎本以为她会高兴,但是她愣了半天,后来拿着信跑了。

开始伯平还有信来,渐渐就没有了音讯。大虎对此并不介意,但白玫很着急,几乎每次见到大虎都要问有没有伯平的信。听说没有,她那眼圈就发红。大虎只好劝她,说部队要求严,训练忙。开始她还听，后来索性不听了，也不问了。

半年之后的一个晚上，大虎去水房打水时看见白玫一人向水库走去。大虎叫了两声，但她没回头。大虎回屋后越想越觉得不对劲儿，急忙向水库跑去。

那天月亮挺圆，大虎老远就看见白玫站在水边。他不想惊动她，就钻进路边的松树林，绕到她身后不远的地方。他看不见她的脸，但是能隐约听见她在哭泣。大虎正犹豫是否应该走出去劝说时，看见她慢慢向水中走去。大虎急忙冲过去，抓住她的胳膊。此时水已没到膝盖，她挣扎着要往水里扑。大虎顾不上许多，一下子把她抱起来，回到岸边。

白玫先用拳头捶打大虎，后来就趴在大虎胸前痛哭起来。大虎不能推开她，只好劝她。她终于止住了哭声，发现自己在大虎怀中，感觉很不好意思，便站到了一边。

大虎问她出了什么事，她说收到了陆伯平的信，要断绝两人的关系。她接受不了，不想活了。大虎劝了很久，直到白玫答应不再去寻死，才把她送回宿舍。

那天晚上，大虎给陆伯平写了一封信，质问他为什么这样无情无义，并告诉他白玫是多么爱他，甚至不惜为他去死。大虎在信中说，如果有一位姑娘这么深深地爱上我，我无论如何也不会离开她！

大虎确实被白玫感动了。他觉得白玫就像小说里的人物，那么崇高，那么美好。

大虎终于收到了回信。陆伯平在信中说，为了入党提干，他不得不牺牲爱情。而且，他与白玫天南地北，维持朋友关系已不现实，只能给双方带来痛苦。他说，反正要分手，还是早分为好。最后他说，不希望看到大虎去顶替他的角色！

当时，大虎对陆伯平的最后一句话很不以为然。他不会做那种乘人之危的事情！虽然他常去安慰白玫，但主要是出于对白玫的同情。没想到，相处多了，同情逐渐就变成了爱情，而且发展的速度还很快。

1973年春天，夏大虎从大兴安岭伐木归来，见到了白玫。几个月的离别使他们的感情迅速升温。那天晚上，他俩站在场院后边的大树下，互相倾诉思念之情。当语言不够用时，大虎就抱着白玫，不住地亲吻。后来，白玫说身体不舒服，大虎连忙追问。白玫搪塞了几句，然后才说，她本该来月经，但是没来，所以肚子不舒服。

大虎缺乏性知识，只是从那些骂人粗话中知道有男女关系。他问白玫，月经是怎么回事儿。白玫很大方地给他讲了讲，然后让他给揉肚子，说这样会感觉好一些。开始，大虎在衣服外面揉，后来就把手伸进了衣服里，还向上去揉摸。

白玫任凭大虎揉摸一阵之后，突然问道："你敢往下摸吗？"

"你让，我就敢。"

"那你摸吧。"

……

没过多久，连队领导准许上山伐木的知青休探亲假。由于白玫冬天留在连队值班，也获准休假。他俩非常高兴，决定一起回家，先到哈尔滨，再回北京。

白玫的姥姥是俄罗斯人，在俄国内战期间随父母流落到哈尔滨，长大后就嫁给了中国人。白玫的父母是解放军干部，随军南下后定居在北京。白玫5岁多的时候，姥爷去世了，父母便把她送到了哈尔滨。她是跟着姥姥长大的，后来就从哈尔滨下乡来到北大荒。她还有一个弟弟和一个妹妹，都是在北京跟着父母长大的。

白玫的姥姥是高级翻译，能说流利的中国话和俄国话。她已退休，但仍然从事一些文字翻译工作。她性格开朗，爱说爱笑，还有两样嗜好：一个是跳交谊舞；一个是喝烈性酒。看到大虎买的两瓶伏特加酒，她很高兴，对大虎的印象也很好。晚饭后，她专门教大虎跳了一段交谊舞，还跟大虎合唱了俄罗斯歌曲"莫斯科郊外的晚上"。

　　姥姥家有两间卧室，一间是姥姥的，一间是白玫的，还有一间挺大的厨房。洗漱之后，大虎悄悄问白玫："今晚儿我睡哪儿？"

　　白玫笑了笑，反问道："你想睡哪儿？"

　　"我睡你的房间。"

　　"那我呢？"

　　"你跟姥姥睡一屋。"

　　"那不行！姥姥睡眠不好，怕别人吵。"

　　"看来，我只能睡厨房了。"

　　"不会那么委屈你。你就睡我屋吧。"

　　"你睡厨房？不会吧！"

　　"我才不睡呢！回家了，我自然得睡我自己的房间。"

　　"那……你姥姥能同意吗？"

　　"这就是姥姥说的。告诉你，姥姥可开放啦！不过，你睡我屋得有个条件。"

　　"啥条件都行。"

　　"老老实实睡觉，可不兴乱说乱动！"

　　"我绝对老实！"

　　大虎喜出望外，高兴地去跟姥姥道了晚安，姥姥还俏皮地冲他挤了挤眼睛。

　　大虎和白玫关好房门后，急不可待地拥抱在一起。一阵热吻之后，大虎说："你那次不是说要给我当老师吗？讲啥生理卫生。"

"给你讲,可以,那你得当好学生。我先告诉你,你只能看,不能动。行吗?"

"行,我听你的。"

白玫脱去了衣服。

……

白玫哭了。大虎抱着她,不住地劝慰。

白玫终于止住了哭声,说:"我不是怪你,我愿意把我的一切都给你。我只是心里难过。我真希望是一开头就爱上了你。要是没有……他就好了!你能原谅我的过去吗?"

大虎真诚地说:"我不管你过去爱过谁,只要你今后一心一意爱我,我就会爱你一辈子!"

"大虎,你真好!"白玫也给了大虎一个热吻。

大虎突然想起一个问题,"咱们这样,你会怀孕吗?"

"你放心吧,不会的。姥姥给我讲过,只要记准了来月经的日子,一准没事儿。告诉你,这叫排卵期避孕法。"

"你姥姥真是个好人!"

夏大虎和白玫在哈尔滨住了三天,然后才乘火车回到北京。白玫住在父母家。不过,她和父母弟妹都没有多少感情,所以几乎每天都到大虎家来。大虎的父母原本对儿子找个哈尔滨对象不太满意,但是看到白玫之后,感觉她人品很好,而且家庭出身不错,也就同意了。

大虎和白玫回京之后不久,陆伯平也来北京出差。在小院里见面时,三个人都有些不自在,特别是白玫。她发现陆伯平穿一身军装显得更加英俊,而且她感受到陆伯平目光中的忧伤与怨恨。她有些心烦意乱。

这天下午，大虎出门买东西，院子里的人都去上班了，白玫一人坐在里屋的床边看书。忽然，外面传来敲门声，她起身走到外屋，隔着门玻璃看见是陆伯平。她犹豫了一下才打开门，站在门口说："大虎不在家。你找他有事儿？"

"不！我想跟你谈谈。能进来吗？"

"咱们有啥可谈的。"白玫嘴里说着，身体却让开了门口的路。

陆伯平走进屋来，坐在外屋方桌旁的木椅上，"我觉得咱们之间有些误会。"

"啥误会？"

"也许我现在不该说。事情都过去了，你和大虎也发展到这个地步，我还有什么可说的？"

"我倒想听听你的解释！"

"我说了你也不会相信，可不说我心里又憋得慌。每当看见你和大虎在一起的时候，我心里那滋味就甭提多难受了！"

"你有啥可难受的？"

"因为我一直在爱着你！难道你忘了咱们在水库旁的小树林里立下的誓言：'海可枯，石可烂，我俩的爱情永不变'！"

"那可是你先变的。那天看了你的信，我真想死了算啦！"

"那是我对你的考验。我本以为你一定能经受住这个考验，我本以为这能使我们之间的爱情更加浪漫，可谁想假戏做成了真的！你竟然忘记了咱们的誓言！"

听了陆伯平的话，白玫觉得天旋地转，身体向后仰去。陆伯平见状，急忙上前一把抱住她，把她紧紧搂在胸前。

白玫清醒过来，泪水一下子涌出眼眶，她一把推开陆伯平，说道："不！你骗人！你骗人！"她跑进里屋，趴在床上痛哭起来。

陆伯平跟了进来，站在白玫的腿边，诚恳地说："我没有骗你，我说的是真话。我一直以为真正的爱情可以经受住任何考验,而且只有经过考验的爱情才是真正的爱情!我以为自己得到的就是真正的爱情……"

白玫的哭声渐渐小了,变成了断断续续的抽泣。她抬起头来,哽哽咽咽地说:"可你……为啥不早点儿……来信告诉我?"

"我太相信咱们的爱情了。我本以为爱情很神圣,可我现在才明白,世界上根本就没有神圣的爱情!什么海誓山盟?都是骗人的鬼话!"

"你不能这样说我!你……没有权利……这样说我!这不是我的错!"

屋里安静下来。陆伯平望着呆呆坐在床边的白玫,心里一阵冲动。他坐到白玫的身边,抓起白玫的手,恳求地说:"亲爱的玫,我爱你!我真心实意地爱你!难道你就不能再给我一次机会吗?我以后绝不会再干那种傻事儿了!"

白玫的嘴唇颤抖了两下,艰难地吐出两个字:"晚了!"

"为什么?"陆伯平一下子站起身来,"难道,你也让他动过了?"

白玫吃力地点了点头。

"你……"陆伯平扬起右手,但是那手在空中停顿半天,却落在自己的脸上。

白玫急忙站起身来,双手拉住陆伯平再次伸开的手臂,哭道:"伯平,你要打就打我吧!"

陆伯平突然冷静下来,看着白玫的眼睛,"那你就让我再玩儿一次!"

"不!你别!"白玫本能地退到床边。

"为什么不行?你本来就是我的,却被他占有了,我现在要夺回来!"

白玫望着陆伯平那火辣辣的目光，身体无力地倒在床上，闭上了眼睛。

……

第二天，陆伯平就回部队了。

回到农场之后，白玫对大虎不仅体贴入微，而且百依百顺。不过，她很快就带给大虎一个不好的消息——她怀孕了。两人既害怕又着急，想方设法去掉这块心病，但是都没有成功。他们也拐弯抹角地打听了，县医院对人工流产的管理很严格。

白玫给姥姥写信求助，但是姥姥反对堕胎，希望他们结婚，把孩子生下来。

大虎决定与白玫结婚。他写信告知父母，当然没有说明具体理由，父母坚决反对他在东北结婚。白玫也通知了父母，当然也得到了坚决的反对。然而，白玫的肚子已经显形，不能再拖延了。

大虎和白玫找到老连长，坦诚地说他们要结婚。老连长其实是个通情达理的人，而且已经看出了端倪，就很痛快地按照虚岁给他们开了登记结婚的介绍信，并且帮他们找到一个冠冕堂皇的理由——"扎根边疆干革命"。

登记之后，连长又把场院旁边的一间土坯房分给他们居住。此时，大虎已经当上了木匠，就自己做了一对木箱和一个炕桌，算是他们的全部家当。

1973年的秋天，夏大虎和白玫结婚了。他们没有办喜事，只是准备了一些喜糖。不过，知青们还是凑钱买了毛巾和脸盆，作为新婚贺礼。毕竟他们是知青中第一对走入洞房的人！

婚后一段时间的生活是温馨愉快的。虽然很艰苦，但是他们可以名正言顺地同吃同睡了。而且，他俩都是吃苦耐劳的人，一起把小日子过得有滋有味。

年底，他俩回到哈尔滨和姥姥一起度过新年。姥姥很高兴，送给他们每人一块手表，还送给他们200元钱——那在当时已经是一个不小的数目了。

那个新年大概是他们一生中最为幸福的时光。

孩子出生之后，他们的生活发生了很大变化。由于两家的父母都反对这桩婚事，所以他们只能完全依靠自己。于是，生活变成了简单重复的劳累，吃喝拉撒睡，柴米油盐酱，样样都不可少，样样都很乏味。不过，他们都没有抱怨，也都没有后悔。

白玫有时也会伤感，因为她在其他知青的眼中似乎已经变成了一个老娘们儿！

孩子两岁那年，大虎和白玫带着孩子回北京过春节，看望了两边的父母。生米煮成熟饭，父母们也就接受了。

孩子四岁那年，知青纷纷返城了。大虎和白玫也想回北京，但是白玫的户口来自哈尔滨，而且有了孩子，很难办。这时，大虎的父亲卧病在床，单位从北京那边办好了让大虎"困退"的返城手续。大虎不愿意把白玫母子留在北大荒，犹豫不决。白玫则坚决让大虎先走，说是为了儿子的未来。

1978年的春天，大虎回到了北京，在一家街道办的小工厂找到一份工作。

白玫带着孩子留在农场。此时，"扎根边疆干革命"已经成为被人遗忘的口号，而像白玫这样留在当地的知青也成了不受欢迎的人。后来，白玫的父母找关系把白玫调到离北京不远的河北省三河县，在供销社当售货员。直到孩子上小学之前，她们的户口才终于辗转落进北京。

一家团聚后的生活并不轻松。他们三口和大虎的父母挤住在两间半平房内——那半间是大虎自己盖的，而且大虎的父亲终日卧床。白玫没有工作，就帮助婆婆操持家务，伺候公公。大虎工作的小厂也不景气，只能发放基本生活费。

为了养家糊口，大虎开始走街串巷地给人做家具。他心灵手巧，手艺不错，而且待人诚恳，所以找他做家具的人家越来越多。白玫在忙完家务之后，也经常去给大虎打下手。他们总算有了稳定的收入。

孩子上初中那年，大虎的父亲去世了。对于一家人，这也算是个解脱。

此时兴起了下海经商，大虎和白玫就用积蓄作本钱，成了走南闯北的一对"倒儿爷"。他们倒卖的东西很多，包括服装、鞋袜、电子表、蛤蟆镜，等等，其中也有走私进来的"水货"。有一年冬天，他们看准时机，几天几夜没睡觉，硬是从海南带回北京一火车皮的西瓜，赚了不少钱。虽然他们也有吃亏上当的时候，但是精明加上勤劳使他们成为"先富起来的一批人"。

孩子上高中那年，大虎又看准了室内装饰的市场潜力，开办了"美虎装饰公司"。经过几年的经营，公司已经有了相当可观的规模。白玫不再外出工作了，在相当舒适的家中当起了"全职太太"。在周围人的眼中，他们属于幸福的成功人士。

第二十五章

从夏哲的话语中,陆婷隐约地感到夏哲做了不该做的事情,但究竟是什么?她想不出来。越是想不出来,她就越去猜想,而这猜想又进一步增加了她的烦恼。她的内心非常矛盾。看到夏哲的时候,她心甘情愿地原谅夏哲的所作所为,但是离开夏哲的时候,她的心里又会产生莫名其妙的怨恨。她的心底有一种朦胧的预感:她和他的结局将是个悲剧!于是,她想起了夏哲让她当业余诗人的话,就冥思苦想地写成了一首小诗——

爱情伴奇妙走来,
留下的却是烦恼;
爱情随烦恼离去,
残余的仍是奇妙。
烦恼变得浅薄时,
爱情便大声嘲笑;
奇妙变得深沉时,
爱情才悄然睡觉。

下夜班后,陆婷回到家中。陆伯平上班去了,她一人待在宽大的房子里,心里也空荡荡的。她已经失去了做私家侦探的兴趣,甚至都失去了睡觉的欲望。她躺了一阵，没有困意，便只好爬了起来。为了消磨时间，她收拾屋子，洗衣服，然后又出去买菜。一上午的时间总算熬过去了。

下午，她给宋佳打了电话。她觉得宋佳是个值得信赖的人，是个可以倾诉心中苦闷的人。她说："宋佳姐，夏哲昨天下午真回来了。"

"是吗？"宋佳听说自己的预言成真，非常高兴，"他这两天去哪儿了？"

"他没说，我也没问。不过，他的腿上有伤。"

"什么伤？厉害吗？"

"包着纱布，好像没伤筋动骨，但是也挺疼的呢！"

"是他疼还是你疼哦？"宋佳笑了。

"宋佳姐，人家心里可不好受了，你还取笑。真是的！"陆婷带着哭腔。

"噢，对不起！我不是故意的。他没说那伤是怎么弄的？"

"他说是下出租车摔的。我看可不像，但是他不愿意说，我也就没再问。我现在心里很乱，不知道该怎么办了。"

"既然他不愿意说，你也就先别问了。过一段时间，他没准就主动坦白了。"

"我真想一赌气不理他了！"

"可是又狠不下心，对吧？别说傻话，现在不是赌气的时候。你还得像以前一样，甚至比以前更关心他。他现在最需要的就是你的理解和关心啦。"

放下电话之后，陆婷的心情好了一些。

晚上，陆伯平回来了。父女一起吃饭，但是陆婷很少说话，因为她的心里总想着夏哲。

陆伯平看出女儿的烦恼，问道："你和小哲吵架了？"

"没有哇！我们挺好的。"陆婷不想把事情告诉父亲。

"你瞒不过老爸的眼睛。这样吧，你明天请小哲来咱家吃晚饭，我跟他谈谈。"

陆婷知道夏哲也很想见她父亲，便痛快地答应了。

第二天上午，陆婷来到病房，其他病人都出去散步了，只有夏哲一人躺在床上休息。她笑着对夏哲说："我有一个好消息。"

"什么好消息？"

"你猜吧。"

"我猜不着。"

"那我告诉你，昨天晚上，我爸说让你今晚到我家去。"

"去干吗？"

"好事儿，请你吃饭！"

"他请我吃饭？为什么？"

"我爸请你去吃饭，还需要什么理由么？"

"我不是那个意思。我是说，他叫我去，会不会有什么事儿。"

"那他倒没说。不过，我听得出来，他挺认真的，也许要谈咱俩的事儿吧。"

"他同意了吗？"

"我上次跟他说的时候，他好像不太同意，但也没反对呀。这一次，我看他挺高兴的。"

"你说我去还是不去？"由于希拉的事情，夏哲总觉得愧对陆婷，也不想见陆婷的家人。

"我爸请你去吃饭，你还敢不去？"陆婷嗔怪道。

"不敢，不敢。那什么时候走？"

"等我下班儿的时候,咱俩一起走吧。"

"好吧,我等你。"

楼道里传来说话的声音,陆婷便走了出去。

黄昏时分,陆婷和夏哲一起走进家门。陆伯平已经在等候了。坐在客厅的沙发上,他不住地上下打量夏哲,就好像在辨认。

夏哲被看得有些紧张,便主动问道:"陆叔,您找我有什么事儿?"

"也没什么事儿。我就是听说你出来了,想看看你。这段时间,在看守所里受罪了吧?"

"还行。"夏哲放心了。

"你现在打算怎么办?"

"我也不知道,先得看法院怎么判吧。"

"这段时间,我也在考虑你的问题。你这个案子,关键还是钱。我原来以为你那个老爸肯定会帮你把窟窿堵上,没想到,他还真是个'瞎迷糊'!这要是我,砸锅卖铁也得先把孩子救出来!算啦,看来这事儿不能等他了,让我来想办法吧。要说呢,你这事儿出在我的公司,我也有一定责任。"

"陆叔,这事儿跟您没关系,主要是我当时太粗心了。"

"这事儿就让它过去吧。回头我找个朋友,先替你把钱还上,就算人家借给你的,当然是不收利息。至于你什么时候能还,那就看你自己的本事了!"

"陆叔,要真能那样,那……我就太谢谢您啦!"夏哲有些激动。

陆婷也很高兴,说:"您真是我的好老爸!谢谢!"

"瞧你们这俩孩子!谢什么?来,咱们也该开饭啦。今天让你们尝尝我的手艺！"

"太棒啦！"陆婷跑进了厨房。

陆伯平的心情很好，把饭菜端上来，又打开了一瓶法国红葡萄酒。三个人围坐在餐桌边，有说有笑地吃喝起来。

一瓶酒喝去一半的时候，陆伯平拿出长辈的口吻，说道："我得给你们俩讲讲。我这半辈子经历的事情很多，也就悟出了一些道理。人生啊，最重要的是在关键时刻要认准方向，而且要挺住。你挺住了，就上去了，就把握住了机会。你们看我的那些老同学，大多数都混得不怎么样。他夏大虎还算干得不错的。其实，我们这些人，要说聪明和能力，都差不太多，他们就是在关键时刻没挺住，就下去了。我呢，在关键时刻挺住了……"

"爸爸，您不会又给我们讲那'对越自卫反击战'吧？我小时候就听过N多遍啦！"陆婷插了一句。

"今天不谈我的事儿，就谈你们的事儿。你们俩现在还很年轻，小哲今年才21岁吧？现在正是你们人生最关键的时候，一定得认准方向，得努力奋斗。我们年轻的时候，该上学没有上学，给耽误了。好在是我们那一代人都给耽误了，都没上大学，所以关系还不大。你们现在可不一样啦。上大学，那是必须的！所以，我给你们定了个目标，上大学。小婷可不能满足于当个护士，还得去考，争取在两年内考上医学院。怎么样？"

"我不是一直在复习嘛。"

"小哲呢，你喜欢股市，这没问题，但是你也得上大学，得系统学习。这事儿过去之后，我跟香港的朋友联系联系，送你去香港大学，学金融。你还可以到香港的证券交易所实习。你要想成为股市的高级人才，必须得去香港。"

"我听说，香港的学费很贵。而且，那里教学都用英语，我的英语也不行。"

"学费,你不用操心,都由我来解决。但是英语的问题,只能靠你自己。这就是关键,你挺住了,就上去了!"

夏哲一时无语。他不明白陆伯平为什么突然这么关心自己,难道是默认了自己这个未来的女婿?不过,他确实很感动,也很感激,便不断地举杯给陆伯平敬酒。

陆伯平也很高兴,一瓶红酒喝完了,他又打开一瓶。于是,夏哲的眼睛开出泛出潮红的色泽,话语也逐渐多了起来。

门铃响了。陆婷去开门,见来人是方琼,她有些扫兴。

进门后,方琼旁若无人地说:"今天陆经理给女儿打电话的时候,我正巧就在旁边。听说夏大户要来拜见老丈人,我就特意来助兴,因为夏大户跟我有过一段不同寻常的关系。对吧?"

"你累不累?"夏哲沉着脸,皱着眉。

"嚆!假正经不是?忘了你追我的时候说的那些让人肉麻的话啦?"

"你……"夏哲的脸涨得通红,猛地站起身来,但又被陆婷拉坐下来。

陆婷说:"小哲哥,你理她干吗?"

"小婷,说话得悠着点儿!要是逼着我把他干的事儿都说出来,恐怕你连哭的地方都找不到了!"

"哎,方琼,你既然来了,就一起聊聊,别净说那些不好听的!"陆伯平看了看方琼有些发红的脸,又问:"你喝酒了吧?"

"姓陆的,你少说这种不咸不淡的话!我告诉你们,我姓方的也不是好惹的!你们别以为可以拿我耍着玩儿!"方琼说着,突然从小皮包里掏出一支手枪,对着夏哲说:"姓夏的,你今天要是不跪下求饶,我就让你死在这间屋里!"

方琼的动作把屋里的三个人都吓了一跳。他们站起身来,向后退去。

陆伯平说:"方琼,有话好好说!这枪可不是闹着玩儿的!"

"姓陆的,你别瞎掺和!等我收拾完姓夏的,再跟你算账!"

这时,陆婷不顾一切地扑了上去,抓住方琼持枪的右手,扭打在一起。夏哲和陆伯平隔着餐桌,想帮忙,又怕方琼手中那来回扭动的手枪。

终于,手枪掉到了地板上。

夏哲拉开椅子,抢先一步把手枪抓到手里。他瞪着被酒精烧红的双眼,用枪指着桌子对面的方琼,说:"小婷,你躲开!我看这丫挺的是找死哪!"

陆婷赶紧闪到一旁。

方琼望着夏哲手中的枪,惊恐地退到墙边,口中说:"别开枪!别……"

陆伯平也在一旁喊道:"小哲,你不能开枪!"

陆伯平的话音还没落,只听"砰"的一声枪响,方琼的身体猛地颤抖了一下。她的双手捂住自己的左胸,鲜红的血水从她的指缝间流了出来。她的脸痛苦地抽搐着,身体慢慢地沿着墙边滑倒在地板上。

陆婷"呀"地惊叫一声,扑到夏哲身边。

夏哲愣愣地站在那里,手枪掉到了地上。

陆伯平慌忙跑到方琼身边,一把将她抱到胸前,叫道:"方琼!方琼!"然后回过头来冲夏哲和陆婷喊道:"快跑哇!你们还等什么?快离开这里!跑得越远越好!你们这两个傻孩子!"

听了父亲的话,陆婷急忙拉着夏哲的手,慌慌张张地跑了出去。

出了家门,他们见楼道里没有动静,便轻手轻脚地跑下楼,然后急匆匆地沿着小路向大街走去。走了一会儿,夏哲的头脑渐渐冷静下来,脚步也放慢了,最后停了下来。

陆婷催促道:"快走哇!"

"咱们上哪儿去?"

"管他呢!先离开北京,然后再想办法。只要跟你在一起,天涯海角我也不在乎!"

"那你爸呢?"

"他?"

"我不能走!事情是我干的,不能让你爸替我去顶罪!"夏哲说着,转身就往回走。

"你等等。"陆婷的心里很矛盾,但想了想,没有别的选择,只好跟着夏哲往回走。

陆伯平见到回来的夏哲和陆婷后大吃一惊,焦急地说:"你们怎么又回来啦?我不是让你们跑得远远的嘛!"

"夏哲他怕连累您!"陆婷说。

"咳!怎么会连累我呢?我就说是你们干的,但是人跑了,让他们去抓嘛!中国这么大,流动人口又这么多,他们上哪儿去找你们?拖个一年两年,事情过去了,你们再回来嘛!"

夏哲说:"陆叔,我要是跑了,他们一定会怀疑您。再说,我也不能让小婷跟我去做逃犯!"

"这可怎么办呢?"陆伯平看了看墙边的尸体,又来回走了两圈,才说:"看来只能这样了。咱们就说方琼来了之后,用死来威胁小哲,让小哲跟她结婚。小哲不同意,她就开枪自杀了。她掏出枪来的时候,我们都没想到她真的会自杀。"说着,陆伯平用脚把那支手枪踢到了方琼的右手旁边。

陆婷和夏哲觉得没有更好的办法,也就同意了。

陆伯平打了报警电话。在等待警察来的时候,陆伯平又把事情经过编了一遍,以便三人的陈述没有矛盾。

警察来了,查验尸体,勘查现场,拍照片,记笔录,又分别向陆伯平三人询问了事情经过。一直忙活到后半夜,警车才拉着方琼的尸体走了。

警察走后,陆伯平三人坐在客厅的沙发上,很久都没有人说话。

夏哲精神紧张,心乱如麻。他脸色发白,嘴唇不住地颤抖。他觉得,连日来发生的事情实在是不可思议,似乎有一种神秘的力量在跟他做对,把一切不幸都砸在了他的身上。那个纸条说的对,他真是大难临头了。他很想打破这令人难堪的沉静,但是又找不到合适的话语。

陆婷还比较镇静,不过她也无心说话,因为她在思考对策。虽然警察在听了他们的陈述之后没说什么,但是陆婷觉得警察并没有完全相信方琼自杀的说法。万一警察不信可怎么办?思来想去,她觉得唯一的出路就是自己承担下来。为了爱人去蹲监狱,她心甘情愿。但是,夏哲肯定不会同意。想个什么办法才能替夏哲去承担罪责呢?现在就去自首?不行!万一警察不再追查此事,那不是白牺牲了!还是先等等看吧。

陆伯平也不想说话,因为他心里也有难言之隐。他一直颇为自信,认为在他面前没有过不去的河,但是看着这两个身上带有他的遗传基因的年轻人,他觉得有些事情是人力所不及的。他不相信命运,但此时此刻,这两个字却执着地浮现在他的眼前。他愣愣地看着夏哲。

夏哲被陆伯平的目光看得有些发慌,终于沉不住气了,轻声问道:"陆叔,您怎么了?有话要对我说?"

"啊?没什么。"陆伯平显得有些慌乱,"我在想,这事儿还没完。咱们不能老是这种神态,特别是小哲。其实,方琼就是自杀,和我们都没有关系。是她来挑拨我们之间的关系,来陷害小哲。她是罪有应得。警察肯定还会调查,可能还会监视我们。咱们该干吗还干吗,不要让旁人看出来。我相信,只要咱们一条心,就一定能度过这一关!"

陆伯平站起身来,走到窗边,拉开窗帘。

东方已经露出了曙光。

第二十六章

回到医院之后,夏哲心神不安地躺在病床上,假装睡觉。在同龄人中,他本是个相当有主见和胆识的人,但这突然发生的意外使他乱了方寸。想到自己竟然成了杀人凶手,他既感到恐惧也感到悔恨。他仔细地回忆了事情发生的经过。他后悔自己不该去拿那支手枪,更不该用枪对着方琼,因为方琼那时已经毫无威胁了。他后悔自己不该喝那么多酒,否则就不会那么冲动。他后悔自己不该到陆伯平家去吃饭,否则这一切都不会发生。他后悔自己不该跟方琼交往,因为他早就感觉这个神秘的女人对他并无诚意。总之,他此时有很多后悔,但是都悔之晚矣。于是,他又想起了那个神秘的字条,似乎那上面的话已经开始应验了——善有善报,恶有恶报。父债子还,天经地义。要么是他,要么是你。大难临头,悔之晚矣。但什么是父债子还呢?难道父亲和陆伯平之间有什么不能化解的恩怨吗?

夏哲的心底升起一丝怨恨。他怨恨陆伯平不该让方琼知道他去吃饭的事情。突然,一个问题划过他的脑海——方琼究竟是怎么知道的?她说是听到了陆伯平打电话。但是,陆婷明明说是陆伯平头天晚上在家里对她说的,而且都定好了,今天不可能再打电话呀。如果是方琼撒谎,那么她究竟是怎么知道的呢?这件事情应该只有陆婷和陆伯平知道,难道是陆伯平告诉了方琼?陆伯平为什么要告诉方琼呢?难道是陆伯平让方琼去的?可这又是为了什么?

夏哲正在胡思乱想，听见有人叫他，睁眼一看，是白玫，便坐起身来，问道："妈，您怎么来啦？"

白玫的脸上带着焦虑，顾不上与其他病人打招呼，就把夏哲叫到外面。母子俩走到走廊拐角处的病人活动室。里面没人，他们面对面坐在椅子上。

白玫看了看外面，小声问道："究竟发生了啥事儿？"

"您说的什么呀？"夏哲还没有想好应该怎么对母亲说。

"你把那个女的给打死啦？"

"您怎么知道的？"

"是你陆叔告诉我的。"

"他怎么说的？"

"他就说，你们吃饭的时候，那个女的突然来了，还带了枪。后来，你把枪抢过来，可是没留神，那枪走火了，就把那个女的给打死了。是这么回事儿吗？"

"他为什么把这些都告诉您？"

"他是怕你受不了这事儿的压力，让我来看看你。他担心你再出什么别的事儿。"

"他为什么突然这么关心我？"

"其实他一直就挺关心你的。"

"对了，妈，您是不是在前几天给他打过电话，还约他到北海后门儿去见面？"

"这你怎么知道的？"

"这……是小婷告诉我的。"

"他咋这么没谱，啥都跟女儿讲。"

"你们见面说什么？"

"没说啥，就是那些荒友聚会的事儿。"

"那还至于跑到北海后门儿？妈，您是不是有什么事情瞒着我？"

"小哲，你知道，你妈这辈子的心思都放在你身上了。"

"这我知道。可是，我觉得您找陆叔好像是为了我和小婷的事儿。"

"你别瞎猜。"

"不是瞎猜。而且，我觉得这次出事儿也很奇怪。我去陆叔那里吃饭，那个姓方的却来了，好像……好像这事儿本来就是他安排的。妈，您说陆叔不会害我吧？"

"那不能够。虽然他这人有点儿自私，但是我敢打保票，他是打心眼儿里想帮你。"

"想帮我？让那个姓方的来帮我？"

"他本来是好意，没想到出了这么大的事儿。"

"什么好意？看来真是他让方琼来的。妈，您怎么知道的？我现在心乱如麻，您可得把实情都告诉我。要不然，您儿子可就死定啦！"

"没那么严重吧？警察不是已经相信那个女的是自杀了吗？"

"没那么简单！您以为警察就那么好糊弄啊！不可能！"

"可是……你陆叔也没想到那枪会走火呀！"

"看来，您确实早就知道了。陆叔为什么把方琼叫来？他到底要干什么？您肯定知道。妈，您可不能瞒着我。"

"我……"白玫的眼圈红了，"这都怪我，都是我的罪过啊！"

"妈，您这是什么意思？"夏哲困惑不解。

"是我那天让你陆叔想个办法，别让你和小婷处对象。"

"为什么？"

"这……"

"妈，您有什么话，就说出来吧。其实那天晚上，我就觉着您不同意我和小婷交朋友。当时，我就感觉很奇怪。难道……"

"妈跟你说实话吧。你和小婷是兄妹，不能处对象！"

"什么？您的意思是说，陆伯平是我的父亲？"夏哲瞪大了眼睛。

泪水终于流出了白玫的眼眶。看着夏哲，她的心里如同刀绞般难受。然而，她无话可说，也不能放声痛哭。她只能默默地吞咽自己亲手酿制的苦酒！她记得在一次老同学聚会时，一个女友说：我们恋爱时不懂爱情，但是当我们懂得爱情时又不能恋爱了！当时，很多同学都为这句话唏嘘不已，并一致同意为它痛饮一杯！白玫长叹一口气，擦干了眼泪，慢慢说道："这话说来就长啦！本来，在东北的时候，你陆叔是我的对象。后来，他参了军，我们就分手了，我才跟了你爸。你陆叔确实是你的生身父亲，但是他一直不知道。是我听说你和小婷处对象的事儿之后，才告诉他的。我让他想办法把你们分开。可我也没想到会发生这样的事情。这都是命啊！"

开始，夏哲无法接受陆伯平是其生父的事实，但是听着母亲的话，看着母亲脸上的泪水，他不能不相信。他并不怨恨母亲。他已经长大成人，能够理解父母的行为。他自言自语道："我说他为什么老用奇怪的眼光看我，还千方百计要帮我。原来他是我的父亲！"

"他是想赎罪！二十多年了，他觉着对不住你！"

"我爸知道这事儿吗？"

"其实他早就知道了，但是一直不说。他是为了你，也为了这个家。他可是个好人！"

"这我知道。可是，我和小婷怎么办？"

"你们是兄妹，说啥也不能结婚！"

"可怎么对小婷说呢？她能受得了吗？"

"我看，这事儿只能由你慢慢儿跟她说。你再好好劝劝她。这是事实，谁也没法儿改变呀！"

"我试试看吧！"夏哲离开母亲，心情沉重地向病房走去。

晚饭后,夏哲约陆婷到医院旁边的小花园散步。他想把真相告诉她,但几次话到嘴边又都被咽了回去。

陆婷以为夏哲还在为方琼之死而忧虑和懊悔,便劝解道:"别为那个事儿烦恼啦,反正那女人也不是什么好东西!她过去拆散了我爸和我妈,现在又想来拆散咱俩。我看她就是找死!"

"可我真没想打死她!我从来没拿过枪。当时也不知怎么搞的,就走了火。"

"我知道,那是个意外。不过,也是她自找。如果她不带枪来我家,如果她不掏出枪来威胁你,也就不会出事儿了。所以,说她是自杀,并没有冤枉她。你不要老觉得心里不踏实!"

"其实,我主要也不是因为方琼。"

"那是因为谁?"

"因为你,还有咱爸。"

"咱爸?"

"噢,我的意思是——你爸。"

"为什么?"

"因为我的事儿,让你们一起编瞎话,不合适。"

"这有什么不合适的?我告诉你,前几天我在报纸上看到一篇文章,很有意思,标题叫什么'亲亲相隐'。大概的意思就是说,'大义灭亲'的说法不好,破坏家庭,还伤害人们的感情。中国古代有一种制度,就叫'亲亲相隐不为罪'。父母为子女隐瞒罪行,不算犯罪;子女为父母隐瞒罪行,也不算犯罪;夫妻之间互相隐瞒罪行,也不算犯罪。这些都是正当的。外国现在还有这种制度呢!所以呀,我们这样做,一点儿也没错!"

"但是，公安局能相信咱们编的那套话吗？"

"不相信又能怎样？反正就咱们仨在场，他们也找不到别的证据。"

"咳！有些事情是说不清的，甭管你有没有证据。"

"你别老长吁短叹的！我爸说的对，你不能老这样，得振作起来。别发愁，只要咱俩在一起，就什么事儿都不怕！"

"可是，你并不了解我……"

"又来了！"陆婷打断了夏哲的话，"你今天到底是怎么啦？"

"还有件事儿，我必须告诉你！"

"什么事儿？"

"就是……前几天那事儿。我确实欺骗了你，我对不起你！"夏哲本想说兄妹之事，但临时又改变了话题。

"我已经说了，不再问那件事儿。无论你做了什么，我都能原谅，因为我爱你！"陆婷的话既是说给夏哲的，也是说给自己的。

夏哲沉默了。他不忍心看着陆婷遭受心灵上的打击。他咬了咬牙，决定把一切都深藏心底。一个念头突然从心底升起——他要带着陆婷远走高飞。他可以放弃自己的理想和追求，就与她生活在一起。他们可以到深山老林去找一个远离人烟的地方，忘记过去，忘记一切。他决心由自己承担所有的谴责，来自于他人的和来自于内心的！他认为，这才是他唯一能够报答陆婷的方式。他决定了，紧紧把陆婷抱在胸前。

就在这时，一个女护士急匆匆地走过来，对夏哲说："三床的，你快回病房吧！有两个公安局的人正找你呢！"

"好！我马上就去！"夏哲答应一声，那个女护士转身走了。夏哲回过身来，拉住陆婷的双手，急切地问道："小婷，你愿意跟我一起逃走么？逃到一个没有人的地方！就我们两个人，生活一辈子！你愿意么?"

"现在？为什么？"

"因为以后恐怕就没有机会了！"

"你怕他们把你抓走？"

"我只是想问问你！"

"我们现在不能走，一走就说不清了。他们会说你故意杀人，畏罪潜逃！"

"是啊！以后就说不清了！"夏哲猛地把陆婷抱在怀里，发疯般地亲吻起来，然后推开她，转身向医院门口走去。

两个穿警服的人正在向这边走来。

第二十七章

负责夏哲案的两名刑警是一男一女,男的叫兰维文,女的叫吕荷絮。他们把夏哲带回看守所之后,没有立刻进行审讯。他们已经对案情进行了分析,他们不相信方琼自杀的说法,认为夏哲报复杀人的可能性很大,但是没有证据。就在此时,他们接到了一个电话,有人声称可以提供与该案有关的情况。此人是宏远证券公司的副经理梁高。他们把梁高约到了一家茶楼的雅间。

兰维文和吕荷絮身着便衣,坐在梁高的对面。兰警官微笑道:"梁总,这个地方还可以吧?你不愿意到我们局里来,也不愿意我们到你公司去,我能理解。这个地方很清静,我也打过招呼了,没人打搅,你可以放心讲。"

梁高咧了咧大嘴,说:"那我就长话短说。我知道你们在调查方琼的案子。虽然我不知道那天晚上在陆经理家究竟发生了什么事情,但是我跟你讲,方琼绝不会自杀。她是个性格非常开朗的人,而且有理想,有追求。我跟你讲,像她那样的人,绝不可能自杀。"

吕警官问:"听说梁总跟方琼的关系很密切?"

"我们的关系确实不错。不瞒你说,我挺喜欢方琼,但我们只是一般友谊,朋友关系。我跟你讲,我这个人是讲原则的。我有妻子,不能乱来。我跟方琼的交往,绝对没有过界!你们要是不信,可以去调查。"

兰警官说:"这我们可以相信。不过,你说方琼不可能自杀,那就是他杀。对吧?你认为,谁是杀人凶手?"

"夏哲啊!他恨方琼。我就跟你们讲两个事儿。第一个,他一直在追求方琼,但是方琼看不上他,因此他怀恨在心。第二个,他被起诉了,诈骗罪,这你们都知道。他那两笔交易都是方琼经手的,他肯定认为是方琼害了他。我跟你讲,他这个人的报复心理可强啦!"

兰警官说:"夏哲看上去文质彬彬的,他会故意开枪打死方琼?"

"那小子,你别看他那模样挺文气,出手可狠啦!"

吕警官说:"梁总,我还有一个问题。你跟方琼交往过程中,听说过她有枪吗?或者说,你认为她会有枪吗?"

"没听说过。虽说她那人挺有背景,交往的人也多,但是我觉得她不像能有枪的人。我说一句不该说的话。要说我们陆经理手里有枪,这我能相信。不过,我这话也就是对你们讲,我可全是为了你们的破案工作。"

兰警官说:"你放心,你今天对我们说的话,我们都会为你保密的。这么说,你还怀疑陆伯平?"

"不能说怀疑,就是一点儿猜疑。我跟你讲,夏哲跟陆经理的女儿交朋友,可夏哲以前跟方琼还有那么一段交往。如果方琼去找事儿,陆经理肯定也不高兴。不过,我看陆经理不会直接参与这件事儿。我跟你讲,我只是觉得夏哲有杀害方琼的动机,至于陆经理的事儿,就当我什么都没说。你们是专家,还是自己分析吧!"

两位警察把梁高送走之后,回到公安局。他们已经得知手枪检验的结果。经枪弹专家确认,那是一支老式的比利时造勃朗宁M1900手枪,口径是7.65毫米。虽然这支手枪的寿命已近百年,但是保养得很好,机件都没有失灵。在相关的枪支档案中没有关于这支手枪的记录。据说,在新中国成立之前,不少达官贵族家中藏有这种手枪,但不知这支枪怎么落到了方琼的手中。值得高兴的是,指纹专家在枪把上显现出手印,经过比对,确认有方琼的手印,还有夏哲的手印。这是个有价值的证据,但是也只能证明夏哲接触过这支手枪,并不能直接证明夏哲开枪杀人的事实。虽然陆伯平、陆婷和夏哲的陈述有串证嫌疑,但问题是怎么突破。看来,能否在这三个人的陈述中找出破绽并拿下口供,才是查明本案事实的关键。

宏远证券公司的经理办公室。

兰维文和吕荷絮坐在沙发上。

陆伯平坐在对面,看着两位警察,神态自然地把那天晚上方琼自杀的事情经过讲述一遍,并反复强调自己受党教育多年,无论说话做事,都坚持实事求是的原则。

听完之后,兰警官很客气地说:"陆经理,我们不是不相信你说的话,但是方琼自杀的说法实在让人难以相信。对吧?我们调查过了,方琼精神正常,性格开朗,没有任何自杀动机。虽说她和夏哲交过朋友,但是听人讲,她好像并没有真看上夏哲,只是夏哲在追求她。如果说因为夏哲另有所爱,她就要殉情自杀,实在是不合情理。对吧?你刚才也说了,她进门之后说要教训夏哲,但是后来却突然掏出枪来自杀了。这实在是不合情理!对吧?"

陆伯平笑了笑,说:"兰警官,什么是情理?所谓的情理都是人们的认识,而人们的认识并不完全一样。你认为的情理和我认为的情理就可能不一样,我认为的情理和方琼认为的情理也可能不一样。比方说,方琼可能认为她自杀就是对夏哲的教训。这就是她的情理!"

"陆经理,我同意你的说法,人们对情理的认识可能有些差异。但是,在一个社会中,人们对于情理总还有一些基本的认同。比如说，人一般都不会伤害自己的亲人，特别是自己所爱之人。对吧？"

"那可不一定！有的人就会伤害自己的亲人，有的人还会专门去伤害自己所爱之人呢！"

"你说的是特殊情况，我说的是一般的人，一般的情况。所谓情理，也是就一般情况而言的。"

"要按你说的，那生活中很多事情都是不合情理的。想当年，我在'对越自卫反击战'的战场上看到的很多事情，就都不合情理。现在在社会中，很多事情也都不合情理。就说这股票市场，今天狂涨，明天就暴跌，它符合情理吗？所以，不要老讲什么情理，是什么事儿，就是什么事儿，这就是实事求是！我们共产党就最讲实事求是。无论干什么，都要实事求是。我是领导干部，无论对上对下，都要实事求是。你们是人民警察，是代表国家和人民的，办理案件就更应该实事求是。历史的经验告诉我们，如果不实事求是，那是要犯错误的！"

"陆经理，你讲得很好，很有水平。我们在办案中一定会坚持实事求是的原则。实际上，这也是我国刑事诉讼法的一项基本原则。这样吧，我想请你在这询问笔录后面写上'实事求是'几个字。你看行吗？"

"当然可以。我就是实事求是嘛！写在哪里？"

"这张纸写满了，你就写在这张上吧，再写上你的名字和日期。"

兰警官从吕警官手中接过一张白纸，放在陆伯平面前，看着陆伯平很认真地写完之后，把纸交给吕警官收起来。然后，两名警察起身告辞了——"陆经理，感谢你对我们工作的支持。"

陆伯平站在门口，目送警察走下楼梯。

和平医院保卫处的办公室。

还是那两名便衣警察，这一次是吕警官主问，兰警官主记。

陆婷坐在警察对面的椅子上，讲述了那天晚上方琼自杀的事情经过。虽然她一再告诉自己要冷静，别害怕，但是她的声音仍然有些颤抖，她的目光仍然不敢停留在警察的脸上。她一直认为自己不怕警察，但是当她独自坐在警察面前接受审查的时候，心中还是充满了胆怯。

"陆婷，我刚才已经说过了，现在再提醒你一遍：按照我国法律的有关规定，证人在接受侦查人员询问的时候必须如实陈述，故意提供虚假证明是要判伪证罪的。你知道了吗？"吕警官的声音不高，但是很严厉。

"我知道。"陆婷低垂着头。

"那你说，方琼究竟是怎么死的？"

"是自杀。"

"陆婷，你没有说实话！"

"我说的是实话！"

"陆婷，你抬起头来，看着我的眼睛！"

陆婷抬起头来，看了一眼吕警官，但是很快又把头低了下去。

"陆婷，我知道你想帮他。但是我告诉你，你这样做不仅帮不了他，还害了你自己。你知道吗？伪证罪可不是说着玩儿的，是要进监狱的！我再告诉你，你这样瞎编，会使问题变得更加复杂。"

"我没有瞎编。"陆婷的声音很低，但是很坚决。

"陆婷，我不跟你多说了。我只告诉你，你的父亲陆伯平已经把事实真相告诉我们了，方琼并不是自杀。他也让你实事求是地讲。这就是他写给你的。"吕警官拿出陆伯平写有"实事求是"的纸条，放到陆婷面前。

陆婷瞪大眼睛，看着那张字条。这确实是老爸的字迹！老爸为什么要这样做？看来真是瞒不过去了。怎么办？她心乱如麻，头昏脑涨。她实在坚持不住了，内心的防线崩溃了，泪水流出了她的眼眶。

"陆婷，我给你最后一次机会，只要你现在把实情讲出来，我们就不会追究你们之前串通起来提供伪证的法律责任。这可不是你一个人的问题啊！陆婷！"

陆婷慢慢地抬起头来，看了看吕警官，然后深深地吸了一口气，小声说道："是夏哲走火打死了方琼。"

"是夏哲打死的？那你把事情经过再说一遍，前面的不要讲了，就说方琼掏枪以后的事情。"

"方琼掏出枪来，要打夏哲。然后，我就急了，就上去抢枪，结果枪掉在地上了。夏哲把枪捡了起来，举着枪，对着方琼。然后，枪就响了。然后，方琼就死了。夏哲没想开枪，是枪自己走火了。"

陆婷如实陈述之后，在询问笔录上签了名，失魂落魄地走出了保卫处。

公安局的审讯室。

两名警察坐在桌子后面。

夏哲坐在对面的椅子上，双手放在膝盖上，手指在微微颤抖。

兰警官说："夏哲，别紧张。你这也不是第一次接受讯问了，政策和规矩你都知道，对吧？只要你老老实实的，就没事儿了。现在，咱们先随便聊聊。你今年21岁，对吧？我问你，去年的生日，你是在哪儿过的？吃生日蛋糕了吗？"

夏哲紧绷的神经松弛了。他抬起头来，目光斜向右方，左手抓了抓后脑勺，想了想，说："我就在家过的，跟我爸和我妈。吃蛋糕了，是我妈最喜欢的那种奶油蛋糕。"

"对了，我听说你是股市专家。我爱人也做股票，你给分析分析，中国股市今年下半年的走势如何？"

夏哲看了看兰警官，见其态度很诚恳，就认真思考起来。他的头微微低垂，目光偏向左方，右手的手指轻轻敲打大腿。"这个问题，比较复杂。如果没有重要的政策出台，那么中国股市恐怕在相当一段时间内还会处于低迷状态。当然，国际股市的走向也会影响中国的股市，特别是香港的股市行情变化肯定会引起沪深股市的震荡。我预计在七八月份会出现短期的小幅上扬。如果能抓准时机，收益还是相当可观的。"

"看来你还真是股市专家，一谈起股票，你就来了精神。现在不紧张了，对吧？那好，咱们言归正传，你再把那天晚上方琼死亡的事情经过讲一遍吧。"

夏哲又按陆伯平编的话讲了一遍。

兰警官看了看吕警官的记录，望着夏哲说："你回忆一下，方琼开枪自杀的时候，你站在什么位置？"

"让我想想。"夏哲的头微微低垂，目光偏向左方，右手的手指轻轻敲打大腿，"当时我站在她对面，中间隔着餐桌，还有陆婷。"

"你记得她拿的是什么手枪吗？"

"我第一次见到真枪，不知那是什么枪。"

"那手枪沉么？"

"好像……看上去不太沉。反正我没动，怎么会知道它有多沉呢？"夏哲的额头冒出一层细汗。

"方琼死了以后你也没动？年轻人第一次看见枪，往往都好奇，拿起来看看。你没拿？"

"没有！我当时吓坏了，哪儿有心思看枪啊！"

"你能肯定?"

"当然!"

"夏哲,你可别跟我们耍小聪明!你以为那套瞎话编得挺圆,可你骗不了我们!你知道,我党的政策是坦白从宽,抗拒从严。你这么编瞎话属于抗拒,对你是很不利的。我这可是好言相劝啊!"

"……"

"夏哲,我说你编瞎话,这是有根有据的,说出来也得让你心服口服。第一,你说方琼是殉情自杀,可她为什么不先打死你?既然是殉情,她为什么还让你活在世上?这不合情理,对吧?第二,你以为我开始问你那两个问题是逗你玩儿啊?我是在观察你的行为反应模式。我问的第一个问题是回忆性问题,你的行为反应模式是抬头,目光右斜,左手抓后脑。对吧?我问的第二个问题是分析性问题,你的行为反应模式是低头,目光左斜,右手敲大腿。对吧?然后,我问你方琼开枪的时候你站在什么地方。这是一个回忆性问题。如果你如实回答的话,你当时的行为应该是抬头,目光右斜,左手抓后脑,但是你当时的行为却是低头,目光左斜,右手敲大腿。这说明你当时的思维活动不是在回忆,而是在分析。如实回答那个问题是不需要分析的。对吧?你在分析,那就说明你说了谎,你怕一不留神说走了嘴。对吧?你以为自己的思想活动都在脑子里,别人不知道。你错啦,你的行为习惯早就告诉我啦!第三,你说你没动过那支手枪,可你的手印儿怎么留在了枪把上?你小子反应挺快啊!刚才我问你手枪沉不沉,你愣没上当!不过,这枪把上的手印儿是铁证,你是赖不掉的!我再告诉你,陆婷和陆伯平都承认了方琼不是自杀。夏哲,你是个明白人,还是老实交代吧!你说,你是故意开枪杀死了方琼,还是手枪走火打死了方琼?"

此时,夏哲的内心防线已然崩溃,他颓然说道:"是手枪走火了。"

"那好，你再把事情经过讲一遍吧。"

夏哲如实讲述了那天晚上的事情经过。

兰警官用缓和的口气说："夏哲，你承认自己打死了方琼，这是好的。不过，你要想获得宽大处理，必须全面交代你的罪行。你说说，开枪的时候，你心里究竟是怎么想的？"

夏哲抬起头来，说："我确实没有开枪，也不知道那枪是怎么走火的。"

"我告诉你，我们已经做了侦查实验，那把手枪的枪机相当紧，不容易走火。夏哲，当时你的手指肯定碰到了扳机，对吧？"

"可能是碰到了，但我确实没有开枪。"

"我再问你一个问题，如果别人做了对不起你的事情，你会报复吗？"

"那得看什么事情。"

"比方说，别人欺骗了你，你会报复吗？"

"那也不一定。"

"你恨方琼吗？"

"我不恨她。"

"你跟她交朋友，结果她把你蹬了，你不恨她？她让你在股市上赔了一大笔钱，还进了公安局，你也不恨她？"

"我……"

"我并没有说你一定想让她死，但是她被打死了，你也不反对。对吧？"

"我也说不清楚，反正我没想打死她！"

最后，夏哲在讯问笔录上签字并按了手印。

拿到夏哲的口供之后，两名刑警很高兴。他们乘胜追击，再次询问陆伯平。面对陆婷的证言和夏哲的口供，陆伯平修正了自己的说法，承认方琼是被夏哲打死的，但坚持说那是意外走火。至于夏哲与方琼的关系以及方琼的社会关系等情况，他表示一概不知。让警察感到惊讶甚至佩服的是他在"实事求是"的谎言被揭穿之后的表现，他不仅毫无羞愧，而且大谈中国传统文化中的"亲亲相隐"制度，说什么父亲为孩子隐瞒罪行是高尚的道德，过分强调"大义灭亲"有违人性等。两位警察感叹，陆伯平可真是当官的材料！不过，他们无心与陆伯平理论，因为他们已经拿到了充分的有罪证据，可以侦查终结了。

兰警官和吕警官向刑侦部门的领导汇报了案件侦查情况之后，写了结案报告，包括案件综合材料和破案经过，然后把案件移送预审部门。预审人员在讯问嫌疑人夏哲并审查有关证据材料之后认为，本案中有嫌疑人口供、证人证言、现场勘查笔录、法医尸检报告、杀人凶器物证、指纹鉴定结论等证据，而且这些证据的内容能够互相印证，已经达到了《刑事诉讼法》第93条规定的犯罪事实清楚，证据确实充分的标准，可以侦查终结了。经主管领导批准之后，他们整理了案卷材料，制作了"起诉意见书"，认为被告人夏哲的行为已经构成《刑法》第132条规定的故意杀人罪，应移送检察院审查起诉。

第二十八章

　　夏哲走进看守所的会见室，坐在桌子旁边，看着窗外正和警察说话的洪钧，心中想着面临的审判。从警察审讯时的口气中，他感觉警方已认定他是故意杀死了方琼。这一回，洪律师大概也爱莫能助了。杀人是要偿命的，他想到了死刑。夏哲的身体颤抖了一下，他感受到死亡的恐怖。他才21岁。他的生活才刚刚开始，甚至可以说还没有真正开始，难道就这样结束了？他不甘心！他也不明白这一切究竟是怎样发生的，为什么这些倒霉事儿都落到了他的头上？他想到了自己的身世。也许，这一切都是命运的安排——他本来就是一个不该出现的生命。既然他被父母错误地带到人间，那他当然不受欢迎。有错误，就有惩罚，冥冥之中，命运在维持生活的公正。他无权怨恨生活，他只能怨恨把他带进生活的父母！但是，他的父母又有多大过错呢？他们那时也刚刚步入生活，大概也就是自己现在的年龄，难道能够将罪过统统算在他们身上吗？夏哲觉得这是一个没有答案的问题。也许生活本身就是没有答案的。对任何生命来说，既没有原因，也没有结果，只有或长或短的存在。诚然，任何生命都是其他生命的延续，但究竟为什么要有这种延续？他不知道。

　　洪钧走进来，坐在夏哲对面，听夏哲讲述了事情经过之后，沉思片刻，问道："当时，你的手指是放在扳机上的吗？"

　　夏哲作了一个端枪的动作，"我想是放在扳机上的。我从来没有拿过真枪。我肯定没想扣动扳机,可是我的手指大概碰到了扳机。我哪知道枪那么爱走火啊!"

"你是不是一紧张手就发抖?"洪钧看着夏哲那微微颤抖的手指。

"有一点儿。"夏哲也看了看自己的手。

"枪响时你的手震得厉害吗?"

"我记不得了,好像全身都被震动了,因为我被那枪声吓了一跳!然后我看见方琼的胸前流血了,我就被吓蒙了!"

"你当时离方琼有多远?"

"我们隔着餐桌,大概有两米吧。"

"你事前知道方琼会来吗?"

"不知道,根本不知道。真的!"

"我有一个问题,希望你能坦率地回答——你是不是爱过方琼?"

"这……我想是的。"

"你觉得,她爱你吗?"

"这怎么说呢?我曾经觉得她也爱我。但是后来我发现,她好像一直在跟我演戏,从来就没有真正爱过我。"

洪钧能够理解夏哲的话,因为他想到了自己与希拉的关系。他点了点头,说:"如果你的感觉是正确的,那么,她那天晚上的行为就很奇怪。我们分析一下。假如那天晚上没有发生走火的事情,那么结果会是什么?或者说,她那样做所希望看到的结果是什么?显然就是陆婷和你分手。如果她真的爱你,那还好理解,她要拆散你和陆婷。如果她根本不爱你,她又何必那样做呢?她的目的是什么?"

"我猜想,是陆伯平让她去的。"

"陆伯平?为什么?"

"因为陆伯平不希望我和小婷交朋友。"

"你是说，这是陆伯平导演的一出戏，而方琼只是个演员。这很有意思！不过，你不是说陆伯平对你很好吗？再说，就算他不同意你们的关系，用得着精心安排这么一出戏吗？"

"我想……他有他的苦衷。他大概不便直说吧，反正，这涉及我们家的私事儿，我也不便说。"

"那就不说了。我还有一个问题，也希望你能如实回答——你恨方琼吗？"

"我不恨她。当然，在我得知她根本不爱我之后，我觉得她欺骗了我，玩弄了我的感情。我曾经很气愤，但那不是恨。反正我从来也没有杀死她的念头！不过，洪律师，我也有一个问题，什么叫间接故意啊？我这是听检察官说的。"

"按照《刑法》的规定，故意犯罪有两种情况，一种叫直接故意，一种叫间接故意。这讲的主要是行为人的主观心理状态。明知自己的行为会发生危害社会的结果，并且希望这种结果的发生，那就是直接故意。明知自己的行为会发生危害社会的结果，虽然不希望，但是也不反对，或者说，采取了放任该结果发生的态度，那就是间接故意。间接故意和直接故意都是故意犯罪，行为人都要负刑事责任的。"

"我没想杀死方琼，可是我拿枪对着方琼了，这能算间接故意吗？"

"这还得根据当时的具体情况来分析，看你的脑子里究竟是怎么想的。如果你知道拿枪对着方琼可能会造成她被打死的后果，而且觉得无所谓，这就是放任，就可以认定是间接故意。"

"我当时根本不知道那枪会走火。我根本就没想到她会被打死。不过，我当时好像是说了什么她是在找死的话。那能算间接故意吗？"

"对于这个问题，我现在也不好回答，我必须看了案卷里面所有的证据之后，才能做出判断。"

"我真的没有想到方琼会被打死，我真的没有放任。洪律师，我说的可都是真话，你相信我吗？"夏哲的眼圈有些红了。

洪钧很同情夏哲，但是他此时并不能做出任何承诺。他叹了口气，"我相信你，但问题是怎么能让法官相信你。但愿我们能找到有利的证据。"

洪钧告别夏哲，心情沉重地走出了看守所。在接受夏哲的案子时，他根本没有想到事情会发展到这种地步。这绝对是他始料未及的，但也是他无可奈何的。

检察院在审查之后，决定将这起杀人案和那起诈骗案一并提起公诉。

洪钧看到检察院的起诉书副本之后，到法院认真阅读了案卷并做了必要的摘抄。然后，他来到中国人民大学的物证技术鉴定中心。他向负责笔迹鉴定的老师询问笔迹检验的结果。老师说，那份委托单上的签名不是伪装笔迹，而且与夏哲笔迹样本上的书写特征相同，应该能认定那就是夏哲的字迹。既然老师的意见如此，洪钧也就没有必要再申请法院进行笔迹鉴定了。他取回检材，又请教了一些涉及枪弹检验的问题，然后离开了人民大学。

洪钧再次来到看守所，会见了被告人夏哲。他简要介绍了自己的辩护意见，核实了案件发生时的一些细节问题，讲述了法庭调查时的注意事项。分手时，夏哲让洪钧把一封信转交给萨利文夫人，并说与此案无关。

从看守所出来之后，洪钧来到美虎装饰公司，直接走进夏大虎的办公室。

夏大虎正在翻看一份文件，见到洪钧后，吃惊地问："洪律师，你怎么来了？找我有急事儿？"

洪钧没有回答，反问道："夏经理，陆伯平家发生的事情，你已经知道了吧？"

"就是那个报单小姐被杀的事儿吧？我听说了。"

"看来你对这件事儿不太关心呀！"

"我自己的事儿还关心不过来呢，关心别人的事儿干吗？"

"可这事儿牵扯到你的儿子。难道你不知道夏哲又被关起来了吗？"

"知道。可他早就18岁了，应该自己负责。难道他杀了人，还得我去替他挨枪子儿？"

"不是那个意思，我只想和你商量一下辩护的问题。"

"要钱？不瞒你说，我现在可真是无能为力了！"

"我不是来谈取费问题的。既然我接了他的案子，就是一分钱没有，我也会替他辩护的！"

"我就知道你不是在钱上斤斤计较的人。可是，你找我干什么？"

"我想请你出一份证言。"

"说什么？"

"讲述你这两个保险柜被撬的情况。"洪钧指了指那一大一小两个保险柜。

"这和小哲的案子有什么关系？"

"可能有，但我现在还说不清楚。"

"那……好吧。反正我原来给公安局写过一份材料，还有底稿呢。"

"在开庭的时候，我也需要你的合作。你毕竟是夏哲的父亲，对吧？"洪钧说到此，故意停顿了一下。

"嗯？那是！"夏大虎应了一声。

"所以你最了解他。说心里话，你认为他会开枪杀人吗？"

"虽然这小子上来那股劲儿也挺浑的，但还不至于去杀人。他不是那种干事儿不顾后果的人。"

"所以我希望夏经理能出庭作证。"

"你希望我说些什么？"

"我希望你谈谈夏哲的性格和平时的情况，向法庭证明他不可能去故意杀人。这叫'品格证据'，可以对法官起到一定的说服作用。"洪钧看着夏大虎的眼睛。

"这可以。不过，法官会相信我的话吗？我可是夏哲的父亲。"

"父亲往往会不由自主地偏向儿子，这是人之常情，无可厚非。"洪钧停顿了一下，似乎是在观察夏大虎的表情。"我还有一个问题，也可以说是个猜想。这涉及你的隐私，我不知当不当讲。"

"你先讲出来让我听听。"

"那我就直说了。如有冒犯，还请夏经理原谅。"

"你说吧。"

"第一次见到夏哲，我就感觉他长得不像夏经理，言谈举止也不太像。另外，我发现夏哲有手指颤抖的毛病。据我所知，这种震颤症具有遗传性，而且是显性遗传。震颤一般表现在手指，严重的可以达到头部和全身。在紧张或者兴奋的时候，震颤还会加剧。我发现，你没有手指震颤的毛病，白玫也没有，但是陆伯平有。而且，夏哲说话的语气和神态也挺像陆伯平。我说得对吧？"

夏大虎看着洪钧，没有回答。

洪钧看了看夏大虎的反应，继续说："我记得，夏经理曾经说过，当年夏哲的出生是个意外。所以我猜想，夏哲并不是你的亲生儿子。我这么说，你可别生气。"

夏大虎的身体动了一下，但是依然保持沉默。

"你是个细心人，不可能在多年的共同生活中一点儿都没有察觉。但是你为什么一直保持沉默？其实也不难理解。俗话说，家丑不可外扬。你夏经理是有身份的人，也是重家庭的人。在外人眼中，你的家庭也是幸福和睦的。所以，你不愿意让外人知道这件事，更不愿意毁掉这个家庭。我说得对吗？请你放心，我不会在本案的辩护中谈到这个问题，但是我需要这个问题的答案，因为它可以帮助我解答案情中的疑点。"

夏大虎终于长叹一声，点了点头，说："别人都看着我们家挺好，挺幸福。其实，家家有本儿难念的经啊！"

"对，就像英国人说的，每个家庭的壁柜里都藏着一具骷髅。我猜，在你的保险柜里大概就收藏着一份能证明夏哲身世的文件，而这也正是你在保险柜被撬后没有首先去查看那份木材购销合同的原因。我猜得对吗？"

"我看你可以去写推理小说了。哈哈哈！"夏大虎的笑声不太自然，大概他也自觉有些尴尬，就转移了话题，"咳，男人一结婚就算套上了枷板儿，没了自由。如果你有个幸福的家庭，那还算走运。如果你夫妻不和，离了婚，那也算痛快。最可怕的就是那种不死不活的婚姻。离了吧，你不忍心；凑合吧，你的心里又有块病。这才是死不了活受呢！所以，你不结婚可真是太英明了！"

洪钧认为夏大虎已经默认了，就不再追问，随口应道："我那是无可奈何！我也想结婚，可人家不同意，我有什么办法？"

"你真谦虚！像你这种人，有才又有貌，而且你这'才'是双重的，既是才干又是钱财，什么样的女人都会愿意的。就怕那不愿意的是你自己吧！"

"这事儿我自己也弄不明白。"洪钧不想谈论这个话题，因为他想到了另外一个重要问题。"夏经理,你认识韩昕昀吗?"

听到"韩昕昀"三个字,夏大虎愣了一下,说:"认识啊,她是我小时候的邻居,也是同学。但是,我们二十多年没见面了。你认识她?"

"认识。其实你最近还见过她?"

"真的吗?在哪儿?"夏大虎瞪大了眼睛。

"就在这儿。"洪钧微微一笑。

"在这儿?你说的是……"

"她现在的名字叫希拉·萨利文!"

"是她……"夏大虎的嘴半张着,呆呆地坐了半天,才站起身来。他走到保险柜前,慢慢地打开门,从里面取出一个塑料袋,又小心翼翼地打开,拿出一条盘得很整齐的暗红色腰带。

洪钧记得在保险柜被盗那天,他看见过这条腰带,当时就觉得有些奇怪。

夏大虎坐回写字台前,呆呆地望着手中的腰带。他在心里问自己,这个萨利文夫人真的就是韩昕昀吗?他记得第一次与萨利文夫人见面时,他就觉得这个美国人长得有点儿像谁,可他根本没有想到韩昕昀身上,因为萨利文夫人不懂普通话呀!他当时曾对萨利文夫人说,自己有一见如故的感觉。萨利文夫人很欣赏他这句话,但又说她经常在国内的电视上露面。

刚才听了洪钧的话,夏大虎就在脑子里对比了萨利文夫人和他印象中韩昕昀的相貌,这样一来,他确实觉得有些像,只不过萨利文夫人的脸上没有那颗明显的黑痣。

然而,洪钧的话是不容置疑的!

夏大虎的心底升起一种无可奈何的怨恨。他想高声呐喊,但不知喊向何方;他想拼命咒骂,但不知骂向何人;他想尽情痛哭,但不知泪洒何地。他觉得人生中有很多很多的误会,也有很多很多的无奈!他不相信命运,但却无法摆脱命运的捉弄。他觉得很累,一种心力衰竭的疲惫!他的眼睛模糊了……

第二十九章

老北京人有一句俗话——东城贵,西城富,宣武崇文是贫民窟。因此,东城多有深宅大院,西城多有小四合院,南城则多有大杂院。

在西四北面的一条胡同里有一个小四合院,院落虽小却十分整齐。北房三间带两个耳房,东西厢房各两间,都是一色的青砖灰瓦。北房前种着一架葡萄,葡萄架两旁各有一棵一人来高的丁香;南墙下长着两棵枣树,一棵结圆圆的酸枣,一棵结长长的甜枣。于是,这小院里的人每年都可以闻到丁香的香味,都可以吃到紫色的葡萄和红色的大枣。

这院里住着三户人家:北屋的男人叫韩文博,是高级工程师;东屋的男人叫夏永祥,是木材厂的工人;西屋的男人叫陆喜瑞,在政府机关当科长。很巧,三家各有一个孩子,而且年龄相仿。北屋的女孩叫韩昕昀,年龄最小;西屋的男孩叫陆伯平,大一岁;东屋的男孩叫夏大虎,又大两岁。小时候,三个孩子一起捉迷藏,一起猜影谜,一起用纸叠小狗和小燕子,一起坐在院子里数天上的星星。

大虎小时候闹病,上学晚了两年。小昀聪明伶俐,提前上学一年。于是,三个孩子分在了一个班,都是好学生。大虎是班长,小平是文体委员,小昀是学习委员。在四年级时的一次班委会之后,班主任唐老师让他们谈谈自己的理想。

大虎说:"我长大了要当解放军,用手中的钢枪保卫我们伟大的祖国，去解放世界上三分之二受苦受难的劳动人民！"

小平说："我呀，长大了要当运动员，乒乓球健将，像容国团叔叔那样为国争光！"

小昀说："我长大要当诗人，用我的笔来歌颂祖国母亲，歌颂伟大的人民，也歌颂我们的幸福生活！"

会后，小昀写了一首诗，大虎发现后便给抄在了学校的黑板报上——

> 理想就像美丽的花坛，
>
> 五彩缤纷，群芳争艳。
>
> 我们可以任意挑选，
>
> 因为我们拥有时间！

一天下午，小昀在屋里做功课，大虎和小平在院里踢皮球。突然，皮球穿过葡萄架，打在小昀面前的窗户上，"哗啦"一声，小昀的书桌上洒满了碎玻璃。

小昀跑出来大声问："谁踢的？"

小平嘟囔说："是我踢的，可是大虎没接住。"

大虎忙说："是你踢歪了！"

"都怨你！"

"怨你！"

"别吵啦！你俩说怎么办吧？"

小平哭丧着脸说："我爸知道了，准得打我。"

三个孩子都沉默了，过了好一阵子，小昀才说："这样吧，我就说，是我不小心把玻璃打碎了。我爸不打人。"

大虎说:"要不,就说是我踢的吧。我就跟我妈说,不告诉我爸。"

小平连连摇头说:"不行,不行。我闯的祸,哪能让你们顶替?"

小昀说:"别争了,还是按我们的规矩——手心手背。"说着,她举起了右手,两个男孩子互相看了一眼,也举起了右手。三个孩子一起喊:"单本儿我倒——霉!"

结果,小昀一人出了手背。她郑重地说:"就这么定了。"

大虎仍然不放心,问:"你又不踢球,怎么说是你打碎的?"

小昀说:"你就甭管了,我有办法。"说完,她转身回屋了。

大人们陆续下班回家了。小昀的母亲看见窗玻璃碎了,就问怎么回事。小昀一边捡书桌上的碎玻璃,一边说:"妈妈,是我闯的祸。我写作业的时候,来了一只苍蝇,真讨厌,老围着我转悠。后来它落在玻璃上,我就用这本书一打,结果劲儿用大了,把玻璃给打碎了。"

"你瞧瞧你,一个女孩子,怎么这么毛躁!"

这时,韩文博回来了,看了看屋子里的状况,笑呵呵地问:"你们娘儿俩这是干什么呢?搞卫生也别把玻璃打碎呀!"

"这是你的宝贝女儿干的。她可长本事了,打苍蝇能把玻璃打碎。我看你们今晚可怎么睡!"

"打苍蝇?小昀,你怎么打的?"

"我就用这本书这么一打,劲儿太大了。爸爸,我错了。"

"不对吧,你从里边打的,为什么碎玻璃没有掉到外面,却在屋里的桌子上?小昀,爸爸跟你说过,无论做错了什么,都要勇敢地承认,不许说谎。"

"我……"小昀语塞了。

正在这时,夏永祥拉着大虎走了进来,"韩工,真对不住,我家大虎把你们家的玻璃打碎了。我已经教训过他了!"

韩文博看着眼睛里还闪着泪花的大虎,慈祥地说:"没关系,大虎。你告诉伯伯是怎么把玻璃打碎的?"

大虎看了一眼小昀,说:"是我踢球不小心,踢到玻璃上了。韩伯伯,对不起!"

韩文博也看了小昀一眼,刚要说什么,陆喜瑞也拉着儿子走了进来,满脸堆笑地说:"韩老师,我家小平说他把您家的玻璃打碎了。我先带他来道个歉,明天我再去买块玻璃,给您安上。您看行吗?"

韩文博说:"陆科长,您太客气了,就碎了一块玻璃,小事一桩。不过,这事儿还真有点儿奇怪了。"韩文博用目光扫了一遍三个孩子的脸,煞有介事地说:"小昀打碎了一块玻璃,大虎打碎了一块玻璃,小平也打碎了一块玻璃。那么,我家就该碎了三块玻璃。对不对?可是现在只碎了一块玻璃。这是怎么回事儿?"

小平抢着说:"那球真是我踢的。"

大虎说:"可是赖我,因为我没把住。"

"你把什么?"韩文博问。

"把大门儿呀!小平是在射门儿,所以不赖他,赖我。"

"啊,我终于明白了。小平是前锋,大虎是守门员,小昀是观众,结果前锋把球射到了观众席上。好啦,事情说明白了,我们就不再追究了。不过,这个院子太小,不够当足球场的,以后可不能在院子里踢球了。知道吗?"

"知道了。"两个男孩子一起回答。

陆喜瑞在一旁说:"韩老师,那我明天一早就去买玻璃。"

韩文博说:"不用啦,我家小房里还有两块玻璃,虽然小点儿,大概能拼上。"

夏永祥忙说:"这活儿就交给我吧,我这儿有玻璃刀,还有泥子,一会儿就给你安上。"

"那就谢谢夏师傅了。"韩文博想了想,又说:"我还有个想法。孩子们喜欢运动,这是好事儿。我家有一个用不着的床板,可以做一个乒乓球案子,就放在南墙下。不过,这事儿还得麻烦夏师傅。"

"没问题,木匠活儿,我行。"

"太棒啦!"三个孩子跳了起来。

"别着急,我还要问你们一个问题呢。这回,你们可都得诚实,不许说谎。"韩文博收起了笑容,一本正经地问:"今天早上,你们是一起吃的早点吗?"

"是。"三个孩子异口同声地回答。

"你们吃的东西一样吗?"

"一样。"

"很好,你们还要一起回答我:你们吃的是什么?"

"火烧。"

"油饼。"

"糖耳朵。"

这一次,三个孩子做出了不同的回答,不禁面面相觑,其他大人则莫名其妙地望着韩文博。后者继续问道:"你们根本就没有吃早点,对么?"

三个孩子都低下了头。

"你们这几天都没有吃早点,对不对?我说过,你们要诚实。为什么不说实话呢?"

大虎抬起头来说:"韩伯伯,这事儿也赖我,是我出的主意。我们班的杨振东吧,他爸去劳改了,他妈给街道糊火柴盒,可穷了。上个礼拜他妈病了,家里没钱买吃的。我就跟小平和小昀商量,把我们的早点钱省下来,给了他。"

"行,大虎还真像个小班长的样子。"韩文博的脸上又挂满了笑容,"我今天下班碰上了你们唐老师,她都跟我说了。你们是好孩子,但是不吃早饭可不行。"

大虎说:"我们不饿!"

"可我还是挺饿的。"小平嘟囔了一句。

"哈哈,还是小平说实话啦。"

大人们都笑了。韩文博从衣兜里掏出一张5元钱的人民币,递给大虎说:"小班长,你明天把这钱交给唐老师,以你们班的名义送给杨振东他们家吧。"

"哇,这么多钱!"大虎接过钱,冲着小昀做了一个鬼脸儿。

随着年龄的增长,男孩子和女孩子之间似乎有了一种朦胧的隔阂。小昀很少跟大虎和小平一起玩耍了,说话时也总要保持一定距离。

小学最后一年的春天,他们班集体春游到昆明湖去划船。唐老师特意让男女生混合编组,大虎和小昀被分在了一条船上。小昀怕水,在同学们的鼓励下才上了船。大虎是划船手,他尽量把船划得又快又稳,并不时叮嘱小昀坐稳,不要往水里看。开始时小昀很紧张,但后来渐渐放松了。当船快划到湖心岛时,她终于同意去试试划船。大虎和小昀站起身来交换位置。船有些摇晃,小昀的手触到了大虎的胳膊,她本能地向后躲闪,结果一下子落入水中。大虎见状毫不犹豫地跳了下去。他是什刹海体校游泳训练班的学生,水性极好,所以很快就把在水中挣扎的小昀托出水面,让她抓住船帮,在其他同学的帮助下,爬到船上。小昀吓坏了,上岸后依然浑身发抖。老师让两名女生把她送回了家。

几天后的一个下午,大虎去粮店买面。他刚走到大门口就见小昀快步从后面追了出来,她红着脸递给他一个叠成鸽子形状的纸条,轻轻说了句,"谢谢你",然后又快步走了回去。

出门后,大虎急不可待地打开纸条,只见上面写着几行娟秀的小字:

> 昆明湖水艳阳天,
> 碧波百顷风流连;
> 欢歌笑语成双去,
> 绿叶红花共婵娟。
> 心慌小昀飘身外,
> 情急大虎跃船舷;
> 双手擎起两颗心,
> 革命友谊传万年。

大虎连续读了好几遍,激动得他在粮店买完白面之后把粮本和找的钱都落在了柜台上,害得售货员在后面追了他半天。他感觉很幸福。

但是没过多久,大虎的这种感觉就烟消云散了。

"文化大革命"开始了。

这天,大虎和小平从学校回家,发现院子里发生了天翻地覆的变化——丁香花落了一地,葡萄架倒向一边,北屋的门窗上贴满了"打倒反动资产阶级学术权威韩文博"的标语。院子里冷冷清清。他们想到北屋去看看,但是被各自的母亲拉回家中。

几天后,韩家被赶出了小院,小昀也离开了学校。

后来,大虎参加了"红卫兵"。

那一年的深秋,枯叶落了满街。

一天上午,大虎所在的红卫兵中队接到一项"革命任务"——同某工厂的"造反派"一起去"批斗反革命"。他们立即出发,来到安定门外的一个工厂。只见一些戴红袖章的工人站在一间办公室的门前,他们便跑了过去。由于屋里人很多,大虎被留在了外面。他站在门口,但心里很不是滋味!听着屋里那高昂的喊叫声和"噼里啪啦"皮带接触肉体的声音,他怎能不热血沸腾呢?他再也按捺不住了,他要革命!于是,他解下腰间的武装带,喊着口号挤进屋去。

屋地中央趴着一个头发花白的人,几个"红卫兵"正在一边喝问,一边抽打。大虎想起了地主恶霸黄世仁……他毫不犹豫地挥起手中的皮带,抽打在那个没有多大反应的躯体上。

突然,门外传来一阵喊叫声。接着,一个中年妇女和一个女孩子跑进屋来。她们发疯般地推开人群,不顾一切地冲进来。当她们看见躺在地上的人时,那个女孩子叫了一声"爸爸",便扑了上去。

大虎心头一惊——这不是小昀和她母亲吗!他慌忙低头去看那个刚被韩家母女翻过身来的挨打者,他看到了一张带着血污的熟悉的脸!

就在这时,小昀猛地扬起头来,满脸泪水地喊道:"你们为什么打我爸?他是好人!你们要打就打我吧!你们要打……"她的声音极不自然地停止了,她的嘴半张着,她的目光停留在大虎的脸上!

大虎的心猛地颤抖了一下,他手中的皮带"啪"地一声落在了地上。然而,他没有勇气把它捡起来便逃了出去!

大虎一口气跑到土城边的小树林。他想找一个没有人也没有声音的地方,但是他的耳边总响着小昀那悲痛的哭喊声,他的眼前总出现韩伯伯那张惨不忍睹的面孔。他站在一片并不高大的树林中,不知所措地哭了起来。直到暮色降临,他才失魂落魄地走回家中。

经历了痛苦的不眠之夜以后,大虎觉得自己长大了。也许每个人都是这样,都是在经历了一件什么事情之后,才突然发现自己变成了大人。

由于那次临阵逃脱,他受到"战友们"的嘲笑,被收回了"红卫兵"袖章。他不再去学校了,整天在街上闲逛。他听一个邻居说韩家好像搬到了菜市口附近,便经常到那一带去,希望能在大街上碰见小昀。然而,他也说不清自己为什么要这样做。

功夫不负有心人。一天傍晚,他终于在菜市口百货商场的门口看到了小昀的身影。他悄悄跟了过去。等小昀买完东西,走出商店大门时,他鼓足勇气追了过去,吃力地叫道:"小昀!小昀!"

小昀停住脚步,回过头来,见是大虎,愣了一下便继续往前走。

大虎快步跑到小昀前面,挡住她的去路,红着脸说:"小昀,你骂我吧!要不,你打我吧!我……"

小昀的眼睛里滚动着泪水,她紧咬着嘴唇,似乎生怕有什么东西从嘴里跑出来。突然,她一转身,快步向马路对面走去。

"小昀……"大虎刚要去追,忽然发现小昀的胳膊上有一块黑色的东西。他定睛一看,那是一块黑纱!他的脚被钉在了地面上。

冬去春来,大虎不再去菜市口徘徊了。当然,他并没有把那一切忘却,只是将其更深地埋藏在心底。

这天中午,他从学校回家吃饭,见母亲的脸上有泪痕,便问怎么了。

母亲说:"刚才你李大妈过来说,小昀她妈也撇下她走了!"

"什么?她妈走了?"大虎放下刚刚端起的饭碗,问道:"上哪儿去了?"

"什么上哪儿去了!死了!"

"死了?怎么死的?"

"受不了折磨,上吊了!小昀真是个苦命的孩子!"

"李大妈怎么知道的?"

"她在火葬场碰见了小昀。"

"那小昀呢?李大妈没问她住哪儿?"大虎急切地问。

"没有。这年头儿,谁敢管她们这种家庭的事儿啊!躲还躲不起呐!"

"就算小昀她爸有罪。她也是'可以改造好的子女'嘛!"大虎说着,起身就往外走。

"大虎,你上哪儿去?"

"我去找她!"

"你也不知道她住哪儿,这么大的北京,你上哪儿找去!"

大虎此时什么也听不进去了,他骑上自行车向菜市口奔去。但是到了菜市口之后,他便认识到母亲那句话的含义。他在菜市口周围的胡同里转来转去,逢人就打听"这附近有没有新死人的人家"。然而,这个范围太大了!他一直转到夕阳西下,也没有打听到一点线索,还得到了不少白眼。他想到了以前与韩昕昀关系比较好的几个女同学,便挨家去查问,但她们也早就失去了与韩昕昀的联系。

暮霭吞噬了最后一片晚霞。街上亮起一排排昏黄的路灯,马路上的行人渐渐稀少了。

大虎已经从北京城的西南角转到了东北角。他的肚子在"咕咕"叫,他的双腿如同绑上了沉重的沙袋。不过,他的双眼仍然在紧张地搜索着。他多么希望能在商店门前,在汽车站牌下,或者无论在什么地方,看到那个熟悉的身影!有几次,他的眼睛欺骗了他,给他带来了短暂的欢喜,但最终又留给他更为沉重的失望!

他不知道应该再到什么地方去找,便漫无目标地从北新桥拐弯向西骑去。穿过交道口后,前面的夜色中出现了黑黢黢的鼓楼。他在心中呼喊着:"小昀,你在哪儿?"

忽然,一个念头浮上他的脑海——也许,小昀已经回到了他们那个小院!是啊,她在失去一切亲人之后,除了去找那一同生活多年的老邻居,还能到什么地方去呢?想到此,大虎就像在漆黑的岩洞中摸索了三天三夜之后突然发现了一点光亮一样,不顾一切地向其奔去。

为了快些到家,他拐上了什刹海东南边的小马路。他飞快地骑着。清凉的夜风吹透了他那被汗水数次浸湿的衣衫,他觉得身上有些发冷,但他全然不顾,因为他的胸膛里燃烧着希望。

小马路上非常清静,相距很远的路灯发出昏黄的光。湖水是黑色的,对岸的灯火在水面上泛起一条条鳞波的白光。微风吹过,那粼粼的水影就变成了各种奇幻的形状,仿佛有许多精灵在水下游动。

夏大虎正骑车赶路,忽然前面传来了"扑通"一声,紧接着有个女人的声音惊叫起来:"快来人哪!有人跳水啦!快来人哪!有人跳水啦……"

大虎紧蹬几步,来到跟前,跳下车来,只见岸边有两个人,一个在大声喊叫,一个在脱上衣。他借着对岸的灯光向水面望去,只见一个人头正在水中一上一下地浮动着。他没有多想,立即甩掉脚上的鞋,纵身跳入水中。他很快游到落水者身边,然后将其拖回岸边,并在那两个女人的帮助下,把落水者举到岸上。

当夏大虎自己也爬上岸时,只见那两个女子解下了落水者外衣腰间的皮带,搭在夏大虎自行车的货架上,然后给落水者控水,并做人工呼吸。

夏大虎一边穿鞋,一边焦急地问:"怎么样?没关系吧?"

"没关系,过一会儿就会好的。"正在做人工呼吸的女人说道。

这里光线很暗,夏大虎看不清她们的相貌,但是觉得说话者是个中年妇女。这时,另一个女子说:"你放心吧,我妈是大夫。"

"她的水吐出来了,一会儿就会醒过来。"那位母亲说。

夏大虎穿好鞋,走过来问道:"她怎么掉水里去了?"

那个女儿说:"我们不是一块儿的。刚才我和我妈正往家走,看见那棵树下站着一个人影。我们很奇怪。这么晚了,一个人在河边干吗呢?我们没走过去多远,就听见'扑通'一声。她一定是自己跳下去的!"

那位母亲说:"这么冷的水!咳,还是个姑娘呢!一会儿她醒过来,先把她弄咱们家去吧。这年头儿,净出这没影儿的事儿!"

"用我帮忙吗?"夏大虎问。

"不用啦!你身上也湿透了,快回去换换衣服吧!反正我家离这儿也不太远。说老实话,幸亏你赶到这儿。要不然我们娘儿俩还不知该怎么办呢!"那母亲说。

夏大虎心里想着找韩昕昀的事儿,便二话没说,骑上车走了。那个女儿在后面喊道:"同志,你叫什么名字?她醒过来让她到哪儿去感谢你呢?"

"去感谢毛主席他老人家吧!"夏大虎头也没回地喊了一句。

他来到北海后门,拐上大街,然后更快地向西骑去。骑了一段路之后,他忽然听到车后"叭"的一声,好像有什么东西掉了。他忙捏闸,下车,回去一看,原来是一根皮带掉在了马路上。他想,这一定是那个落水者的皮带,便捡了起来。他正犹豫是否应该送回去时,忽然觉得这条暗红色的皮带挺眼熟。他拿到旁边的路灯下仔细一看,不由得惊呆了——这不是他的皮带嘛！他果然在皮带的背面找到了自己的名字。他曾用这根皮带抽打过韩昕昀的父亲，后来就丢在了那间办公室。它怎么会跑到这里来呢？这时，那个母亲的话闪过了他的脑海——落水者是个年轻的姑娘！

他骑上自行车，拼命往回赶。但是当他来到什刹海边的那条小马路时，已经空无一人了！

他大声喊道："小昀！韩昕昀！"

他的喊声划破了寂静的水面，盘旋着飞向黑黢黢的夜空。他沿着那条小马路找了半天，但终未见到他期盼的人影。最后，他只好垂头丧气万般悔恨地回到家中。

第二天一大早，夏大虎又到什刹海一带去打听，但是在那个混乱的时代，他的寻找毫无结果。后来，他彻底地失望了。

再后来，他去了"北大荒"。

从那以后，他再也没有见到韩昕昀。不过，他一直把那条腰带珍藏在身边……

第三十章

洪钧离开美虎装饰公司，开车回到友谊宾馆。走进办公室之后，他给希拉的客房打了个电话，但是没人接。他又打给香格里拉饭店的前厅服务台，对方说萨利文夫人已经离店去机场了。洪钧听罢，立即开车直奔机场。当他赶到首都机场二楼大厅时，开往美国的飞机已经开始办理登机手续。他在熙熙攘攘的人群中看见希拉和陈静怡，便快步走了过去。

"希拉！"洪钧叫道。

希拉回过头来，见是洪钧，微微皱了一下眉头，但很快又换上笑容，说："呵，乔恩，你来机场送人吗？"

"对，我来送你，可没想到你又来了一次不辞而别！"

"因为我不希望咱们不欢而散。我可一直很珍惜那段姐弟情啊！"

"难道你是怕我不让你走吗？"

"你不会那么做的。即使你真想做，也没有那个权力！"

"这倒是实话。"

希拉看了看手表，说："对不起，乔恩，我得走了。"

"别着急，我还有重要的东西让你看呢！希拉，这里太乱了，能到旁边去吗？就10分钟？"

希拉跟着洪钧走到旁边清静的地方，问："你想让我看什么东西？"

洪钧从背包里取出那条红色腰带,递给希拉。

希拉接过去,皱着眉头,仔细地翻看着,终于在金属扣旁的皮带背面找到了三个小字——夏大虎。她的手颤抖了一下,皮带掉在了地上。她弯腰捡起来,然后抬起头,满脸狐疑地问:"这是从哪儿来的?"

洪钧一直在观察希拉的表情,此时神态庄重地说:"这是夏大虎让我转交给你的。"

"他怎么找到这条腰带的?"

"说来话长。"洪钧尽量用简洁的语言讲道,"那是1968年的秋天,他听说你的母亲去世之后,就骑车到处找你,想把你接到他家去住。没找到你,但是他在什刹海边上救了一个落水的女青年。当时还有一对母女在场。这条腰带是那个女青年的,救上来之后就挂在了他的自行车上。回家路上,他发现了这条腰带,就赶回去找她们,但是那里已经没有人了。第二天,他又到那一带去找,打听那对母女的家,但是一直也没有找到。这些年,他就一直把这条腰带珍藏在身边。"

"什么?你说的是真的?"希拉瞪大了眼睛。

"这是夏大虎说的,但我相信是真的。他还让我告诉你,当年他跟着造反派去批斗的时候,根本不知道那个人是你的父亲。他后悔死了!"

"这是真的吗?这是真的吗?"希拉喃喃地重复着,似乎大脑里只有这一句话。

陈静怡快步走过来,说:"董事长,时间不早,该走了,还得办理安检和海关手续呢。"

希拉看了陈静怡一眼,尽量控制自己的情绪,对洪钧说:"我们该走了,谢谢你。"

"希拉,我这里还有一封信,是夏哲让我转交给你的。"

"夏哲是谁?"

"就是夏大虎的儿子。"

"哦,是他!我没见过他,他干吗要给我写信?"

"我只是受人之托。至于他为什么给你写信,我就不得而知了。"洪钧说着,从包里掏出夏哲那封信,也交给了希拉。

大概是为了调整心情,希拉改用英语说:"对不起,乔恩,我得去登机了。你祝我一路平安吧!"

洪钧也用英语说:"我记得英语中有一句俗话,'死神处处都可与我们相遇'。所以我只能说'愿上帝保佑你'!"

希拉有些激动地说:"乔恩,难道你真的盼着我死吗?我知道你恨我,你已经把我看成世界上最坏的女人了。但是你不了解我,你没有经历过那个年代,不可能认识真正的我!"

洪钧诚恳地说:"对不起,希拉,我没有那个意思。真的,我一点儿也不恨你!"

"你可以诅咒我,没关系,反正我是个无神论者,不相信死神,只相信'物质不灭'。好啦,如果我这次没有遇到死神,那就等你下次到美国再来骂我吧!"

"我祝你一路平安!"

飞机起飞了。希拉坐在头等舱那宽大的座椅中,目不转睛地看着那条红色腰带。刚才,她的大脑很乱,来不及认真回忆和思考。此时,那些难忘的往事相继浮上她的脑海——

……她的童年生活是幸福美好的。于是她就形成一种信念:人活着就是为了爱,既爱别人也得到别人的爱。但是后来,她那慈祥的父亲被人活活打死了,她那善良的母亲也因此离开了人间。她一个无依无靠的弱女孩,如何去面对险恶的人生?

在母亲的尸体被火化之后的一个晚上,她来到什刹海边。她从小就怕水,但是她却不得不投入水的怀抱。她本想一死了之,可是被人救了。她一直非常感激救她的母女和那个不知姓名的小伙子。没有经历过死亡的人永远体会不到死亡的恐怖!她经历过了,所以她决定活下去,而且无论再遇到什么事情都一定要活下去!有一句老话叫作"好死不如赖活",她觉得这话太有道理了!

当时的生活确实很艰难。她一个人,没有收入,只好靠变卖家里的东西生活。为了能够多维持一段时间,她就省吃俭用,有时一天只吃一顿饭,而且是最简单的饭。除了饿肚子之外,她还经常受人欺侮。好几次,在回家的路上都有男青年拦截她,要带她走。她不走,他们就打她。她没有别的办法,只能跑,只能哭。当时社会混乱,别人家的女孩子都有爸爸妈妈或者哥哥姐姐保护,她孤身一人,谁来保护她啊!

一天下午,她在虎坊路让两个男的截住了。他们以前就截过她,那天又让她跟他们去陶然亭公园。她不去,一个男的上来就给她一个嘴巴,还拉她。她抱住一棵树,使劲哭。当时也有过路的人,可是没人管。

就在这时,来了一个小伙子,骑着一辆"锰钢十三型"自行车,穿一身儿"老兵儿服"。这可是当时最能显示身份的打扮。小伙子把车一支,从车把上取下弹簧锁,拎在手中,走过来说:"干吗哪?俩男的欺侮一女的!"

截她的一个人说:"你他妈哪儿的?少在这儿拔份儿!"

小伙子说:"哪儿的?就这儿的!你们俩在这一带打听打听,谁不知道我前门大龙啊!"

那俩小子一听是"前门大龙",口气一下子软了,连连赔不是,然后跑了。

她向大龙道了谢。

大龙说:"你的盘儿这么靓,难怪他们要拍你!你住哪儿?我送你回家吧?"

大龙长得挺白净,不像坏人样,她就让他送她回家了。路上,大龙还请她到菜市口的上海餐厅吃了一顿水煎包。她很长时间没吃过那么香的东西了,一个人就吃了半斤。大龙把她送回家,进屋坐了坐,就走了。

过了几天,大龙来找她,一起去中山公园玩了一天。中午,两人在"来今雨轩"吃的冬菜包子,还喝了酒。那是她第一次喝酒。她发现自己挺有酒量,喝了半瓶樱桃酒,居然没醉。大龙是个高干子弟,虽然爱打架,可并不粗野,不像那些小流氓。

从中山公园出来,大龙带她去了他家。他家自己住一个院子,一看就挺高级。当时他父母都去了干校,就他和姐姐住在那里。那天晚上,大龙说爱她,让她当"婆子"。她当时虽然不太了解他,但是和他在一起觉得挺有依靠,就答应了。其实,她心里也挺喜欢他。然后,他要和她睡觉。开始她不同意,可他一再坚持,她也就没太反抗。事后,她虽然觉得有点委屈,但也没太难过。她就想一心一意跟他好,也算对他的报答。

那以后,她经常和大龙在一起,有时还住在他家,也就认识了他的一些朋友,包括二龙和三龙。他们每天都要练武术、练拳击。大龙家白天没人,他们就在院子里练。那里还有他们自己做的石锁和沙袋。她也跟他们一起练。

一天上午，她来到大龙家的时候，二龙和三龙都到了。三个男青年学着《三国演义》里面"桃园三结义"的样子，正式结拜了把兄弟。中午，他们一起饮酒吃饭，三个人都喝得醉醺醺的。大龙对她说，我和二龙、三龙是结拜兄弟，立誓要有福同享有难同当。我是大哥，不能有了"婆子"就独享，你也得让他们享受享受。她一听就急了，就说，你疯啦？这有和人同享的嘛！大龙瞪着眼睛说，我这人说一不二！今天你是愿意也得同意，不愿意也得同意！然后，他们就扒光了她的衣服，轮流和她发生关系，整整一个下午！开始她还反抗，还哭，后来她就麻木了，也没有了眼泪。

穿上衣服之后，她一口气喝下去大半瓶葡萄酒。她记不得自己是怎么回到那间小屋的。她醉了，一直昏睡到第二天下午。醒来之后，她还觉得脑袋疼，就仍然躺在床上。她感觉自己好像完全变了一个人，从身体到灵魂。

从那以后，她不再像过去那样看待男女之间的关系了。她发现，只要抛弃了屈辱感和罪恶感，那其实是一件非常快乐的事情，是一种令人陶醉的享受。她甚至认为，那不是他们在玩儿她，而是她在玩儿他们！而且，她可以利用这种关系来让他们为她服务，满足她的需要。

她承认自己堕落了，但是她要享受这种堕落！她自称这是'母系社会'，是'一妻多夫制'。这种性观念的确立也使她突破了道德的底线，她可以心安理得地去干一些坏事。不过，她可以去骗去抢，但是不会去偷，因为前者可以显示她的智慧或武力，而后者只能降低她的身份。

那时候，他们经常和别人打架。一般情况下，她都不用动手，只有当对方有女的时,她才出手。跟大龙他们练武术对她帮助很大,一般的女人都不是她的对手。不过,第一次用刮刀捅人的时候,她的手还是有些发抖。后来她的胆子越来越大,经验越来越多,男的她也敢打。她知道,打架时关键得手狠,而且是先下手为强。于是,她就有了'凤姐'这个外号,而她们四人就成了威震南城的"三龙一凤",用她的话说,是"一凤三龙"……

飞机的颠簸打断了希拉的回忆。这些年来,仇恨已然成为她的信念基石,复仇已然成为她的人生目标。然而,她千方百计要报复的杀父仇人竟然就是她一直想寻找的救命恩人!她的精神支柱一下子垮塌了。她的心灵深深地陷入痛苦和迷惘之中。

忽然,她想起了夏哲给她的信,急忙找了出来——

希拉:

请允许我最后一次这样称呼你,尽管这称呼留给我的是一段难以直面的记忆!我怀着赎罪的心情给你写这封信,希望你在读完之后能够原谅我对你的欺骗和伤害。

我并不是你心目中的那个"乔恩",我也不叫"佘国"。我是夏大虎的儿子。仅此一点,你就能猜出我去找你的用心了。是的,我确曾对你恨之入骨,并立志替父报仇。与你做爱时,我也曾多次产生伤害你的念头,但始终未能下手,大概是因为你的魅力。从第一次见你,我就觉得你并不像我想象的那样邪恶。从表面上看,你是个"女强人",但你的内心仍然柔情似水。而且,我觉得你的内心深处似乎隐藏着极大的痛苦。每当此时,我都深感内疚,因为我采用了一种非常卑鄙的手段来伤害你的肉体和心灵。我为我的所作所为感到羞耻！

如今，我作为一个可能被判死刑的人，真诚地请求你原谅！同时，我也希望你能用你那颗富于同情的心来对待我的父亲！他可是个好人！

夏哲
1995年5月15日

希拉手中的信纸在剧烈颤抖，发出"沙沙"的声响。她的目光吃力地在茫茫的云海上空搜寻，但是什么也没有找见。终于，泪水模糊了她的视线……

第三十一章

洪钧迈着自信的步伐走进法庭。

这间法庭不太大。正面的法官席上方悬挂着中华人民共和国国徽，左侧是公诉人席，右侧是辩护人席，正对法官席的是被告人席和旁听席。此时法官和检察官还没有到。旁听席上坐满了人，多数是关心此案的股民。

洪钧用目光扫了一遍旁听席，在前排的中间看到了白玫和陆婷。他走到辩护人席坐下，从公文包里取出有关的材料摆放在桌子上，翻看着。

检察官和法官先后走进法庭。两名检察官一男一女，男的四十多岁，女的二十多岁。法官有三名，包括审判长钱图良。此外还有一名女书记员。

洪钧起身和钱法官打了招呼，后者笑道："洪律师现在还要看材料？"

洪钧说："临阵磨枪，不快也光嘛！"

"你这样的律师，还用临阵磨枪？"

"不瞒您说，每次出庭辩护，我都有点儿紧张，就跟第一次一样。"

"我倒希望所有的律师都能像你这么认真！来，我先给你介绍介绍。这两位是我们庭的审判员，你见过的，老张和小陈。这位是钟果新检察官,这位是任敏清检察官。"

洪钧与各位握手问候之后,说:"我是新手上路,请各位多多关照!"

钟检察官说:"哪里!你是洋博士,有学问,我这大学还没毕业呢。我们得向你学习。"

钱法官对洪钧说:"老钟在政法大学读函授呢。不过,他转业到检察院十几年了,是个公诉专家。咱们这位女检察官也是政法大学的毕业生。哎,今天的审判可有点儿意思。洪律师是人大的,两位检察官是法大的,让我这北大的看看,究竟是'人大'还是'法大'?"

钟检察官想了想,认真地说:"在中国,那当然是'人大'!"

洪律师也很认真地说:"但是从发展来看,应该还是'法大'!"

"二位已经开始辩论啦!"钱法官看了一眼旁听席,又看了看手表,"今天来旁听的人不少,咱们这个庭可一定得开好。我有个想法,目前《刑事诉讼法》正在修改,听说要学习英美的那种抗辩式诉讼,法院领导也鼓励我们大胆尝试。今天的庭审,我就请你们唱主角。你们有什么问题都可以问,有什么话都可以说,充分辩论,就是别吵架。"

这时,梁高急匆匆地走了进来,他面带歉意地和法官及检察官打过招呼,说陆伯平临时有事不能出庭,由他代表宏远证券公司。

上午9点整,三名法官在国徽下正襟危坐,审判长钱图良态度庄重地宣布开庭,依法公开审理夏哲诈骗案和过失杀人案。由于这两起案件是同一个被告人,而且有关联,所以一并审理。

两名法警把被告人夏哲从旁门带进来,走到被告席。夏哲面无表情地坐在面对法官的椅子上。

钱审判长首先询问了被告人的姓名、年龄等基本情况以及何时被捕和是否收到了起诉书等问题，然后宣布了合议庭组成人员、书记员、公诉人和辩护人的姓名，告知了被告人的申请回避权、自行辩护权、询问证人权、申请取证权和最后陈述权。审判长确认被告人知悉自己的上述权利并且没有回避请求之后，又补充说，如果辩护方申请通知新的证人到庭，或者调取新的物证书证，或者重新进行勘验鉴定，那要由法庭决定是否同意。

钱审判长宣布开始法庭调查之后，首先让公诉人宣读起诉书。任检察官站起身来，照本宣科地宣读了起诉书。在起诉书中，公诉方指控的基本犯罪事实是：第一，被告人夏哲采用虚构账户资金数额的方法骗取宏远证券公司的巨额资金，恶意透支炒股，结果给国家财产造成了巨大损失；第二，被告人夏哲在手持枪支的时候应该预见到可能造成他人死亡的后果却没有预见，结果造成了被害人方琼的死亡。公诉人认为，被告人的行为已经触犯了我国《刑法》第151条、第152条关于诈骗罪的规定和第133条关于过失杀人罪的规定，依法应该追究刑事责任。

然后，钱审判长让被告人陈述事实经过，强调要如实陈述，并告知，按照我国《刑事诉讼法》第35条的规定，只有被告人供述，没有其他证据的，不能认定被告人有罪和处以刑罚；没有被告人供述，证据确实充分的，可以认定被告人有罪和处以刑罚。被告人能否实事求是地交代犯罪事实，法庭在量刑时会加以考虑。

夏哲简要讲述了透支炒股和手枪走火的事情经过，反复强调自己既没有诈骗的动机也没有杀人的动机。最后，他说自己无罪。

钱审判长核实了几个细节问题并确认被告人对案卷中的讯问笔录没有异议之后，让陈法官摘要宣读了方琼、梁高、陆伯平、陆婷等证人的询问笔录，出示了宏远证券公司的股票交易记录等书证，以及方琼被杀案的现场勘查笔录、法医尸检报告、手枪上的指纹鉴定书和相关的照片。

钱审判长确认被告人听清了上述证据的内容且无异议之后,让公诉人对被告人发问。

钟检察官站起身来,语气平和地问道:"被告人,你一共买进了几次上海延生的股票?"

"就一次,第二次我本来是要抛出的。"夏哲小心翼翼地回答。

"不对吧?你再好好想想。"

"您是问以前吗?"

"都包括。"

"那……我以前还做过两次,也许是三次。"

"什么时间?"

"一次是在年初,那两次都是去年了。"

"你很喜欢上海延生?"

"我一直比较关注这只股票的走向。"

"你那三次做的都是1万股,对吧?这次为什么一下子就买进了10万股?"

"我当时看好了这只股票,认为它很有上升空间。"

"看来你喜欢做大,所以第二次又买进了10万股。对吗?"

"不对,我第二次是要卖出的。"

"啊,你是要卖出。但是呢,你不是认为它很有上升空间吗?"

"从长远看,它确实是一支潜力股。但我是透支,不能作长线。而且,它已经在跳水了。"

"那委托单上的签名是你写的吧?"

"是的,但是我当时没看内容。"

"几百万的交易,不看内容就签名。这话说出来,你自己相信吗?"

"我当时确实是疏忽了。"

"看来,你是一个容易疏忽大意的人。对吗?"

"这……我当时根本没想到报单员会出现这种错误。"

"报单员的错误给你造成这么大损失,你一定非常恨她吧?"

"也不能这么说,因为她可能是被人利用了。我确实没想开枪打死她。"

"我没说你想开枪打死她。我只是问你恨不恨她?"

"我不恨她。"

"那你爱她?"

"也不是。"

"夏哲,我希望你能够实话实说。我再问你,那天晚上在陆伯平家,你拿起手枪之后是不是说过'方琼是在找死'的话?"

"我……记不清了。"

"你对侦查人员说的话都是真的吧?"

"我讲的是真话。"

"侦查人员讯问的时候打你了吗?"

"没有。"

"没有刑讯逼供?"

"确实没有。"

"你这次说的倒是真话。审判长,我没有问题了。"

钟检察官坐下之后,钱审判长让辩护人发问。

洪律师站起身来,说:"夏哲,请你再讲述一遍那天晚上手枪走火的经过。"

夏哲说："那天晚上，我们正在吃饭，方琼突然来了。进屋以后，她没说几句话，就从包里掏出一支手枪。当时，我们都吓了一跳，就往后退。方琼说要打死我，然后陆婷就扑了上去，俩人扭起来了。我当时想上去帮陆婷，又怕被抢打着，然后枪掉地上了，我就给捡了起来。我确实拿枪指着方琼，好像说了，让陆婷躲开什么的。"

洪律师插问道："你当时离方琼有多远？你们几个人大概都在什么位置？那屋里有个餐桌，还有椅子，对吧？"

"对。方琼掏枪的时候，我和陆伯平都退到了餐桌后面。后来，我从餐桌旁边捡起了手枪，我又往后退了一步，方琼也往后退了，好像站在墙边，我们中间隔着餐桌和椅子。陆伯平站在我右边，陆婷应该站在我的左边。大概就是这个样子。"夏哲一边说，一边用手比画着。

"你还记得方琼那天穿的是什么衣服吗？"

"是一件粉红色的短款风衣，挺时髦的那种，她以前也穿过。"

"她进屋以后脱去风衣了吗？"

"没有，一直穿着。"

"那……好吧。"洪钧似乎还想问什么，但是没有问。他转身对法官说，"审判长，我没有问题了。不过，我请法庭传唤夏大虎出庭作证。他的书面证言，我已经提前交给法庭了。"

钱审判长点头表示同意，然后让法警去传在候审室等候的夏大虎出庭作证。

夏大虎走进法庭，在法警的指引下坐到证人席上。他看了看洪钧和检察官，又看了看旁听席上的白玫和陆婷，然后把目光停留在法官席上。

钱审判长询问了夏大虎的姓名、职业等基本情况之后，告诉他要如实提供证言，故意作伪证或隐匿罪证要负法律责任。

夏大虎很认真地念了一遍关于木材生意和撬盗保险柜事件的书面证言。

然后，钱审判长看着两名检察官说："关于夏大虎的证言，我们在开庭之前也讨论过。有人认为夏大虎的证言和本案没有关联性，但是，为了充分保障被告方行使辩护权，我们还是尊重了辩护人的意见，允许夏大虎出庭作证。至于他讲的撬盗保险柜的事情和夏哲的案件之间究竟有没有关联性，一会儿法庭辩论的时候，你们可以充分发表意见。现在，公诉人有没有问题要向证人发问？"

"有。"钟检察官站起身来，"夏大虎，你当时给了夏哲多少钱，让他去炒股？"

夏大虎想了想说："我记得，一开始给了他50万。"

"你确实给了他50万去炒股吗？"

"他说开户需要这么多钱。"

"但是呢，你为什么在开户验资的一个月之后就转走了40万，而且一直没有再转回来？"

"是这样，我让他就用10万去炒股……"

"你到底给了他50万还是10万？"

"我只给他10万，可是开户需要50万，而且我答应过，如果他赔了，我会替他还上，可是……"

"夏哲是否知道你只给了他10万去炒股？"

"这个……"

"请你如实回答。"

"我想……他是知道的。可是，我确实答应过，我会替他还钱，如果我有这个能力的话。现在他还不上了，这不是他的责任，是我的责任。可是我也没有办法,因为我被人害了。我觉得,我和夏哲都被人害了。这是一个很大的阴谋。"

"什么阴谋?"

"这……我也说不清楚,得问洪律师。"

"你这些话都是洪律师教给你的吧?"

"不,这是我自己想说的话。"

钟检察官摇了摇头,没有再说话。

钱审判长问辩护人有没有问题要问。

洪钧起身问道:"夏大虎,你什么时间听说夏哲开枪把人打死了?"

"就是……就是那件事儿发生的第二天。"

"谁告诉你的?"

"是白玫,我媳妇儿,她是听陆伯平说的。"

"你听了之后是什么反应?"

"你是问我的感觉?我开始没信,以为是我媳妇儿蒙我呢。"

"为什么?"

"因为夏哲不可能开枪杀人,他不是那种人。他这孩子吧,自小就心善,特爱帮助人,还喜欢小动物。我给他抓个蜻蜓、蚂蚱什么的,他可高兴了。可是蜻蜓那玩意儿,养不了多久就死了,他可难过了。后来,我给他抓的蜻蜓,他玩儿一会儿,就都给放了,生怕它们死喽。所以,他根本就不可能去杀人!如果说,那是意外走火,倒还有可能。"

"谢谢证人。我没有问题了。"

洪律师坐下之后,钱审判长说道:"证人刚才讲的话属于品格证据。目前,咱们国家的法律对于品格证据的使用没有明确规定,但是从法理上讲,法官不能直接用品格证据来证明被告人是否实施了犯罪的事实。对于这个证据,公诉人和辩护人在法庭辩论的时候也可以发表意见。"

钟检察官向法官举手示意还要发言,经审判长同意之后,他再次站起身来,问道:"夏大虎,你说被告人夏哲心地善良,这我可以不反对。我想问你,他很聪明,为什么没有考上大学?"

夏大虎看了一眼夏哲,皱着眉头说:"他这个人吧,贪玩儿,在学习上还有点儿粗心,所以考试成绩不太好。"

"你的意思是说,他做事儿的时候容易疏忽大意?"

"有点儿。"

"那好,你说他不可能去杀人。这说的是故意去杀人,对吧?但是呢,我们现在并没有指控他故意杀人,而是过失杀人。你认为有可能吗?"

"过失杀人,不也是杀人吗?"

"这不一样。过失杀人,是说当事人没有杀人的故意,但是由于他的疏忽大意,导致了被告人的死亡。目前,咱们国家的刑法正在修改,一个意见就是要把'过失杀人罪'改名为'过失致人死亡罪'。"

"您说的这些法律术语,我不太懂,还是问洪律师吧。"

"看来,洪律师事前没有教你怎么回答我的这个问题吧?"

夏大虎没有说话,他那光亮的头顶上已经冒出了汗珠。

检察官坐下了,审判长允许证人退庭。夏大虎如释重负地走下证人席。在法庭门口,他回头看了一眼白玫。

钱审判长宣布法庭调查阶段结束,进入法庭辩论阶段。他请双方先就诈骗罪的指控发表意见,首先请公诉人进行陈述。

钟检察官站起身来,胸有成竹地说道:"在开庭的时候,我的同事已经全面陈述了我们的起诉意见，我只想再做一些补充说明。诈骗罪的问题，我们认为，虽然被告人的行为不太典型，但是呢，还是可以认定的。随着我国改革开放和市场经济的发展，社会经济生活中出现了一些新的违法犯罪行为，包括在股票交易中出现的各种违法犯罪行为。坦率地说，我们国家的法律在这方面还有不少漏洞，这也表明了法律规定的滞后性。但是呢，我们不能因此而放弃对那些违法犯罪行为的打击。我知道，全国人大常委会最近就要出台一个关于惩治破坏金融秩序犯罪的决定，其中会就诈骗银行等金融机构的贷款问题做出具体规定。就本案的事实来说，夏哲就是利用透支买卖股票的法律规定不健全，提供虚假的账户资金证明，在没有实际偿还能力的情况下骗取了宏远证券公司的巨额资金，给国家造成了巨大的经济损失。关于账户资金的数额问题，证人夏大虎刚才也承认了，他实际上只给了夏哲10万元炒股。但是，夏哲在明知自己只有10万元资金的情况下，却以50万元的名义向证券公司透支，这种行为符合'虚构事实或隐瞒事实真相'的诈骗行为特征。因此，无论是从行为来看还是从结果来看，我们认为给夏哲定诈骗罪都是恰当的。更为重要的是，这样认定不仅可以惩戒教育本案的被告人，而且可以对社会上那些企图利用我国目前法律制度上的缺陷牟取暴利的人发挥警示作用。请法庭在评议诈骗罪指控时充分考虑本案的判决可能给社会带来的影响。"

检察官坐下之后，钱审判长首先问被告人是否自行辩护。夏哲一直低垂着头，听到法官的问话，忙把头抬起来，有些不知所措地把目光投向洪钧。法官又问了一遍，夏哲才茫然地摇了摇头。

旁听席上传来了白玫的叹息声和陆婷的抽泣声。

钱审判长让书记员记下被告人的表态之后，让辩护人发表辩护意见。此时，法庭里的人都把目光集中到洪钧的身上。

洪律师站起身来，郑重其事地向法官们鞠了一躬，然后语气平缓地说道:"各位法官,我认为起诉书中指控的诈骗罪是不能成立的。"

洪钧的开场白在法庭里引起一小阵骚动,他等人们安静下来之后才继续说道:"虽然我国法律中还没有透支买卖股票是否构成诈骗罪的明确规定,但是根据我国刑法第151条的规定,构成诈骗罪的主观方面是以非法占有公私财物为目的,客观方面是用虚构事实或隐瞒事实真相等欺骗的方法取得公私财物。然而,被告人夏哲所实施的是正常的买卖股票行为,包括透支买卖,只是因为市场行情的急剧变化才导致他赔本并无法偿还证券公司的贷款。因此,他在主观上没有非法占有的目的,在客观上也没有实施欺骗的行为。公诉方强调被告人的行为给国家造成了重大经济损失,我想指出,被告人的行为只是给宏远证券公司造成了经济损失。虽然宏远证券公司是国有公司,但是我们也不能简单地把该公司和国家等同起来。而且,在导致这个经济损失的过程中,宏远证券公司也有不可推卸的责任。首先,被告人的股票交易都是委托宏远证券公司进行操作的。这说明,他的每一次交易都是宏远证券公司知晓并且许可的。其次,这里还有一个非常关键的事实问题,那就是被告人第二次委托宏远证券公司进行交易的10万支延生股票究竟是卖出还是买进。被告人说他当时委托的是卖出,但是宏远证券公司却给做成了买进。如果当时按照被告人所说把那10万股卖出,那就不会造成现在这样重大的经济损失。因此,这是本案的关键事实,而恰恰在这个事实问题上,公诉方的证据存在不足。虽然夏哲的说法与方琼的证言和有夏哲签名的委托单不一致,但是根据当时的股市行情来分析,夏哲的说法具有较高的可信度。或者说,被告人的解释具有较强的合理性,特别是考虑到被告人的性格特点。刚才在询问证人夏大虎的时候,公诉人指出被告人具有疏忽大意的性格特点。我赞成这一判断。正是因为被告人有这样的性格特点,所以他没有仔细察看委托单的内容就签了名。当然,这些还不足以推翻诈骗罪的指控。而要推翻诈骗罪的指控，我必须从那起撬盗保险柜案说起。"

洪律师见三位法官都饶有兴趣地看着他，脸上露出了满意的微笑。"我在看了撬盗保险柜的现场之后曾经提出两个问题：其一是作案人为什么要撬保险柜；其二是作案人为什么要把小保险柜放倒。第一个问题很快就有了答案——作案人要偷走那份木材购销合同，但是第二个问题却不那么容易解答。我认为，作案人不顾放倒保险柜可能发出的声响，说明他一定在实现作案目的上遇到了不能克服的障碍。这障碍是什么呢？对撬保险柜来说，显然是打开柜门时遇到的障碍。但是他在打开那个大保险柜时为什么没有遇到障碍呢？于是，我仔细研究了两个保险柜柜门的差异。我发现其结构完全一样，只是尺寸不同。两个柜门都是从左向右开的，门把手都在其左侧中间偏下的位置，而且把手都是垂直向下的。只不过大保险柜高1.2米，小保险柜高1米，因此大保险柜的把手也比小保险柜的把手略高些。这说明了什么呢？"

钱审判长皱着眉头大声说："我提醒辩护人注意，这里可不是你讲课的地方！"

洪律师意识到自己的"角色错误"，赶紧说："对不起！那我先解释一下作案人撬保险柜的方法。那个作案人撬开保险柜门的方法比较特殊。他通过硬搬柜门把手来使柜门里面固定锁体的带钢向内弯曲，从而使锁舌失去卡销的功能。作案人的手臂不可能有这么大的力量，因此他一定使用了某种增长力臂的工具，如套管。这样一来，我就找到了作案人放倒小保险柜的原因。我想他在现场上的活动情况应该是这样的——他先用套管撬开了大保险柜，但是没有找到那份合同，只好再去撬小保险柜。但是他在把套管往柜门把手上套时遇到了不可克服的障碍——套管长于门把手下端到地面的距离，因此套管插不上。

无奈，他只好放倒保险柜，改变了门把手的方向才把套管插上并撬开保险柜。这就是他放倒小保险柜的原因。同时，这一推断还提供了一个重要的信息，即作案工具的长度。我们已知大保险柜门把手下端至地面的距离为43厘米，小保险柜门把手下端至地面的距离为31厘米，所以那根套管的长度应该在30厘米至45厘米之间。这一点对于我们查找作案人是很有帮助的。"

钱审判长插言道："辩护人，请你说简单点儿！"

洪律师点了点头，"好的。根据现场情况分析，我想到了那位担任过侦察连指导员而且对保险柜颇有研究的陆伯平，还有他那根金属手杖——中间那一节拧下来正好是一根四十厘米长的套管！事后为了证明这根套管就是本案的作案工具，我借故欣赏了陆伯平的手杖。我发现那截套管的一端略有变形，显然是用力撬物的结果。因此，我认为陆伯平就是那个撬盗保险柜的人！"

法庭里一阵骚动，审判长立即让法警维持秩序。

待人们安静下来之后，洪律师继续说道："陆伯平为什么要撬夏大虎的保险柜？他为什么要去偷走那份与他毫不相关的合同？那份合同对他来说并没有什么价值，因此他应该是在替别人偷东西！那么，什么人值得他这位大经理亲自出马去行窃呢？我的助手在一个偶然的机会发现陆伯平到香格里拉饭店的1016房间去找人，而那里住的正是与夏大虎签订那份合同又不希望那份合同继续保留在夏大虎手中的希拉·萨利文。我想陆伯平到那里去的目的就是要把那份偷来的合同交给萨利文。"

钱审判长问道："这与本案有什么关系？"

洪律师说："您听我解释。我仔细研究了那份木材购销合同，我发现希拉在木材含水量这一细节问题上设立了一个夏大虎根本做不到的条件。实际上，她与夏大虎签订合同的目的就是要让夏大虎倾家荡产！此外，根据陆伯平与她的神秘关系，我认为她也是陷害本案被告人夏哲的主谋，或者说是她让陆伯平利用宏远证券公司经理的职位给夏大虎的儿子扣上了诈骗的罪名。她为什么要这样做？后来，我找到了答案——她的原名叫韩昕昀！"

法庭里非常安静，人们似乎都在等待着。

洪律师看了一眼旁听席，然后回过头来面向法官继续说道："韩昕昀和夏大虎、陆伯平从小就是邻居，也是同学。这个案子涉及他们在'文化大革命'中的恩怨，不是三言两语就能说清楚的。简单地说，韩昕昀以为是夏大虎害得她家破人亡，所以精心设计了这个木材购销合同的圈套来报复夏大虎，同时，她还让陆伯平陷害夏哲。因此，被告人夏哲根本不是诈骗犯，而是一起精心策划的复仇阴谋的受害者！综上所述，我认为，针对夏哲的诈骗罪指控是不能成立的。"

钱审判长见洪律师坐下了，自己的身体也向后一靠，看了看两位法官，然后对检察官说："对于辩护人的陈述，公诉人还有什么意见吗？"

钟检察官慢慢地站起身来，态度诚恳地说道："应该说，洪律师确实很有水平，而且也是我所见过的最认真负责的辩护律师。但是呢，洪律师的辩护意见主要依据推理，缺少证据。我只举两个例子来进行说明。第一，洪律师仅仅根据套管和手杖的推理，就认定陆伯平是到夏大虎的办公室撬开保险柜并偷走那份木材合同的人，恐怕还缺乏证据。我看，这件事儿还要等公安局的侦查人员调查之后才能得出结论。第二，洪律师仅仅根据陆伯平与那位萨利文夫人的关系就得出萨利文夫人让陆伯平陷害本案被告人夏哲的结论，不仅缺乏证据，而且过于草率。我们办案，最重要的就是证据，认定案件事实必须依靠确实充分的证据。"

洪律师征得审判长同意之后，站起身来说："我赞成公诉人的说法，我得出的上述结论主要依靠推理，缺少充分的证据。不过，我想提请公诉人注意，按照刑事诉讼中证明责任的分配原理，公诉方应该承担证明被告人有罪的责任，而且，公诉方的证明应该达到'案件事实清楚，证据确实充分'的标准。被告方一般不承担证明责任。被告人既没有证明自己有罪的责任，也没有证明自己无罪的责任。只要被告方能够对公诉方的事实主张提出合理怀疑，法庭就应该宣判被告人无罪，因为这是刑事诉讼中无罪推定原则的基本要求。"

钟检察官刚刚坐下就又站了起来，"辩护人不愧是美国的博士，说出来的话都带有美国味儿。但是呢，我们是在中国，必须按照中国的法律规定进行诉讼。我知道，美国刑事诉讼的重要原则之一是无罪推定，美国刑事诉讼的证明标准是排除合理怀疑。但是呢，在我们中国，刑事诉讼的基本原则是实事求是。被告人有罪就是有罪，无罪就是无罪。我们既不能搞有罪推定，也不能搞无罪推定，我们就是要实事求是。"

洪律师没有坐下，"我听说，目前全国人大法工委正在组织专家学者讨论修订《刑事诉讼法》，而修订草案就包括要确立无罪推定的原则。"

钟检察官也没有坐下，"你说的这个情况我也知道，但是呢，现在还没有完成修订，我们必须遵守现行的法律规定。而且，你说的那也只是一种学者观点，无罪推定原则究竟能不能写进法律，现在还不好说。"

洪律师把目光转向法官，"为了查明以上事实，我请法庭传唤陆伯平出庭作证。而且，他也是针对被告人的另外一项指控的关键证人。我希望法庭能够采取有效措施，保证这位关键证人出庭作证。"

"我们会考虑辩护人的这一请求。"

钱审判长看了看手表,又与两名法官小声商量几句,然后郑重宣布道:"由于时间关系,今天上午的审判到此结束。明天上午9点,本法庭继续开庭审理此案。"

人们陆续走出了法庭。

第三十二章

走出法院的大门之后,梁大嘴急匆匆地开车回到宏远证券公司,来到陆伯平的办公室。进屋后,见陆伯平正在整理写字台上的文件,他关上门,喘着粗气说:"陆经理,事情不好啦!"

陆伯平抬起头来看了梁大嘴一眼,继续看着桌上的文件,不慌不忙地说:"瞧你这慌慌张张的样子!出了什么事儿?"

梁大嘴走到写字台旁边,压低声音说:"今天上午在法庭上,姓洪的律师把夏哲的事儿都给翻了,而且他说是你在陷害夏哲!"

"笑话!我怎么会陷害夏哲?"陆伯平抬起头看着梁高。

"是啊!这本来是没影儿的事儿,可是让姓洪的说得有鼻子有眼儿的!看来那几个法官也挺相信他的话。"

"他怎么说的?"

"他说是你和萨利文夫人合谋陷害夏哲;说那个萨利文夫人本来叫韩什么,想报复夏大虎,所以让你陷害夏哲;还说你曾到夏大虎的办公室去偷过一份合同。那小子挺能说,他那一套推理也挺唬人,要不然那几个法官怎么一个劲儿点头呢!"

"审判结果如何?"

"还没完。法官还让我转告你,请你明天代表宏远公司去出庭作证。"

"明天我还得出差呢。"

"我就是怕这事儿对你不利,所以赶紧回来向你汇报。陆经理,你看咱们采取什么对策?用不用把那几个法官请过来?"

"这又不是经济案子,请法官干什么?"陆伯平站起身来,微微一笑说道,"这位洪律师倒是个认真的人!不过他就知道捕风捉影。就凭他那些毫无根据的推理,法官就能定案?天真到了极点!俗话说得好——听蝲蝲蛄叫还不种黑豆了!别管他,咱们该干什么还干什么!对了,我明天去承德。你让人立刻给我买一张明天早上的火车票,要11次的软座。好像是早上7点多钟发车。买到车票立刻给我送来,我晚上还有个应酬。"

"陆经理,这案子的事儿……"

"还有什么?"

"我的意思是说……这些年,我全靠陆经理的关照。如果陆经理有什么事儿需要我办,我就是脑袋磕八瓣儿,也绝不会说个'不'字!"

陆伯平盯着梁大嘴的眼睛,过了一会儿才说:"好!有你这句话就行了!如果有需要你办的事情,我自然会告诉你。你先去给我买火车票吧。别忘了,明天早上,11次!"

梁大嘴走了出去。

陆伯平望着梁大嘴的背影,嘴角浮上一丝难以捉摸的微笑。

下班后,陆伯平开车来到和平里南口的"黑土地酒家"。进门后,他向左拐来到比较清静的"虎林小院",坐在一张小桌旁。他点了凉拌拉皮、松仁豆腐、炒土豆丝、粉条熬肉、蘑菇炖小鸡、干炸狍子肉,还要了两碗大碴子粥。他让服务员摆上两份碗筷,并说等客人来了再上菜。

这间餐厅布置得很有特色。四周墙边装了一圈半人来高的护板，但这护板并不同于一般饭店中那精美的木墙围子，因为它是用一块块带着粗糙树皮的木板组成的。挺大的窗户用细木条分隔成一个个小方块，上面糊着并不很白的窗纸。餐桌和座椅都是木制的，显得十分简朴。洁白的墙上还挂着一把镰刀和一支长长的猎枪。

陆伯平看着周围这一切，仿佛又回到了虽不向往却也无法忘怀的"北大荒"。诚然，他在那片"黑土地"上生活了只有两年多，但那毕竟是他走进社会的第一步，那里毕竟留下他一生中最纯洁又最迷惘的青春年华。

6点钟，张晓兰迈着犹豫的脚步走进餐厅。她特意穿了一身合体的西服套裙，脸上还淡淡地化了妆。陆伯平看见张晓兰，急忙起身相迎。落座后，服务员很快就送上饭菜。

陆伯平隔着桌子打量前妻，还闻到了医院来苏水的气味中夹杂着的香水味，他的心中不禁有些感动。他给前妻倒上一杯酸奶，"晓兰，我知道你不喜欢喝甜的，这是无糖的酸奶。来，祝你身体健康！"

"谢谢。难得你还记着。"张晓兰淡淡一笑。

"晓兰，你的气色还不错，就是瘦了。虽然现在人们都讲减肥，但是也要因人而异，也要适可而止。我发现，有些女人本来就不胖，却也天天喊着要减肥。这瘦子跟着胖子喊减肥，是不是有点儿可笑？还有人说，外国人现在时兴吃素。我就问了，咱们中国人才吃了几天肉，就要赶时髦，学吃素？真是乱弹琴！晓兰，我知道你喜欢吃东北菜，今天我就特意点了几样地道的东北菜。你尝尝吧。"

张晓兰默默地吃了几口菜，等陆伯平讲话的热情减弱之后，她才问道："你今天为什么要约我到这里来，还搞这么多菜？"

"如果我说想破镜重圆，你会相信吗？"

"既然我来了，就愿意相信你说的话。你真有这个想法吗？"

"我确实想过,但是还拿不定主意,主要是怕你记恨我。"

"你这是正式问我的意见吗?"

"就算是吧。"

"那我可得认真考虑考虑。你给我三个月的时间吧。"张晓兰来之前就考虑好了,如果陆伯平提出复婚的要求,她就采取拖延战术。

"没关系,你考虑多久都行。其实,我今天请你来,主要还是为了还个愿!"

"还什么愿?"

"我记得咱们结婚的时候,我曾经答应陪你去'北大荒'看看。可是结婚以后,我一直很忙,没有时间。今天请你到这儿来吃顿饭,也算是了却一段心愿!"

"你有什么事情需要我帮忙吗?"

"帮忙?你想到哪儿去了!晓兰,我就是想跟你坐坐,一起吃顿饭。"

"伯平,我们毕竟做过那么多年的夫妻。如果你真的遇到什么难处,需要我,我还是会帮你的。我听说,她已经死了,是吗?"

"谁?噢,你是说方琼。那是件不幸的事情,是个意外!不过,也算是个了结吧。看来,你的消息还是蛮灵通的嘛!"

"是小婷告诉我的。这个事儿,对她的打击也很大。小婷随我,从外表看,好像很坚强,其实内心很脆弱。那天回来,她一个人躲在屋子里哭了很久。开始她什么也不说,后来才告诉我。她把经过都跟我讲了。不过,她有一个事儿搞不明白。方琼怎么知道夏哲要到你家去吃饭呢?"

"咳!这事儿都怨我。你知道,我这人一直很自信,有时候过分相信自己的能力。这次可是个教训,惨痛的教训啊!看来,有些事情是人无法掌控的。"

"这么说，是你叫方琼去的？"

"是的，可我没想到会发生后来的事情！"

"你为什么叫方琼去呢？"

"其实，这也正是我今天想告诉你的。不过，这事儿可就说来话长了。你知道，我过去跟白玫交过朋友。可我没想到，你也想不到，夏哲是我的儿子！"

"什么？夏哲是你和白玫的？"

"是的。这么多年，我一直也不知道。就在那事儿发生前两天，白玫突然来找我，说夏哲是我的儿子，他和小婷是兄妹，不能交朋友。白玫让我想办法把他俩拆开。我知道夏哲曾经追求过方琼，就想了这么个办法。"

"夏哲和小婷还都不知道吧？"

"这事儿出了以后，我让白玫去跟夏哲说。我想，小婷这边儿，大概就只能由你去讲了。"

"这事儿让我怎么说？"

"你是小婷的母亲，她听你的。而且这事儿与你无关，你去讲也比较方便。"

张晓兰沉思片刻，点了点头，"看来也只能这样了。不过，这件事儿，恐怕小婷很难接受。你知道，她对夏哲是一心一意。在这一点上，她也很像我。其实，她要能像你点儿就好了！"

"你这是什么意思？算啦，你有权利这么讲。"陆伯平刚想发火，又给压了下去。

"我不想责怪你，但是对小婷来说，这事儿太突然了。我真不知该怎么对她讲！"

"我相信你一定能处理好的。自从出了那件事儿以后，小婷就没到我那儿去过，看来她以后再也不会到我那儿去了。晓兰，从今往后，小婷就全靠你照顾了。"

陆伯平说着从衣兜里掏出一个信封，放到张晓兰面前说："这里有一个存折，写的是小婷的名字，你替她收着吧！"

"你这是什么意思？"

"没什么意思。对了，我今天约你出来，还想对你说一句话——我过去对不起你，请你原谅！"

"伯平，你怎么说这种话？就好像……"张晓兰瞪大了眼睛望着陆伯平。

"你别胡思乱想！我就是觉得该对你说这句话。最近连续发生的这些事儿，让我想了不少，也明白了一些道理。要说做一个人，也真不容易！"陆伯平不无感慨地摇了摇头。

饭后，陆伯平要开车送张晓兰回家，张晓兰不肯，最后还是自己骑车走了。

陆伯平回到自己的家，把车停好之后，走进楼门。楼道里静悄悄的，隐隐约约地能够听到一些房门里传出电视机的声音。他觉得自己的脚步声很响，似乎把整个楼都震动了。

自从方琼死后，陆伯平走进家门时总会产生一种莫名其妙的恐惧感。虽然他已经把地板上的血迹擦得干干净净，但是他夜里上厕所时总会看到地上有一片血迹。有时候，他半夜醒来，似乎听到有人在客厅里走动，以至于好几次拿着那根金属手杖在屋子里面找"人"！他既不相信鬼怪，也不相信灵魂，但是那种恐惧感却牢牢地缠着他，使他经常产生幻觉。他曾经在书上看过关于"幻视"和"幻听"的介绍，知道那是精神失常的表现。他不相信自己的神经系统会有那么脆弱，但他不愿意在夜深人静时独自走进家门。

陆伯平用钥匙打开防盗门和里边的房门，屋里亮着灯，他觉得有些奇怪。难道是自己早上忘记关灯了吗？他苦笑着摇了摇头，回身把门锁好，走进客厅。他打开电视机，一边听着新闻，一边收拾行装。

陆伯平觉得自己很兴奋，怕失眠，便吃了一片安眠药，又洗了一个热水澡，然后走进卧室，准备关灯睡觉。

就在这时，电话铃响了，他拿起话筒，对方说要找方小姐；他说这里没有姓方的，对方报了个电话号码，他告诉对方拨错了；对方很礼貌地道歉之后挂断了电话。

陆伯平关上灯，躺在床上，闭上了眼睛。然而，刚才那个电话又使他不由自主地想起了方琼。他想到了他们在舞场的第一次相识，想到了他们第一次同床共寝，想到了……也想到了最后那个夜晚——方琼临死前那张痛苦怨恨的脸执着地在他眼前晃动！他一睁开眼，那张脸就消失了；但一合上眼，那张脸又出现了。他强迫自己默默地数数。为了明天的旅行，他需要好好睡一觉。大概体内的药物开始发挥作用，一种昏昏欲睡的感觉终于来到了。

然而，电话铃又响了。他不耐烦地抓起话筒，但对方没等他说话就把电话挂断了。他愣了片刻才把话筒放过去。过了十几分钟，电话铃又响了。他气恼地抓起话筒，但对方又无声无息地挂断了。他想了想，没有把话筒挂上，而是放在了旁边的床头柜上。

此时夜深人静，万籁无声。忽然，卧室门外传来隐隐约约的"沙沙"声，仿佛有人蹑手蹑脚地在隔壁房间里走动。陆伯平的大脑立刻清醒了。他用手指掐了一下自己的大腿，认定这不是在梦幻之中。于是，他浑身的毛发一下子乍立起来。

他在心中告诫自己要冷静，然后轻轻地起身下地，拿起床头柜边的手杖，蹑手蹑脚地走出卧室，循声来到陆婷房间的门外。他猛地推开房门并打开电灯，但屋里空空荡荡，并无人影。他出了一口长气，轻轻骂了一句。然而,那"沙沙"的声音确实存在,而且就来自陆婷的床下。多年的军旅生涯使陆伯平首先想到了定时炸弹。他回到自己的卧室取来应急灯,然后趴在陆婷床边的地毯上向床下望去,只见床下有一个皮鞋盒,那声音就是从盒内传出来的。他想了想,站起身来,把床往旁边抬了抬,然后小心翼翼地打开盒盖,只见里面有一台电话录音机,正在"沙沙"地转动着。

陆伯平坐到了地毯上……

第三十三章

上午的审判结束之后,洪钧简单地吃了午饭,然后到宏远证券公司的上级机关了解情况。当他回到友谊宾馆的时候,天已经快黑了。他走进办公室,先看了一遍当日的信件,然后拿出夏哲的案件材料,整理一番,准备第二天的法庭辩论。虽然他相信自己胜券在握,但仍要做到有备无患。同时,他也在等候宋佳从公安局带回来的消息。

天黑了,宋佳才急匆匆地走了进来。一进门,她就说:"真急死人了!在中轴路那儿有个撞车的,结果全堵死了!我后来还是绕安贞桥过来的。洪律,耽误你回家了吧?"

"回家倒没耽误,就是把饭局给耽误了!"洪钧故意皱着眉头说。

"哟!那可怎么办呀?"

"怎么办?你陪我去吃饭吧!"洪钧大模大样地站了起来。

"嚯,瞧您这点儿本事!不瞒您说,这种活儿我一点儿都不怵!别说是陪您吃饭了,就是陪您……"宋佳没往下说。

"陪我干什么?闪着舌头了吧!"洪钧笑道。

"有什么不敢说的?就是陪你去美国,我也不怕!"宋佳红着脸说。

正在这时,电话铃响了。洪钧拿起话筒,说:"喂!"

"喂!我找洪律师。"

"我就是洪钧。您有什么事?"

"我有一件重要的事情要告诉你！"

"您请讲。"

"陆伯平明天早上要到承德去，他已经买好了11次旅游客车的火车票。"

"您为什么要告诉我这件事呢？"

"我想你一定对它感兴趣！"

"我能知道您是谁么？"

"这对你无关紧要，别忘了，明天早上去承德的11次！"

"喂！喂！"洪钧还想问些什么，但对方已经挂上了电话。洪钧看了看手中的话筒，又看了看宋佳，做了一个无可奈何的姿势，挂上了电话。

宋佳问："那个人告诉你什么事儿？"

"他说陆伯平明天早上坐11次火车去承德。你查一下11次几点发车。"

宋佳出去了一下，很快又走了回来，说："早上7点17分从北京站发车，中午11点51分到承德。你说陆伯平到承德去干什么呀？"

"不得而知。不过，我现在感兴趣的不是陆伯平为什么要到承德去，而是这个人为什么要把这件事儿告诉我！"

"他显然想让你知道陆伯平的行踪。也许他觉得陆伯平要逃跑呗？"

"这说明了什么？"

"这……"宋佳没有想出答案。

洪钧在写字台前走了一圈，说："这说明打电话的人知道我今天上午在法庭上的讲话内容，或者说他就是今天上午坐在法庭里的人。他是谁呢？"洪钧看着宋佳，自问自答，"法官和检察官都不会这么做；夏哲关在看守所；那么还有梁高。难道是他？那声音有点儿像梁高,尽管他故意改变了声调。"

"梁高?他为什么要这样做呢?"

"大概他希望能早点儿'转正'!"

"转正?转什么正呀?"

"从副经理转为正经理嘛!"

"噢——那他这心里可真够阴暗的!"

"第一次见面,我就觉得此人心术不正。你可别小看这种人!在现在的社会环境里,这种人往往是如鱼得水。我先把话撂在这儿——梁高很可能会坐上宏远证券公司经理的宝座!"

"可你心里并不希望自己的预测成真。我说得对吗?"

"你也养成心理分析的习惯啦?"

"近朱者赤嘛!"宋佳调皮地一笑。

"那我要是块黑墨呢?"在心情舒畅的时候,洪钧也话多。

"那我早就敬而远之啦!"

"看来还是你更高明啊!"

"学生可不敢哦!"

"你不是什么都敢吗?"

"就是不敢说'青出于蓝而胜于蓝'呀!"

"为什么?"

"怕您想不开,再假公济私炒了我的鱿鱼呀!"

"你这张嘴啊!"洪钧无可奈何地摇了摇头。

"怎么啦?长得不好看?"宋佳歪着头问。

"长得倒是挺好看的,就是有时候说话太刻薄!"

"那别的时候呢?"

"什么别的时候?"

"啊!是不是也有特甜蜜的时候?"

"甜言蜜语？少！"

"我还以为你洪大律师根本不喜欢甜言蜜语呢！早知道您喜欢，我就给您预备下了。其实，别说甜言蜜语，糖衣炮弹我都有！"

"还是你自己留着吧！再吓着谁！"

"你不是说有了那次'黑熊洞'的经历，就什么都不怕了吗？怎么还怕我的'糖衣炮弹'呢？"

"那可不一样！"

"怎么不一样呀？"

"万一你这'糖衣'里面包了颗'原子弹'呢？那可就生灵涂炭啦！"

"我要是真有'原子弹'，还用在你这儿起早贪黑地打工？提心吊胆！"

"为什么？"

"老怕被老板炒鱿鱼呗！我们这些打工女，容易嘛？肚子都快饿扁了，还得站这儿陪老板瞎侃！"

"哟，我还真把这茬儿给忘了！走，咱们去吃饭吧！"

洪钧和宋佳来到友谊餐厅，找了个清静的桌位。点好饭菜，洪钧才问起了正事。

"你今天去公安局怎么样？"

"我看他们不太积极。我把你的分析跟他们讲了，但他们认为光凭这些还不能对陆伯平采取强制措施。他们说，陆伯平不是个平头百姓，对他采取措施必须格外慎重。不过，他们同意进一步调查核实咱们提供的情况，也同意派人去监视陆伯平的行动。"

"看来你明天早上还得辛苦一趟。"

"干什么？"

"不是说陆伯平要去承德吗？"

"又让我挂'外线'？我说洪律，咱们是不是有点儿狗拿耗子呀？"

"陆伯平是本案的重要证人，他的问题也是咱们在办案过程中发现的。作为一名公民，咱们有义务帮助司法机关。对吧？"

"什么时候评选'最佳公民'，我一定去为你竞选！"

"那也得把你排在前边儿。我只是动动嘴，真正干事儿的可是你宋佳小姐！"

"哎哟，我又找不着北了！难怪人都说，女人就是受累的命，只要男人给两句好话，累死也心甘情愿！"

"别说得那么悲壮！你就当成是过把车瘾嘛！"

"早上5点钟就起来过车瘾，那我可真是车迷！"

"你看人家那些练气功，练跳舞的，都是早上5点多钟就奔了公园！"

"得得得！照你这么说下去，我今儿晚上就甭睡了！"

"觉还是要睡的嘛！常言说得好——不会休息的人就不会工作。如果一个人只知道工作不知道休息，那他就一定是个机器人。"洪钧又拿出了老师对学生说话的语气。

"答案虽然简单，道理却是非常深奥的！"宋佳也学着洪钧的语气。

"一位哲人说过，当女人变得深沉时，男人就只好去睡觉了！"

"你就直接说让我去结账吧。"

饭后，宋佳开车送洪钧回到住处。洪钧下车后心情愉快地哼着小曲向楼门口走去。宋佳看着洪钧进了楼门，才开车离去。

第二天天没亮，宋佳就起床了。洗漱之后，她匆匆地吃了早点，就开车来到亚运村陆伯平家的楼下。她把车停在路边，熄火等候。此时楼区里很安静，只是小花园里有一些晨练的人。

快6点的时候，宋佳看见陆伯平提着一个旅行箱和一个公文箱走出楼门，提着公文箱的手中还拿着那根金属手杖。陆伯平走到那辆黑色的奥迪牌轿车旁边，把两个箱子放到后备厢里，然后打开车门，坐了进去。奥迪车沿着弯弯曲曲的小马路向东南驶去。

宋佳刚发动车，就见一个一直在练太极拳的小伙子跑到她的车边，急切地敲车窗玻璃。宋佳摇下玻璃，问那人有什么事。那人说他是公安局的，正在执行紧急任务，需要搭一段她的汽车。宋佳微微一笑，打开车门，让小伙子坐了进来。小伙子让宋佳看了看他的工作证，然后指示她跟住前面那辆奥迪。

奥迪车驶出小区，上了北四环路，向西至安慧桥，然后向南驶去。此时路上车很少，但是那辆奥迪车的速度时快时慢。好在宋佳驾驶的桑塔纳轿车的加速性能很好，所以才能保持合适的跟踪距离。宋佳发现坐在旁边的小伙子不住地扭过头来看她，而且几次欲言又止，心中不禁有些诧异。她一边开车，一边用余光注视着小伙子的举动。

小伙子终于说话了："小姐，您是警院毕业的吧？"

"你问这干吗？"宋佳斜了他一眼。

"不干吗。您是不是叫宋佳？"小伙子又问了一句。

"对呀！你怎么知道的？"宋佳又看了他一眼。

"我一上车就看着您眼熟。您知道，我也是警院毕业的，我叫秦志刚。"

"是吗？那咱们还是校友哪！"

"您现在这是……下海啦？"

"在一家律师事务所工作。"

"当律师？这是您自己的车？"

"给人打工。老板的车。"

"甭管怎么说，只要是出去了，就比在公安局里混得强！"

"那也不一定。"

"有什么不一定？您在公安局待过，这里的事儿也都门儿清！外人看着咱们挺牛气，其实这真是个既受累又拿不着钱的差事！就拿我今天这趟差来说吧，让我一个人挂外线，又不给派车。您当是满大街拦车的滋味好受哪？咱又不能穿官衣儿，净挨瞪！不过我心里也明白，队头儿们压根儿就没把这案子真当回事儿！刚才那目标一动，我就合计好了，拦不着车，我转身就给队里拽过去一个电话，然后就回家睡大觉，爱谁是谁！没想到还真巧了，碰上您这位校友，特支持咱警察的工作。没说的，该着我受累，还得给人练活儿！"

"其实这也不能算碰巧，因为我知道你盯的人是谁。他叫陆伯平，对吧？"

"你不是离开公安局了吗？"秦志刚的眼睛里流露出猜疑的目光，"难道你认识这个陆伯平？"

"当然认识。不瞒你说，你今天早上的差事还是我昨天向你们队头儿建议的。"

"我说你刚才那么痛快就让我上车呢，连句话都没问，原来咱们执行的是同一个任务啊！"

"你别误会，我这可纯粹是尽义务！"

宋佳开车尾随着那辆黑色奥迪驶过安贞桥，在安定门立交桥上拐上二环路，向东驶去。此时路上的车多了一些，但车速都挺快。桑塔纳与奥迪之间总隔着二三辆车。

一轮红日在东方升起。雍和宫大殿的尖顶在朝阳下反射出灿烂的金光。汽车在大殿身后的高架桥上驶过，然后在俄国大使馆墙外沿弯道转向南方。过了建国门立交桥后，宋佳提前向右并线，准备拐向北京火车站。但是前面的奥迪没有并线，而是继续向南行驶。宋佳连忙跟了过去,并在心中问自己:这家伙要上哪儿去?

奥迪在东便门立交桥下穿过,然后沿护城河向南疾驶。宋佳把车并回快行道,紧紧追赶。穿过两座立交桥之后,公路在绿树掩映的龙潭湖公园东边弯向西南。奥迪并入中间的车道,似乎是为了超车,但是前面有一辆"面的"挡路,使它不得不降低速度。这样一来,快行道上的汽车相继超过了奥迪。宋佳收了收油门,但后面的汽车鸣起了喇叭,她又不能太明显地跟踪奥迪,只好从左侧超过奥迪。就在这时,奥迪突然向右并线,从一个车空中钻过去,驶入左安门桥的出口,而宋佳再想并线已经来不及了,只好从立交桥下开了过去。

秦志刚有些着急地说:"这回可瞎菜了!等咱们到前面立交桥调头回来,谁也找不着了!我说您这技术可真够潮的!"

宋佳歪头瞪了秦志刚一眼,没有说话。她把车开得飞快,到玉蜓桥调头回来,沿原路向北开。秦志刚右手紧紧抓住车门上方的扶手,看着宋佳问道:"您这么玩命是追谁呢?人家说不定早开哪儿去了。咱们别这么瞎追了,靠边儿停车吧!"

"你少废话!"宋佳喊了一句,目光紧盯着前方的路面。桑塔纳一路超车,到建国门立交桥调头向南,然后开进北京火车站前的停车场。

此时,秦志刚似乎明白了。停车后,他问宋佳:"你认为他是来赶火车的?"

宋佳没有回答,钻出汽车,在一排排停放的汽车间查找起来。秦志刚也跟过来,看了几辆黑色奥迪。秦志刚指着一辆奥迪的车牌对宋佳说:"没错!就这辆!我记住车牌号了。"

宋佳走到车前,透过玻璃向驾驶室里看了看,只见司机旁边的座椅上放着陆伯平那根金属手杖,她点了点头,说:"没错!是这辆!"

秦志刚说:"没想到您还真行!我刚才是有眼不识金镶玉,胡说八道。您可别生气!"

宋佳说:"现在没工夫跟你瞎贫。我告诉你,陆伯平要坐7点17分的11次火车去承德。你怎么办?现在进站还来得及。"

"这咱没的说!今儿早上已经追到这份儿上了,我说什么也得弄个全活儿!得,我再玩儿趟承德。不过,还得麻烦您给我们队拽过去一个电话,让他们跟铁路公安处和承德公安局联系一下,必要时协助我工作。谢谢您,咱们后会有期!"

秦志刚从停车场的铁栅栏上翻过去,快步向火车站大厅跑去。

北京站大钟那悠扬的钟声回荡在站前广场的上空。

宋佳看着秦志刚的背影,松了一口气,她的嘴角浮上欣慰的微笑。说心里话,她做这一切都是为了洪钧。她觉得自己今天又可以向"洪老板"去"邀功请赏"了!她不敢有太多的奢望,只要能和洪钧一起去度过一个轻松愉快的夜晚,无论是吃饭,打保龄球,还是跳舞,甚至只是在一起随随便便地"逗闷子",她都会感到心满意足。

宋佳开车离开火车站,随着上班的车流,不紧不慢地走着。走进友谊宾馆的办公室后,她给公安局打了电话,然后处理所里的日常事务。不过,她的心早已飞到了法庭。

第三十四章

洪钧坐在辩护人席，把有关材料按顺序摆放在桌子上，然后抬起头来，看着旁听席上的人们。夏大虎、白玫、陆婷坐在前排。夏大虎神态木然地望着法官席上方的国徽，白玫把焦虑的目光交替地投向洪钧和法庭的门口，陆婷低着头，用双手在反复地折叠一张纸条。

梁大嘴若无其事地坐在一旁，似乎是一个毫无利害关系的旁观者。洪钧的目光在梁大嘴的脸上停留片刻，想看看他的反应，但他始终把头扭向另外一边。

法官和检察官走进法庭之后，分别坐到自己的位子上。

法警把夏哲带到被告席上。

审判长钱图良宣布开庭，继续法庭辩论，首先让公诉人就过失杀人罪发表意见。

钟果新检察官站起身来说："审判长，我想先问被告人几个问题。可以吗？"

钱审判长点了点头。

钟检察官转身面向夏哲，问道："被告人夏哲，你认识萨利文夫人吗？"

夏哲想了想说："听我爸说过。"

"你见过她吗？"

夏哲犹豫了一下，摇摇头，"没有。"

"夏哲，我昨天就告诉你要实话实说，在法庭上撒谎对你是非常不利的。但是呢，你这个人就是不爱说真话。那好，我提醒你一下。你是不是到香格里拉饭店去找过萨利文夫人？"

夏哲低下了头，没有回答。

钟检察官转身对法官说："昨天下午，我们到香格里拉饭店进行了调查。饭店的两名服务员从我们出示的照片中认出了被告人夏哲。她们说，这个年轻人曾经不止一次到饭店去找过萨利文夫人，看上去两个人的关系很密切，而且萨利文夫人包车去十渡游玩，也是这个年轻人陪着去的。审判长，这是我们昨天询问饭店服务员的笔录，包括照片辨认笔录。我们请法庭允许把它们作为本案中补充的证据。"

就在任敏清检察官起身把询问笔录送到法官面前时，旁听席上出现了一阵骚动，人们的目光都被吸引过去，包括被告人夏哲。

只见夏大虎似乎要站起身来，白玫则在一旁竭力拉阻，两个人还小声争论着。突然，夏大虎的声音高了起来——"我说他是白眼儿狼，怎么啦？我把他养活这么大，他还吃里爬外，就是个白眼儿狼！"

钱审判长站起身来，大声说道："肃静！夏大虎，你今天是作为被告人家属来旁听审判的，必须遵守法庭秩序。按照我国《刑事诉讼法》的规定，旁听人员违反法庭秩序的，审判长应当警告制止；不听制止的，可以强行带出法庭；情节严重的，还可以处以罚款或者拘留。现在，我正式警告你。如果你不听，我就让法警把你带出法庭。"

夏大虎坐在椅子上，喘着粗气。

白玫不住地给法官鞠躬。

陆婷低着头，用双手捂着脸。

夏哲转回身来，用牙齿咬着嘴唇，泪水滚出了他的眼眶。

钱审判长等法庭平静下来，问公诉人还有没有问题。钟检察官摇了摇头，坐下了。

钱审判长又问辩护人有没有问题。此时，洪律师却在发愣，直到审判长问第二遍，他才反应过来，赶紧摆了摆手。

　　这突然发生的一幕，使法庭的气氛变得格外凝重。

　　钱审判长与另外两位法官简单交换了意见之后，宣布继续法庭辩论，请公诉人发表意见。

　　钟检察官站起身来，嗽了嗽嗓子，不慌不忙地说道："要说明过失杀人罪的问题，我们必须首先回答被害人方琼究竟是怎么死的。她是被枪打死的，这没有疑问。但是，谁开的枪？怎么开的枪？这个问题就不那么容易回答了。我们知道，当时在场的一共有四个人，可惜其中唯一愿意如实陈述的人已经不能作证了。但是呢，剩下的三个人都不愿意实话实说。一开始，他们三个人串通起来，编造了方琼自杀的假话。但是呢，假话终究是要被戳穿的，就像刚才被告人当庭不承认自己见过萨利文夫人的假话一样。我们的侦查人员都是识别谎言的专家，所以被告人在审讯中不得不承认了自己开枪打死方琼的事实。证人陆伯平和陆婷也都承认了方琼不是自杀。但是呢，被告人一直声称他没有杀害方琼的故意，那是一次意外事件。其实，我们在起诉书中也没有指控被告人具有杀害方琼的主观故意。当然，我们也不能接受那是一次意外事件的说法。这里的关键问题是被告人当时的主观心理状态。如果被告人能够实话实说，这个问题也不难认定。但是呢，我们刚才都看到了，被告人不是一个实话实说的人。但是呢，他不说实话，也不能阻碍我们对案件事实的认定。我们认为，被害人方琼的死亡既不能定为意外事件，也不能定为故意杀人，而应该定为过失杀人，或者说过失致人死亡。"

　　钟检察官低头看了看桌子上的发言提纲，继续说道："我要说明一下，这个案子在公安局移送起诉的时候，本来是按故意杀人罪定的性。但是呢，在全面审查本案证据之后，特别是在充分考虑了被告人的辩解之后，我们认为应该按过失杀人罪起诉。虽然本案中的一些证据可以证明夏哲具备杀害方琼的动机和目的，例如，宏远证券公司副经理梁高的证言可以证明，夏哲因求爱不成和这次股票交易诈骗问题而对被害人方琼怀恨在心。但是呢，在反复分析和研究案件发生时的具体情况之后，我们认为被告人当时并不具有杀害方琼的主观故意，而是处于一种过失的心理状态。具体说，当他把枪口指向方琼时本应预见到可能发生的后果，但是呢，他却疏忽大意了，结果造成了被害人的死亡。我想提请大家注意，被告人的父亲也承认被告人是一个容易疏忽大意的人。在我们讨论本案案情的时候，也有人同意公安局的意见，认为应该定为'间接故意'，即明知会发生危害后果而采取放任后果发生的主观心态。但是呢，我们综合考虑了被告人的情况，在有争议的情况下采取了'就轻不就重，就低不就高'的原则。由此可见，我们所作出的过失杀人罪起诉是慎重的，是有充分依据的。我们这样做也充分体现了司法公正的要求，就是说，认定案件事实的时候既要考虑能够证明被告人有罪或罪重的证据，也要考虑能够证明被告人无罪或罪轻的证据。我想，辩护律师对此恐怕也不会有异议吧？"

钟检察官把目光停留在洪律师的脸上，但后者只是认真倾听，没有做出任何反应。检察官总结性地说："最后我还想提请法庭注意，虽然被告人夏哲否认自己有罪，但是呢，他对本案的基本事实供认不讳。综上所述，我们认为，认定被告人夏哲犯有过失杀人罪具有充分的理由和根据！"

接下来，钱审判长让辩护人发表意见。不过，他再次提醒洪律师尽量使用简单的语言，因为法庭不是课堂。

洪律师站起身来，开门见山地说："我认为，过失杀人罪的指控也是不能成立的。首先，我同意公诉方的一个基本判断，方琼死亡不是一个意外走火的事件。不过，我不同意公诉方过失杀人的说法，我认为这是一起故意杀人案。"洪律师停顿下来，似乎是在等待人们的反应。许多人的脸上确实都呈现出惊讶的神态。

钱审判长大声说："辩护人，请你再重复一遍你的话，这是要记录在案的。"

洪律师微笑了一下，说："我认为，这是一起故意杀人案。当然，杀害方琼的凶手并不是被告人夏哲。实际上，他又一次稀里糊涂地成了罪恶阴谋的牺牲品！为了说明这一点，我们有必要再回顾一下那天晚上的事情经过。陆伯平让女儿请夏哲到家里吃晚饭；方琼突然出现，并持枪威胁夏哲；陆婷上前拦阻，手枪掉到地上；夏哲捡起手枪，指向方琼，结果一声枪响，方琼倒地；夏哲和陆婷按照陆伯平的命令逃离现场，大约三十多分钟后返回；陆伯平编了自杀的谎言，然后给派出所打了电话。大家一定都会觉得这一切发生得那么巧，真像有人精心编导的一场戏。没错，这确实就是一场戏！"

洪律师停顿片刻，整理一下自己的思路，继续说道："这场戏虽然构思巧妙，却也留下几处破绽，或者说，几个疑点。第一，方琼倒地之后，陆伯平立即让夏哲和陆婷逃离现场，这有些反常。如果是意外走火，那么人们在毫无思想准备的情况下一般都要先查看中弹者的死活并考虑是否送医院抢救或商量一下对策，但是陆伯平当时的反应就好像他对这一切早有思想准备。这难道不奇怪吗？第二，夏哲和陆婷离开三十多分钟后又回到现场，陆伯平在这么长的时间内干了什么？难道他就一直坐在方琼的身边？第三，方琼那天晚上为什么要到陆伯平家去？果真像她自己说的，是要去教训夏哲吗？我想，按照她与陆伯平的关系，她即使有心找夏哲的麻烦，也不会自己跑到陆伯平的家中。因此，她一定是得到了陆伯平的许可，或者说，就是陆伯平让她去的。接下来的问题是：陆伯平为什么让方琼去？如果说陆伯平是让方琼去拆散夏哲和陆婷，那么方琼为什么要带枪？为了破坏夏哲和陆婷的关系，她根本不需要带枪。但是，方琼不仅带了枪，而且是真枪实弹！这确实让人非常费解。后来，我终于想明白了，那一定是'导演'的指示，而且那'道具'大概也是导演提供的，因为这位'导演'是当过兵打过仗的人。那么，这位'导演'为什么特意让方琼带枪？答案只有一个，那就是'导演'认为这出戏里需要枪——能够杀人的真枪！接下来的问题更为重要，但是容易回答：'导演'要杀谁？那天晚上在现场一共只有四个人。陆伯平不会自杀，也不会去杀害陆婷和夏哲。那么，剩下来就只有一个人——方琼。当其他可能性都被排除的时候，剩下来的可能性就是事实，哪怕它令人难以置信！当然，上述分析属于推理，还不能证明陆伯平是开枪打死方琼的人，不过，我已经知道应该到什么地方去查找证据了。现在，我请各位法官再仔细看一看方琼被杀案的现场照片，主要是尸体上伤口的照片。"

洪律师等法官们找到那些现场照片之后，才继续说道："在照片上，我发现了一个重要的情况——伤口周围衣服上的破洞很大而且不规则，破洞边缘还有明显的烧焦痕迹。我请教了人民大学的专家。他告诉我，这是贴近射击留下的射击残留物痕迹。射击残留物是枪支发射时随弹头从枪管喷出的火药残渣和金属屑等微量物质。根据方琼尸体上射击残留物的分布形状，专家推断开枪时枪口与人体的距离不超过10厘米！我要说明一点，这只是专家根据照片提供的咨询意见，不是正式的鉴定结论。不过，在本案的尸体检验报告中，公安机关的专家也说这是近距离射击。单独看，这似乎没有什么意义，但是把被告人和证人讲的情况结合在一起来看，就很有意义了。大家一定还记得，昨天被告人明确说，枪响时他与被害人中间隔着餐桌，距离应该至少有两米！证人陆伯平和陆婷的证言也可以佐证这一点。由于夺走方琼生命的子弹是在不足10厘米的距离内发射的，而枪响时夏哲拿着的手枪距离被害人至少有两米，所以我们可以得出一个结论：那致命的一枪并不是被告人夏哲打的。另外，根据被告人夏哲和证人陆婷的陈述，被害人方琼那天晚上穿的是一件浅粉色短风衣，但是照片上死者的血衣却是一件浅粉色西服上衣！请各位法官看看，这是不是很奇怪？难道那件短风衣会变成西服上衣吗？不可能！我认为，唯一合理的解释就是当夏哲和陆婷离开现场时方琼穿的是短风衣，但是当他们回来时，方琼穿的却是西服上衣。他们只记住了方琼生前穿的衣服，却没有记住方琼死后穿的衣服。这是可以理解的，因为他们后来的思想都被突然发生的枪击事件占据了，所以没有注意方琼衣服的变化。那么，方琼为什么会换了衣服？唯一合理的答案就是：当夏哲和陆婷离开现场时，方琼仍然活着！"

法庭里响起一片窃窃私语。钱审判长说："请大家安静，听辩护人继续陈述。"

洪律师说："可是，夏哲和陆婷亲眼看见方琼胸部出血后倒在了地上。这又怎么解释呢？我想起了方琼曾经在一部电影里扮演一个中弹身亡的女学生，她的表演非常精彩！当然，这需要一些道具。演员的衣服里要装上一小包炸药和一袋红色液体，演员在'中弹时'按动引爆装置就可以得到逼真的效果。如果我们再仔细检验一下死者的衣服，也许还能找到那红色液体留下的痕迹。实际上，那天晚上当夏哲举枪对着方琼时，后者自己按响了炸药，并假装中弹倒地。随后，陆伯平立即抱住方琼，并赶走了夏哲和陆婷。他这样做有两个目的：第一是防止夏哲和陆婷发现方琼并没有死；第二是继续演下一场戏。是的，这出戏中最重要的一幕才刚刚开始！夏哲与陆婷走后，方琼又活了——她睁开眼睛，站起身来，脱去那件带'血'的风衣，也许，她的嘴里还发出得意的笑声！但就在这时，屋里又响起了'砰'的一声——这才是真正的枪声！方琼又做了一次中弹身亡的动作，但她这次是弄假成真了！这一枪是谁打的？答案不言自明，因为当时屋里只有陆伯平一个人。我推测，陆伯平杀死方琼之后，重新布置了现场，藏起了那件带有'假血'的风衣。这时候，夏哲和陆婷又回来了。这大概不是陆伯平在剧本里设计的情节。不过，方琼真的死了，而这正是那位'导演'想要的结局。我相信，这就是那天晚上的事情经过。"

说到此，洪律师嗽了嗽嗓子，然后略微提高声音说道："对于本案的杀人事实来说，以上证据都属于间接证据，因为它们不能直接地、一步地证明本案的主要事实，必须通过其他证据或者推理来完成证明。但是，这些证据组合在一起，可以充分地证明，被告人夏哲并不是杀害方琼的凶手。因此，他对方琼之死不应负任何责任！以上是我的辩护意见。谢谢各位法官！"

洪律师坐下之后，法庭陷入一片寂静，但很快又响起嘈杂的谈话声。三位法官在小声交谈，两位检察官在小声交谈，旁听席上的人们也在小声交谈。

夏哲回过头去，望着旁听席上的白玫和陆婷。他的眼睛里闪动着晶莹的泪花。

审判长钱图良站起身来，大声说道："肃静！肃静！"等人们安静下来之后，他才说道，"鉴于辩护人提出了一些新的情况，本合议庭决定休庭，待与各方协商并调查证据之后再做决定。"

夏哲被法警带走了。

三名法官退庭之后，两名检察官走到洪钧面前。钟果新用力握了握洪钧的手，说了一句"干得不错"。任敏清也和洪钧握了握手，但是没有说话。两位检察官一起走出了法庭。

洪钧站起身来向门口走去，被白玫拦住了。

白玫激动地说："洪律师，您太有水平啦！谢谢您！谢谢您！"

洪钧快步走出法院的大门。在旁边等候的宋佳立刻把汽车开了过来，洪钧高兴地坐到车里，对宋佳说了声"谢谢"。

宋佳把车开动之后，说："看你这高兴的样子，肯定是大获全胜喽！"

"初战告捷，最后的胜负还得看法官的判决。"

"我听人说，现在打官司是胜负在庭内，功夫在庭外。还有人说，现在打官司不是打'官司'，而是打'关系'。咱们是不是也该去活动活动？"

"本来身子骨就不强，再扭了腰！老实等着吧！你的任务完成得怎么样？"

"也就是初战告捷！不过，陆伯平也真够狡猾的，差点儿就让他给甩掉了。"宋佳有声有色地讲述了早上追踪陆伯平的经过，特别渲染了她在紧急情况下的机智和果断。

讲完之后，宋佳看了一眼洪钧，似乎是在期待赞赏。但是洪钧却仰靠在椅背上，用手指梳理着头发。宋佳不禁有些失望。

回到事务所之后，洪钧对宋佳说："你最好先给公安局打个电话。我估计那位秦志刚正在抱怨你让他白跑了一趟呢！"

洪钧走进自己的办公室，站在玻璃窗前，出神地望着窗外的树叶。虽然夏哲一案的辩护工作结束了，虽然他在本案中的工作相当成功，但是他却没有获胜后的喜悦，没有成功后的欢乐，只有沉重的关于人生的思考。他似乎悟出了一些人生的道理，但仔细想，又还没有完全明了。

宋佳连续叫了两声，洪钧才转过身来。宋佳瞪着眼睛问："想什么哪？这么投入！"

洪钧没有回答，只是笑了笑，然后问道："你打电话的结果如何？"

"看来这学生就是不如老师。不服不行！秦志刚正憋着跟我算账呢。他以为我故意涮他，非让我请他撮一顿，你说我冤枉不冤枉？"

"我看不冤。谁让你随便就给人家派活儿呢！"

"我当时真以为陆伯平是去坐那趟火车的。你看，我们有梁高提供的情报，而陆伯平千方百计把我们甩掉之后又来到了北京站，这一切都吻合了。对了，你怎么知道陆伯平没去坐那趟火车呢？"

"你把陆伯平估计得太简单了。这也有我的责任。这两天，我的思想都集中在夏哲的辩护上，没有认真考虑陆伯平的问题。其实，我们认真分析一下就会发现陆伯平去承德的事情存在疑点。首先，梁高怎么会知道陆伯平要去承德？毫无疑问，陆伯平已经知道自己的危险了。他是个聪明人，而且他不会不了解梁高的人品。如果他真想逃跑的话，他会把自己的行动计划告诉梁高吗？我看不会。你别忘了，陆伯平干过侦察。如果说这是他安排的金蝉脱壳计，我认为更符合他的性格。其次，陆伯平为什么把他的手杖留在车里？而且放在那么显眼的位置？我们都知道那根手杖是陆伯平的心爱之物，而且与他形影不离。他之所以忍痛割爱，一定有他的用意。大概他生怕跟踪他的人没记住车号，所以才用这手杖来表明那是他的汽车。当然，他这样做还有一个前提，那就是他不再需要那根手杖了，或者说他认为那根手杖不便携带了。你想一想，如果他真要坐火车去承德，他会这样做吗？我想答案应该是明确的！"

"是啊！你分析得很有道理，而且并不复杂。可我当时怎么就没想到呢？"宋佳的语调中流露出沮丧。

"推理不仅是一种能力，也是一种习惯。在很多情况下，人们没能做出某个推断，不是因为他们不会做出这种推断，而是因为他们没有养成这种习惯，因而也就忽视了那些可以导致这些推断的现象。如果你把这些现象告诉他们，让他们进行推理，他们恐怕也会得出相同的结论。比如说，方琼之死的推理。如果我们事先告诉公安局和检察院的办案人员去注意案发时夏哲与方琼的距离以及尸体上的射击残留物痕迹，去分析言词证据和勘验笔录之间的矛盾，那么他们大概也都能做出夏哲不是凶手的推断，但问题是他们没有想到要从这个角度来分析案情，可能他们已经先入为主地认为夏哲就是凶手了，可能他们已经习惯于根据口供来定案了。在很多情况下，人们判断的失误并不是由于缺乏分析问题的能力，而是由于忽视或遗失了某些重要的信息。正因为如此，很多人在听别人讲出推理结果时都会情不自禁地说：哎呀，原来就这么简单！我认为，人们在推理能力上的差别并不表现在你能否观察到某一现象，而是表现在你能否注意到某一现象；并不表现在你是否知道某种分析问题的方法，而是表现在你能否自觉地运用这种方法。你明白了吗？"洪钧又不由自主地带出了讲课的口气。

"太可惜了！"宋佳摇了摇头。

"什么太可惜了？"洪钧一头雾水。

"这么精辟的语言，这么精彩的讲演，只有我一个听众，是不是太可惜啦？"宋佳一本正经。

"啊，你现在享受的是'一对一'的教育。往高了说，你在读博士研究生；往低了说，你在念私塾。没跟你收学费就得了，还说风凉话！别身在福中不知福！"洪钧也假装认真。

"嚯嚯！这么说我给你打工还欠了你的钱？你可真比黄世仁还黑！"

"教书收费，天经地义！都像你这思想，咱们国家的教育能上得去吗？难怪咱们国家老是教育经费不足呢！我告诉你，从孔老夫子那时候起，学生就得给老师送'束修'。就是把10条干肉捆在一起，给老师送去。懂吗？送干肉！"

"干肉？那牛肉干儿行吗？"

"行啊，是肉就行！"

"不过，我要是到商店对售货员说买10包牛肉干儿送人，他们准以为我要送给哪个小孩儿呢。这是不是有损老师形象啊？"

"没关系！只要老师爱吃就行！"

"谢谢老师指点！"宋佳装模作样地按京剧里的样子行了个大礼。

"不必多礼！就行三次吧！"洪钧也以同样的口气说道。

宋佳果然又行了两次，然后毕恭毕敬地说："学生愚昧，尚有一事不明，望老师指教！"

"子曰：知之为知之，不知为不知，是知也。你问吧！"

"学生不知那陆伯平于北京站脱身之后逃往何处，还请老师明示。"宋佳得意地看着洪钧。

"这个嘛……"洪钧收起了脸上的笑容。

正在这时，门铃响了。宋佳撇了一下嘴说："一到关键时刻就有人救你！我怀疑你是不是真有什么特异功能啊！"

洪钧又笑了："这叫'吉人自有天相'！不过，等客人走后，我会给你一个满意的答案。"

宋佳半信半疑地转身向门口走去。她打开房门一看，来人是陆婷，便把她请进门厅，问道："你找洪律师有事儿？"

"不！宋佳姐，我有个事儿想问问你。"陆婷的心情似乎很不平静。

"那就到我的办公室来吧。"宋佳领着陆婷走向自己的办公室。陆婷在走过洪钧的办公室门口时，有礼貌地停下来和洪钧打了个招呼。

进屋后，宋佳关上门，让陆婷坐在椅子上，问道："又出了什么急事儿？怎么也没事先打个电话过来？"

"倒不是什么急事儿。只是我觉得在电话里说不太方便，就冒昧地来打扰了。真不好意思！"

"没什么！说吧！"

"昨天晚上，我妈挺晚才回家。她说是我爸请她出去吃饭了。然后她交给我一个存折，说是我爸给我的。"

"多少钱？"

"10万块！"

"真不少，看来你爸的心里还真有你这个女儿！可问题是他这钱从哪儿来的。"

"是啊，这也正是我来找你的原因。这两天听了洪律师讲的情况，我觉得我爸犯的罪过不小。我不知道他给我的这笔钱是怎么来的，我是不是可以留起来，所以才来问你。宋佳姐，最近的事情把我弄得晕头转向。我现在特没主意！虽然咱们认识时间不长，但我觉得你是个热心人儿，心眼儿又好，我愿意听你的。你说我是不是应该把这个存折交出去？"

"交出去当然省事儿，可先得看看有没有必要。这事儿我也拿不准，你最好还是去问问洪律师。他也是个可以信赖的人，跟他讲，没事儿！"

"我知道洪律师是好人。可不知为什么,一要跟他说话,我心里就特紧张。其实他的样子并不厉害,说话也挺和气,可就是让人紧张。"

"这我知道。你呀,就是老觉得他是个人物,挺值得你尊敬的。所以你要跟他说话的时候,老跟让首长接见似的,自然就觉得紧张。不瞒你说,我一开始也这样。老觉得他比我高出好几个层次,每次要跟他说话之前都得使半天劲。后来我想开了。我累不累呀?他有他的本事,我有我的长处。你猜怎么着?只要你在心里觉得跟他平起平坐了,再跟他说话就不紧张了。我现在跟他说话就特随便!我还告诉你——"宋佳压低了声音对陆婷说,"这些男人,只要你不把他当成个人物,他也就不把自己当成个人物了。男人和女人都关心自己的形象,可是关心的角度不同。女人最关心自己的形象是不是漂亮,是不是有魅力;而男人最关心自己的形象是不是能表现出他的身份和层次。这是天生的差别。所以,当你和男人接触的时候,甭管他地位多高,甭管他多有身份,你都得想办法帮他放下架子。特别是和你经常接触的男人,包括一起工作的男人。如果他一天到晚都端着个架子,而你又一见他面儿就紧张,那你们俩都得累死!相反,你跟他开开玩笑,甚至吵吵架,那你们俩就都会觉得轻松愉快。当然,玩笑不能太过分,吵架也不能弄假成真,关键是要把握好尺度!"

"宋佳姐,你可真行!你这些都是从哪儿学来的呀?"

"都是我在实践中摸索出来的!这些年,我净给男人当秘书了。不过,你也得看对方的人品。如果那男人本来就是个色鬼,有事儿没事儿都想占你点儿便宜,那你可不能跟他开玩笑,你自己先得把架子端起来。另外,对于那些看不上眼的男人,即使他职位再高,你也没必要去跟他拉平关系。我刚才说的那一套,都是对你喜欢的男人!"

"这么说,洪律师就是你喜欢的男人喽?"陆婷笑嘻嘻地说。

"你可真会钻空子!"宋佳假装生气地说。

"说真的,宋佳姐,我真羡慕你!你又有本事,又有福气!我看得出来,洪律师也很喜欢你。"

"嗨,你是不知道,谁家都有本儿难念的经!我在他的眼中,就是个影子,顶多算个替身!"宋佳感慨万分地说。

"什么替身?谁的替身?"

"咳,我这事儿三言两语也说不清楚,还是说你的事儿吧。"

"我的命真是太苦了!昨天晚上,我妈还跟我聊了半天夏哲的事儿。听那口气,她现在不同意我继续跟夏哲交朋友了,而且我觉得她有些话没有说出来。她说想带我回安徽老家住几天,一来看看我姥爷,二来想跟我好好聊聊。我估计她肯定要谈我和夏哲的事情。宋佳姐,为什么这世界上的倒霉事儿都落到了我的头上?"陆婷的眼圈红了。

"小婷,别伤心!你是个好女孩儿,我相信你一定会找到生活中的幸福!对了,洪律师一会儿还有事儿呢,咱们先过去问问他吧!"

陆婷点点头,掏出手绢擦了擦眼睛,然后跟在宋佳后面走进洪钧的办公室。

洪钧热情地让陆婷坐到沙发上。宋佳把陆婷的问题讲了一遍。洪钧想了想,说:"我认为你可以先等一等。当你父亲的问题受到审查时,你再向有关的机关报告。如果这笔钱是你父亲的合法收入,那你当然有权支配它。如果这笔钱是你父亲的非法收入,那它就成了赃款,你就不能使用也不能保存了。你先等一等吧!假如日后需要的话,我和宋小姐都可以为你作证!"

"谢谢洪律师!"陆婷起身告辞了。

送走陆婷之后，宋佳回到洪钧的办公室。

洪钧若有所思地说："看来，陆婷还不知道哪！"

"她不知道什么呀？"

"她和夏哲的兄妹关系啊！"

"什么？陆婷和夏哲是兄妹？真的呀？难怪她妈要跟她好好谈谈哪！这对她可绝对是个打击！太残酷了！真没想到，这个案子里的事情这么复杂啊！"

"还有更复杂的呢！"

"哎，你别转移话题，我可还等着听你的答案呢！"

"你别着急，咱们再听一遍陆伯平和方琼的电话录音。"洪钧打开了录音机。

……

"喂？"

"喂！伯平，是我！"

"噢，亲爱的小姐，什么事儿？"

"事情办得怎么样了？"

"快拿下来了！这种事儿急不得呀！"

"可我心里老不踏实。你知道，那个姓洪的不好对付！我担心不光这事儿要坏，就连咱们那些事儿也要……"

"你说话得注意点儿！"

"这我知道，可是我害怕！"

"怕什么？天塌下来有大个儿顶着！只要你沉住气，咱就能渡过这个难关。好啦，黑暗即将过去，曙光就在前头！你就等着我的好消息吧！"

……

洪钧关上录音机，一边思考一边说："这段对话至少可以给我们两点启示：第一，陆伯平和方琼显然从事了某种违法行为。方琼所说的'这事儿'指的应该是陷害夏哲的事儿；而'那些事儿'则是指另外的违法行为。我想，'那些事儿'既是陆伯平出逃的原因，也是他要杀死方琼的真正原因。"

"你的意思是说陆伯平设圈套杀死方琼的目的不是为了陷害夏哲，而是为了堵住方琼的嘴？"

"对，杀人灭口！"

"我原来也觉得陆伯平仅仅为了陷害夏哲就害死方琼的说法太让人难以相信了！"

"第二个启示是方琼着急问的'事情'。根据陆伯平的回答，你认为方琼所问的'事情'是什么？"

"好像是办什么手续吧。当时我还以为方琼问的是结婚手续呢，现在看来，很可能是护照或签证。对么？"

"对！我已经查过了，陆伯平去过香港，手中有护照，那么等待的只是签证。至于方琼，那大概只是一张空头支票。在办理本案的过程中，我曾多次想到一个问题——陆伯平为什么要帮助希拉去报复夏大虎？甚至在知道夏哲是他的亲生儿子之后还要这样做？他不可能仅仅因为过去与夏大虎的感情纠葛就干出这种事情。一个比较合理的解释是他和希拉进行了某种交易。比方说，他替希拉报仇，希拉帮他去美国。不过，希拉大概不会答应把方琼一起办到美国，所以陆伯平对方琼说要两人一起出国是安抚方琼的谎言，实际上他只办了自己的出国手续！"

"这人实在是太坏了！"

"再回到我们的问题。如果陆伯平出逃的目的地是美国，那么他今天早上要去的地方就是机场而不是火车站。昨天下午，他故意把自己去承德的消息透露给梁高，大概他已经估计到梁高会去告密，也估计到有人会监视他，所以今天早上把你们引到火车站，然后坐出租车去机场，以便不受干扰地登上飞机。"

"真是这样！洪律，那咱们快去机场吧，或者通知公安局……"

"来不及了！我刚才给机场打过电话。今天上午飞往美国的飞机已经正点起飞。如果他能够顺利通过海关的话，应该快到东京了！"洪钧看着手表说。

"那怎么办呢？"宋佳又着急又懊悔。

"你可以给公安局打个电话，让他们去查一查今天上午的离境旅客中有没有陆伯平。我估计他不会使用假名。"

宋佳拿起了电话。

第三十五章

飞机平缓地滑上跑道之后,停顿了一下才加速向前疾驰。当飞机轮胎终于结束了与地面的摩擦时,陆伯平长长地出了一口气,他那颗悬着的心才慢慢落回原处。他透过舷窗望着逐渐远去的地面,心中默默地说道:"再见吧,我的祖国!再见吧,我的过去!"

飞机穿过云层,一团团灰白色的水雾在舷窗外快速地向后飞去。地面的房屋和道路变得越来越模糊,并最终消失在云层下边。

飞机钻出云层后,外面阳光灿烂。蔚蓝的天空犹如平静的大海,洁白的云海就像无垠的浮雕。在广阔的天地之间,似乎一切都静止了,只有那微微颤动的机翼和发动机的轰鸣表明这飞机正在高速飞行。

陆伯平望着窗外,想考虑一下到美国之后的生活计划,但是他的思绪却被这明亮的世界拉回到了过去——

……他的童年生活是充满阳光的。他聪明好学,多才多艺,不仅学习成绩在班里名列前茅,而且在文体方面也很出色。"文化大革命"开始后,他虽然不像某些同学那么"狂热",但是也在共产主义理想的推动下积极参加革命运动,加入"红卫兵",抄写"大字报"。每当有毛主席的"最高指示"发布时,他都会热血沸腾地和同学们一起上街游行,高呼口号。初中毕业那年,他响应伟大领袖的号召,主动要求"上山下乡",到"广阔天地去接受贫下中农的再教育"。来到

"北大荒"之后，虽然生活很艰苦，劳动很繁重，但是他认为自己是在为实现全人类的共产主义理想而贡献力量，是伟大的，是高尚的。然而，后来发生的一些特别事件使他那燃烧的激情熄灭了，使他那纯洁的思想发生了转变。

1971年的"九·一三"事件使他的信仰遭受重创。作为他心目中的"二号崇拜偶像"林彪竟然是个"叛国贼"！接下来的"批林批孔"运动更使他感到困惑，一些过去宣扬的东西竟然都是虚假的。他的心中隐约地升起一种被人欺骗和愚弄的感觉。另外，他发现一些原来崇拜的偶像并不是高尚的人。例如，生产建设兵团的各级领导本来都是他崇拜的偶像，至少是人生的榜样，但是他后来听说，某团政委、某连指导员都是强奸女知识青年的罪犯！

他对性爱的认识也发生了转变。过去，他认为爱情是高尚的，而性是邪恶的，至少属于低级趣味。他还以为，性交是男人对女人的折磨和凌辱，因为一谈到这种事情，人们使用的语言就都是邪恶的，如操、玩弄、奸污、强奸、蹂躏等。因此，高尚的男人不能对女人有性的要求，哪怕是所爱之人。他决心遵循伟大领袖的教诲，"做一个高尚的人，一个真正的人，一个脱离了低级趣味的人"。他曾经有一个美好的幻想，自己爱上了一个美丽善良的姑娘。结婚之后，那个姑娘为了爱情而心甘情愿献出身体，让他玩弄，但是他为了爱情，坚决抑制肉体的欲望，不去玩弄心爱的姑娘。那个姑娘被他的高尚行为感动了，他也被自己的高尚行为感动了。这就是他向往的纯洁的爱情！但是，他后来才知道，"低级趣味"是生育孩子的必经之路。因此，凡是有孩子的人就都做过"低级趣味"的事情，包括他的父母，也包括伟大领袖。再后来，白玫让他亲身体验了"低级趣味"。他发现那真是神奇的享受，而且不仅对男人如此，对女人亦然。于是，爱情的高尚也在他的心中破灭了。

他告别了虚伪的高尚——政治上的和生活上的，开始认真思考个人的人生目标。他具有争强好胜的性格，因此一定要出人头地。1972年，他那颇有"门路"的父亲通过关系让他当上了解放军，穿上了让同龄人羡慕的"国防绿"，他也就开始了另外一条个人奋斗之路。部队的艰苦生活增加了他的阅历，也磨炼了他的意志。后来，那场残酷的"对越自卫反击战"又使他的心灵发生了重大的变化。在丛林中与越南人浴血奋战的时候，他学会了残酷！当他第一次看到有人被自己打死的时候，心中也曾经产生罪恶感。但是，在那你死我活的战场上，他别无选择，自己的生存才是最为重要的。

有一次，他带领两个战士去执行侦察任务，在丛林里迷失了方向，结果与一小队敌军遭遇。经过殊死搏斗，他们消灭了敌人，还抓到一个伤兵。不过，他的两个战友都牺牲了，他的腿也受了伤。后来，那个越南俘虏领着他走出了那片丛林。他本来已经决定把那个越南人放走，但是就在那个人离去的一刻，他开枪打死了那个人！他担心那个人离去之后会带人来抓他，威胁他的生命。尽管那只是一种可能，但是为了自己的安全，他必须残酷无情。

在经历了战火硝烟的洗礼之后，在目睹了一次次从生到死的剧变之后，特别是在亲身体验了子弹的威力之后，他发现人的生命其实非常脆弱，非常短暂，而且人死之后就万事皆无了。因此，他认为人生的要旨就在于最大限度地在有生之年享受生活所能给予的乐趣，而一个人所能享受乐趣的多少也是衡量其能力高低的标准！他要做生活中的强者，而强者无须同情弱者，因为弱者本应通过自己的努力去成为强者。于是，他利用自己的聪明才智，在社会中抢占了一个可以为他提供享乐机会的位置。

然而，随着社会生活水平的提高，他又开始不满足了。虽然他的证券公司资金雄厚，但真正属于他名下的财富却少得可怜。每当他看到那些靠股市暴富起来的大户们在娱乐场所一掷千金且大模大样地声称"不要发票"时,他的心底就会生出一种酸溜溜的滋味!他觉得自己每次让服务员开发票时都有一种偷偷摸摸的感觉。于是,他决心增加个人的财富。经过缜密的思考,他选择了"内幕交易"的方式。他物色了一些可靠的大户进行合作。他提供"信息",大户出资交易,然后利润均分。为了避免他人的猜疑,他把方琼安插到证券公司的大户室,而且这一切活动都由方琼出面,他只在幕后指挥。几年来,他已经弄到了一笔连自己都觉得难以置信的巨款,而且把其中的大部分变成美元存到了境外的银行里。随着个人财富的增长,他享用这些财富的欲望也日益强烈。但是他知道自己不能在国内享用这些"不义之财",便寻找出国的机会……

飞机降落在日本东京的成田机场。陆伯平跟随旅客下了飞机,在机场耽搁了近两个小时的时间,然后又坐上飞往旧金山的班机。晚饭后,机舱里放映一部美国电影,但是他的英语水平很低,根本听不懂,便索性将目光投向窗外蓝黑色的夜空,而他的思想又不由自主地集中到他即将见面的那个女人身上。他觉得韩昕昀真是个奇特、神秘的女人,既可爱又可怕!于是,他的眼前又浮现出20年前的情景——

"下一站——北海后门儿,请准备下车。"女售票员用最经济的气力发出的柔润拖长的声音钻进了陆伯平的耳朵,他连忙向车门挤去。

汽车急剧减速,刹车片发出尖细烦人的摩擦声,一股无形的力量轻轻但执着地推着车上的人向前倒去。汽车停稳后,陆伯平随着人流走下汽车,穿过马路向什刹海冰场走去。

此时冰场还没开门,入口外面站着许多肩背或手提冰鞋的年轻人。在20世纪70年代，滑冰是北京人的一项时髦运动。陆伯平滑冰的技术很高，自然在回京探亲时成为冰场的常客。他站在路边，点着一支香烟，悠然自得地欣赏着滑冰者的装束，特别是那些姑娘，他有这个爱好。

这时，一个从马路对面走过来的姑娘吸引了他的目光。这姑娘身穿一件将校呢军大衣，脖子上围着一条红色的长拉毛围脖；她的头发略微有些蓬松地高盘在头顶，显得高贵且文雅；她的脸颊被一副大白口罩遮住了，只露出一双细长的眉毛和一对黑白分明的大眼睛；她脚下那双样式小巧的半高跟牛皮靴在路面上发出清脆的"咯咯"声。

姑娘的目光在与陆伯平的目光相遇时停顿了片刻，但她很快就昂着头走了过去，站在不远的一棵树下。

陆伯平觉得这位姑娘有些面熟，但一时又想不起在何处见过。不过，他有"拍婆子"的经验，便走了过去，说："嘿，盘儿够靓的啊！就一个人？"

那姑娘扬起眉毛看着他，没有回答他的问题，反问道："你不认识我？"

听了这话，陆伯平觉得有些尴尬，便说："眼熟，可一时想不起来了。"

"我的变化真有那么大么？"姑娘说着用手指摘下口罩的一边，露出了脸的下半部。

"韩昕昀！我真没想到，你变得这么……"陆伯平没找到合适的词。

"变得怎么啦？"

"够狂的！"陆伯平吸了口烟，吐出一个挺大的烟圈。然后，他从呢子大衣的兜里掏出一盒"红牡丹牌"香烟，用手指弹出一支，举到韩昕昀的面前。韩昕昀微微一笑，用纤细的手指把烟拿出来，叼在嘴里。陆伯平连忙掏出打火机,给她点火。韩昕昀深深地吸了一口,然后熟练地吐出一串不大但很圆的烟圈。

"这些年在干什么?"陆伯平问。

"我?自由自在!想干什么就干什么呗!你呢?下乡了?"

"下过。后来当了兵。这不,军装刚换成四个兜的。"

"嚯!提干啦?混得不错呀!"

冰场开门了,人们蜂拥而入。陆伯平和韩昕昀在后面跟着。等他们换上冰鞋,存好衣服,来到冰场时,很多人已经滑起来了。他们也并肩加入到转圈滑行的人流之中。

天渐渐黑了,冰场上的人也越来越多。明亮的灯光把冰场照得亮如白昼,仿佛那黑暗也被围墙隔在了外面。各种各样的人穿梭般在那片光亮中滑动。由各种频率混合而成的噪音震颤着冰冷的空气,搅扰着宁静的夜空。

7点多钟,陆伯平和韩昕昀走出冰场,他们的身体都有些疲劳,但心情格外轻松。

韩昕昀说:"当兵的,该开饭了吧?我这儿可是'饥肠响如鼓'啦!"

"那好说,你点地方吧,我请客!"

"那咱们就萃华楼吧!"

两个人坐上无轨电车来到灯市西口,又向南走了几分钟就到了萃华楼饭庄。由于吃饭的高峰期已过,他们进门就找到了座位。

陆伯平点了四样热菜,然后又去小卖部买回一盘冷拼和一瓶中国红葡萄酒。他把两个玻璃杯倒满酒,然后举起一个说:"咱们是'有缘千里来相会'。来,干杯!"说完他一饮而尽。

"想把我灌醉?我看你是不怀好意!当兵的,别忘了你们那'三大纪律八项注意'的第七条——不许调戏妇女!"不过,她也把酒喝干了,又说,"你可别小瞧本姑娘!今天的韩昕昀可不是你原来认识的那个女孩儿啦!"

"这我早就看出来了!"陆伯平掏出香烟,拿了一支,然后把烟盒放到桌子上。

韩昕昀也点燃一支香烟,吸了一口,眯着眼问道:"听说过北京南城的'三龙一凤'吗?"

"听说过。怎么,你就是那个'凤姐'?"

"正是本姑娘!"

"这么说,你那几年在北京戳得够响的!"

"反正南城一带的'小玩儿闹',没有敢跟我炸刺儿的!"

"那你现在呢?"

"瞎混呗!"

"没找个工作?"

"在一个街道工厂挂了个名儿。高兴了,就去几天。"

"那不高兴呢?"

"在家歇病假呗!"

"你有什么病?"

"想有什么病,就有什么病!咱在医院有路子,弄几张病假条还不是玩儿的事儿!不瞒你说,我现在身上就有空白的病假条。你想要吗?"

"我不需要那玩意儿!"

"如果你有哥们儿需要,让他来找我。两块钱一张!"

"吃上这碗儿饭啦?"

"咱的路子野着哪!这不过是弄两盒烟钱!"

"那你还有什么路子?"

"这得看你需要什么了!"

"你这话可够狂的！"

"这么跟你说吧，只要是我答应给你办的事儿，咱现趟路子都来得及！"

"真有这么大本事？"

"信不信由你！"

陆伯平和韩昕昀边吃边聊，直到服务员已开始扫地并把椅子倒放到桌子上，他们才走出萃华楼饭庄。

陆伯平把韩昕昀送回家，进了她那间陈设简单但相当整洁的小屋。进屋后，韩昕昀脱去大衣，用炉钩子捅了捅火，然后坐到床边。陆伯平则坐到屋里唯一的木椅上。

韩昕昀乜斜着潮红的眼睛，看着陆伯平。

陆伯平的心里一阵悸动。他也脱去大衣，说："你这屋里还挺暖和。"

"是你心里有火吧？"韩昕昀的声音很轻，但是撩拨得陆伯平心中痒痒的。韩昕昀见陆伯平没有说话，又问："怎么？不想回家啦？我知道你们男人都这德行，一进了我这小屋就迈不动步了！当兵的，尝过女人的滋味儿吗？"

陆伯平违心地摇了摇头。

韩昕昀起身把屋门插上，又拉好窗帘，用更加温柔的声音说："那我今天就让你享受一次！"

……

陆伯平和韩昕昀并排躺在床上。黑暗中，他们都知道对方没有睡觉，但是都没有说话。也许，他们的心灵深处都感到有些羞愧；也许，刚才的身体接触使他们都懒得再说那些言不由衷的话语；也许，他们都在猜测对方心里想的事情。

最后，还是韩昕昀打破了沉寂，她说："你第一次在外边'刷夜'吧？想什么哪？是不是觉得我变得太坏了？"此时，她的声音很平缓，语调中也没有了那种矫揉造作。

陆伯平说："不是。我在想，我们每个人都在变，而且很难说是变好还是变坏。也许，人生就是这样！"

"其实，我有时候都对自己的变化感到吃惊！我怎么会变成这样一个女人？可是，这不是我自己能决定的。如果你知道了我的经历，你就不会奇怪了。"

"我听说，你爸妈都死得很惨？"

"那只是悲剧的开始，后边的事情你就不知道了。你也不可能知道！"

"你刚才说，你们是南城的'三龙一凤'，后来那'三龙'去哪儿了？"

"大龙死了，在十渡为了我，让人用刀捅死的。二龙去山西插队了。三龙去东北兵团了。"

"还有联系吗？"

"本来就是一场闹剧。戏演完了，谁还记得谁呀！"

陆伯平和韩昕昀都陷入沉思之中。

几天后，陆伯平返回了部队。回部队后，他给韩昕昀写过两封信，但是韩昕昀只回了一封信，而且信封里只有一张白纸！

两年后陆伯平再次回到北京时，曾去那间小屋找过韩昕昀，但是她已经搬走了，而且邻居都不知道她的去向，陆伯平曾为此感到怅惘，但时间一长也就淡忘了。

1994年初，陆伯平在一个朋友举行的晚宴上见到一位美籍华人，名叫希拉·萨利文。他听说萨利文夫人的资产有数千万美元，便主动上前自我介绍。

萨利文夫人看了他的名片后,摘下很大的变色眼镜,笑容可掬地问道:"陆先生,你又不认识我啦?"

"我看您很面熟,可就是想不起来在哪儿见过。实在是抱歉!"

"你还记得20年前的什刹海冰场和萃华楼饭庄吗?"

"您……是韩昕昀?"

"你还记得我的名字,我真感到荣幸!"

"真没想到你这些年的变化这么大!"陆伯平由衷地感叹道。

"20年前你就曾经为我的变化而感到惊讶。我想,这一次的变化肯定没有上一次大。"

"可我觉得你这次的变化更大!"

"那是因为我变老了,变丑了!"

"不不,我不是这个意思。其实你根本就不像40岁的人,也就是30出头,而且比以前更有风度了!"

"谢谢!"

"我刚才说的变化是指你的……身份。你是怎么去的美国?"

"恢复高考以后,我考上了大学,专业是英语。咱国家是拨乱反正,我那也算是改邪归正了。大学毕业后,我工作了两年,后来考上了美国的研究生,就到了大洋彼岸。"

"那你怎么……"陆伯平看了看手中的名片,不知应如何问。

韩昕昀莞尔一笑,"你是想问我怎么发的财吧?靠个人奋斗,也靠运气!"

"我相信你在海外华人中也算得上佼佼者了。你在事业上的成功,令我非常钦佩!"

"陆先生在事业上也是很有成就的人嘛!"

"哪里!哪里!以后还请萨利文夫人多多关照!"

第二天上午，陆伯平接到了韩昕昀的电话，请他到香格里拉饭店去吃晚饭。陆伯平非常高兴，因为他正在考虑如何利用韩昕昀来实现自己出国定居的愿望。

晚上见面后，韩昕昀满面春风地说："陆先生，我记得20年前你曾请我吃过饭。我这人可不爱欠人家的账，所以今天请你来吃顿便饭，算是还个人情吧。"

陆伯平彬彬有礼地说："我非常感谢萨利文夫人的盛情。不过，要说欠人情，那我欠萨利文夫人的情就更多啦！"陆伯平故意在"情"前面省去了"人"字。

韩昕昀微微一笑，道："咱们是故友重逢，不必太拘礼。陆先生，我还可以叫你'小平'吗？"

"当然！当然可以！那么，我是不是也可以称呼你'小昀'呢？"

"我现在的名字叫'希拉'。如果你愿意，就叫我'希拉'吧。"

"啊，这个名字很好听！好像美国总统的夫人也叫这个名字吧？"

"她叫'希拉里'。"

"外国人的名字很难分辨，对了，你丈夫怎么没有一起来？"陆伯平试探地问。

"噢，他已经去见上帝了。阿门！"韩昕昀习惯地用右手在胸前划了个十字。

"真对不起！我不该使你……伤感！"

"伤感？为什么？我现在这样不是很好吗？或者用你们中国人的话说，很潇洒。对吗？"韩昕昀很认真地看着陆伯平。

"对对！看来你对中国的情况很熟悉。"

"也是我的祖国嘛！"

酒菜上来之后，陆伯平先和韩昕昀碰了杯，祝贺重逢，然后问道："希拉，你有孩子吗？"

"你怎么对我的家庭这么感兴趣？又是'不怀好意'？咯咯咯！别脸红嘛！咱们都是过来人了，何必不好意思？至于孩子嘛，我命中注定就要孤独地走完一生。这是上帝的旨意。阿门！"韩昕昀又划了个十字。

"你绝不会孤独的！"

"是吗？你怎么知道呢？"

"像你这么聪明这么漂亮的女人怎么会孤独呢？"

"而且还这么有钱！对吧？"韩昕昀没等陆伯平回答就又说道，"噢，我忘了——你们中国人是绝不谈钱的，哪怕心里想得要命！那好，咱们就谈点儿别的吧。比如说，你的家庭。"

"我也结过婚，而且有一个女儿。"

"为什么是结过婚呢？难道你的太太也去见上帝了？不，应该说'去见马克思了'。"

"不！我们离婚了！"

"那倒是个悲剧噢！"

"也是一种解脱！"

"我赞成这种观点。无论是什么原因，既然两人无法共同生活，那就不要让名存实亡的婚姻再折磨双方。这确实是一种解脱！那么，你已经解脱多久了？"

"前年的事情。"

"已经另觅新欢了吧？我记得你是个不甘寂寞的人哦！"

"嗨，谈何容易！自古以来，人生难得一知音啊！"陆伯平拿起酒杯，一饮而尽。

韩昕昀看了看陆伯平，嘴角浮上一丝轻蔑的微笑。她也举起酒杯，但只抿了一口，然后换了个话题，"那个夏大虎怎么样了？"

"大虎？啊，他干得也不错，搞了个室内装饰公司，挣了几个小钱儿！"

"结婚了吗？"

"结了。还有一个儿子，就在我们公司做股票。我们是老朋友，他的儿子我自然要多加关照啦！"

陆伯平知道韩昕昀和夏大虎在上学时关系不错，所以特意补充道："大虎可是个'妻管儿严'。你懂这意思吗？"

"不就是怕老婆嘛！"

"你想见见他吗？"

"没有那个必要啦。他现在是家庭幸福，事业有成。我何必去打扰他呢？你也不要向他谈起我的事情。我希望他把我忘得一干二净！"韩昕昀若有所思地说。

"我绝不会向他提起你的事情。我也觉得过去的事情就让它过去吧！"

韩昕昀的鼻子哼了一声，没有再说话。

饭后，陆伯平殷勤地送韩昕昀回房间。到门口，陆伯平问："我可以进去坐会儿吗？"

韩昕昀笑道："恶习不改噢！"不过，她还是让陆伯平走进了她的房间。

关上门后，韩昕昀脱去外衣，走进卧室。陆伯平跟在后面，突然一把搂住韩昕昀，急促地说道："亲爱的，我爱你！你知道吗？那年我接到你那封没有字的回信之后，心都要碎了！我知道你看不上我，可是我不甘心！后来我回北京时又去找过你，可是你搬走了，谁都不知道你的下落。你知道我当时有多么痛苦吗？这些年来，我的心里一直在想着你！我的婚姻之所以破裂，就是因为我的心里老有你的影子！我爱你！你才是我这辈子的真正知音！现在，命运又让我们重逢了。亲爱的，再给我一次机会吧！我将永远陪伴你，无论是到天涯还是到海角！亲爱的，你答应我吧！"

韩昕昀没有说话，闭上了眼睛，任凭陆伯平的嘴在她脸上亲吻，任凭陆伯平的手在她身上抚摸。陆伯平明白了，把韩昕昀抱到床上。

……

当他们从床上起来之后，韩昕昀先去洗了个澡，然后穿着睡衣坐到沙发上。

陆伯平坐到韩昕昀旁边，深情地说："亲爱的，谢谢你给我这么大的快乐！谢谢你对我的信任！我绝不会辜负你对我的信任！我一定会使你幸福！亲爱的，看在上帝的份儿上，咱们结婚吧！"

韩昕昀微微一笑，说道："你说什么都可以，就是别提'上帝'，因为欺骗上帝是最大的罪过！"

"怎么？难道你不相信我对你的爱情？亲爱的，我真想把心掏出来给你看！"

"别说得那么血呼啦的！我知道，每个人的心都是红的，因为上面有血！"

"我真的很爱你！我可以用以后的实际行动来证明我对你的爱情！我……"

"你累了吧？也真难为你了！这么大的人了，又这么有身份，却要扮演这么个连小伙子都很难演好的角色！"

"亲爱的，你不能这么说！我……"

"还是叫我希拉吧！戏演完了，还用戏中人的称呼，让人听着别扭！其实，刚才我也在演戏，我闭上眼睛，尽量把你想象成苦苦等了我20年的恋人，以便能体验到那种特别幸福特别快乐的感觉。现在那快乐的时刻已经过去了，我们还是坦率地谈一谈吧。"韩昕昀站起身来，坐到陆伯平对面的沙发上，心平气和地说，"你刚才说要陪我到天涯海角，难道你连这个大经理也不要了？"

"这个经理有什么可留恋的？干得再好，也是给别人干！我辛辛苦苦赚来的钱，上边儿一句话就拿走了，让他们去挥霍！我早就不想干了！"陆伯平有些激动地说。

"那么，你和我结婚是为了什么？为了我的钱吗？"

"钱？我才不稀罕呢！我是真心实意地爱你！你怎么能把我的爱情说成是为了钱呢？不瞒你说，我在香港的银行里有大笔存款，虽然不如你多，但足够我享用了。我可以向你保证，结婚后我绝不要你一分钱！我们可以在结婚时定下一个协议——夫妻财产分别归自己所有。我唯一的希望就是通过我的爱使你生活幸福，使你那颗伤痕累累的心得到保护和安慰。也许我今天做得太冲动了。可是我绝不像你想象的那么坏！你刚才说的那些话实在是对我人格的侮辱！但是，我不生你的气，我很理解你的心情，因为你受到的伤害太多了。如果你真认为我又一次伤害了你，我真诚地请求你原谅！晚安！"陆伯平站起身来，大步走出韩昕昀的房间。

两天之后，陆伯平又接到了韩昕昀的电话，并再一次来到韩昕昀的房间。

进屋后，陆伯平发现韩昕昀的打扮很庄重，似乎是要参加一项重要的社交活动，便问："希拉，你要出门？如果你有重要活动，我可以改日再来。"

韩昕昀微微一笑，"是有一项重要活动。不过，你也是这项活动的参加人。"

"什么活动？"

"请坐下来谈吧。"韩昕昀让陆伯平坐到沙发上，自己坐在对面，"我想咱们应该认真讨论一下你我之间的交易了。如果一切顺利，我们可以达成一项协议。"

"你是说'结婚协议'?"陆伯平有些喜出望外。

"你也可以这么称呼它。不过,它的内容要比一般的结婚协议广泛得多。"

"这我知道。而且,我保证接受你提出的一切条件!"

"你先别把话说得这么绝,还是听完我的条件之后再表态吧!"

"那好,亲爱的,我洗耳恭听!"

"这是严肃的谈判,请注意你的语言!"

"你办起事情来总是与众不同!"

"让你吃惊的事情还在后面哪!好啦,咱们言归正传吧。"韩昕昀向后挪了挪身体,说道,"如果我没有理解错的话,你和我结婚的目的是想通过我去美国。"

"不不!我……"

"陆先生,请你不要打断我的话。咱们现在是正式谈判,在我讲完之后,我会耐心听你陈述意见。另外我还想提醒你,如果你不能开诚布公的话,我们之间就很难合作了。这是前提条件,你能接受吗?"韩昕昀面无表情地看着陆伯平。

陆伯平犹豫了一下,无可奈何地点了点头。

韩昕昀继续说:"你去美国的目的是逃避惩罚,这是毋庸置疑的。你说自己在香港银行有大笔存款。你是国营公司的经理,凭那点儿微薄的工资,你怎么可能有大笔存款?你那些钱肯定是非法收入,很可能是贪污受贿。请别害怕!我没有义务也没有兴趣帮助中国的司法机关调查你的罪行,而且我有意成全你,如果你能帮我一个忙的话!"

"什么忙?"陆伯平也收起了脸上的笑容。他觉得这个女人真厉害,并在大脑中分析着对方可能利用此事威胁他去干些什么。

"上次你说夏大虎的儿子在你那里做股票生意。我想，利用手中权力治他一下，对你来说该不费吹灰之力吧？"

"为什么要治他？"陆伯平松了口气。

"因为我恨夏大虎！他打死了我的父亲，我要报仇！这笔账，我不仅要让夏大虎来还，而且要让他的儿子来还！"韩昕昀的声音虽然不高，但是脸已经通红。

"夏大虎打死了你的父亲？我怎么不知道？这一定是你的误会吧！他一直对你很好，怎么会打你父亲呢？"

"那是我亲眼看见的！当时还有别的造反派，可他是在最前面，打得最狠！开始我也很难接受这一事实，总在心里为他寻找开脱的理由，说他这样做是被逼无奈，是误会。嗨，那时候我太年轻，心太善良。经过这么多年的磨难，我对人性有了更深的理解。人在私欲的驱使下可以干出最为残暴的事情。夏大虎追求过我，在我们家搬走之后，他仍在找我，可是我不能理他。他一定认为这是我父亲在从中作梗，所以借那个机会痛打我那可怜的父亲。所以，是我害死了我的父亲！"

"真是这样？难怪夏大虎从来没有跟我提过这件事情呢！"陆伯平喃喃地说。

"他怎么会把自己干的坏事告诉你呢？他是一个心胸狭隘又争强好胜的男人！无论因为什么，反正我父亲是让他打死的，而这也正是我悲惨遭遇的根源！因此，我要报复他！报复他的儿子！"

"那你要我怎样报复他的儿子？把他痛打一顿？还是把他杀掉？"

"我并没有发疯，我不会让你去干那种蠢事！再说，那样做也显得我韩昕昀太没本事！我要用合法的手段搞得他家破人亡，让他在无可奈何中慢慢品尝他种下的苦果！首先，你要让夏大虎的儿子在股市上赔个精光，最好还欠一大笔债。然后，你再挤对他自杀，或者把他送进监狱,而且要让他知道是在替父还债,让他怨恨他的父亲。至于夏大虎嘛,我要亲手来收拾他!"韩昕昀几乎是咬牙切齿地说出了最后几句话。

此时陆伯平的心里已经平静,他觉得自己在这场人生角斗中又占据了主动权。他慢慢地说:"这事儿并不算难。可是我的事儿呢?"

韩昕昀说:"我已经替你考虑过了。你可以走两条路:一条是先结婚,后出国;另一条是先出国,后结婚。虽然第一条路可以直接申请移民,似乎是条捷径,但实际上是欲速而不达,而且有风险。你可能也知道,申请移民签证,要排很长时间的队。即使你完全符合条件,也要等美国移民局分给中国大陆的配额,而且已经在你前面排队的人肯定不少。更为重要的是结婚之后你再申请出国,恐怕会引起国内有关部门对你的怀疑。一旦被抓住问题,你可就前功尽弃了!因此,我主张此事分两步走。第一步,你先出国。这并不难,也容易掩人耳目。我可以用我们公司的名义请你到美国做业务考察,只要你能以某种途径拿到护照,再办美国签证就可以悄悄进行,不必惊动你的上级和同事。这显然对你更有好处。第二步再结婚和办移民手续。等你到美国以后,我保证和你结婚,并帮你办理移民手续。当然,咱们的婚姻只是暂时的,一旦你取得了身份,咱们的婚姻关系就终止了。而且无论在婚姻存续期间还是在离婚之后,咱们在经济上都是完全独立。以上就是我的条件,你需要考虑多长时间才能作出答复?"

"这……我还有一个问题。"

"请问吧。"

"你什么时候能给我发来邀请?"

"这确实是一个很重要的问题。我想,根据我刚才讲的条件,我当然要在你的工作初见成效之后才能给你发出邀请函。具体来说,就是在你把夏大虎的儿子搞破产之后,因为只有这样我才能看到你与我合作的诚意！我相信你对此也不会有异议吧？"

陆伯平在心里不得不佩服韩昕昀的精明和口才。他想了想，觉得自己最明智的选择就是全面接受。他说："你确实是个非同寻常的女人！我完全接受你的条件。不过，我希望你在最后决定和我解除婚姻关系之前能够改变主意！"

韩昕昀莞尔一笑，"那就要看你的本领啦！有人说女人是水性杨花，可真要让女人改变她们已经拿定的主意也并不容易。我只能说，祝你好运！"

那次分手之后不久，韩昕昀就回美国了。

陆伯平经过深思熟虑，开始实施他的行动计划。他根据掌握的内部情况并通过方琼的手把夏哲送进了看守所。对此，他心安理得，因为他内心一直对夏大虎与白玫的结合感觉不快。当然，他不是个记仇的人，他看重的是明天，而不是昨天。只要不妨碍他的未来生活，他完全可以与夏大虎一家友好相处。这些年，他就是这样做的。

韩昕昀如约给他发来了邀请函。

然而，事情的发展并不像陆伯平预想的那么顺利，但他在踏上这条路之后就发现自己必须一直走下去，而且他的命运越来越明显地落入了韩昕昀的手中。

韩昕昀又提出新的要求。她先是让陆伯平去夏大虎的办公室偷走一份合同，后来在夏哲的审判进展缓慢时又让陆伯平进一步陷害夏哲。前一个要求并没有让陆伯平感到为难，他对夏大虎的办公室很熟悉，对保险柜也很有研究，所以他很容易就完成了任务。但是第二个要求确实让陆伯平感到为难，因为他此时已经知道夏哲是自己的亲生儿子了！

陆伯平并非不重亲情的人。实际上，他认为血缘关系是人与人之间最值得珍视的关系。他已经对自己在不知真情的情况下伤害了儿子而感到内疚，怎么忍心再进一步伤害无辜的儿子呢？多年以来，他第一次为另外一个生命的幸福和命运而忧心忡忡。然而，他不能只考虑夏哲的命运，还必须考虑自己的命运，而且他已习惯把自己的命运放在他人命运的前面。当时，他已经感受到威胁———一方面来自于那个极难对付的洪律师，一方面来自于那个对自己一片痴情的方琼。

　　他知道方琼对自己真心实意，而且愿意为爱情赴汤蹈火。因此，他把方琼安插到证券公司，直接操作那些"内幕交易"。为了掩人耳目，他们俩在公司假装没有任何私人关系。他许诺日后带方琼去美国，然后结婚，一起享用那笔钱财。方琼为此还在努力自学英语。其实，他也有心把方琼带到美国去，但是他知道韩昕昀绝不会答应。然而，他又不能把方琼一个人留在国内，因为方琼知道的事情太多了。他也曾为此而苦恼，但是他必须首先保护自己。最后，他精心设计了一箭双雕的行动方案——既封住了方琼的嘴，又满足了韩昕昀的要求。他的心中有时也会产生一丝愧意，感觉自己对不起方琼。方琼全心全意地爱他，一切都听从他的安排和指挥，而他不仅辜负了她，还亲手结束了她的生命！她临死前那怨恨的目光犹如两把利剑直刺他的心脏！然而，他别无选择，就像当年在越南战场上打死那个伤兵。

　　他觉得唯一受到委屈的就是自己的儿子。不过，他也为自己找到了保持心理平衡的理由———一方面，他这样做阻止了儿子与女儿的婚事；另一方面，他日后可以补偿儿子受到的损失。只要他平安无事，儿子以后就可以享受荣华富贵。他可以把儿子接到美国，还可以送给儿子一大笔财产。他曾经许诺送儿子到香港大学去读书，他还可以送儿子到美国的哈佛大学去读书。但是，儿子能够渡过审判这一关吗？也许……

　　想到此，陆伯平轻轻地叹了口气。

由于飞机是从西向东飞，所以黑夜很快就过去了。大约当地时间上午10点钟，飞机降落在旧金山机场。踏上美国的土地之后，陆伯平的心里非常兴奋，但也有些不安，因为这毕竟是一个陌生的国度，而且周围人讲的都是他听不太懂的语言。他不知道这里等待他的究竟是什么！

取到随机托运的行李之后，陆伯平推着行李车向海关出口走去。那里已经排起了长队。他等了足有40分钟，才轮到他办手续。他走到方方正正的玻璃房间的窗口，把护照等有关证件递了进去。里边坐着一位穿制服的中年女子。她仔细查看了陆伯平的护照之后，问了两句话，但是陆伯平没听懂，下意识地点了点头又摇了摇头。那位女官员回过头去和坐在她身后的一位男子交谈几句，然后那个男子走出来，示意陆伯平跟他走。陆伯平推着行李车，跟着这个人来到一间办公室。

过了十几分钟，进来一位中文翻译。那位海关官员通过翻译对陆伯平说："陆先生，我很遗憾地通知你——你不能进入美国。"

"什么？"陆伯平简直不相信自己的耳朵了。

"你不能进入美国。"

"为什么？我有美国大使馆的签证！"

"拿到大使馆的签证并不能保证你进入美国。这要由海关的官员来决定。"

"可是我有邀请信，有经济担保。你们不能不讲道理！"

"我们这样做是有理由的，因为发给你邀请信的人已经通知我们撤销那邀请信和经济担保了。"

"什么？是她？"陆伯平忽然觉得自己受骗了，被人愚弄了。

"陆先生,我正式通知你,你必须乘下一班飞机回中国!"

陆伯平忽然觉得这一切都是命运的安排。他的腿一软,坐到了地板上……

第三十六章

洪钧坐在电脑前,眼睛看着屏幕上那一行行整齐的字迹。他的右手握拳挥动了两圈,然后按键发出打印的指令。于是,与计算机连接的打印机便发出有节奏的"嗞嗞"声。洪钧站起身来,走到门边的花架旁,悠闲地欣赏着龟背竹叶尖上悬垂欲滴的水珠。

突然,宋佳那调侃的声音传进了他的耳鼓——"洪律,又想什么哪?留神我告诉肖雪!说真格的,你们怎么还不结婚?"

洪钧看了宋佳一眼,不紧不慢地反问了一句:"你着什么急呀?"

"谁着急啦?我就想知道什么时候可以喝你们的喜酒啊。"

"那得去问肖雪。我就是着急,也没用。我已经两次向她求婚了,可她老说再考虑考虑。"

"你呀,别老自吹懂得心理学,其实你一点儿都不懂女人的心哦。来,今天我也指导指导你。"宋佳大模大样地坐到了椅子上。

洪钧饶有兴趣地望着宋佳,问:"你怎么指导我?"

"我先问你,你是不是天天给她打电话?"

"没那么多,也就是一个礼拜打个两三次。"

"我说咱所的电话费这么高呢!不过,反正都是你自己的钱。我是说,你不能老给她打电话,你得让她给你打电话。"

"我怎么跟她说?你给我打电话吧,我这边儿得省钱。行吗?"

"谁让你说省钱啦!"

"那我说什么？工作忙？"

"你什么都不用说。你就一个礼拜都不给她打电话，看她给不给你打呀。"

"她要是真不打呢？"

"那你就给她打一个，就说你特忙，再说说你这边儿办案子的事儿。可别老说什么你想她之类的话。知道吗？"

"然后呢？"

"然后，你两个礼拜不给她打电话，再看她有什么反应。我估计，就算她第一个礼拜没主动给你打电话，这回肯定得给你打了。而且，你一定得沉住气噢。有这么两三次，你再跟她说结婚的事儿，她肯定会同意。"

"别看你岁数不大，还挺有经验的！"

"你忘了，我学过心理学呀。这种事儿，我专业！"

"你这招儿行吗？可别给我弄砸喽！"

"你放心，就按我说的做，绝砸不了的！"

"万一她借着这个碴儿，真不跟我结婚了，那怎么办？"

"万一那样的话，只能说明她压根儿就不想嫁给你！那你也就别傻等了，该干吗干吗。"

"你说我干吗？"

"办你的案子呗！有时间还可以写你的论文。我看你真是精力过剩，手里的案子这么多，还有心思写这种论文！"她拿起了计算机刚刚打印出来的那篇文章，标题是"论人生黑洞"。

洪钧笑了笑说："我那是有感而发！"

"您可真有学问，连宇宙都敢研究！我拜读了您的大作，可到了也没明白究竟什么是黑洞。"

"这就对了。宇宙中的黑洞本来就是人类目前的认识能力还无法理解的东西。科学家们只能推测出它的存在，而无法准确地描述其存在的形式和它产生的原因。有人说黑洞是一个特殊的不发光的星体，有人说黑洞是巨大恒星衰变末期的残骸，有人说黑洞里什么都没有，有人说黑洞里聚集着高度凝缩的物质，有人说黑洞是每一颗恒星自身发展的必然归宿，有人说黑洞是200亿年前宇宙诞生大爆炸的产物。不过，有一点似乎得到了科学家们的共识——黑洞具有不可思议的巨大引力，而且整个宇宙最终都会消失在黑洞之中。也许，这就是人类的终极命运！"

"我说你可真够累的，怎么净研究那些没边儿没沿儿的事儿啊！"

"我喜欢。越是深奥的问题，越是难解的问题，我就越感兴趣。"

"有病！跟你干时间长了，我也得有病！"

"不过，我真正感兴趣的并不是宇宙中的黑洞，而是人生中的黑洞。宇宙中的黑洞无论在时间上和空间上都离我们非常遥远，而人生中的黑洞则确确实实地存在于我们身边！"

"这话还有点儿意思。可什么是人生中的黑洞呢？"

"这也是人类目前的认识能力还不能解答的问题，至少我认为如此。如果把一个人生命的起点到终点之间的连线称为'人生轨迹'，那么每个人的人生轨迹究竟是由什么决定的？毫无疑问，韩昕昀、夏大虎、陆伯平等人的人生轨迹之间既有相似之处也有相异之处。但这些是由他们各自生命的特点所决定的，还是由外界的非生命乃至超生命的力量所决定的？在他们的人生轨迹中都有一些'歧变点'，那么这些歧变的出现究竟基于什么？在这些歧变的后面是否蕴涵着某种内在的规律？也许，牛顿的'万有引力定律'和'运动定律'同样适用于人生轨迹的测定。那么，按照'人生万有引力定律'，社会中任何生命都吸引其他生命；吸引力同两个生命自身'质量'的乘积成正比，而同两个生命之间'距离'的乘积成反比。按照'人生运动定律',首先,如果某一生命做匀速直线运动,那么只要没有外力作用,它就会依惯性而持续作此运动;其次,引力可以改变某一生命的运动速度和方向;最后,两个生命之间力的相互作用总是大小相等而方向相反。不过,上述定律只能解释一般的人生轨迹,而那些发生巨大歧变——特别是群体性歧变的人生轨迹又该如何解释呢?我想,这就是人生黑洞的作用,因为它那不可思议的引力明显地扭曲了群体的人生轨迹,因为它那神秘的力量导致了一个个乃至一片片悲惨的人生!这强大的引力来自何处?来自于那些特殊事件?来自于那些制造特殊事件的人?还是来自于促动那些人的欲望和能量?我不知道,因为我们只能看见黑洞作用的结果,却看不到黑洞本身。"

"我觉得,你这项科研成果……叫什么来着?啊,'人生万有引力定律',大概都可以申请诺贝尔奖啦!可我就不知道你这个应该算哪个学科?医学、化学、物理学,好像都不太合适。我看就文学奖还比较靠谱。"

"你讽刺我?"

"那不能!我只是觉得你的想象力真是太丰富了!而且这理论太深奥,一般人绝对听不懂。你能不能说得通俗点儿?"

"这理论吧,还真不好通俗。你知道,我当过大学老师,我们老师的一项基本技能就是把简单的问题复杂化,以便显示我们有学问。可你非让我反过来,把复杂的问题简单化。这就比较难。我举个例子给你说吧,可不一定准确。比如说,'文化大革命'就像个黑洞,因为它扭曲了亿万人的生命轨迹。股票市场也好像是黑洞,因为它改变了千万人的生活方式。但究竟这黑洞是什么?我们看不见,也说不清。当然了,如果我们都看得见,那也就不叫黑洞了。你明白了吗?"

宋佳没有回答,因为她在认真思考洪钧这几句话的含义。她仿佛明白了一些道理,但又好像什么也没有明白。她看着沉醉在思索之中的洪钧，一时无语。

电话铃声打破了室内的沉寂。宋佳如释重负地抓起话筒："喂，您好！这里是洪钧律师事务所。您有什么事情？"

"喂，是宋姐吧？我是夏哲。"

"是你呀，夏哲。怎么样？又回股市啦？"

"咱是哪儿摔倒的哪儿爬起来！遇上个坎儿就歇菜，那也忒怂了点儿！你说对吧，宋姐？"

"你还真行。对了，陆婷怎么样？"

"她还好。"

"那……你们俩的关系呢？"

"你肯定知道了，我们俩是兄妹。一开始，她接受不了这件事儿，大病了一场。后来，她总算想明白了，这都是上天的安排。现在，她就一门儿心思复习功课。我也在复习。我们俩的目标是明年一起考上大学。她学医，我学金融。你放心，我这辈子一定会照顾好我的妹妹！"

"这我信。对了，你老爸怎么样？"

"哪个老爸？我现在可有两个老爸——夏老爸和陆老爸。"

"当然是夏经理。"

"他特惨！这些年辛辛苦苦创下的产业都赔进去了，公司关门儿了，他也大病了一场。还有那个……萨利文夫人的事儿，我们都知道了，可是也没法儿劝。现在，他要么就去什刹海闲逛，要么就在家里喝闷酒，一天到晚也不说话。我知道他心里觉着窝囊，真怕他一时想不开！"

"还不至于吧。你那位'陆老爸'呢？"

"他更惨！我就是为他才打电话的。我想请洪律师作他的辩护人。"

洪钧从宋佳手里接过电话，说："你好，夏哲。"

"洪律师，陆伯平已经被检察院正式起诉了，听说够判死刑的。我想请您做他的辩护律师，费用由我出。"

"这可能会有辩护的利益冲突。你知道，在方琼被杀的问题上，我的推理证明你无罪，但是对他很不利。假如我做他的辩护律师，就会建议他用合理的解释来推翻我的推理，至少证明我的推理和那些间接证据不能确实充分地证明他开枪杀害方琼的事实。在这个问题上，你的利益和他的利益是相互冲突的，我不能同时担任你们两个人的辩护律师。"

"他从美国回来，就直接到公安局自首了。杀害方琼的事儿，他全承认了，跟您推断的一样。而且，他也承认是希拉让他陷害我的。如果不是他主动承认这些事儿，我也不能这么痛快就被放出来。我想，他这样做大概也是为了我。"

"这样的话，我就没有拒绝的理由了。从感情上讲，我不愿意替他辩护。但是，作为一名律师，我有这个义务。我讨厌这个人，但是我必须坚决捍卫他获得辩护的权利。不过，我有言在先，你可不能抱有太大的希望！"

"这我知道，我只希望能帮帮他，让生活再给他一次机会，因为他毕竟是我的生身父亲！"

洪钧放下电话之后，望着宋佳。他发现宋佳的眼睛里饱含着泪水，不解地问道："你怎么啦？什么事情让你这么难过？"

泪水终于流出了宋佳的眼眶，她哽咽着说道："我也说不清楚。在知道了这个案子的真相之后，我就老想哭。我觉得，这些女人的命运太惨啦！希拉就不用说了，还有陆婷、白玫、陆婷她妈，还有这个方琼。虽然说方琼作为第三者，挺招人恨的，但是她也很可怜！她对陆伯平是一片痴情，结果却死在了爱人的手中！也许，女人的命运都是这样的。"

"我听说，眼泪的存在，就是为了证明悲伤不是一种幻觉。"洪钧一脸的认真。

"你讨厌！"宋佳破涕为笑了。

一年后，洪钧到美国芝加哥参加西北大学法学院的校友聚会。站在浩如大海的密执安湖畔，眺望美轮美奂的高楼大厦，他的心底升起诸多感慨。在这里生活学习的时候，他耳濡目染却没有感觉这些有多么美丽壮观，但是在有了时空距离之后的故地重游，却唤醒了他内心深处对这所城市的爱恋。

离校五年，同学们似乎都有了许多变化。见面时，他们谈论自己，也谈论熟悉的人。从同学口中，洪钧得知希拉每年都来参加校友聚会，而且相当活跃。于是，他每次聚会都在人群中搜寻希拉的身影，但是一直没有找见。他问校友，同学们也没有见到希拉。他还查阅了校友捐赠的记录，上面也没有希拉的名字。

经过一番内心斗争之后，他拨通了希拉名片上的电话号码，但是没有人接，那单调的"嘟——嘟——"声使他的心中充满了失望和怅惘。他终于明白了，自己内心深处还潜藏着一个愿望，那就是再见到希拉。

回国的前一天，洪钧决定不再等待，去找希拉。他乘坐地铁，来到位于芝加哥市南部的"中国城"，然后按照名片上的地址，找到了美国宏亚有限公司———座具有中国特色和气派的二层楼房。经人指引，他来到二层的董事长办公室门外，把名片递给女秘书，说自己想见董事长。女秘书说董事长正在和人谈话,请他到旁边的会客室稍候。

洪钧坐在会客室的沙发上,眼睛看着墙上的几幅中国字画,心中想着即将与希拉的见面。他似乎有许多话要说,但一时又不知该从何谈起。过去还是现在?中国还是美国?夏大虎还是陆伯平?那个案子还是那个腰带?

女秘书打断了他的思绪,带他来到董事长办公室。一进门,他愣了,因为董事长是一位中年男子。

董事长面带微笑,用带有广东味儿的普通话说:"你是洪状师吗?找我有什么样子的事情啦?"

洪钧有些尴尬地说:"我想,我找错人了。我要找萨利文夫人。她不是宏亚公司的董事长吗?"

"啊,你要找希拉?她过去是我们公司的董事长,但是,她已经在半年前辞去了董事长的职务啦。"

"为什么?"

"好像是健康原因的啦。我记得,去年从中国回来之后,她就病了很长一段时间嘛。"

董事长上下打量了洪钧一番,然后问道:"你是从北京来的吧?"

"对,我来参加西北大学的校友聚会,我和希拉是校友。"

"啊,你终于出现啦!"董事长看上去有些激动。

"您这是什么意思?"洪钧有些困惑。

"希拉离开公司的时候,留下一件东西的嘛。她让我转交给一位来自北京的状师,还说是她的老同学嘛。"董事长转身打开柜门,从里面找出一个小巧精美的礼品袋,递给洪钧,"这个肯定就是给你的啦。"

洪钧打开纸袋,里面有一个信封和一盒磁带。他打开信封,里面有一张银行支票,金额是100万美元,收款人是夏大虎。他点了点头,又仔细查看了纸袋内外,没有找到一个字迹。他抬起头来,皱着眉头说:"您说希拉离开了公司,难道她不是这家公司的股东吗?"

"她把自己的财产,全部都捐赠给教会了嘛。"

"那您知道她现在在什么地方?或者,我怎么才能找到她?"

董事长摇了摇头,说:"我也不晓得啦,因为她没有给我们联络嘛。我们本来想让她担任荣誉董事长的,但是没有联络方式嘛,我们也没有找到她。我还记得,她最后一次跟我谈话的时候,多次谈到了北京,好像她非常想念北京嘛。我猜想,也许她又回中国啦。"

洪钧沉思片刻,又问道:"那位陈静怡小姐还在你们公司吗?"

"她也离开啦,好像是回了台湾吧。"

"都走了!"洪钧似有所悟地点了点头,又问道,"那么,您这里有录音机吗?我想听听这盘磁带。"

"这个没有问题的啦!"

董事长很快找来一台小录音机,放到桌子上,然后说:"对不起,我还有些事情要出去处理一下子,你请自己方便啦。"董事长出去时随手把门关上了。

洪钧把那盒磁带拿在手里,仔细看了一遍,然后才放进录音机,按下播放键,喇叭里很快就传出轻柔且有几分凄婉的歌声——

> 往事不要再提,人生已多风雨,
> 纵然记忆抹不去,爱与恨都还在心里。
> 真的要断了过去,让明天好好继续,
> 你就不要再苦苦追问我的消息。
> 爱情它是个难题,让人目眩神迷,

忘了痛或许可以，忘了你却太不容易。
你不曾真的离去，你始终在我心里，
我对你仍有爱意，我对自己无能为力。
因为我仍有梦，依然将你放在我心中，
总是容易被往事打动，总是为了你心痛。
别留恋岁月中，我无意的柔情万种，
不要问我是否再相逢，不要管我是否言不由衷。
为何你不懂，只要有爱就有痛，
有一天你会知道，人生没有我并不会不同。
人生已经太匆匆，我好害怕总是泪眼蒙眬，
忘了我就没有痛，将往事留在风中……

歌声结束了。洪钧又用快进键搜索一番，发现这盘磁带上只有这首由著名歌星张国荣演唱的《当爱已成往事》，没有其他任何话语。他把歌曲重放了一遍，仔细品味那些歌词的含义。希拉为什么要把这首歌留给他？看来，希拉相信他一定会来找她。那么，"当爱已成往事"中的"爱"究竟是什么含义？是对他的爱？是对夏大虎的爱？还是人生中抽象的爱？他苦苦思索，不得其解。

歌声敲打着洪钧的心。他知道，希拉走了。希拉以神秘的方式走进他的生活，又以神秘的方式在他的生活中消逝。也许，对他来说，希拉将永远是一本"无字天书"！

离开"中国城"，洪钧乘地铁回到城市中心，茫然若失地站在街头，望着两旁的人流、车流和摩天大楼。他的目光漫无目的地游荡着，他的思想也漫无目的地游荡着。突然，希尔斯塔楼顶端那两根高耸入云的杆柱捕获了他的目光，也捕获了他的思想，当年他与希拉登楼游览的景象浮现在他的眼前。

他走进希尔斯塔楼,买了观光票,乘电梯来到顶层。他沿着室内观光平台的边缘,从北到东,从南到西,慢慢地走了一圈,观望了芝加哥的城市全貌。最后,他的脚步停住了。面向夕阳,他又想起了当年希拉吟咏的诗句——人言落日是天涯,望极天涯不见家。

希拉找到家了吗?也许,她找到了人生的归宿。

蓝天如洗,晚霞璀璨。

洪钧的心底升起一丝夹带着自责的怅惘。他的耳畔又响起了张国荣的歌声……

番外漫画·聪明人的游戏

文:何然　图:木文草

《性之罪》书评

我觉得，何家弘是在传统的背景下，尝试一种新的侦探推理小说类型。我欣赏何先生小说中包含的现实人生经验和历史沧桑记忆。它固然不是一般的人生世相小说，不可能不涉及案件、不专注于案件，但它绝不迷恋于血腥、惊悚的情节展开，也不想满足某种低级的感官刺激的需要，它的字里行间总有一个经历了近四十年中国社会变迁的人的声音，有一种当代人对生活的睿智的观察思索渗透在里面。这就充实了作品的现实人间气息。《性之罪》显然是一个虚构的故事，由于时间跨度大，恩怨多，案件曲折离奇，需要作者编造、衔接、前后照应的地方很多，工作量很大，篇幅也难免冗长。但我们仍然乐于接受，就因为它建立在几十年中国人生活的现实基础上，不是凭空推理——推理小说固然是第二现实，是真实的谎言，假定的世界，但仍然有不同质地的假定性。作者的叙述能力也出乎我的意外，质朴，却有黏附力，轻松，却有内在紧张性，平易，却有心理内涵。作者很少虚张声势，一惊一乍，他是一步步把读者诱进他的迷阵。开始我们几乎不相信，后来竟相信了。这就是本领。

——文学评论家　雷达

专家与媒体评论

读何教授的侦探推理小说,感觉妙趣横生,觉得又像当年小学时代那样,体验到了阅读的快感与乐趣。

——作家　莫言

我觉得何家弘的文学创作不仅修正了侦探推理小说必然是"低层次"创作的这样一个认识误区,也打破了习惯上把严肃文学与通俗文学对立起来的这样一种思维误区。这正是他创作的独到贡献。

——文学评论家　吴秉杰

何教授在不同种类的侦探推理小说技巧中做到得心应手、游刃有余。他的小说既是谜语小说,又是悬疑小说。

——法国翻译家　玛丽·克劳德

何家弘笔下的主人公"洪律师"深受读者喜爱。他的小说既秉承了学者的严谨之风,又不失舒畅优美的文笔和扣人心弦的悬念。

——意大利汉学家　巴尔巴拉

何家弘的生活就像一本小说,他的创作灵感介于写实与虚构之间。他根据自己的生活体验创作了以洪律师为主人公的小说。这位洪律师颇有阿瑟·柯南道尔笔下的福尔摩斯风范。他的武器是智慧,他坚持用文明的方式解决问题。

——西班牙《先锋报》

何家弘选择的是一种新式生活:他既是法学教授,又是侦探推理小说作家,他要从两个方面为司法公正而战斗。他的小说涉及错案和腐败等社会问题。他出生于北京,在"文化大革命"期间曾到黑龙江的农场工作8年,因此他的小说中有农场的故事,而且带有田园诗的情调。

——西班牙《新闻报》

在简单的侦查活动背后,我们看到了一个国家的传统文化,栩栩如生的人物与他们的人生观相互交织,让我们惊讶,也让我们着迷。看中国的另一个视角:诗意且现实。

——法国《处女地》杂志 克里斯蒂·费尔尼特

峰回路转。何家弘将洪律师及其欢快的助手宋佳刻画得栩栩如生。面临着无处不在的死亡威胁及各种磨难,他们二人解决了跨越时空的谜团。展现了中国城市现代化的一面与乡土气息的另一面。

——法国《她》杂志 米歇尔·菲图西

一位中国的麦格雷特探长,推理更为严谨。栩栩如生的行文,令人着迷的历史:一杯值得一品的香茗。

——法国《西部法国》杂志

这是一本创作精巧的侦探推理小说,强调推理和演绎法——如福尔摩斯一般。并且,宋佳比华生更为有趣。

——法国《读书周刊》

在20世纪中国风情的装点下,这本由演绎法构成的侦探小说的行文衔接给我们带来了扣人心弦的悬念……极具潜力的系列小说。

——法国《世界报》 杰拉德·姆达尔

何家弘是杰出的法学教授。他的主人公洪钧把西方的法治理念与中国的善良正直观融合在一起……有了这样的地理和历史内涵,这部小说看上去就像是一个民族的寓言,一个关于中国现代化的寓意深远的故事。理性、专业和现代的洪钧在这里赢得了今天的斗争,而作者大概也在暗示中国的未来属于洪钧和他的同道,属于应比掌权者利益更为重要的法治理想。

——香港《南华早报》道格拉斯·科尔

来自北京的作家、法学家何家弘在留学美国期间对福尔摩斯情有独钟。应该说,他笔下的主人公洪钧身上就有何家弘自己的影子,仿佛是他个性的另一面。洪钧是私人律师,这种身份在当今中国法制体系中是比较前卫的。通过洪钧,何家弘为我们展示了一幅独特的文学景象。

——意大利《新闻报》

福尔摩斯对何家弘的影响是显而易见的,但他的小说风格也与其他犯罪文学作家——如达希尔·哈米特、雷蒙德·钱德勒和J.M.采恩——的作品有可比之处,都是经典而且欢快的现代风格,再加上中国式的情节曲折。何教授的研究兴趣包括比较刑事司法制度、犯罪侦查和刑事诉讼程序。他的专业知识使他的小说更加可信,也更加发人深省。

——《亚洲文学评论》凯丽·法考尼尔